地下水篇

西藏之水救中国

李伶 著

中国出版集团公司
華文出版社

图书在版编目（CIP）数据

西藏之水救中国：地下水篇 / 李伶著 . -- 北京：华文出版社 ,2020.1

ISBN 978-7-5075-5228-7

Ⅰ . ①西… Ⅱ . ①李… Ⅲ . ①报告文学 - 中国 - 当代 Ⅳ . ① I25

中国版本图书馆 CIP 数据核字 (2019) 第 273123 号

西藏之水救中国——地下水篇

著　　者：李　伶
责任编辑：潘　婕
出版发行：华文出版社
社　　址：北京市西城区广外大街 305 号 8 区 2 号楼
邮政编码：100055
网　　址：http://www.hwcbs.com.cn
电　　话：总 编 室 010-58336239　发行部 010-58336238
　　　　　责任编辑 010-63429159
经　　销：新华书店
印　　刷：三河市航远印刷有限公司
开　　本：787mm×1092mm 1/16
印　　张：23.75
字　　数：300 千字
版　　次：2020 年 1 月第 1 版
印　　次：2020 年 1 月第 1 次印刷
标准书号：ISBN978-7-5075-5228-7
定　　价：55.00 元

自 序

愿小荷莲藕满塘

1

水是生命之源。中国缺水，水资源成了制约中国经济社会可持续发展的瓶颈。为摆脱这种困境，许多专家学者对水源地的开发和利用提出了宝贵意见。

2005 年，笔者出版了报告文学《西藏之水救中国》，其后十多年内多次再版，销量较大，给读者留下了较深刻印象且具有一定的社会影响。由于受地理环境和诸多条件所制约，实现书中歌功的引西藏水北国济旱之策，尚待时日。

就在大家积极寻求开源之策的同时，我国地下水研究有了重大突破。

中国河海大学教授陈建生及其团队历经近 20 年潜心探索所创立的“地下水深循环理论”，对破译青藏高原的地下水塔及其输水体系和泄出规律等诸多奥秘具有一定的启示作用；也为缺水的中国，尤其是北方旱区以及广大沙漠地区解决缺水问题，找到了一条便捷而易行的途径；并为矿泉水开采、酒业发展、油气和石油资源的开发利用提供了理论指导；还对沙漠和黄土高原、红土高原成因，青藏高原隆升等现象，提出了独树一帜的见解。

另外，地下水深循环理论还对地震灾害的成因、矿难透水事故以及大兴安岭森林火灾的发生与规避，提出了独特的见解。陈建生教授的研究对于重新认识地球岩石圈的演变过程极为重要。

现已探明，中国深循环水是海量的、洁净的、含多种成分的，它对中国的江河湖海以及井泉沼淖和暗沟暗隙的补给也是源源不断的。这些补给水大都来自青藏高原的地下水塔。

因此，笔者将这本报告文学的书名定为《西藏之水救中国——地下水篇》。为何与前面的《西藏之水救中国》书名相近？答曰：姊妹篇也，姊篇地表水，妹篇地下水，皆源自西藏，宛如姊妹基因，故此雷同。

2

本书第一部“棒极了！我国沙漠取水有了好办法”，侧重介绍内蒙古大沙漠中的三丛“报春花”的盛开经过。

在常人看来，沙漠是“旱魃”，是“死亡之海”，是饕餮沃土的“恶魔”！

陈建生教授的“地下水深循环理论”却给沙漠别样评介：沙漠不是旱魔，沙漠中存有丰富的水源。

地下水凝聚沙尘而形成沙漠，它的覆盖，不仅为苦难的中华民族保卫了万里疆域，使之避免了类似贝加尔湖的悲惨命运，还久久而默默地保护着地下水源。

因此说，沙漠与地下水相互依存，实乃自远古走来的中华民族的一大幸事。

陈建生的论文《深循环地下水维系着沙山沙丘的奇特景观》阐明了上述观点。

世界顶尖级科学期刊英国《自然》杂志于 2004 年第 432 卷发表了这篇论文，其理论的独创性和科学的挑战性震惊了中外科坛。

因为“地下水深循环理论”与传统的“流域水文循环理论”相悖，故而引起了国内一些学者的质疑和异议，致使这一创新理论在国内坐了十年的“冷板凳”。幸遇大漠人的渴求，才使这一理论有了“用武之地”。

2013 年秋，地处巴丹吉林大沙漠的内蒙古阿拉善右旗政府为解决饮用水问题，特地把陈建生请去指导沙地取水。阿拉善右旗1961年建旗后，对寻找水源地的工作从未放松，仅右旗水务局下属的草原工作队在右旗的钻孔数量就超过600眼，其他石油、煤矿、冶金等部门的勘察钻孔更是不计其数，深度超过2000米。由于都是按照传统的“流域水文循环理论”选定的井位，结果，始终没有找到饮用水源地。而陈建生按照他的“深循环理论”，在沙山下的盆地里打了8口井，井深90～260米，井井是清泉，且大都是优质矿泉水。本书第一章“慧眼识泉　一座沙漠县城家家喝上天然优质矿泉水”，讲的就是这个故事。这是“深循环理论”诞生10年后头一次遇上“敢吃螃蟹”的政府官员，故而创造了沙漠取水的第一个成功范例。

沙漠取水的第二个成功范例：

2014年秋，国家发改委西部开发司调研员胡长顺博士后将陈建生介绍给了内蒙古边境沙漠城市二连浩特市市长，以帮助二连浩特市寻找新的水源地。陈建生及其团队仍以“深循环理论”为指导，突破了传统理论中的“旧河道储水”的束缚，在远远高于旧河道的该市西南部的被沙丘覆盖的古火山群落中，打出了4口自流井，且出水量很大，终于使二连浩特市摆脱了水资源瓶颈。

2018年冬，与自流井处于同一火山群落的沙地上，出现了一种奇特景象：邻县牧民雅日拉图家新掘的水井在严寒中出现了4米高的“水井冰山”，中央电视台播放了这条新闻。由此可以断定，按照“深循环理论”开掘的自流井水压是巨大的，其出水量是经得住时间考验的。本书第二章“边城报捷　二连浩特打出4口自流井”记录了这个沙漠取水的奇特故事。

沙漠取水的第三个成功范例，正如本书第三章标题所示：“舍近求远　杭锦旗沿河三镇喜饮大漠清泉”。

这里所说的“沿河三镇”就是临近黄河的内蒙古杭锦旗巴拉贡镇、呼和木独与吉日嘎朗图镇。由于黄河中游的河水受污染日益严重，硫酸盐、硝酸盐、氯离子等超标，陈建生应杭锦旗政府的邀请帮助寻找水源地。他仍然按照“深循环理论”的科学规律，在远离黄河50千米外的库布齐沙漠中的铁盖庙古火山群址，打出8口甜水井。2018年12月7日，由铁盖庙通向“沿河三镇”的输水工程正式通水。从此，“沿河三镇”3.6万农牧民喝上了来自库布齐沙漠的大漠清泉。

以上沙漠取水的成功范例都提到“深循环理论”的指导作用。关于什么是“深循环理论”，它和传统的“区域循环理论”有何不同？本书第四章“独树一帜 一棵理论创新之树的科学支撑”作了专题介绍，故此不予赘述。

3

本书第二部“震撼了！青藏高原潜藏着一座神奇而巨大的地下水塔”介绍的是“深循环理论”诞生过程中真实而有趣的探秘故事。

20 世纪 90 年代末，流经青海祁连、甘肃张掖与内蒙古阿拉善额济纳旗最终注入居延海的黑河下游断流，致使下游的东居延海干涸。陈建生在考察黑河水文时发现两个奇异现象：一是有的黑河下游河段枯水期是干涸的河道，但干涸段中有一些泉水涌出，泉水汇集形成小溪；二是东居延海虽然早就干涸，但在湖泊边缘的湖岸之上竟然有一股泉水长流不息，成了骆驼争饮之源，故名骆驼泉。经同位素检测，这股泉水既非来自于黑河上游的渗漏，也不是本地降水的入渗水，它距黑河涌泉数十千米，二者却具有相同的“基因密码”。又经进一步考察，发现这些泉水竟然与东南部数百千米外的巴丹吉林大沙漠的海子水也具有相同“基因”，这说明，地处额济纳盆地的黑河泉水、骆驼泉与巴丹吉林大沙漠的海子水来自同一故乡。

为给骆驼泉与沙漠海子寻故乡，陈建生等对河西走廊、祁连山脉、柴达木盆地、青海湖畔、格尔木等地的泉水与河流都做了同位素检测和水化学分析，发现黄河源头鄂陵湖、扎陵湖湖水，与骆驼泉水和沙漠海子具有相同的“基因”。

再往高处勘察，在青藏高原有了惊人的重大发现。

青藏高原地壳岩石圈中存在数量众多的孔洞型火山岩结构。岩石圈中的这些孔洞群就是潜藏于世界屋脊下神奇而巨大的地下水塔。这座地下水塔的水源竟是青藏高原地面的渗漏水。

经数千个水样检测，又有更为惊人的发现：全国大部分地区的深层承压水都与青藏高原的这座地下水塔存在水力联系。

这就引出了更为有趣的一系列问题：

地下水塔里的水是通过什么样的地下暗河流向我国东部、北部及西北地区的？

这些地下暗河是怎样形成的？

暗河中的地下水又是按照什么样的渠道流入贝加尔湖和东海、南海等地的？

停止喷发的古火山口对我们寻找深循环水起着什么样的示踪作用？

溢出地表的天然矿泉水与来自地下水塔的远程水是何关系？

从地下水塔流至各个泄水点需要多少年？它们在时序排列上有何规律？

……

随着上述难题被逐一攻克，一套崭新而系统的“地下水深循环理论”(简称“深循环理论”)便脱颖而出了。

本书第五章至第十二章约十万字和近百幅图片比较详细地介绍了“深循环理论”从“十月怀胎”到“一朝分娩”的具体过程。

回顾这个过程，使人想起了英国物理学家牛顿。坠落的苹果砸在千万人身上，没人当回事，砸在牛顿身上，就砸出了对全人类巨大贡献的自由落体等牛顿定律。

同理，黑河涌泉、东居延海畔的骆驼泉，多少专家看了习以为常，但陈建生看了，便抓住这些入门的向导，探讨出一套超凡脱俗的“地下水深循环理论”。这个有趣的故事，为当代科技史增添了一段佳话。

4

什么是理论？《辞海》曰：“理论，指概念、原理的体系。是细化了的理性认识。科学的理论是在社会实践基础上产生并经过社会实践的检验和证明的理论，是客观事物的本质、规律性的正确反映；它是同错误理论不断地进行斗争中发展起来的。科学理论的重要意义在于能指导人们行动。没有理论指导的实践是盲目的实践。但理论必须同实际相结合，脱离实际的理论是空洞的理论。马克思列宁主义是理论和实际相结合的典范。”

根据这一科学定义，本书第三部“开眼了！潜望镜下因与果”亦即第十三章至第二十四章，系根据“深循环理论”“细化了的理性认识”，剖析了两大类问题：一是由“因”求“果”，二是由“果”求“因”。

先说由“因”求“果”。

前边说的沙漠取水的好几个范例中，事出之“因”：“深循环理论”认为，“沙漠与水相互依存”。实践结果：沙漠中果然冒出了丰富的饮用水。

再如，根据“细化了的”“深循环理论”判断，苏北涟水县地下应有优质矿泉水。钻探结果，涟水县果然打出了矿泉水，并让第十三个“中国矿泉水之乡”花落涟水。

再说由“果”求“因”。

第一，媒体多次披露，青海湖湖面上涨，新疆、甘肃、青海、内蒙古以及华北和北京地区，地下水都在回升，何因？细化了的“深循环理论”答曰：地球升温，青藏高原降水量与冰川融水量加大，其渗漏水流至上述各地，地下水随之回升。

第二，内蒙古干旱城市乌海，地下水却泛滥成灾而浸泡楼群，此“果”何“因”？陈教授按照其“深循环理论”轻松地找出了原因，并因“因”施策，既制止了地下水泛滥，又使这座干旱城市长久地获得巨量清泉。

第三，我国大兴安岭每到5月至6月初，总是火灾不断，这是为什么？答曰：大兴安岭地区存在深大裂缝带，地下水、石油及油气在裂缝带中同行。油气在上，遇缝就钻。每年5～6月，大兴安岭解冻，天然气钻出地面，遇明火形成火灾。解决对策：只要控制这些外溢天然气，将其收集利用，既可避免火灾，又可使天然气化害为利。

第四，吉林雾凇分外妖娆，此“果”何“因”？答曰：深循环水从松花江吉林段泄出，使此江段冬天不结冰，不结冰的江水增加了空气中的水蒸气，当遇上严寒且无风天气时则雾凇妖娆。

第五，黄土高原成因至今是谜，“深循环理论”六字解惑：泉水黏聚风尘。

类似以上的范例，仅在本书第三部就有十多例，本序只是扼要一提。

要想了解详情，耐着性子看正文吧！本书30万文字和100余幅图片所营造的创造性氛围，或许会激活你那超凡脱俗的思维理念。或许还会引起科学界激烈的争论，那也不必大惊小怪，因为争论是推动科学发展的动力！是求之不得的大好事！

5

岁月悠悠，夕阳西斜，我这年届八旬的军旅作家以四年半的努力，终于完成了这部报告文学，愿望只有一个：愿小荷莲藕满塘！愿科学创新更好地普惠滋润！

让我们相互学习，共同努力吧！中国对于全人类应该做出更大的贡献！

2019 年 7 月于北京市丰台区西局欣园北区

目　录

第一部

棒极了！我国沙漠取水有了好办法

小荷久露尖尖蕾，不见蜻蜓立上头。
偏遇大漠渴中求，从此天下闻惊雷！

——开篇小引

第一章

慧眼识泉　一座沙漠县城家家喝上天然优质矿泉水

一支科考驼队在沙原上挺进，
一位教授在烈日沙山下有了惊人发现。
一段根管化石让大伙儿惊喜若狂，
一番艰辛终于有了理论指导下的科学实践。
一部苦水史就此画上句号，
一座沙漠县城的饮水新闻动地惊天。
一曲颂歌在沙海垂虹中广为传唱，
一片深情恩谢普惠甘霖的“人间神仙”。

1

2016 年 7 月 27 日，《阿拉善日报》登有一条消息：“棒极了！阿拉善右旗 2.6 万居民喝上了天然优质矿泉水。”

文章开头写道：“7 月 25 日上午 8 时，随着一股清冽的天然富锶弱碱性优质矿泉水顺着输水管道喷涌而出，标志着阿拉善右旗巴丹吉林镇新水源供水工程正式建成通水，阿拉善右旗2.6万各族群众从此告别饮用苦涩咸水的历史，喝上了天然富锶弱碱性矿泉水。

举国无双，一座沙漠县城——阿拉善右旗吉林镇
家家喝上了天然优质矿泉水。
这是地下水深循环理论催开的第一丛“沙海中的报春花”

2016年7月25日，阿拉善右旗举行盛大的通水仪式
阿拉善右旗书记杨海（左1），阿拉善盟长冯玉臻（左3），陈建生（左4）

文章还说，阿拉善盟主要领导、阿拉善右旗政府等四套班子负责人、盟委、行署相关部门、兄弟旗区负责人和阿拉善右旗各族各界群众代表，共同参加了通水仪式。此外，河海大学教授陈建生也应邀参加了通水仪式，“分享好水圆梦的喜悦”。

陈建生教授为何获此殊荣？这还得从一个国际科考组织的沙漠考察谈起。

2

2002 年夏，美国地球观察协会欲来中国对巴丹吉林大沙漠进行实地考察。这个协会是世界性科考组织，成员来自世界各国。美国地球观察协会属于民办机构，原则上世界各地热爱地球科学的人都可以参加，每年交纳会费就可以向他们申请在世界各地开展地球考察活动。美国地球观察协会中国区的负责人是南京水利科学院的顾慰祖教授，顾教授自从 20 世纪 80 年代以来就研究巴丹吉林沙漠湖泊水的来源，他组织的沙漠考察项目受到了世界各地科学爱好者的欢迎，据说想来参加的人员已经排到了 10 年以后。

顾慰祖教授是河海大学同位素水文所的兼职教授，陈建生是同位素水文所的所长，陈建生闻此消息，立刻找到了顾慰祖。因得到顾教授的特许，陈建生顺利参加了科学考察活动。

2003 年 9 月，14 名中外科考队员从世界各地来到内蒙古阿拉善盟左旗，由阿拉善左旗乘车到达阿拉善右旗旗治巴丹吉林镇。因为考察项目与水有关，故由该旗水务局签发了“边防通行证”，并办理了进入边境考察的有关手续。

从阿拉善右旗到沙漠腹地湖泊群的直线距离大约 80 千米（参见下图），骑骆驼需要走三天。考察队员一行人从阿拉善右旗出发，每天大约走 30 千米，由于在沙漠中只能绕着沙山走，实际的路程远比下图所示要长得多。

9 月 22 日一大早，分别驮物和载人的两支驼队，先后离开了巴丹吉林镇。载人的先走，载物的驮着食物、帐篷等继后，两队相距半小时。因为骆驼胆小，如不拉开距离，一旦有队员或包裹等从骆驼背上掉下来，驮物的骆驼看到后，就会受到惊吓而狂奔，从而造成祸事。根据这样的行进规程，两个骆驼队每行进两个小时就要休息半小时，队员们可以进食，骆驼也都跪下来休息。

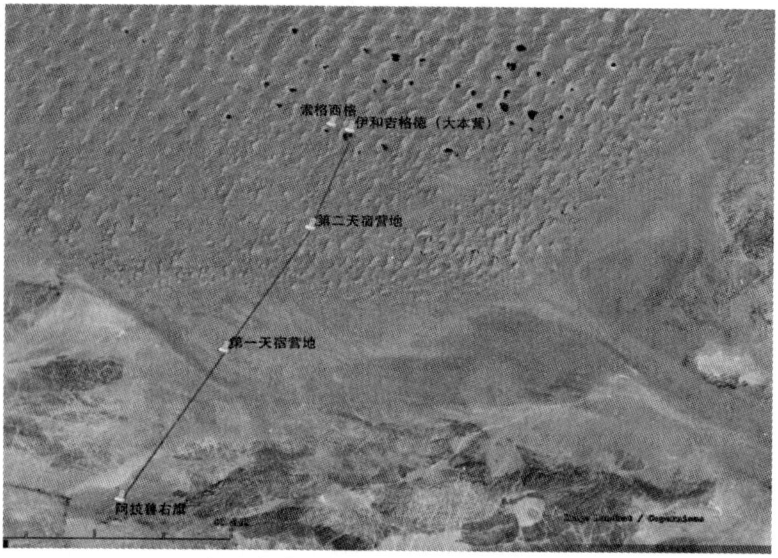

沙漠考察骆驼队行进路线示意图

第一天到达了沙漠边缘，队员们从驼架上卸下行装，在一座沙山附近搭起帐篷。因为这里没有可以饮用的地下水，第一天的饮用水是由骆驼携带的。

第二天清晨，驼队继续赶路，日斜西落，队员们进入了沙漠腹地：两边是高大的沙山，中间是盆地，队员们将帐篷搭在山谷之间的盆地中过了一夜。选择此处过夜，是因为在沙山盆地中有一个直径 2 米的大口水井，井深大约 4 米。随队的牧民清理了落入井中的风积沙，一汪清泉便呈现在眼前。通过测试证实，井水是可以饮用的淡水。

第三天过了晌午，行进的驼队中，有人惊叫起来："看！湖，沙漠湖！"于是，大家一个个伸着脖子，向远处望去。随着距离的缩短，他们越来越清楚地看到远处的沙山下有面巨大的"镜子"在闪烁着银色光芒，宛如李白所言："疑是银河落九天！"

驼队向导说："这就是巴丹吉林沙漠中的湖泊——伊和吉格德湖。"

闻此，队员们像蔫头草遇上了雨露，一下子来了精神。他们情不自禁地加快了行进步伐。

一支由多国专家组成的考察队骑着骆驼在巴丹吉林沙海中挺进。
下图为陈建生在沙漠中住的帐篷

太阳快落山时，他们来到了伊和吉格德湖畔，在此建立了考察活动的“大本营”，因为这里有可以饮用的井水与泉水，再加上这一沙海景观和地形特色极具研究价值，所以，他们以此为依托，进行了为期四天的科学考察。

9 月 25 日，考察活动正式开始。14 名中外考察队员对伊和吉格德湖以及周边的四个湖泊进行了考察，并采集了湖水、泉水与井水水样。在对湖泊周围的沙山、沙丘考察过程中，他们排着队，在沙山坡中搜索前进。遇有沙棘、棱棱草、骆驼刺等碍眼植物，他们都会认真观察，就连脚下踩着的石块，也要捡起来认真研究。

走在那软绵绵的沙地上，看似舒适，其实是折磨人的。陈建生穿的是普通的旅游鞋，鞋底软，每走一步脚底板两侧都要朝上翻一下，虽说翻动的角度不大，但也是一种伤害。几天走下来，腿部肌肉僵硬，脚底板肿了，接着是两个小脚趾指甲盖变色发黑，最终掉了。

国际考察队员在巴丹吉林沙漠腹地伊和吉格德湖泊旁边建立了大本营
陈建生（左 1），顾慰祖（左 3）

3

考察活动第三天的晌午，天气太热，沙漠中没有可以乘凉的地方，科考队员们只能半躺在被太阳烤得发烫的沙地上歇息。为免被阳光灼伤，科考队员们用帽子、毛巾等尽可能地将身体裸露的部分遮盖起来。陈建生在正午的高温下歇息，心里捣开了“蒜泥”：按照计划安排，还有明天一天，沙漠考察活动就结束了。如果明天仍然无所发现，对于外国专家来说，仍属“成功考察”。因为巴丹吉林那高大的沙山、沙丘，还有遍布沙海的大小湖泊，对于外国人来说，都是“奇特的异国风光”。能够“亲临一见”，已属斐然，更何况还在沙漠中行走了 4 天，“不虚此行”呀！但对陈建生来说，结果就不一样了。他设法挤进这个考察队是有目的的：寻找沙漠与水源关系的有力证据。此前，他一直认为：沙漠不是旱魔，沙漠与水源是相互依存的。他的这个独特的见解来自沙泉、沙湖的启示。甘肃的月牙泉，还有巴丹吉林沙漠中一百多个湖泊，为什么终年不干涸？这些地方的降水量很小，蒸发量却是降水量的千百倍，水量平衡如何解释？这么多外源水来自何方？它们又是以何种方式、何种形态潜藏在沙漠中的？找到什么样的证据才能解开其中的奥秘？既然巴丹吉林沙漠中有那么多天然湖，怎么就找不到揭示奥秘的证据呢？

侧躺在伊和吉格德湖北部沙山北坡的陈建生正在发呆，突然，在不远处的山脚下，有一片类似植物的景观吸引了他。于是，他一骨碌从沙地上爬起来，朝沙山北坡的“植物景观”走去。

沙漠中的晌午，艳阳似火，一股股热气流从足下朝上浮动，炽热得让人喘不过气来。这种难耐之感，掩饰了脚板的疼痛，使他在热浪中走得更快了。

大约一小时之后，在他眼前出现了几棵梭梭刺，仅此一点绿色，也使他眼睛为之一亮。他本能地停下来，喝了口水，再擦擦眼睛，突然间有了新的发现：一根高约 20 厘米、大拇指粗细的“小木棍”直挺挺地插在不远处的沙地上。若在普通的泥地上，出现这样的“小木棍”是寻常之事，但在这辽阔的沙原上就令人费解了。因为沙原上的小木棍一般都是躺着或斜躺着的。那是因为它是“外来客”，大风将它从遥远的地方刮过来，力不能支时便将它放下，这就是“平躺着”的原因。眼前的这根“小木棍”直立于沙地，到底什么原因？他饶有兴趣地走过去，弯下身子，伸手一摸，硬硬的，不是木棍，是个小石柱。仔细一看，啊！化石！是植物根管化石！他想捡起这块化石，便小心翼翼地用双手去捧，竟然捧不动。这就更奇怪了，这是怎么回事？他像拨弄鸡蛋那样仔细，一点一点地扒开化石周围的沙尘。

大约下挖了 30 厘米，“直立之谜”解开了：这是一棵原本就长在沙漠中的植物，上部的“木棍”与下部的“根”连在一起。这种“母子连体”的化石，更有研究价值。因为，这段化石身上的信息可以清楚地告诉人们：沙山是怎样形成的。测得化石的年龄，就可以得知沙山的大致年龄，这座沙山的年龄应该大于化石的年龄，化石是在沙山形成之后才有的。亦可由此得知，这些湖泊的古代水位高度……

为了和同行者分享这一重要发现，他马上返回到2千米外的大本营报告喜讯。

队员们听到这个消息都兴奋不已，他们带上铁锹、小铲、刮刀等工具，马不停蹄地奔向发现地。

当陈建生趴下身子，挖开化石周围的沙子而露出化石全貌时，现场沸腾了。60多岁的美国夫妇手舞足蹈，还咿里哇啦地唱起歌来。澳大利亚和英国的两位女专家你帮我、我帮你，分别留下了她们与根管化石的合影。

植物根管化石开挖现场

曾经在英国BBC做过随行记者的比尔从多个侧面拍下了开挖化石的照片，并见缝插针地对陈建生进行了采访。

“大伙儿为什么对根管化石这么感兴趣？这个根管化石是怎样形成的？它有什么科学价值？它与地下水有何联系？”

走在返回大本营的沙原上，陈建生不紧不慢地时而用中文时而用英文回答着记者的提问。

他说：“化石是在地下水条件下形成的。首先，植物被风沙掩埋，地

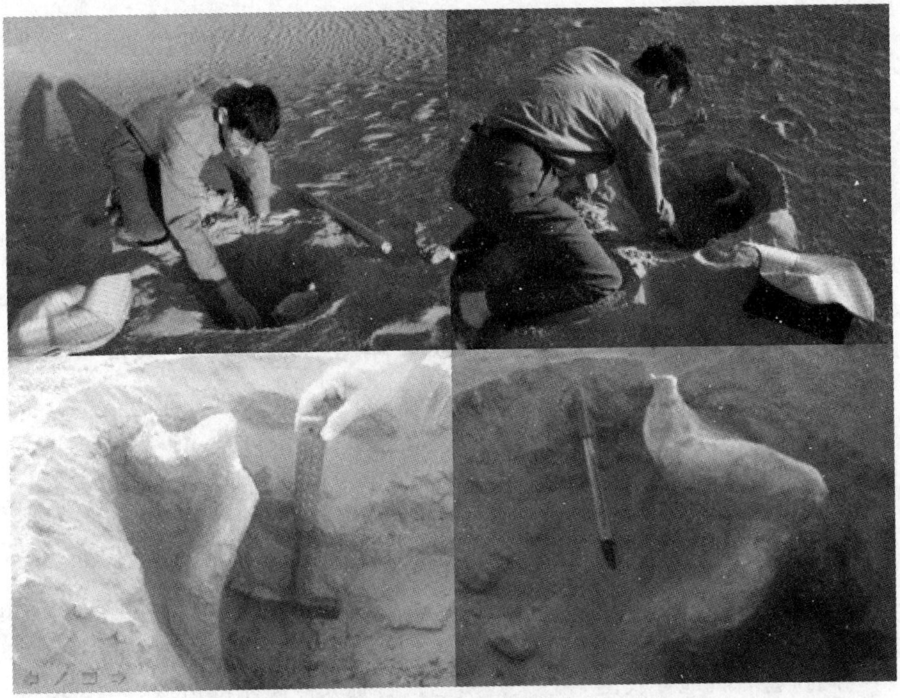

开挖植物根管化石的过程

下水位上升，被砂颗粒掩埋的植物完全在地下水位以下。接着，植物腐烂，地下水中的碳酸钙沉积在植物留下的空穴中，形成了外形与植物完全相同的化石。由于我们发现的这段植物根部化石，仍然保持了生长的状态，这表明几千年以来，这个根管化石从未发生过移动，这就说明，该植物生前的地下水位高度要低于这段根管化石的顶部。但随后的一段时间，地下水位上升了，上升至高于这段根管化石的顶端。也就是说，当时的伊和吉格德湖要比我们面前的这个伊和吉格德湖规模大得多。化石的发现还揭示了另一个事实：几千年以来，这座沙山并未发生过移动。这与我们现在的认识大相径庭，我们通常认为，沙漠是会移动的，是会被风暴刮跑的，化石的发现否定了这种观点。”

比尔回国后，将他在沙漠中的考察过程写成报道，寄给了英文版的《中国日报》。令人遗憾的是，《中国日报》的编辑看不懂比尔的文章。这也难怪，孤零零地讲沙漠化石与水的关系，寻常人的确看不懂。《中国日报》的编辑虽然没看懂文章，但引起了他们对沙漠考察的重视。所以，他们打电话找到陈建生教授，询问有关情形，并且表示，再有这样的机会，他们也想随团参加考察。

10 月 3 日，沙漠考察结束了，考察队返回阿拉善右旗，陈建生向人们展示了那块根管化石，并简要讲述了根管化石与地下水的关系："都说沙漠缺水，其实沙漠里有很多水，阿拉善地区的地下水尤为丰富，水量很大。这根根管化石就是很好的证据！"

遗憾的是，当时的很多人并不接受他的观点，认为根管化石是降水淋溶的产物。

4

时光在似曾相识的每天中跨过了十个年头。阿拉善的面貌发生了巨大的变化，也为当地水资源的"苦水史"增添了好几个章节。

阿拉善右旗地处我国第三大沙漠巴丹吉林大沙漠东部边缘。全旗境内无地表径流，年降水量 110 毫米，蒸发量则高达 3900 毫米。严重缺水成了制约经济发展的瓶颈。为摆脱缺水困境，阿拉善右旗政府自 1961 年建旗以来一直在找水引水，为此花费了大量的人力物力。

1971 年，阿拉善右旗在巴丹吉林镇东南 2 千米古河道里开始打井找水，并修建了水塔及简易管网。但是地下水中的盐分偏高，水味苦涩，不符合饮用水标准。长期饮用不符合标准的地下水，致使该地区氟斑釉齿、氟骨病等地方病频发。

1988 年，在中央领导的关怀下，阿拉善右旗走上了引外源水济"阿"的引水之路：从甘肃省金昌市引黑河水至阿拉善右旗巴丹吉林镇（简称"金巴工程"），全长 120 千米，1990 年 10 月竣工通水，初步解决了巴丹吉林镇居民饮水的问题。金巴工程实施 10 年后，由于设计标准太低，管道渗漏严重。加上金昌地区的水资源也短缺，自己已经不够用了，最终导致金昌给阿拉善右旗的供水中断。

引外源水遇碍，阿拉善右旗又回到"自救"之路。

2003 年，阿拉善右旗筹资 2984 万元，在巴丹吉林镇的南板洼建设供水工程，邀请内蒙古军区给水团帮助钻了 3 口井作为饮用水源。新钻的井运行之后，水量虽能满足镇区 1.8 万人的生活用水，但苦涩难忍，水质极差。

为了解决饮水安全问题，有关专家提出纯净水处理方案：采用反渗透膜技术将劣质水中的离子去除，成为纯净水。再建一套纯净水输运管道，通过这条管道，将过滤后的纯净水送到各家各户。于是，城镇各家各户有了两套供水管网。纯净水用以饮用；冲厕所、绿化、洗衣服等仍用苦咸水。纯净水处理费用较高，每吨水的处理费用为 24 元，政府每吨补贴 12 元，居民自付 12 元。

人们用上这样的纯净水，确实欢乐了一段日子。但长期饮用后发现，水中的苦涩味被过滤的同时，大量对人体有益的偏硅酸、钙、镁、锶等矿物及微量元素也被滤去，虽说控制了氟骨病，但又出现了软骨病，骨质发育下降。牧民反映，喝了纯净水后干活没有力气，体质下降了。

5

怎样才能妥善解决阿拉善右旗的饮水问题？这一千斤重担压在阿拉善盟（阿拉善右旗上级单位）水务局身上。

2012 年，阿拉善盟成立了由 30 名专家组成的首届顾问团，其中“水利科学顾问组”由三人组成：第一位是李培成院士，他是水利方面的专家，是中国工程院院士，长安大学教授；第二位是内蒙古自治区水务局副局长罗喜成，教授级高工，长期从事水资源调查研究工作，是内蒙古自治区资深的水利专家；第三位是陈建生教授。

这个顾问组成立后，阿拉善盟水务局派出了谢芳副局长负责联系顾问组专家，解决阿拉善右旗的饮水问题。

毋庸讳言，在解决阿拉善右旗饮水问题上存在两种不同的观点。

第一种观点认为，阿拉善右旗没有可以饮用的地下水资源，因为在此之前，在阿拉善右旗境内的钻井数量已超过 1000 眼，却始终没有找到可以饮用的地下水；第二种观点认为，阿拉善右旗南部的巴丹吉林沙漠中存在深循环地下水出溢，可以作为饮用水源，故在沙漠靠近边缘的盆地中可以找到饮用水源。

具体负责阿拉善右旗找水工作的阿拉善盟水务局副局长谢芳支持在沙漠边缘找水的方案，她曾经与陈建生协商起草了一个找水合同的草稿，初步约定在阿拉善右旗钻 10 口井，日出水量达到 4000 立方米。

就在合同准备签订的时刻，谢副局长突然接到通知，阿拉善右旗的找水项目暂停。谢副局长婉转地电话通知陈建生："找水项目由于上级拨款没下来，资金有困难，打井的事往后放放吧！"后来才知道，这一决策上的改变，真实的原因并非资金问题，而是有人反对，说"陈建生的深循环理论反对的人很多，失败的可能性很大"。

6

这一放又是一年多。

2013 年，阿拉善右旗供水形势愈加恶化。就在这关键时刻，阿拉善盟水务局领导有了变化，原来的赵勤局长升任阿拉善盟人大常委会副主任，继任的李发全局长是阿拉善右旗人，长期居住在阿拉善右旗，对阿拉善右旗饮水难问题早有感受，但对陈建生的深循环理论仍不放心，于是在找水合同中增加了三项条款：第一，新水源的水质须满足饮用水要求；第二，10 口井每天的出水量必须大于 4000 立方米；第三，如果达不到上述两项指标，分文不付。

事后，有人问陈建生为什么要接受这类似于霸王条款的附加条件。

他回答说："一是我们对阿拉善地下水的补给、径流与排泄情况已经勘察得比较清楚了，有把握找到饮用水源；二是合同附加条款可以减轻阿拉善盟水务局官员们的压力。还有一个重要原因就是'沙漠是水源'（非文章名）的那篇文章，2004 年就发表在英国的《自然》杂志上，早就引起了国内外学者的关注。有机会在沙漠边缘钻井，对于搞清楚巴丹吉林沙漠的地层结构，具有极高的科学价值。我们承担一些风险，完全值得。因为实践是检验真理的唯一标准。如果地下水深循环理论是正确的，那就一定会找到饮用水源，否则，就说明深循环理论存在问题。"

7

2013年10月，在打井资金没有到位的情况下，阿拉善右旗水务局梁建民局长想办法垫付了一些打井资金，由旗水务局范军副局长与水保所所长李锦秀具体实施，打井取水工程正式开始了。

第一口井位，在陈建生被通知去沙漠现场查勘之前已经确定了，当地的水文地质学者，根据区域水文地质储水理论，在距离阿拉善右旗北部40千米四周环山的盆地中选了个井位。有人问道："这一井位选得怎么样？"

陈建生说："专家们这么选，依据的是区域水循环理论，自然有他们的道理，应该尊重专家们的意见。"

"那么你在会哪里选呢？"他们接着问道。

"我会选择隐伏火山口附近的盆地中，"陈建生回答道，"我依据的是地下水深循环理论。"陈建生在东部的沙山边上也选择了一个井位，但是要等到第一个钻孔结束后才能开钻。

陈建生交代完井位后乘飞机回到了南京。

钻井机在众目睽睽中嚷开了"哒哒哒"的大嗓门。转眼10天过去了，第一口井的掘进深度已达50米，仍未挖掘到地下水。

阿拉善右旗水务局范军副局长焦急地说："根据我多年的钻井经验，这个地方不可能有饮用水源，别再打了，停钻吧！"

第一口井就这样失败了。

第二口井还打不打？

此刻，阿拉善右旗梁局长、范副局长、水保所李锦秀所长等都将希望寄托在陈建生选择的这口井位上，但仍然觉得没有把握，电话请示阿拉善盟水务局，回答是："按陈教授意见办！"

就这样，阿拉善盟和阿拉善右旗两级水务局领导成了新理论指导下的"敢吃螃蟹第一人"。

8

对于陈建生定下的这一选位，范军副局长看后说，该选位与以前打井的地貌不同，属于一个典型的小盆地，三面环山。但范副局长认为选位距离沙山太近，他说："水往低处流，井位应选择在盆地中心的低洼处，井位太靠山坡水量小。"

正是由于对陈建生所选井位存在疑虑，范副局长进行了"折中处理"：将陈建生选定的井位向盆地中心移动了400米。

就此开钻40天后，井深达200米，抽水试验证实，该井的出水量达到每小时50立方米，经水质分析达到了二类饮用水标准，水质甜冽。这是阿拉善右旗打出的第一口符合饮用水标准的甜水井。

内蒙古自治区水务局副局长罗喜成听到该喜讯后，立刻驱车奔波1000多千米，直接赶到钻井工地。下车后，他一眼看到了那喷涌而出的井泉正哗哗地流向沙原，在不远的低处化为冰凌。兴奋之中，他不顾天寒地冻而掬水一饮，立刻赞扬说："好水！好水啊！范局长你们井队有功！三九严寒，零下20度呀，你们风餐露宿，战果辉煌呀！大家伙儿辛苦了！"罗副局长当即拿出了2万元交给打井队的王机长，"抓上两只羊，整几瓶酒，让大家伙儿好好庆贺一下。"于是在冰天雪地的帐篷前点燃了篝火，奋战了一冬的打井队员们吃着流着肥油的烤羊肉，喝着"蒙古王"，每个人都激动不已，他们最先看到了阿拉善右旗有喝上好水的希望，篝火晚会比过年还热闹！

喜讯传至南京，陈建生闻讯赶来，这才发现，井桩朝盆地中心移动了400米。他知道，如此一移，虽然照样出水，但距沙山的天然溢水口远了，盆地中沉积的盐分容易溶入地下水中，造成水质变差，这是个缺憾。他婉转地告诉相关人员："我选定的井位最好不要挪动！"

负责钻孔的范军副局长承诺："保证不再挪位！"

接着，陈建生在这口出水井的东部10千米处的沙山盆地中选定了他的第二口井位。

2014年6月，第二口井出水了，水质非常好，达到了国家一类饮用水标准，锶含量达到 1mg/L，是矿泉水下限值的 5 倍！

面对眼前境况，人们对“沙漠与水源相互依存”的理论有了新的认识。

接下来的 6 口井，毋庸置疑，全部由陈建生定位。结果，全都打出了优质水。

陈建生以他的地下水深循环理论指导阿拉善右旗在沙山下打出了 8 口井，使整个县城家家喝上了天然优质矿泉水。这是沙漠取水第一个成功范例。

陈建生按照他的“地下水深循环理论”选定的 8 口井，出水率达 100%。8 口井的深度为 90～260 米，日出水量接近 1 万吨。经水利部门鉴定：8 口井的出水皆符合国家饮用水标准，其中 4 口井水质达到一类饮用水标准，水中含富锶、偏硅酸等对人体有益的诸多矿物质，属于富锶型优质矿泉水。

从左至右为范军、李全发、陈建生、罗喜成、张永明

9

因为这 8 口井分布在 30 平方千米之内，距阿拉善右旗旗治巴丹吉林镇有 60 千米。为了使这些天然矿泉水进入千家万户，阿拉善盟与阿拉善右旗两级政府，修建了三级泵站与储水罐，将这些天然矿泉水通过 60 千

米的输水管道，源源不断地输送至巴丹吉林镇。

在此之前，该镇各家各户都有两套供水系统：一套是苦水系统，用于冲厕所等；另一套是经过过滤装置的纯净水系统。因纯净水对人体不利，故中断了纯净水。但这套洁水装置依然有用。他们将其并入天然矿泉水输水系统，于是，2.6 万人用上了来自沙漠的天然优质矿泉水。这就是本章开头部分《棒极了！阿拉善右旗 2.6 万人喝上了天然优质矿泉水》这一重大新闻的由来。

国内外专家评审验收巴丹吉林沙漠泉水水质的现场情景

10

从第一口井出水的 2014 年年初至本书成稿的 2019 年夏，阿拉善右旗新的供水系统运行了 5 年多，水质情况越来越好，地下水位不但没有下降，反而有所回升。这说明，陈建生的“深循环理论”是正确的。

沙漠的确与水源和谐共存。

充足的地下水支撑着沙山沙丘的发育和长存。

那段根管化石就是最好的证明。

经碳 14 测定，这段根管化石已有 4000 多年的历史。它和沙山岩石相连，说明那沙山亦已存在4000多年了。

这座沙山之所以千年风吹不秃，地下水起了支撑作用。

反过来说，这样的沙山沙丘，对于深层地下水则起了保护作用，使之少挥发、不污染、脉络不断。

经同位素测定，阿拉善右旗的深层地下水来自青藏高原北缘地区。

青藏高原北缘地区分布有鄂陵湖与扎陵湖，那是一个巨型的断陷盆地。在那里，青藏高原的冰雪融水通过湖泊下伏的断裂带渗漏到深层。

鄂陵湖、扎陵湖等湖泊河流的渗漏水经过深循环方式，千里迢迢潜入巴丹吉林大沙漠。一部分通过旧火山口泄出地面，形成了大大小小上百个沙漠湖，形成了五光十色的沙湖景观。其余大部分地下水仍在地层中运行。

阿拉善右旗的深循环水，就是“继续运行”者中一个小小的分支。

从检测数据来看，从青藏高原北缘地区到阿拉善右旗，这支地下水在地下运行了20多年。

高大沙山下的清泉旁，阿拉善盟时任盟长冯玉臻（左2）向陈建生（左1）了解水质情况

近5年来，开采后的阿拉善右旗地下水位为什么不降反升？

原因很简单，这是循环水，是地层深处的流动水，在许可限度内，它是取之不竭的。

今后若干年，只要没有大地震或人为因素切断地下脉络，这样的地下水是不会干涸的，也是不会因开采取用而影响水质的。

11

近几年来，阿拉善各族人民摆脱了苦水史和地方病的纠缠，喝上了天然优质矿泉水，感激之情溢于言表。他们把陈建生称作“阿拉善右旗的第一贵人”，还特地编出一曲颂歌在沙原上广为传唱：

南京来个陈教授，
一眼看出哪有水。
指哪打哪无空钻，
沙海垂虹万户酬！

第二章

边城报捷　二连浩特打出 4 口自流井

二连浩特是个极其干旱的边境城市。由于高度缺水，严重制约了这里的经济社会及城市规模的发展。应二连浩特市政府邀请，陈建生承担了为该市寻找新水源地之重任。于是，他以地下水深循环理论为指导，跳出区域地下水循环理论的束缚，纠正了传统地质学上的“古河道储水”之说，别开生面地在火山环绕的小盆地里打出了 4 口自流井。终于为二连浩特市开辟了新的水源地。

这一成功实践，既体现了深循环理论对于取水实践的指导作用，又使深循环理论在这一成功实践中得到了进一步的验证和发展。

有了二连浩特的 4 口自流井，阿拉善右旗至长白山天池之间的地下水输运渠道上，增加了一个标志性“路标”。有了这个“路标”，内蒙古高原的旱区取水便增加了一个参照物。

三年之后的 2018 年冬，邻县牧民家出现了 4 米高的“水井冰山”，使深循环理论的自流井有了新的佐证。

1

深循环理论指导实践，并由实践检验理论、充实理论的故事，发生在内蒙古自治区北部的二连浩特市。

2014 年 8 月的一个下午，陈建生正在四川省的阆中进行科考，手机突然响了，接听之后，方知原委。这是国家发展改革委员会西部开发司胡长顺博士后从北京打来的电话。大意是说，习近平总书记提出了“一带一路”倡议之后，他们对二连浩特市进行了科学调研，并对这个边境口岸的发展提出了新的要求。但由于二连浩特高度缺水，严重制约了这里的经济以及城市规模的发展。为解决那里的缺水问题，发改委打算将 400 千米外的黄河水调过去。但考虑到耗资太大，目前仍未定夺。就在这关键时刻，他们听说陈教授在阿拉善右旗沙漠边缘找到了优质的水源，在找水上闯出了新路子，所以，特地电话相邀，请陈教授去二连浩特市，帮助那里开辟新的水源。

2

一周后，陈建生与二连浩特市的郭副市长、刘局长等一行四人来到了阿拉善右旗，在阿拉善右旗水务局范军副局长的带领下，分乘两辆越野车去查看水源地。阿拉善右旗水务局梁局长介绍，“这 8 口井，彻底解决了阿拉善右旗饮用水问题。快一年了，这里的出水量与水质都保持稳定，其中 6 口井为矿泉水。目前，阿拉善右旗终结了苦水史，家家户户喝上了 5 元一吨的优质矿泉水！由于解决了缺水问题，沙漠旅游业也蓬勃地开展起来了。你们看看，这来来往往的游客，潮水似的，人越来越多，到入秋旺季都接待不过来！”

耳闻是虚，目睹为实。阿拉善右旗的业绩在二连浩特官员们心中亮起了一盏灯。他们把寻找水源地的希望寄托在陈建生身上。

3

考察了阿拉善右旗水源地之后，他们回到二连浩特市。二连市政府及水务局的同志热情地接待了这位专程而来的贵客，稍事休息便向他介绍了二连浩特的基本情况：二连浩特位于内蒙古自治区锡林郭勒市的西部，是内蒙古自治区的计划单列市，地处二连盆地中，是我国通往蒙古国的唯一铁路口岸，也是国务院批准的13个沿边开放城市之一。

二连浩特的具体位置是：北与蒙古国扎门乌德接壤，东临苏尼特左旗，南部、西部均与苏尼特右旗相连。整个二连盆地，地势平坦，自西南向东北倾斜，海拔高程在900～1100米，平均海拔932.2米。

这里的气候特点：属中温带大陆性季风气候和干旱荒漠草原气候，处于西风带，受强大的内蒙古高压控制时间长，远离海洋，地势较高；冬季漫长，寒冷雪少；春季干燥少雨，风沙多；夏季干燥炎热，降雨少；秋季天高气爽，霜来早。整个地区雨水分布不均，自南向北、自东向西递减。降水主要集中于夏季，6～9月份的降水量占全年降水总量的68%，而7、8两月占比高达54%以上。年平均降水量仅为142.3毫米，年蒸发量达2685.2毫米。无霜期仅90～120天。是西北干旱区中的一个典型区域。人均水资源量212.78立方米，仅相当于全国人均占有水资源量的9.5%左右，是我国严重缺水城市之一。

介绍完上述情况，水务局领导带着陈建生由市政府所在地，曲曲拐拐地向北部边境地区考察旱情。

两个多小时后，他们看到了邻国的戈壁和二连浩特的那一望无际的干涸的平原。没有一条小河，河沟基本上都没有水，在二连浩特南部40千米之外存在一条宽度为10千米的沙带，那里有沙山与沙丘。通过考察地貌，陈建生知道，这一带在中生代以来曾发生过火山喷发，火山喷发结束后，曾有大量的地下水从火山口外泄，火山口上部也曾凝滞风尘沙粒而形成沙漠与沙山。但长期以来，由于深循环的导水通道中的孔洞被石英与方解石等沉积矿物堵塞，使泄水量逐渐减小，上涌的水量已经不能维系沙山，原来堆积在火山口上部的沙颗粒由于缺少了水的黏滞，逐渐被风带走。久而久之，这片沙漠，宛如今天的“拆迁户”搬家，搬到南边有水凝滞的地方“安家”了。如今二连浩特南部地区东西走向的沙漠带，南北宽度只有 10 千米，高度只有几十米，就是原来的高大沙山蜕变的产物。

看完边境地区，考察车载着陈建生等人向东北方向驰去。地广人稀的世界里，他们偶尔在低洼地区看到一两个小型咸水湖。因为二连浩特总体地势是南高北低，东北部尤其低。南部沙漠地区外泄的地下水带着土壤中的盐分，顺流而下，在东北部形成了不能饮用的咸水湖。

谈起二连浩特的河流，同行的水务局领导说：“二连浩特降水稀少，形不成径流，所以，整个二连地区没有河流。仅有一条失去地面径流的‘古河道’。明天，带你去看看‘古河道’。”

4

第二天上午，仍由水务局领导陪同，考察了二连浩特南部地区。

汽车沿着一条比较宽广的柏油马路在城区周围行驶着。然后，按照由北向南的顺序考察了二连浩特的三个水源地。

距城区最近的是盐池东端的咸水井区。这里地势最低，是地下水汇集区，但盐分最高，均为咸水，不能饮用，只能作为工业用水。

出盐池水源区向南 24 千米是赛乌苏洼地。这个水源地有一怪现象：距地面 20 米以上，盐度较高，不适合饮用，但 40 米以下是淡水层，可供灌溉用水，因此，这里成了蔬菜生产基地。100 米以下都是咸水层，淡水层夹在了咸水层之间。

下一站是市西南 65 千米的齐哈日格图。因为路程尚远，陪同考察的水务局领导谈起了二连浩特地下的“古河道”。

据介绍，这条地下“古河道”发源于西南部的大青山，距二连浩特大约 300 千米，它流经苏尼特右旗，“S”形地拐进了二连浩特地区，然后穿过二连浩特城区，向东北方向遁去。目前，古老的河道虽然消失了，但遗址尚存。最明显的特征是：“古河道”所经之处皆地势低凹。根据水往低处流的特性，二连浩特的三个水源地都分布在“古河道”上。

考察车走走停停，两个多小时过去了。陈建生等人看到了“古河道”上的奇特景观：每隔约 1 千米，就有一个抽水机井，它们像公路里程碑那样有规律地排列着。水务局领导说：“这就是二连浩特市区饮用水源区——齐哈日格图水源区，水质良好，可以饮用。但这个水源地开采已近极限，所以迫切需要寻找新的水源地。”

考察了以上三个供水源区，陈建生把精力放在“古河道”两侧的沙丘与敖包上。他惊喜地发现，这个饮用水源区的周围有突出地面的敖包或沙丘。沙丘高达 20 多米。他还发现敖包实际上都是一个个的火山口遗址，由于千万年的风化剥蚀，有的死火山口近似平地，远看像隆起的小山丘。但有的火山口仍高出地面 30 多米，牧民在小山丘顶部用石头堆成祭祀的敖包。粗略计算，远远近近的死火山至少有 20 多座。根据地下水深循环理论，陈建生向水务局同志透露：“二连浩特地下水大有希望！”

5

在荒漠中寻找水源地，就像射手放箭，若想百发百中，何其艰难！陈建生不可能像医生看病那样可以借助“B 超机”“X 光透视仪”等仪器寻找病因，他所依靠的仅是他摸索出的“深循环理论”。而验证其理论，使之成为指导找水实践的锐利武器，首要一点：深入研究和掌握二连浩特的水文和地质状况。

1976 年，中国人民解放军某部绘制了 1 ∶ 200000 的二连浩特“区域水文地质普查报告”。报告中说，二连浩特地下有一条长度约 370 千米的“古河道”，这条“古河道”源于西南 300 千米的大青山地区。二连浩特地下水资源都分布在“古河道”中，而“古河道”的地下水主要来源于阴山山脉大气降水和地下水径流补给。

报告还说：目前能够开发的地下水资源有 3 处。从北向南依次为二连盐池东段、赛乌苏洼地和齐哈日格图。其中，二连盐池地势最低，是地下水汇集区，浅层水质较好，浅水层下部为咸水。市区南 24 千米的赛乌苏洼地地表以下 20 米以内的浅水层盐度较高，不适合饮用。埋深 90 米以下存在淡水含水层。齐哈日格图下部存在30米厚度的砾石层，该砾石层呈南北向分布，从乌兰察布的大青山延伸到二连浩特。

水文地质专家据得出结论：这是二连浩特地下的一条古河道。

根据这些报告，二连浩特水务部门于1994年，在齐哈日格图建设了第一个水源地。果如报告所言，此处水质较好，成了二连浩特城区的饮用水源区。其后陆续开掘了其他两个水源区。这两个水源区的水质，亦与勘察报告所言大致相符。

陈建生从以上三个水源区的钻孔实践中得知，“古河道”中的砾石层厚30～50米，砾石的主要成分是风化的花岗岩，其中含有些许火山岩碎屑，砾石层中几乎没有母岩为沉积岩的卵石成分，砾石的磨损程度较低，边角没有被磨圆。

后经进一步考察，陈建生惊奇地发现，靠近“古河道”盆地边缘地带分布着石灰石岩脉，明显为钙华、硅华的产物，地面散落着大量的钙质结构根管结核，还分布着一些网纹红土，加上远近旧火山遗址。据此，他从中判断，二连浩特具备深循环水的典型特征，但具体水流脉动还需细细勘探。

6

为彻底弄清二连浩特地下水脉络以及“古河道”的奥秘，以便准确地选定新的饮用水源区，陈建生带领他的团队对二连浩特及其周边地区进行多个侧重点的勘察与采样。

屈指算来，这个团队共采井水、泉水、水泡子样品80个，采集水样的同时采用便携式测试仪器，现场测量水样的酸碱度、水温、电导、溶解氧等参数。

除了采集水样，他们还采集了62个土壤样品，目的是研究降水对地下水是否有补给作用。

具体方法：采用专用沙漠采样钻，钻取6个土壤剖面，剖面深度在70～440厘米之间。每隔20厘米采集一个土壤样。土壤样品质量约500克，装入密封袋中进行密封处理，以防止水分蒸发。

所有土壤样品，均带回河海大学水文水资源国家重点实验室进行处理和数据分析。测定同位素的土样采用真空蒸馏的方法，提取土样中的水分，并采用冷阱收集冷凝水等，过程十分复杂。

简言之，通过对二连浩特水样、土壤样品同位素检测、地球化学分析、含水率与盐分等分析，获得一系列相关的参数，通过数据做出正确的判断。

研究发现，“古河道”的形成另有原因。

7

二连浩特—苏尼特右旗—大青山一带新生代岩浆活动，造成了地层隆起，所谓的“古河道”，就分布在隆起的丘陵之间，火山口位于丘陵顶端。火山喷发停息后火山口成为导水通道，深循环地下水从不同的火山口中溢出形成的溪流都向谷底汇集。火山周边隆起的花岗岩等岩石在物理化学作用下风化成砂砾，这些风化的砂砾不断地被水流带到谷底堆积形成“古河道”。所以，这条“古河道”并不是传统意义上的河道，河道中的水来自于两侧的火山通道。

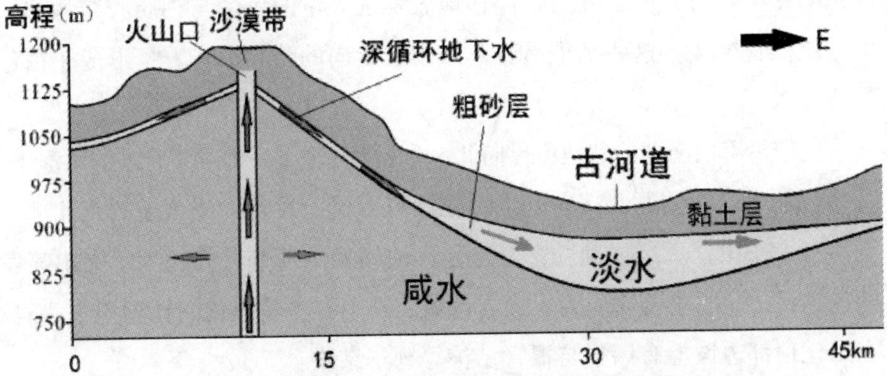

深循环地下水补给到“古河道”示意图

实际上，根据水中的盐分可以判断地下水来源，因为源区地下水的盐分低，地下水在径流的过程中盐分将不断增加。所以，低盐度的地下水主要集中在二连浩特南部。野外调查发现，这里存在诸多的火山活动遗迹，有几座喷发规模较大的火山口，中新世末至更新世早期有玄武岩喷溢。考察发现，淡水地区都是呈片状分布。在“古河道”周边都可以找到火山构造或保留了火山活动的痕迹。“古河道”地下水的TDS（溶解总固体）变化较大，二连浩特南部边界之外“古河道”地下水的TDS，明显高于二连浩特境内“古河道”中的地下水。显然，二连浩特的“古河道”中的地下水并不是来自苏尼特右旗的“古河道”，二者的补给源不同。由此可知，“古河道”主要是储水构造，“古河道”中的地下水来自于不同的火山口。

8

弄清上述基本情况之后，寻找二连浩特新的水源地便有了大致的方位：南部地区，但必须跳出“古河道”的束缚。

于是，陈建生和他的团队拉网似的在南部地区的旷野上搜寻着。

几天之后，他们在二连浩特以南约38千米处发现了一个极具研究价值的小型盆地。这个盆地的具体位置与传统地质理论中的“古河道”没有关系。

经仔细考察，陈建生等人在小盆地的西南边界、高程1030米处发现风化的花岗岩与火山岩碎屑，还在地表发现大量的钙华与钙质胶结物和一些硅质根管结核。这些钙华沿着一条南北走向的公路分布着，形成了白色的条带。

他们沿着西南部的盆地边界向北5千米处发现了一处常年有水的水泡子。

再从小盆地的西北部向东走，他们有了更大发现：小盆地的东北部，竟然有个小山丘。经仔细勘察，这是火山喷发的遗迹，并找到了火山喷发的证据：山丘的主要物质为火山岩碎屑，其中有少量风化的孔洞型玄武岩。在山丘顶部边坡上有钙华与根管结核等钙华结物。

根据上述特征，陈建生推测，这里具备深循环水的典型特征。

就这样，陈建生在这个小盆地的西南、西北、东北部选定了勘探打井取水的4个井位。这些井位，远远高于“古河道”的高程。

打井队根据陈建生定桩的井位朝下勘探，结果，不足100米深，4口井均不停地向上涌水，这就是二连浩特饮水史上首次出现的4口自流井。其深度均在百米之内。自流涌水量在5～30立方米/小时。淡水层在70～100米之间，40～70米之间存在隔水层，40米以上与100米以下都是咸水层，淡水层夹在两个咸水层之间，表明地下水只能来自于火山断裂带。自流井显示这个水源地水量充足且有稳定的补充源。

经同位素检测，这些地下水来自西藏高原的羌塘盆地。从羌塘到二连浩特，它们在地下输水通道中运行了30多年。

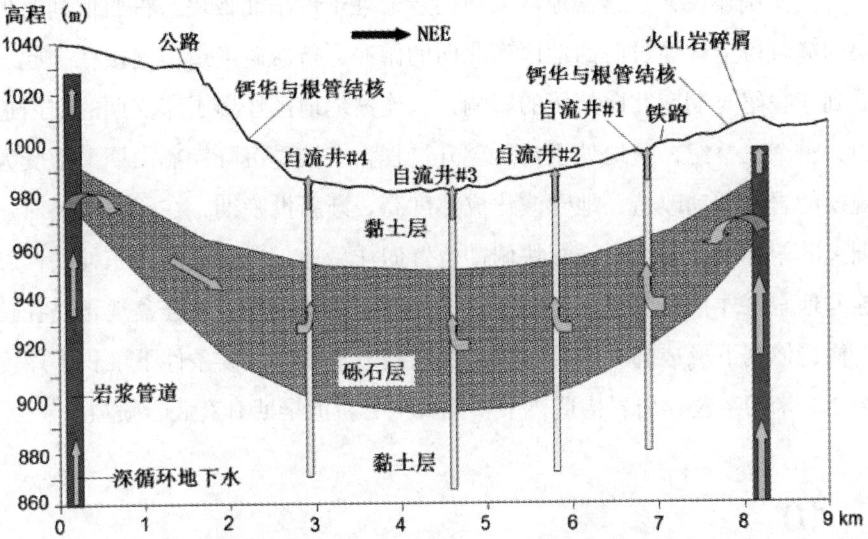

二连浩特4口自流井群地层结构剖面图

9

二连浩特打出4口自流井，表明从阿拉善右旗至长白山天池间的地下水通道上，平添了一个标志性的泄水点，就像荒野中的川藏千米上建立了一座标志性兵站。它的出现，不仅体现了深循环理论对旱区找水实践的指导价值，同时，也是对深循环理论的科学检验。认真总结这一科学活动，对于丰富深循环学说的理论意义，必将起着推动作用。因此，陈建生与其团队成员发表了有关二连浩特地下水的专题论文。

论文中说，二连浩特位于内蒙古—大兴安岭海西褶皱基底上发育起来的中新生代断陷沉积盆地中，地处中朝板块与西伯利亚板块的缝合带上。基地地质构造复杂，主要由古生界变质岩系及岩浆岩组成，盆地不同部位基底地质构造不同。基底构造层的起伏变化大致为北东向的构造带，自东向西依次为大兴安岭隆起区，苏尼特隆起及巴音宝力格隆起，其间夹有负向构造带，形成正负相间的构造格局；近东西向构造带自南向北依次有温都尔庙隆起区、二连浩特至锡林郭勒隆起及东乌旗隆起，其间亦夹有近东西向的负向构造带，亦形成正负相间的格局。

论文中还说，二连盆地从大地构造上处于古华北板块与古西伯利亚板块的缝合带上，经过海西地区南北向的俯冲、挤压碰撞造山连接在一起。受到三叠纪时期南北向挤压的影响，二连盆地地区经历了印支期的陆内造山，整个三叠纪，盆地处于挤压隆升过程，未接受沉降。燕山期又遭受大规模的岩浆活动改造，地壳演化成熟度高。渐新世晚期，在印度板块对亚洲大陆俯冲碰撞与太平洋板块俯冲位置向洋后退，以致大陆向东伸展，二连盆地全区才抬升剥蚀，直至中新世晚期才继续沉降，二连盆地正是在这一构造体制下形成的。晚第三纪，在潮湿、半干旱气候条件下堆积了厚度约 200 米的杂色碎屑岩构造，中新世末至更新世早期有玄武岩喷溢。

10

关于二连浩特的地下“古河道”，陈建生指导的研究生王彦超的硕士论文中有这样一段记述和分析：“在水化学分析中，我们发现，二连浩特地下水主要是受到硅酸盐岩溶解的影响，也说明二连浩特地下水属于火山玄武岩地下水，由深部循环补给而来。同时，在 Piper(一种水化学的分析方法) 三线图中，我们发现土壤水中的钠离子含量也明显高于地下水，对于钠离子浓度，其是在水分运移路径中不断增加，钠离子浓度较高的土壤水明显不会补给低浓度的地下水，反之其是由低浓度的地下水通过土壤薄膜水层向上运移补给，在向上补给过程中，逐渐溶解土壤颗粒中的盐分，使土壤水 TDS 升高，在向上运移过程中，同时受到蒸发的影响，使土壤表层的盐分出现较高的累积。

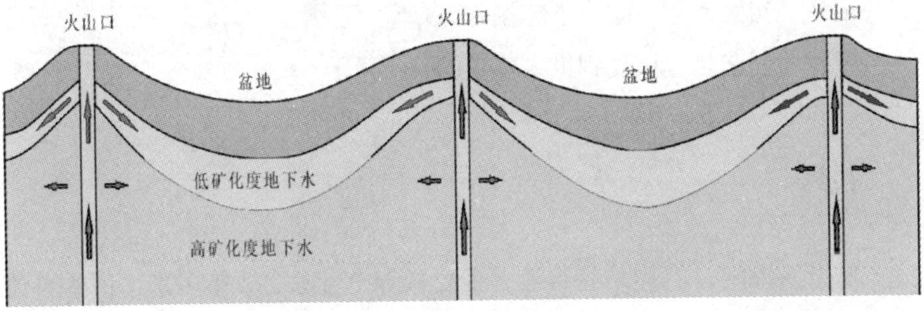

火山口泄水示意图

“而所谓的‘古河道’中仅存在边角未被磨圆的风化的花岗岩，并没有母岩为沉积岩的卵石成分，说明‘古河道’其实并不是一条真正的河道。它的形成和风化的花岗岩有关，火山活动将原来的花岗岩地层隆起，热液从火山口涌出夹杂着风化的花岗岩汇入盆地中，在火山口周围形成了富水性良好的粗颗粒沉积层，‘古河道’地下水就在此汇聚储存。二连浩特的水源地都位于火山岩地区，泉水和自流井都分布在火山口周围，结合同位素对比，二连浩特地下水更加符合火山玄武岩地下水特征。外源水经过深循环，从二连浩特火山口上涌，最终通过‘古河道’的粗颗粒层汇入盆地中，储存在古河道中(如上图所示)。所以在地质历史上并不存在一条从大青山延伸到苏尼特右旗的河道，而仅仅是一个储水结构，且‘古河道’中的水质自上游到下游也是时好时坏。综合同位素地球化学数据表明，二连浩特地下水并不是由‘古河道’源头的大青山大气降水补给，通过大范围对比降雨数据，只有青藏高原羌塘盆地的降水和‘古河道’中的地下水相似。”

11

综上所述：陈建生开辟地下水自流井水源区，说起来倒也简单，就像一张薄纸蒙眼，看不清真相，自然也看不到地下水外泄的症状。但经他轻轻一戳，透亮了，看到了事物原委，稍加钻探便冒出了清粼粼的地下甘泉。

笔者不厌其烦地记述他们的勘察经过和深入的理论分析，就想表达一句话：调查研究像十月怀胎，自流井出水，乃一朝分娩！人们万万不可只庆贺孩子的生日而忽略怀胎之功。

记住一句民谚吧，吃水不忘掘井人。

智慧的创造是应该受到世人尊崇的！

12

弹指一挥间，二连浩特自流井业已喷泉 3 年多。3 年多来，这些自流井出水量不仅没有减少，反成增加之势，水质也越来越好，这一事实说明，深循环理论指导下的找水实践是成功的。应该说，这是为深循环理论提供了一份坚实的佐证。不仅如此，近来邻县出现的“水井冰山”又使这一佐证出现了延伸。

2018 年 12 月初，中央电视台播放了一条新闻：内蒙古锡林格勒盟苏尼特右旗出现了一件奇事，该旗桑宝拉格苏木牧民雅日拉图的一口水井变成了 4 米高的一座冰山。

这样别致的“冰山”是怎么形成的呢？牧民雅日拉图说，2018 年 11 月下旬，他在自家门口打了一口 50 米的深井，井刚打好的时候并不出水，

2018 年 12 月初，内蒙古锡林格勒盟苏尼特右旗
桑宝拉格苏木牧民雅日拉图的水井

一直在冒气，半个月后才有少量的水，慢慢地，气体越来越大，水一直往上冒，就形成了小喷泉，由于冬季最低气温在零下 20 多度，地下水的温度高于地表气温，它与冷空气相遇后凝固成冰，很快形成了这座冰山。

看了这则新闻，笔者与陈建生通了电话，请他解释产生“冰山”的原因。

陈建生教授说，他们在出现“冰山”的地区曾经做过调查，该井位于苏尼特水源地的东北，在二连浩特境内 4 口自流井的西南。苏尼特右旗的这口自流井与二连浩特的 4 口自流井基本上属于同一个火山群，所以地下水较为丰富。苏尼特右旗在中新世末至更新世早期有玄武岩喷溢，淡水区主要分布在二连浩特南部与苏尼特右旗接壤的火山玄武岩地区，都属于玄武岩地下水。

读者如感兴趣，可查看本章“二连浩特及南部地区采样分布图”。该图南部有个大圆圈，圈内大部地区属于苏尼特右旗，图中的阿拉伯数字是陈建生等人的井水取样点。

陈建生等人在二连浩特到苏尼特右旗之间采集了 33 口井的水样，进行了氢氧同位素与水化学分析。研究发现，该地区的地下水与其他地区的地下水存在很大的差别，碳酸氢根与钠离子含量达到 60%～85%，均值达到 68%，属于天然苏打水。

苏打水的产生来自于水岩反应，必须同时满足 3 个基本条件：（1）含水层中存在钠长石等火成岩矿物；（2）地下水中存在大量的来自深部地层释放的二氧化碳；（3）地层中存在导水通道。显然，只有火山口能够同时满足上述 3 个条件。

苏尼特牧民家水井“冒了半个月的气”，这些气体是从地层深部进入火山玄武岩熔岩隧道的，二氧化碳溶入深循环地下水中，与周围的钠长石等发生了水岩反应，生成了钠离子与碳酸氢根离子等，从而形成了苏打水。苏打水通过火山通道涌入含水层中，当含水层被钻孔钻透后，由于洞口靠近火山口的涌水通道，地下水的压力较大，便涌出地表形成自流。溶解在地下水中的二氧化碳随着压强的降低从水中释放出来，大量的二氧化碳从井中向外释放。

第三章

舍近求远 杭锦旗沿河三镇喜饮大漠清泉

内蒙古杭锦旗传来喜讯：黄河岸边的“沿河三镇”摆脱了黄河侧渗水污染的困境，从此喝上了来自库布齐沙漠的大漠清泉。这是陈建生教授“地下水深循环理论”成立的又一佐证。

1

2018 年 12 月 5 日，陈建生教授给我发来微信。

“内蒙古杭锦旗库布齐沙漠火山口附近找到的铁盖庙水源地已经向黄河岸边的沿河三镇即巴拉贡镇、呼和木独镇与吉日嘎朗图镇供水了！目前已经试供水一周，明天上午 10 点，鄂尔多斯市与杭锦旗领导出席供水剪彩仪式，邀请我参加。我在开会，不能见证这一历史时刻了，这是地下水深循环理论在沙漠地区应用的又一成果。”

得此喜讯，我立刻以简要文字，在我们那个“20170718 北京水讨论”微信群里发了信息，以便引起专家们对沙漠水源的重视和关注。

2018 年 12 月 7 日，内蒙古新闻网根据《鄂尔多斯日报》的报道，发布了一篇新闻稿：《杭锦旗：大漠清泉滋润 3.6 万农牧民》。

文章开头说："2018年12月6日是最值得纪念的日子。这天，巴拉贡、呼和木独、吉日嘎朗图三镇自来水提质增效工程正式通水，从此告别了苦涩发黄的黄河侧渗水，沿河三镇5955平方千米范围内的3.6万农牧民，喝上了甘甜清冽的'大漠清泉'。"

文章接着说："杭锦旗沿河三镇地处黄河冲积平原区，深层地下水TDS高(1～3克/升)，且氟含量、氯化物超标，无法直接饮用。20世纪80年代，当地农牧民在黄河岸边打侧渗井取用浅层地下水饮用，尽管如此，氟骨病、结石等因水质不好而导致的疾病在当地时有发生。近年来水源地补给发生明显变化，该地区供水工程出现水质年际变化大、供水量不足、供水保证率降低等问题，严重影响当地农牧民的生活便利和身心健康。"

文章还说："为从根本上解决沿河三镇农牧民饮水安全问题，杭锦旗委、政府将三镇自来水提质增效工程列为2018年183项重点工程之一，按照一次性规划、分期实施的办法进行建设。工程规划总投资约12670.99万元，其中一期工程批复投资7507.37万元，于今年7月25日正式开工。建设、施工、监理单位和当地相关部门密切配合，经过4个多月的艰苦奋战，将位于库布齐沙漠腹地提格庙(即铁盖庙)地区的清泉输送到3万多农牧民家中。"

文章中还援引了杭锦旗水务局总工程师樊文彪的一段话："库布齐沙漠提格庙(即铁盖庙)地区远离黄河，没有受到黄河水侧渗影响，水质良好，且地下水位高、储量较大，是优质水源地。与之前的黄河侧渗水相比，沿河三镇农牧民可以说是喝上了'矿泉水'。"

2

沙漠与深循环地下水的依存关系是陈建生"地下水深循环理论"的一个重要组成部分。为调查沙漠与地下水的关系，陈建生跑遍新疆、甘肃、宁夏以及内蒙古等8大沙漠，得出了"地下水维系沙山沙丘景观"这一著名论断。

此后，陈建生以此论断为切入点，破天荒地在阿拉善右旗的沙漠中打出了 8 口优质矿泉水井，使这座沙漠县城从此告别了饮苦涩水的历史。

时隔不久，他为证实自己总结的“地下水深循环理论”，又在二连浩特打出了 4 口自流井，轻而易举地解决了这个边境城市居民的饮用水难题。

在此之后，陈建生和他的团队又对库布齐沙漠进行了多次考察，取得了地面和地下水源一系列的科学数据。为杭锦旗沿河三镇引来了大漠清泉，应该说，这是地下水深循环理论的又一验证。

3

库布齐沙漠铁盖庙水源地发现过程颇有传奇色彩。

2012 年 8 月下旬，由兰州大学资环学院组织，河海大学、内蒙古师范大学等单位参加的中国北方沙漠科学考察队对库布齐沙漠、巴丹吉林沙漠、腾格里沙漠与乌兰布和四大沙漠进行了科学考察。考察活动的组织者是兰州大学资环学院院长王乃昂教授，同位素水文学家、河海大学的陈建生教

兰州大学组织的沙漠考察队合影

陈建生（后排左 1），王乃昂（前排右 2），刘书润（前排右 3）

授与著名植物学家和草原生态学家、内蒙古师范大学的刘书润教授等参加。参与此次考察的正式队员共20名，其中包括7名本科生、6名研究生、6名教师和1名记者。队员中年龄最大者75岁，最小者20岁。科考队于8月21日自兰州出发，从8月下旬至9月上旬主要沿1908年科兹洛夫从黑城至定远营（今巴彦浩特）、切尔诺夫从定远营至索戈浩特（今民勤）、1927年中瑞西北科学考察团从三德庙至额济纳河、1871年普尔热瓦尔斯基从磴口至定远营所经路线进行，重点考察了巴丹吉林沙漠北缘“湖谷”地貌、阿尔善敖包、塔本阿尔丹等地近百年来自然环境、人文景观的变迁。路线考察期间，分组进行了风沙地貌、地物光谱、湖泊泉水、沙漠植被、文化遗迹等调查工作，沿途采集了大量水样、沙丘沙样、植物标本、碳14测年、石器陶片等样品，获取了大量典型沙丘、气候水文、生物多样性、基础地理信息等数据。此次考察的重大收获，主要是在沙漠腹地新发现全新世泛湖期封闭高湖面5处、胡杨林2处、旧石器至新石器文化遗迹1处，并在巴丹吉林沙漠东北部与库布齐沙漠腹地首次发现了火山群。

2012年8月29日，考察队进入了库布齐沙漠，将近傍晚时间，考察队选择在沙漠腹地一个较大的山坡上作为宿营地，大家开始支帐篷、拾柴火准备晚餐。陈建生教授带着几个学生在去山上拾柴火的路上看到了很奇特的景色，在方山的周围分布着一些小山丘，这些小丘陵呈环形分布，很

沙漠考察队员准备出发

沙漠考察队重要成员，从左至右：王乃昂、刘书润、陈建生

像五大连池周边的火山群。于是，陈建生带领学生们去这些小丘陵查看究竟，发现这些小丘陵都是由熔岩构成，沙颗粒在高温下被加热到熔融凝结而成，显然是岩浆活动的证据。虽然这些丘陵不是火山直接喷发的产物，但足以证明这个地区在第四纪曾经发生过岩浆活动，而且这座“方山”很可能就是主火山。

经过向当地牧民打听获悉，这座“方山”名叫“提格山”，“提格”在蒙古语里是障碍的意思。据传，成吉思汗不仅在这里进行射箭等技能训练，而且进行进攻、防御等战术训练。这些叫“提格”的地方，是设障碍防御对方的阵地。提格山顶上有一个喇嘛庙，被称为“提格庙”。由于“提格庙”的发音与汉语“铁盖庙”的发音相似，而且方山的形状像一个四方的铁盖子，于是“铁盖庙”的称呼便流传下来。

铁盖庙建于公元 1769 年，有佛殿 1 处 6 间，喇嘛住房 20 间，全庙 32 个喇嘛，因烧香拜佛的人相信朝拜“提格庙”会克服各种障碍，所以，虽然该庙藏于沙漠腹地，交通极不便利，但是，铁盖庙的香火久盛不衰。令人遗憾的是，此庙最终被毁于“文化大革命”。

考察队在对库布齐沙漠的考察过程中发现了沙漠腹地的铁盖庙火山群，确认铁盖庙火山是该火山群的主火山，火山形状为方山，火山地势高出地表近 100 米。如今的铁盖庙火山口，已经被沙颗粒所填充，成为了平顶山。山顶上长满了国家保护植物柠条。

库布齐沙漠腹地岩浆活动上涌形成的熔岩

在铁盖庙东部约 20 米处有一口约 4 米深井，井虽然已经被风沙填埋，但砖砌的井台仍然在，井直径大约 1 米，牧民说这就是当年喇嘛与烧香拜佛人的饮用水源。显然，先民们首先在山顶挖到了井水，才修建了庙宇。铁盖庙主火山周边，存在十几座小火山，分别距主火山 2 ～ 3 千米，总体

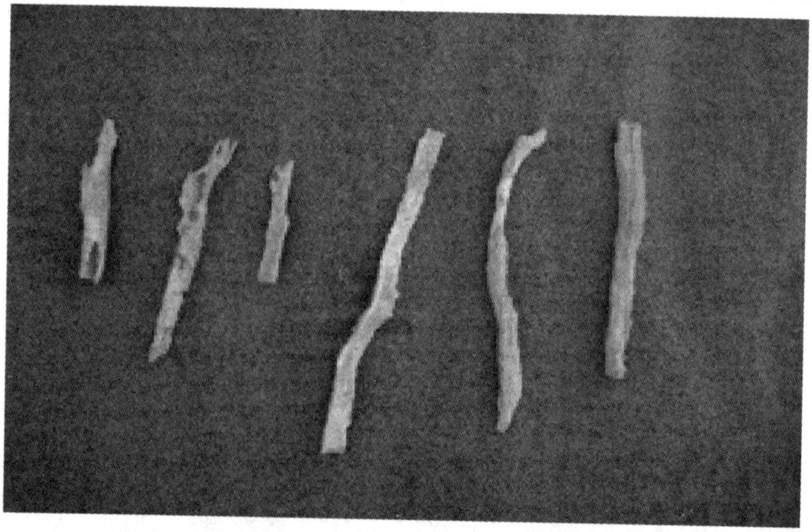

在库布齐沙漠中找到的根管化石

上呈环形分布。

调查中发现，从小火山中溢出岩浆的风化程度较低，由此判断，这是新生代以来的岩浆活动的产物。

考察队在主火山遗址露宿了一晚。

经过这次仔细勘察，他们还在主火山遗址发现了钙华与钙质胶结物，并在沙丘上找到了一些根管化石。

通过对这些根管化石和钙结核物的分析和研究，初步得出了这样的结论：这些化石和钙华物都是因深循环地下水出溢而形成的。据此判断，铁盖庙火山区是深循环地下水的出溢区，主火山通道可能就是深循环地下水的出溢通道。

4

2013 年 9 月，陈建生教授应鄂尔多斯政府的邀请，对杭锦旗进行了考察访问，在考察期间与杭锦旗水务局刘海全局长进行了交流。在交谈过程中，刘局长提出，杭锦旗沿河三镇居民饮水存在问题：黄河水受到严重污染，有时已成 5 类水，而且深层水的 TDS 偏高，不符合饮用水标准，希望陈建生教授帮助沿河三镇找到优质的饮用水源。

陈建生说："在库布齐沙漠腹地铁盖庙可能存在优质的水源。"

于是，双方签订了合作协议，对铁盖庙水源地展开勘察。

2013 年 10 月 15 日，陈建生教授和博士后葛璐副教授、博士葛健副教授、硕士研究生王超一行 4 人，在刘海全局长的全程陪同下对铁盖庙水源地开展了为期 10 天的考察。考察期间，他们住在距离铁盖庙 13 千米的牧民达赖家中。

这次野外考察，陈建生等共采集各类水样 58 个，打土壤剖面 6 个，取土壤样品 100 多个。

通过对水样与土壤样的同位素与水化学分析确定：铁盖庙火山口的确是深循环地下水的涌水通道。地下水符合饮用水标准，其中锶的含量为 0.6 毫克 / 升，达到矿泉水标准（0.2 毫克 / 升）。每天的涌水量大于 5000 吨。

铁盖庙地区可以作为沿河三镇新的水源地。

考察组在库布齐沙漠中提取土壤样品

刘海全局长根据河海大学前期的研究成果，向杭锦旗主要领导做了汇报，旗政府决定在铁盖庙附近寻找新的水源地，以解决沿河三镇居民的饮水问题。

2013 年 10 月，从左至右：硕士研究生王超、博士后葛璐副教授、博士葛健副教授、铁盖镇负责人达赖、刘海全局长、陈建生、水务局成员、水务局办公室主任陈燕在铁盖庙火山群的一座小火山遗址合影

此后，旗水务局委托内蒙古第二水文地质工程勘察有限责任公司在铁盖庙方山顶钻孔后，又在铁盖庙遗址南40米处钻井527米，该井每天的涌水量可达1000吨。在成井过程中，对该井周边进行了开挖，开挖到3米处便冒出地下水，表明该井位应该在火山口的上部。由于地下水来自于火山口，所以这里的地下水位最高。铁盖庙能在山顶上修建，最重要的是要找到饮用水源。先民们是如何在火山口挖井找到饮用水源的，并没有留下文字记录，这也许会成为永远的谜团。但是，与陈建生的地下水深循环理论认为的火山口存在优质饮用水源，二者不谋而合。

陈建生教授多次去钻井现场考察环境并确定井位。屈指算来，铁盖庙地区先后共钻井9口，其中自流井1口。井水的水质基本上达到了饮用水标准，水中的氮磷等有机污染物几乎为0，锶含量达到了矿泉水标准，而且偏硅酸的含量也较高，水中对人体有益的矿物质十分丰富，钠与碳酸氢根含量占50%，属于天然苏打富锶型矿泉水。

铁盖庙钻井周围挖出了地下水

2018年9月5日，陈建生作为乙方负责人如约将《内蒙古鄂尔多斯市杭锦旗铁盖庙水源地同位素分析报告》交甲方负责人刘海全。该报告共分“库布齐沙漠地下水补给源研究”“库布齐沙漠铁盖庙水源地解决沿河三镇供水”和“铁盖庙新水源地钻井水质分析”等6大部分，全文约8万多字。

报告的最后部分还特地向甲方作如下交代：“铁盖庙水源地的主要补给源是被覆盖的火山口，从火山口中涌出的深循环地下水涌入到沙层中，形成承压水，其主要排泄区分为三个方向：西部、北部与东部。由于南部是山区，地势较高，没有排泄区，根据地势，火山口补给到南部的水最终还是要绕道西部与东部。所以，我们选择供水井要考虑到深循环地下水的补给、径流与排泄特征。目前我们除了在西部钻井拦截深循环地下水之外，还应该增加东部与北部的钻井，确保水源地长期有效地运行。”

也就是说，如果将来水量不能满足沿河三镇的需求，可在铁盖庙北部和东部地区再打几口井，就可以使供水系统“长期有效运行”。

铁盖庙山下打出的自流井

以上所述就是铁盖庙“大漠清泉”的发现和开发的简要过程。总结这个过程，笔者认为，4 个方面的贡献缺一不可：一是陈建生和他的地下水深循环理论的指导性和奠基性作用；二是兰州大学王乃昂教授组织的沙漠考察之旅；三是杭锦旗水务局刘海全局长等人的积极努力；四是鄂尔多斯与杭锦旗政府的全力支持为工程的顺利进行提供了全面的保障。

第四章

独树一帜　一棵理论创新之树的科学支撑

世上理论之树，大都是灰色的、干巴的、枯燥的，但其枝叶是绿色的，花是灿烂的，果是亮丽的、甜蜜的、诱人的。

一棵创新之树，因其牢固的科学支撑，叶分外绿，花分外香，果分外甜蜜而诱人！

一段“沙漠与水”的“奇谈”，被沙漠取水的实践奉为实践的指南。

无需哀求，无需辩白，创造之树的花果才是科学佳话的经典。

1

本书前三章关于沙漠取水的故事中，都提到“地下水深循环理论”的指导作用以及“流域水文循环理论”的局限性，看到这样的文字表述，有人会问：这两种地下水循环理论有何异同?

传统的地下水循环理论认为，地下水的补给区域与地表水的基本相同，都是来自于流域内部的降水，其循环范围受地形和流域所限。不同流域之间的地下水不存在跨流域的补给，流域内部所有的水资源都来自于流域区内的降水。地面水渗入地下后形成了地下径流。地下水储存在岩土体的孔隙、裂隙及岩溶之中。地下水的循环深度限制在上地壳。地下水的流动速度一般与深度有关，深层地下水的循环周期是漫长的，流速是缓慢的，一旦超采，要上百年、千年，甚至万年才得以补充和更新，故有业内人士将这种循环模式喻为“浅循环模式”，又称“流域水文循环理论”。支持这种循环模式的重要证据，来自于考古学家常用的碳 14 测年法，通过碳 14 衰变测定地下水的循环周期。

陈建生的“地下水深循环理论”认为，在我国，地下水尚存在一种迄今未被发现的另外一种循环模式，这就是“地下水深循环”模式。它在以下 5 个方面与传统的“流域水文循环理论”恰好相悖。

第一，二者的深浅之别。“深循环理论”认为，深循环水的循环渠道在中地壳甚至上地幔，距地面超过 15 千米。而“流域水文循环理论”认为，地下水的循环深度仅限于 15 千米以内。地下水的研究深度局限于 500 米以上，很少涉及 500 米以下。

第二，循环区域的大小之别。“深循环理论”认为，青藏高原地下水的循环范围涉及中国甚至东亚大部分地区，深循环地下水存在跨流域流动。而“流域水文循环理论”认为，地下水仅限于在流域范围内循环，故称“流域水文循环理论”。

2018 年，陈建生应邀在黑龙江水利学会作报告

第三，循环水的源头之别。“深循环理论”认为，青藏高原周边的柴

达木盆地、塔里木盆地、河西走廊、阿拉善、内蒙古高原、鄂尔多斯、华北平原、长白山、东北平原、苏北平原、雷州半岛等地区的承压水的补给源，来自于青藏高原与云贵高原的地下水塔。水塔的水源，来自青藏高原与云贵高原的渗漏水，地下水为现代水。而“流域水文循环理论”认为，地下水源为本流域内的降水，深层地下水为补给速率很小的“古水”。

第四，水年龄的检测方法之别。传统循环理论采用碳 14 测定地下水年龄，没有考虑深部二氧化碳气藏释放到地下水中“死碳”的影响。而“深循环理论”认为，考古界常用的碳 14，对于中国地区地下水年龄测定是不适用的。因为印度洋板块和太平洋板块分别从西部和东部插入到中国大陆之下，碳酸盐在高温下会释放出二氧化碳。这种二氧化碳，储存于深部岩石圈中，形成了气藏。这些气藏不断地通过断裂带和火山口向地表释放，二氧化碳气藏在释放过程中溶入地下水中。而碳 14 定年要求地下水中不能有其他的碳源混入。正是因为中国大陆的下伏地层有深部碳源释放，所以，用碳 14 测定地下水年龄是不科学的。目前，“深循环理论”是用氚、氟利昂测定地下水年龄的。测得的结果是：地下水为现代水补给，地下水的循环周期为 20 ～ 40 年。

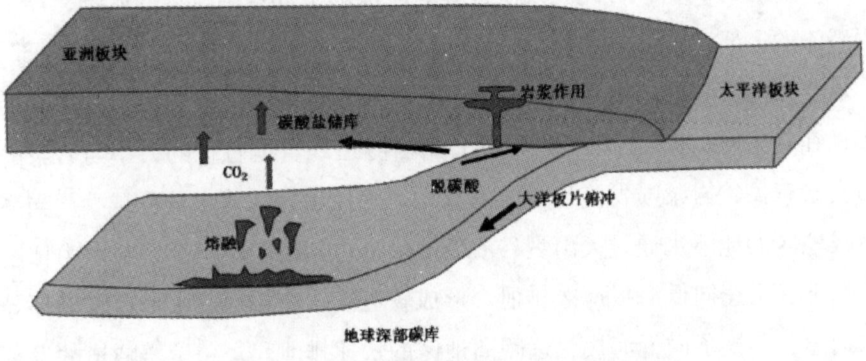

中国东部深部碳循环图。据勘探查明，
中国东部地区已发现有 30 多个 CO_2 气藏和大量高含 CO_2 的油气藏

以上不同检测手段，测得的地下水年龄有几千年甚至几万年之别。究竟孰是孰非，通过观测地下水位变化就可分晓：华北平原深层地下水之前被认为是“古水”，每年的抽水量为 230 亿吨，2014 年之前地下水位呈持续下降趋势。但是 2015 年之后，地下水位出现了持续回升，北京地区的地下水位 4 年平均上升了 3.16 米。显然，“古水”之说是不能成立的。

2

什么是“地下水深循环理论”？陈建生在其论文中有这样一段话。

“地下水深循环理论：新生代玄武岩在冷却收缩过程中，形成了连续的熔岩隧道与孔洞结构。高海拔地区的地下水，在深部的熔岩隧道中循环，并在低海拔地区排泄，其流动形式类似于管道流。深部熔岩隧道形成了地下输水网络，但熔岩隧道相互之间不连通，深循环地下水的补给与排泄，都是通过断裂带与火山口实现的。深循环导水通道的形成过程：在岩浆经过的缝合带或断裂带中，存在管道型导水通道，表明深循环导水通道的形成，与岩浆活动及火山喷发有关。导水通道是由岩浆岩的冷却收缩缝构成。地幔岩浆在向地表喷发的过程中，缝合带或断裂带在岩浆流挤压作用下，向两侧移动，并发生扩张。岩浆喷发停息后，遗留在缝合带或断裂带中的岩浆流，冷却成为岩浆岩。在岩浆冷却的过程中，岩浆流中的矿物发生分异：熔点高的矿物，首先凝结沉淀在岩浆流的下部；熔点低的矿物，浮在岩浆流的上部；岩浆中的水、二氧化碳等挥发，分别聚集到岩浆流的上部，形成连续的熔岩隧道与孔洞。熔岩隧道为不规则圆形，在火山口观察到的直径在 0.5 ～ 2 米，甚至更大一些。熔岩隧道或管道直径的大小与岩浆的喷发量有关，岩浆喷发流量越大的火山，直径越大，输水量也越大。当高海拔地区的地下水通过火山裂谷或断裂带进入到熔岩隧道后，在水力梯度作用下，迅速向低海拔地区排泄，形成管道流。高原地下水通过深循环导水通道，实现了向低海拔、远距离地区的快速排泄。每条熔岩隧道的发育与岩浆活动有关，它们之间一般是不连通的。但活动断裂带可将熔岩隧道挫断，不同熔岩隧道中的地下水，可通过断裂带串通，从而连成输水网络。”

3

以上这段话太专业，一般读者不大好理解。

为便于广大读者对“深循环理论”这棵创新之树有个大致了解，笔者根据多年采访，加上多篇论文的披露，现将其理论概括为5大科学支撑，简述于下。

“深循环理论”的第一科学支撑，也是陈建生的重大发现：青藏高原潜匿着一座神秘而巨大的地下水塔。

这座地下水塔的形成，与地壳岩石圈中存在数量众多的熔岩隧道、孔洞群、裂隙组密切相关。诸多科学家通过地震波与电磁波的反射证据，证明了青藏高原岩石圈中存在“低密度物质”。科学界通过地球化学分析发现，这些“低密度物质”与地幔物质完全相同，低密度现象是由于岩石圈中存在孔洞构造的结果，这些孔洞中充满了液态水，表现为“高导低速结构”。

青藏高原岩石圈中出现孔洞结构的原因是：地下水进入熔岩隧道与孔洞后，迅速被高温的围岩加热成了超临界水。由于超临界水具有超强的萃取能力，它们将熔岩隧道、孔洞、裂隙周围岩石矿物中的铁、镁、钙、锰等萃取成离子。这些被萃取的大量离子，随着水流运动，被带到了青藏高原周边及东部地区发生沉淀，形成低温热液矿物、白云岩、红色风化壳。青藏高原下部地幔岩石圈中物质流失并在东部沉积，造成青藏高原岩石圈比重降低，在浮力作用下，青藏高原逐渐隆升成为“世界屋脊”，而东部地区由于矿物的堆积出现下沉。发生了“西升东降”的“跷跷板”式的变化。与此同时，因物质流失而形成的熔岩隧道与孔洞、孔隙便成了储存地下水的地下水塔。

“深循环理论”的第二科学支撑：青藏高原存在严重渗漏，其渗漏水成了地下水塔的水源。通过水汽通量研究发现，每年从青藏内流区渗漏的水量达到540亿吨，相当于一条黄河的流量。

青藏高原渗漏现象业已被科学界所证实。有关证据将在其后章节里有所涉及，这里记载的仅是陈建生对渗漏原因的独特见解。

印度洋板块俯冲插入亚欧板块之后，致使叠加层下的地幔岩浆压强增高，迫使高压中心的岩浆向缝合带、断裂带等低压区流动，最终涌出地表，形成火山爆发。随着岩浆大量喷发，地幔压强得以释放降低，火山喷发便出现了暂时的停息。火山喷发停息后，保留在缝合带、断裂带中的岩浆冷却成岩浆岩，在岩浆岩中出现了连续的收缩缝。于是火山口、缝合带、断裂带，便成为地表水渗入地下水塔的渗漏通道，最终汇入到收缩缝——熔岩隧道中。

还有，地下水通过火山口、缝合带与断裂带进入岩浆岩的收缩缝后，围岩在冷却作用下进一步收缩，致使收缩缝、缝合带与断裂带的空间增加，产生了张性导水的裂谷与断裂构造。西藏地区的冰川融水汇入的河流，在经过这些裂谷与断裂构造时，便顺着这些裂谷与断裂带，渗入到熔岩隧道、孔洞线构成的地下水塔之中。

“深循环理论”的第三科学支撑：“地下暗河”为深循环水提供了输运通道。也就是说，地下水塔里的储水就是通过这些地下暗河（熔岩隧道）输往各个排泄点的。

开凿地下暗河（熔岩隧道）的头号功臣仍然是地幔岩浆流。

地下导水通道的形成经过了两个过程。

一是因插入亚欧板块下的印度洋板块引起了岩浆流进入到缝合带或断裂带中向地表喷发，岩浆入侵造成缝合带或断裂带发生扩张而向两侧运动。火山喷发停息后，岩浆流冷却成岩，并使岩浆岩在冷却过程中出现连续的收缩缝——熔岩隧道。岩浆收缩缝连通了西藏高海拔与东部低海拔地区，一旦西藏地下水通过断裂带渗漏进入熔岩隧道之中，地下水在水压力作用下便通过收缩缝在低海拔的火山口或断裂带中排泄，形成地下管道输水系统。

二是进入收缩缝中的地下水被围岩加热，成为超临界态水。超临界态水在向地表排泄的过程中，将中地壳、下地壳乃至地幔断裂带围岩中的铁、镁、锰、硅、钙等元素萃取为超临界态流体。超临界态流体在溢出地表的过程中沉积下来，形成了白云岩、铁锰胶膜、石英、方解石、石膏与热液矿物等。由于超临界态水将大量的矿物从围岩中溶出，使收缩缝、断裂带围岩的容积逐渐增大。由于中地壳及以下岩石圈的温度达到了超临界态，断裂带被超临界态水强烈溶蚀后成为薄弱带，流量越大被溶蚀的程度越大，所以，大型薄弱带都分布在大断裂带中，成为地震带。这就是为什么地震源发生在中地壳高导低速层中，因为这里存在空洞，地震发生后会发生塌陷，使地震破坏加剧。而中地壳的高导低速层也成了导水通道的一部分，熔岩隧道中的地下水进入中地壳高导低速层后，通过断裂带向地表排泄，鄂尔多斯盆地、华北平原等地区的地下水都与中地壳高导低速层有关。

简言之，印度洋板块插入亚欧板块形成的岩浆流，经冷却收缩，形成了深循环地下水的导水通道。最初入侵的地下水，在高温下变成了超临界水。这些超临界水对导水通道及断裂带围岩不断凿蚀，形成了漫长而深邃但各不相通的输水通道，这些各不相通的导水通道如果被活动断裂带切割，熔岩隧道中的地下水将会涌入断裂带中，来自不同熔岩隧道的地下水汇聚在中地壳高导低速层中，形成了地下水网，又称地下暗河。由上地幔熔岩隧道、断裂带以及中地壳高导低速层构成的导水通道形成了诸多相互之间连通或不连通的地下暗河系统，就是深循环水的输水通道。

“深循环理论”的第四科学支撑：重力作用下的连通器原理，则是深循环水的运动和排泄机理。

这里说的连通器，就是中学物理课本上讲的连通器。

连通器的两端：高端为青藏高原地下水塔，低端为低海拔地区的泄水区。

这些排泄区，大都分布在相对低海拔的火山口、缝合带、断裂带以及岩浆活动带上。

连通器的管道就是上面所说的熔岩隧道与断裂带。

所谓地下暗河就是前边提及的岩石圈中熔岩通道中冷却形成的地幔熔岩隧道、中地壳高导低速带、火山裂谷及深大断裂带等。

由于地球重力作用下的连通器原理，这就出现了低海拔地区泉水的水帘常挂、长白山天池瀑布滔滔，以及阿尔山地下河、五大连池、腾冲黑鱼河、镜泊湖地下河等多态多彩的自然景观。

经数千个同位素水样检测和水化学分析表明，全国大部分地区的深层承压水都与青藏高原、云贵高原的地下水塔存在水力联系。

“深循环理论”的第五科学支撑：同位素理论为地下水寻踪以及地下水年龄测定提供了科学手段与“亲子鉴定”数据。

陈建生等寻得沙漠海子与西藏渗漏水渊源关系，并发现青藏高原的地下水塔以及地下水塔与全国各地主要泄水点的水力联系，所用的“金钥匙”就是他精通的同位素理论及地球化学分析方法。

现据检测，中国北方地下水深循环周期是 20 ～ 40 年。也就是说，各地地下水年龄是有较大差别的，大致情况是：山西娘子关水帘洞约 17 年；河西走廊约 18 年；鄂尔多斯约 20 年；阿拉善约 30 年；北京和华北地区约 30 年；长白山天池、黑龙江五大连池、三江平原约 40 年。

地下水年龄分布的总体趋势：自西向东年龄逐渐增加。上边给出的地下水年龄都是来自于大流量的泉水。由于不同深循环地下水导水通道的规模不同，溢出地表所经历地层的渗透性存在较大的差异，上述地区含水层中，地下水的年龄比泉水的年龄要大一些。

由于深循环地下水的传输是基于物理学中的连通器原理，那么，青藏高原渗漏水量增加后，必将造成地下水位增高，连通器中的水力梯度也随之增加，管道的排泄量也必然增大。所以，只要我们掌握了渗漏区域所对应的排泄区，就可以对我国北方地下水径流量做出科学预报。因为青藏高原渗漏区的降水量与融雪量增加后，渗漏量随之增加，下游排泄区的地下水位也随之升高，泉水的排泄量也会相应增加。根据这一规律可知，下游排泄区地下水位升高，意味着青藏高原及云贵高原的渗漏量增大了。

试举一例：2019 年 2 月 24 日，中新网发布一条消息：“青海湖水位 14 年间上升 2.55 米。”

青海湖水位连续 14 年上涨的原因何在？青海省气候中心和青海湖国家级自然保护区管理局相关负责人说：“青海湖流域气候向暖湿化发展是造成青海湖水位上升的主要原因。”某气候中心权威人士则说：“除了气候暖湿化的影响，青海湖不断向好的生态环境也是水位上升的原因之一。”

深循环理论则认为，随着全球变暖，青藏高原的降水量与融雪量增加，2003 年塔里木盆地与河西走廊的地下水位开始出现回升，到了 2005 年，张掖地区的地下水位上升了近 8 米。青海湖位于柴达木盆地，青海湖底发现的钙华表明，湖水接受地下水补给。最近 14 年，青海湖水面持续上升，这是由青藏高原温度升高与降水量增加所决定的。根据现有气象和水文资料分析，今后若干年，青海湖水面依然会呈上升态势，因为这些年来青藏高原的降水量和融雪量一直呈增加趋势。这种看法是否正确，有待大家在实践中进一步验证。

4

以上五点科学支撑，使一棵理论创新之树——“地下水深循环理论”之树，开了花、结了果。

有位哲人说过，世上的理论之树，大都是灰色的、干巴的、枯燥的，但其枝叶是绿色的，花是灿烂的，果是亮丽的、甜蜜的、诱人的。

根据这个道理，现从“深循环理论”之树上摘得“沙漠奇谈”，以供品鉴创造之果之飘香吧！

沙漠不是旱魔，沙漠中存有丰富的水源。

地下水凝聚沙尘而形成沙漠。又因深层地下水给沙漠继续补给，形成了固定的沙山和沙丘。沙山沙丘越大，地下水就越丰富。

沙漠的覆盖，不仅久久而默默地保护了地下水源，还为苦难的中华民族保卫了万里疆域，使之避免了贝加尔湖的悲惨命运。

因此说，沙漠与地下水相互依存，实乃远古走来的中华民族的一大幸事。

为便于人们掌握沙漠寻水的规律，陈建生将沙漠取水的井位选择归纳为以下四项条件。

一是有高大沙山与两边对称的盆地；

二是沙山颗粒中保留着火山岩碎屑，这是火山喷发留下的证据；

三是盆地中有钙质胶结层或根管化石，这是深循环地下水外溢留下的痕迹；

四是沙山顶部附近生长着草木植被，这是沙山中存在火山涌水通道的显著标志。

陈建生按照以上规律指导内蒙古大沙漠取水，故而创造了本书开头三章所记载的三则沙漠奇闻。

第二部

震撼了！
青藏高原潜藏着一座神奇而巨大的地下水塔

中华大地多苍茫，世界屋脊匿汪洋。
地下水塔谁发现，大漠海子寻故乡。

——深循环理论诞生小记

第五章

宠辱不惊　黑河涌泉大思考

小小居延海,连着中南海。居延海干涸,成了沙尘暴的发源地,一个重要原因,注入居延海的黑河下游断流。

探讨黑河分水方案,一位同位素专家意外地发现了干涸河床下的溪流,由此萌生了他对传统地下水理论的怀疑。并产生了“地下水深循环”的最初遐想,从此下定了寻根问由的决心。

历史往往演绎出有趣的故事:一位国民党军队的起义军官想检测一下,“文化大革命”后的共产党是否依然按照当初的阳光政策办事,他让儿子报考保密单位,结果被录取了,儿子成了与核武器有关的同位素专家和教授。十多年后,这位教授利用同位素理论检测黑河内情,结果大有收获:上苍赐给他一个大问号。此后,问号开道,他探得了地下龙宫的诸多秘密。

1

陈建生沙漠取水,“指哪打哪无空钻”,如此神奇是源自他的“特异功能”?非也。因为他掌握了“地下水深循环理论”这把“金钥匙”。

也许有人会问：陈建生教授是怎样找到这把“金钥匙”的？故事还得从京津地区的沙尘暴谈起。

20 世纪末，雾霾还不是京津地区人民生活的头号大敌，那时的头号大敌是沙尘暴。

提起沙尘暴，北方人对其狰狞面貌都有深刻的认识。它像神话世界的恶魔，每至冬春季，它总是借助风魔、旱魔，强势、傲慢、贪婪地向人们发起突然袭击。所到之处，无不狂风怒号，黄沙滚滚，就连天上的太阳也失去了原有的光芒。大树连根拔，广告牌满天飞，骑车人不见踪影，大卡车翻了身，就连北京吊车的大铁塔，也被拧成了“大麻花”。面对这样的环境灾害，人们都在思索：“沙尘暴从何而来，何不从源头将其驯服？”

多名专家在媒体发声：“威胁京津地区的沙尘暴有三路大军：西路大军来自新疆大沙漠；东路大军来自内蒙古中东部沙地；中路大军最强劲，来自内蒙古西部的额济纳。北京有 70%的落尘来自额济纳。”

这一消息立刻引起社会的强烈反响。居延海水面辽阔，周围的芦苇草场和树林，那是三北防护林的一块肋骨，是西部生态的一道屏障，额济纳的沙尘怎会越过这道屏障，毫无遮挡地扑向 1300 千米外的北京城？

有问必有答，媒体继而传来消息：由于居延海存水量逐年减少，浩渺的居延海水面萎缩，早已成了两个姊妹湖：索果诺尔与嘎顺诺尔。诺尔在蒙古语中就是大湖泊，这两个湖泊也被称为东、西居延海。西居延海 300 平方千米，1961 年干涸；东居海 35.5 平方千米，1992 年彻底干涸。中科院两位专家从北京落尘的科学分析中得出结论：这些沙尘中，竟然混有居延海湖床的盐尘。

也就是说，干涸的居延海，不但失去了锁闭风沙的静化功能，其自生的盐尘竟然成了额济纳沙尘暴的“助推力量”。

根本问题在于居延海干涸。

问题并不复杂，居延海干涸的原因在于黑河中游五县市超额截流，造成下游额济纳河断流。无流补充的居延海，在干燥的西北风吹拂下，湖水入不敷出，形成了干湖，致使额济纳沙尘暴愈加狂烈。

如何拯救居延海，使之恢复循环生态的勃勃生机？

国务院召开了两次会议，专门研究恢复居延海问题，并给水利部门和地方政府下达了解决黑河流域分水问题的具体期限。

一项项具体措施迅速得到了落实，居延海终于于2000年10月得到了新生。

如今的居延海，蓝天白云，水天一色。湖之四周，芦苇摇曳，恭迎八方游客。看水面，飞鸟腾跃，听鸟鸣，悦耳动听，好一幅大自然彩画，令人心旷神怡。

走近东居延海南岸，一眼看到那沿着堤岸一字形排列的10块巨型标语牌，每块标牌板上都镶着一个汉字，组成了一句醒目的口号："小小居延海连着中南海。"这一巨型标语，充分说明了国家对于治理居延海的伟大作用，也由衷地表达了居延海人民对党中央的感激之情。

本书主人公陈建生就是在"拯救居延海，让黑河奔流不息"的号召下，对原地下水理论产生颠覆性思考的。

2

关于黑河分水，明末清初就有先例。据《甘州府志》《甘肃七区纪要》载：清陕甘总督年羹尧赴甘肃等州视察，道经镇夷五堡，老百姓黑压压跪满街道，"具诉水利失平"。年羹尧在此首定黑河"均水制度"，并借助强大的军事手段解决水事矛盾。

今日黑河分水，依靠强制手段是不行的，得有科学依据。这个科学依

1984年，陈建生（右）与大学同学马吉增（左）在核工业部七所宿舍

据来自实地调查和科学手段的测定。因此，水利部将分水方案的科学测定任务交给了黄河委员会的水文研究所。

所长王华在安排有关课题时，首先想到采用水文同位素分析方法研究黑河流域地表水与地下水之间的转换关系，因为水文同位素技术是前沿的科学方向。但黄委会水文所缺少这方面的专家，于是王华向中国辐射防护研究院的核放射专家马吉增教授求援，希望马教授能推荐一位从事同位素水文学方面研究的专家。马教授向王所长建议说："我大学同学陈建生，原来也在中辐院工作，现在是河海大学教授，他是同位素水文学方面的权威。他研制设计的'单井同位素地下水测示仪'比德国制造的更加简便实用。该仪器在德国、西班牙、印尼、巴基斯坦等水库渗漏探测中，都得到了应用，受到了国际原子能机构的好评。他是国内最早将同位素天然示踪应用于渗流场监测的，在国内外都有影响。"

"那就把他请来，担任我们项目的水同位素顾问。"

3

陈建生，1955年出生，祖籍江苏泗阳。父亲陈月樵，原名陈桂同，字辈同。1923年出生在苏北洋河镇。1936年随兄长离家求学，中学毕业后进入黄埔军校，是黄埔军校第15期学员，毕业后在国民党军队服役。1949年，和平起义编入了中国人民解放军新疆后补三团，任副营长。陈建生的母亲闵心玲，原籍湖北应山县人，外祖父是中国第一代铁路工人，母亲从小随外祖父祖母在外求学，最后毕业于兰州女师，1949年中华人民共和国成立前参加中国人民解放军。1952年，父母调到西安王区军政干校，父亲任军事教员，母亲任文化教员。1955年父母一同转业到甘肃兰州，分别去了甘肃省文化局与甘肃省文管会。

由于父母的文化熏陶，陈建生从小就喜欢自然科学。他最喜欢看的期刊是《科学普及》，上大学之前他还保留着《科学普及》创刊以来的所有卷期。他对地质学也非常有兴趣，一本《火山与地震》的科普读物，他读了很多遍，还经常向地理老师询问有关地质演变方面的问题。此番经历正好印证了哲

陈建生的父亲陈月樵　　　　陈建生的母亲闵心玲

人所言：少年时期的兴趣和爱好，成了他步入科学殿堂的最初向导。

1973年，陈建生高中毕业。因为两个姐姐上山下乡了，根据当时的国家政策，父母身边可以留一个子女就地工作。于是，他于1974年被分配到兰州西固农业机械修造厂当了电工。4年的时间，他勤学苦练，基本上掌握了全厂的电器维修业务。

1978年，陈建生参加了高考，这是全国第一次统考试卷，他的物理与化学成绩都位列全省的前几名。因为他从小喜爱摆弄无线电，在工厂的4年又熟悉电器维修工作，故他的第一志愿打算申报浙江大学无线电系。他父亲却更希望他能学习保密专业，因为父亲心中有个疙瘩：他当过国民党军官，虽说和平起义了，按政策是“既往不咎”而“一视同仁”了，但“文化大革命”中总被“另眼相看”。父亲想检测一下，“文化大革命”之后，共产党是否依然按照原先对待和平起义人员的政策办事？因此，他让陈建生报考保密专业。

陈建生遵照父亲的意愿，选择了与原子弹、氢弹有关的南京大学物理系核物理专业。

1974年，从左至右，前排：母亲闵心玲、父亲陈月樵。
后排：二姐陈进军、陈建生、大姐陈进新

拿到录取通知书后，父亲异常激动，一块久压心头的大石头终于被搬去了。陈建生则在“一视同仁”的阳光政策下健康成长。

1982年，他大学毕业后被分配到山西太原核工业部七所五室水组，从事地表水与地下水污染方面的研究。七所从事的是核辐射与核污染方面的研究，现已改名为“中国核辐射防护研究院”，五室也改名为“环境室”。陈建生到环境室水组后，正赶上我国停止了大气核试验，故核试验引起的核污染方面的研究工作，由军需转为民用。不管体制如何变化，该所的研究工作是不会停滞的。陈建生的刻苦钻研精神也是不会受到任何影响的。

入所一年后，他在学习水文物探过程中发现了一些问题。比如物探方法：利用自然电位测定地下水流向的试验中，因为受到地层非均质分布的影响，很难利用钻孔周围的自然电位分布，确定出浅层地下水的流向。于是，他将核探测器用于地下水流向流速的测定之中，发明了一种可以在单井中测定地下水流向的装置，叫作“单井同位素示踪地下水流速流向仪”。这是他的第一项发明创造，也是核工业部七所的第一项发明专利授权。

1978 年，陈建生上大学时证件照

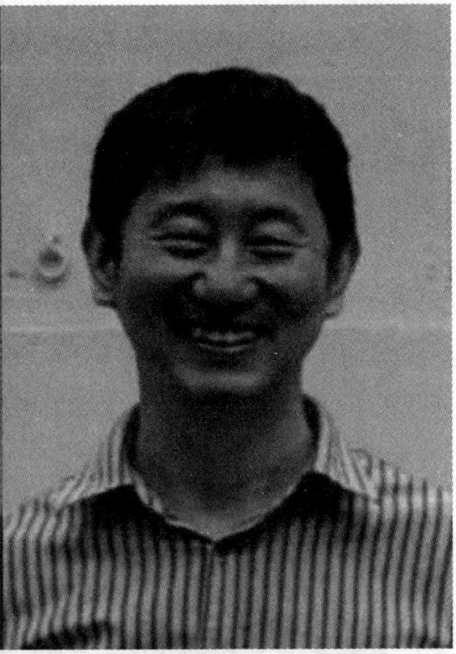
2017 年 5 月，陈建生

1985 年，陈建生被调到“江苏省农业科学院同位素利用研究所”工作，继续从事地下水方面的研究。在此前后，他主持研制的“单井同位素示踪地下水流速流向仪”获得了 1988 年度江苏省科技进步一等奖和 1989 年国家科技进步三等奖。

1992 年，他应邀去国际原子能机构与德国慕尼黑进行了科访，Drost 教授将他研制的单井同位素地下水流速流向仪与德国 GSF 地质所研制的同位素地下水流速流向仪进行了模拟井对比试验，结果显示：陈建生的设计操作更为简便。陈建生研制的仪器曾在德国、西班牙、印度尼西亚、巴基斯坦等国的水库渗漏探测中得到了应用，效果很好，受到了国际原子能机构的好评。

地下水渗透流速的测定是水文地质勘察研究中的重要内容，渗透系数的测定主要依赖于抽水试验。国外在 20 世纪 50 年代就开始研究利用“点示踪稀释方法”测定地下水渗透流速试验，但是，对于多含水层而言，由于受到垂向流的干扰，很难准确测定出各层地下水的渗透流速、静水头、渗透系数等参数。陈建生将物理学应用于地下水流场的研究中，创立了综合示踪方法，并且建立了“多含水层稳定流混合井流理论”。他主持的“坝基渗流场探测中多含水层稳定流混合井流理论与综合示踪法研究”，获得1996年国家科技进步二等奖。

陈建生将同位素示踪理论应用于堤坝渗漏探测研究中，他任担任国际原子能机构大坝安全与可持续发展中国协调员。业内人士将其称为“同位素示踪领域方面的专家”。

2019年9月，兰州工商银行副行长魏国春（左图1）将中华人民共和国成立70周年纪念章颁发给本部离休干部、中华人民共和国成立前加入中国人民解放军的老战士闵心玲（左图2）

4

2000年2月，陈建生与黄委会水文局签订了合作协议。

同年夏天，陈建生带着年轻老师陈亮与苏治国随同黄委会水文局的研究人员一起去了张掖，开始了黑河流域地表水与地下水转换关系的研究。

领受任务后，陈建生和他的团队便对黑河全线进行了逐段考察。

黑河，我国西北地区一条重要的内陆河，流经青海、甘肃、内蒙古自治区。流域面积 14.3 万平方千米，河道全长 821 千米。

站在河西走廊南端高岩上，眺望黑河上游，一眼看到，茫茫祁连山，分为黑白两层。上层，白雪皑皑，像头上的白帽子，素净亮丽；下层，山体青黛，像帽檐下的黑发区。沟通黑白分界线的是山上的冰雪融水，宛如壮汉头上的无数汗珠，从额头滚下来，汇而成溪，溪而成流，流而成河，由小变大，形成了黑河之源。其形其貌，如山谷中的巨蟒，扭着柔体，顺着山势，渐行渐壮地冲出了祁连山区，来到甘肃境内的鹰落峡。这一段，就是黑河的上游。

从鹰落峡出发，流经张掖市、临泽县，直至高台县内的正义峡，这是黑河的中游。正义峡以下直至居延海，为黑河下游。这段下游河段，又称额济纳河。所谓黑河分水不均，主要问题是中游三县市用水太多，造成了下游的额济纳河断流，致居延海干涸。

陈建生考察黑河是从鹰落峡开始的。黑河发源于青海省，是由三条河流在祁连县汇聚而成的。

随着测试工作的深入进展，他惊奇地发现黑河的两大谜点。

一是水质之谜。通常河流是上游水质好，因流经地区污染介入，故中游次之，越往下水质越差。黑河水却不符合这样的规律。最明显的是，金塔以下至额济纳河口，这是黑河尚存水区最下游部段，但其水质却明显好于金塔以上河段。经仔细比对，下游末端水质几乎与鹰落峡以上没有区别。这就说明，金塔以下的大部分来水，不光是黑河中游下泄之水，还有外来水。这股外来水的来路成了待解之谜。

二是泉流之谜。走进干涸的额济纳河床，发现一种奇怪现象：干涸的河床上常常出现间断性湿润，有的地段不仅土是潮湿的，甚至可见泉流。这股间断性溪流从何而来？从同位素测得数据来看，这些泉水与本地降水毫不相干，它的源出至少是祁连山甚至更远地区。这种客观存在，揭示了传统的“流域水循环理论”的理论破绽。

传统的“流域水循环理论”认为，在自然界天然流域内，无论是地表的河流还是地下水都来自于本流域内的降水，流域四周山区的降水通过土壤孔隙或裂隙，渗入到地层中形成地下水，地下水不会跨流域流动。根据这一理论推断，黑河流域的地下水都是来自于流域内河水或降水的入渗。由于黑河流域降水量很小，不能补给地下水。于是该理论认为，黑河下游的地下水及泉水来自于上游黑河水的下渗，上游河水下渗入沙层成为潜流，又在下游出溢，重新成为河流，河水与地下水之间进行着多次的转换。

陈建生的同位素检测数据说明这种说法具有一定的局限性。他说：“黑河流域的地下水与黑河水的氢氧同位素存在明显的差异，而且下游一些泉水中的盐分小于河水，同位素与水化学分析结果，都表明黑河流域的地下水还存在其他的补给源，地下水可能存在跨流域的流动。”

接着，他分析了黑河流域降水量和蒸发量之间的水量平衡关系，说明地下水除了“流域水循环理论”之外，还应该存在其他的补给方式。他说：“黑河西南张掖地区的降水量为 140 毫米，蒸发量为 1407 毫米，越向北部下游，降水与蒸发的反差逐渐变大。额济纳地区的降水量仅 47 毫米，蒸发量达 2249 毫米，整个流域的降水皆入不敷出，加上好几个月没下过雨了，黑河两岸的土层，早已干燥得如同火烤，哪有那么多的土层水下泄为河床泉流？”

有人将黑河干涸段的泉水归于“古水外泄”。

陈建生回答说：“古水，这是流域水文循环理论的立命之源，比如泉水，几乎各地都有，那不是古水。没有水力梯度推动，水不可能流动。正因为地下水之压力作用，所以有来有去，千年不涸。说成‘古水’太牵强，‘古水’在哪里？多大存量？为什么千万年取之不竭？”

陈建生把自己的见解与周围同事分享，希望大家一同攻克这一难题，殊不知在一些闻者心中，业已产生了隔膜。

黑河考察快结束时，就要撰写考察报告了，该按什么口径写呢？

想当初，请他当水文同位素方面的顾问，就是让他以同位素检测手段证明：“黑河中游地区是地表水和地下水频繁转换地区。”但陈建生经过同位素与水化学分析确定，这个“频繁转换”不存在。也就是说，原先的设想是个伪命题。他想如实表述自己的检测结果，并把黑河的干涸段的泉流现象写进报告中，以引起水利部门和各级领导的关注。哪知事与愿违，有人传来上级的意思：有关部门不喜欢这样的结果，更不能接受他写的研究报告。

就这样，陈建生关于“黑河流域地表水与地下水之间转换关系的同位素分析报告”没有被上级部门接受，他的顾问使命到此结束。原先合同上承诺的15万元科研经费，对方只付了1/3。说真话很难啊，而且要付出代价。

5

陈建生的科考项目不了了之，“顾问”被撸，还得罪了某部门权威人士和有关领导，由此可知，日后前进的路上，不知还会增添多少人为障碍。好在他是大学教授，凭学问教书吃饭，无所求于人也就万事看淡而宠辱不惊了。随着时间的推移，他对于这次合作考察中的不快渐渐淡化了，他对黑河怪象的研究却未停步。因为他知道，科学研究在于发现问题和提出问题，而黑河干涸段那曲曲拐拐的湿地图案，正是大自然向他出示的天书般的问号。那印象很深刻，睡梦里也萦绕心头，总也挥之不去。联想到金塔县以下的那湾洁水，这才恍然大悟：湿地图案，那莫不是地层深处派出的使节，在启示他去寻找那把开启地宫的金钥匙？

第六章

万里采样 欲为海子寻故乡

骆驼泉，与黑河泉水同源同宗。为究其源，他走向了600千米以外的沙漠海子。

历经艰辛，他和他的团队终于有了惊世骇俗的重大发现：沙漠不是旱魔，仅巴丹吉林大沙漠中就有100多个海子，有的还是淡水，可供饮用，还有的被牧民称为“能治百病的神泉”。

巴丹吉林大沙漠地区的蒸发量比降水量大20倍，但其间的海子却终年不涸。谜底在于地下深层的外泄水暗中补给。

经同位素检测，这些外溢水竟然来自500千米以外的祁连山，与黑河泉、骆驼泉等同源同宗。

于是，他横下一条心：万里采集水样，欲为海子寻故乡。

4年的不懈努力，他和他的团队从祁连山迷宫中寻得了海子的第二故乡。

1

陈建生发现黑河溪流之后，又在东居延海南面遇上了一口自流井，这就是远近闻名的骆驼泉。这眼泉地势远远高出湖床，周围土层亦干如火烤。几十年来，无论春夏秋冬，也不管雨季旱季，骆驼泉始终汩汩而涌。陈建生以同位素检测手段测定，该泉不是本地降水，更不是本地土层中的储水，却与黑河干涸段溪流同宗同源。

这一意外的发现，为陈建生解决了“后顾之忧”。因为黑河治理之后，全河通水了，干涸段消失了，干涸段下的涌泉便难取水样，到那时，再来做验证性的试验是不可能了。但有了这个骆驼泉，这一地区深循环水的水样便可长期而稳固地保留下来，因为两处涌泉具有相同的基因信息。

东居延海南岸的骆驼泉

意识到骆驼泉的科研价值，陈建生于2003年7月4日特地在此拍照留念。他知道，或许若干年后，这里开发了、繁华了，甚至还会出现什么现代化的建筑，到那时，这里的氛围将被现代化气息取代，但这张照片，将会一如既往地向世人展示当初的实际情况。

话题回到陈建生当初的思维和探讨：黑河泉、骆驼泉，两位“游子”，究竟何处是“故乡”？

有位专门研究沙漠的专家提示道：“巴丹吉林大沙漠湖泊众多，泉眼无数，地势要比居延海高得多，这两股泉水，莫非来自巴丹吉林大沙漠？”

这就更有趣了，“都说沙漠是旱魔，巴丹吉林大沙漠为什么会有那么多湖泊？它们跟骆驼泉、黑河泉有无共同来源？看看去！”

2

2003年8月，学校放暑假，借此机会，陈建生租了一辆越野吉普车，带着陈亮与苏治国两位青年老师，从兰州出发，一路风尘经过600多千米，来到内蒙古阿拉善右旗的雅布赖山脚下的一个小饭馆。

从地图上看，这里地处巴丹吉林大沙漠的东南部，翻过这座山，便可进入沙漠腹地。

面对又险又窄的山间小路，雇的司机再也不愿前行了。他说："都说内蒙古大草原，蓝天白云马儿跑，谁知大山这么陡！这么险的路，汽车没法开！把命丢在这荒山野岭，不值得！"他劝陈建生："打道回府吧！"

陈建生说："我花16500元请你，好不容易到这里，沙漠腹地的水样没采着，哪能空手回去呢？你不愿翻山进沙漠，那就在这儿等着！"

说罢，陈建生赶忙向饭馆老板打听："如何进沙漠？"

老板说："牧民有车可以翻山进入沙漠，然后可骑马进入湖泊腹地，有钱就行呀！"

恳求之下，那老板打了个电话。等了两三个小时，一男一女，开着一辆老式北京吉普过来了。女的大约40岁，叫乌尼尔，一家之主。男的比她小十岁，是其丈夫前妻之子，因其出生那年爷爷正好80岁，故小名八十，大名叫那音太，负责开车。

谈起沙漠中的海子(内蒙古地区称湖泊为海子)，乌尼尔自豪地说："沙子里头的海子多着哩（牧民将"沙漠"称为"沙子"）！光我家承包的就有三个海子！"她还说，她家那海子很特别，海子中间有个白石头，在石头缝中还冒泉水呢！"白石头实际上就是钙华，是由碳酸钙沉积而成的，也就是石灰岩。

"那就带我们去看看你家的海子！"

一番讨价还价后，价钱这样说定了："带去看海子，进出大山，车送，包吃包住，1000元。但海子四周是沙山，车子进不去，必须骑马进去。马匹和向导费你得另付。"

"还得多少钱？"

“按天计算，4 匹马 400 元，向导 100 元。”

一切谈妥之后，陈建生一行 3 人坐上那辆吉普，就要上路了，那位雇的司机追过来说：“我在这里只等一天，倘若一天回不来，要补损失，每天 600 元。”

事到如今，陈建生别无选择，只好允诺。

3

这辆老式北京吉普车经过了改造，除了正副驾驶座，后排最多可挤进 4 人。为防止相互碰撞，各有一根吊带可供把握，以减缓身子摆动。为适应山路行驶，车子安装了加固装置：三根红色的铁质弯管，拱门似的横跨车篷顶端，加上其间的加固连杆，皆牢牢地固定在车身上。看到这样的加固装置，就可推断出此段行程的艰难！

为使乘客精神上有所准备，车主人特地交代道：“无论车子怎么颠，都要死死抓紧吊带。万一翻了车，不要怕，有铁栏保护，没事的！”

车主的话音刚落，车子便在那弯弯曲曲的险道上时而左摆，时而右甩，时而在弯道上打转转，整个车身摇煤球似的，将三位乘客摇得头晕目眩。

好一段山路之后，车子走上了一段稍微宽敞的泥沙路。陈建生心想，这下好了，可以喘口气了！没想到，那滋味却更难受了，由于沙漠中没有路，前车碾压出的路早就被风沙重新覆盖。吉普车沿着沙漠边缘不断地翻过一个一个的沙丘，那感觉就像坐过山车，又像小船遇上了大浪，不时地将乘客抛向空中，又重重地落下，摔痛屁股是小事，肠胃的“翻江倒海”实难忍耐！

吉普车连续地翻越了几个大沙丘后，大家都晕车了，肠胃一阵阵地痉挛，陈亮忍不住大口呕吐，他急唤那音太停了车。就在他打开车门向外奔跑的瞬间，乌尼尔带给她丈夫的西瓜滚落到车下开花了。乌尼尔看着摔碎的西瓜，大叫一声，脸色顿时变了。大家都不敢多说一句话，毕竟久住沙漠中的丈夫已经很长时间没有吃过西瓜了。

3 小时后，他们翻过了好几座大沙山，眼前出现了一个大海子，这就是女主人乌尼尔引以为豪的她家那个诺尔图海子。

2003年8月，陈建生（左）与陈亮（右）考察诺尔图

站在沙山向下看，诺尔图像一颗巨大的蓝宝石，坠落在大山窝里的一块盆地里。四周没有水草，唯有年轮似的上上下下的吃水线。水蓝蓝，天蓝蓝，真不知是蓝天染蓝了海子，还是海子的魔镜令天地一色。

看到这么美丽的沙漠湖泊，三个人高兴得手舞足蹈，情不自禁地冲下沙山，来到湖边。果然看到了乌尼尔所说的那个海子中的小岛。岛上没有土，全是石头，白白的，像是涂了一层厚厚的盐霜。那是钙华，是地下水泄出的碳酸钙。由此判断，岛上必有涌泉。这可是破译地下水密码的宝贵水样。

陈建生决心上岛采样，但无渡船，这8月天的海子刚刚冰融，依然水寒刺骨，没有船只怎样上岛呢？

那音太说可以帮助找一个旧轮胎，充气后人坐上去可以划过去。但要等待一段时间。

“游过去！”陈建生边说边脱衣服。

同去的两位老师马上劝阻，说湖心岛太远了，而且湖泊水深超过10米，两人虽然比他年轻20多岁，但两人的水性都一般，怕出意外没有人救。

陈建生笑着说：“我是黄河边长大的，从小就在黄河里游泳，不会有事的。你们准备水桶、水瓢和采样瓶！”

这时，陈建生脱下了外衣，接过同伴们递给他的红色塑料水桶，水桶里放了几只采样瓶，外加铁锤、小铲等，不紧不慢地走进冰冷的海子中。接着，他双手划水，边前进边将漂浮的水桶向前推。

陈建生游到海子中心岛上采集钙华裂隙中的泉水样

20 分钟后，他上了小岛。岛上果然有泉眼。泉水哗哗地流淌着，发出水声。陈建生用水舀子装满了两瓶水样，并用铁锤和刮刀取得钙华，再用塑料袋包扎好，以防回游中被湖水浸染而失去研究价值。一切圆满成功，然后返回岸边。

岸上的两位同人见他顺利归来，一个处理好采样，一个帮他擦干身子，迅速穿上衣裳。

那音太见陈建生嘴唇冻得发紫，身子在不停地哆嗦，便对另外两位老师说："就为这几瓶水，冒这么大风险。搞科研真不容易，必须能文能武！"

陈建生身子虽冷，心里却是热乎的。他身子回暖之后，便望着海子，饶有情趣地说："据资料记载，诺尔图水面一直处于稳定状况，最深 16 米，面积 1.6 平方千米。此处的年降水量小于 100 毫米，蒸发能力 3000 ~ 4000 毫米，这么一算，光这个诺尔图以及周围几个海子，每天地下水补给量达 1 万立方米，可解决 10 万人饮用水问题。这么多水是从哪来的？毫无疑问，来自地下水补给。"

吉普车最终停在了靠近湖边的院落门口，那音太开车租马匹去了。狗叫声惊动了房屋的主人，乌尼尔的丈夫老崔从屋子里走出来。那是一个50岁左右的蒙古汉子，见有客人来了，夫妻俩便用蒙古语交流了几句，然后将陈建生等一行人让到屋里，并以羊杂碎煮面条款待来客。因闻不了这里的羊膻味，加上一路颠簸，三位来客闻味欲吐，毫无食欲。陈建生勉强吃了一碗，陈亮则是饿着肚子度过那个沙海之夜的。

第二天一早，他们一行三人，加上一位向导，各骑一匹马，向沙漠腹地的庙海子走去。大约3小时后，他们翻过了一座高大沙山，来到古老的巴丹吉林庙前。庙中供奉着释迦牟尼等佛祖，有一个看庙人，那人说："每年都有很多牧民前来烧香拜佛，祈求好运。"这个庙海子其实是由大小海子组成的兄弟海子，面积超过1平方千米，一眼自流泉正在以每秒约20升的流量，哗哗地流向其中的大海子。陈建生掬水一尝，甜水。于是取了水样，继续牵着马向苏木吉林海子走去。这一次，他们采集了诺尔图、毛日图、苏木吉林与庙海子4个海子的水样。

"海子四周都是沙山，哪来这么多的补给水呢？"带着这个沉甸甸的问题，陈建生等人离开了诺尔图海子。

返回的路上，年轻力壮的陈亮将十多瓶水样牢牢地抱在怀里，就像抱着一窝小鸟，生怕它们在车辆颠簸中飞走了。

傍晚时分，他们仍然乘坐那辆吉普车，回到了雅布赖山脚下的那个小饭店。等候在这里的那位司机觉得奇怪：这么高的山，这么远的路，还取了这么多水样！

陈建生等人回到南京，对这次采集的沙漠水样及钙华进行了同位素检测，结果表明，阿拉善右旗诺尔图一带的湖存水和泉水与黑河泉、骆驼泉同位素参数相差甚微，由此断定：远隔600千米的两地地下水竟然同出一源。说明两地之间的地下深层，有导水通道，难道说，巴丹吉林大沙漠之地下水就在这些地下导水通道上？

4

2003年9月，陈建生跟随美国地球观察科考队，骑着骆驼再次走进大漠深处，对伊和吉格德等4个海子进行了为期4天的沙地考察。那一次，他不仅采集了大量的沙漠湖泊以及沙地溢泉的水样，还意外地发现了一段植物根管化石。那次考察的具体情景，已在本书第一章《慧眼识泉 一座沙漠县城家家喝上了天然优质矿泉水》中做了介绍，这里不再赘述。需要说明的是，那次考察所取得的水样，与黑河泉、骆驼泉以及阿拉善右旗东南部的诺尔图海子同出一源，由此可见，伊和吉格德湖也在黑河至诺尔图这条神奇的地下通道上。

5

2004年5月，陈建生带着苏治国和两名博士生对巴丹吉林沙漠进行第三次考察时，在巴丹吉林沙漠西部的一座沙山下，找到了一个小海子，四周芦苇丛生，湖水碧蓝如镜，更有水鸟拍翅惊起，给沉默的沙山带来生机和活力。

仍像诺尔图取样那样，陈建生当仁不让，脱下衣服就下水。好在海子不大，水也不太深，但人一下去就没下了大半身。他继续向前探索，到达海子中心时，他将最清洁的湖水一瓶瓶地灌进采样瓶中。

上岸后，手冻僵了，腿也不听使唤，他只能勉强地抖动手臂，跳动着身子。就在这时，沙漠的天气说变就变：一阵大风之后，居然下起了冰雹。同伴们连忙帮他穿好衣服。这才发现，他前胸后背以及手臂上，被芦苇划出了道道血痕。

其后，陈建生和他的团队又3次进入巴丹吉林大沙漠，先后对30多个海子和上百个沙泉采集水样和钙华。经同位素检测表明，这些水皆来自深层地下水，与黑河潜流源于同一个故乡。

6

黑河泉水从何而来？它与黑河上游水是什么关系？

为掌握更多的同位素水情资料，陈建生早就扩大了调查范围。

2004年1月，学校放寒假了，陈建生带着其团队的苏治国老师去兰州，打算上祁连山采集黑河源头水样。

陈建生在老同学聚会中遇见了中学时期的老同学薄建业。薄建业原来是兰州六中团委副书记，1974年上山下乡，1978年回城分配在甘肃省建筑工程7局，曾任国家重点项目的副总指挥。7局后来改制，业务量大幅度减少，没事干的薄建业正在家“待业”，心中有些郁闷。当他得知陈建生要上祁连山采集水样，需要租一辆车，他便对陈建生说：“我正巧在家闲着，我还有一辆皮卡车，跑山路采样没有问题，我再找个同事一起去，也算是为你这位老同学贡献一点力量！”

阴历除夕一大早，薄建业开着他家的白色皮卡，还带来他的老同事、也在7局工作的专职司机老韩，以便中途替换着开车。

就这样，经简单的出行准备，陈建生、苏治国登上了这辆小型皮卡。

这辆皮卡像只断尾巴蝗虫，驾驶室较大，连驾驶座可坐5人。后边有个载物的小车斗，非常实用，是翻山越岭较理想的交通工具。

车出兰州之后，就向黑河上游的祁连山脉飞奔而去。一路冰雪覆盖，路面也不平整，凭着皮卡的优势以及两位驾驶员过硬的技术，他们顺顺当当地越过了门源，进入了青海境内的祁连山区，沿着黑河向西北祁连县方向前进。此后，每隔10千米停车在冰封的黑河支流八宝河中破冰采水样，冰层的厚度达到20厘米，他们不得不使用钢钎破冰。

在祁连县住了一夜，第二天清晨，他们继续沿着黑河上游方向采样。当他们取得20多个水样之后，来到距离祁连县城20多千米的野牛沟。当汽车沿着坑坑洼洼的石子路一路向西奔跑时，从山坡上跌落的一块大石头挡住了前进的道路。由于车子狂颠，开车的薄建业看不清楚，致使汽车底盘与大石头相撞，油箱被撞裂了，机油顿时漏了出来。油箱里的机油眼看着就漏完了，车子开不动，只能无助地停在冰雪覆盖的大山沟里。前不着村，后不着店，煞是恐怖！

天黑下来了，零下25℃的严寒实在难熬，这样下去非冻死不可！得设法摆脱困境。

陈建生和薄建业留下看车，让韩师傅和苏治国在公路上寻求救援。真是天无绝路，一辆长途班车开了过来，把他俩带到了祁连镇。

2004 年 1 月，陈建生等在祁连山采集黑河水样时，行至野牛沟，汽车机油箱破裂。图右下薄建业（左）与苏治国（右）在采样与处理故障

祁连镇上的汉族人都在过春节，修车店和商店都放假过年。只有回民开的修车铺仍开张。他俩只得见到修车铺就敲门，终于找到了一家回民修车铺。春节期间又是夜里，经过一番讨价还价后，拖车 800 元、修油箱 500 元，价钱比平常翻了一番。车铺老板找来了一台没有车窗的报废吉普车，派了两个小年轻开车赶到出事地点，将抛锚车拉回了祁连镇。一路上两个司机都冻得手脚僵硬，真担心车被开到沟里去……

经同位素测定，这次冒险进山取得的祁连山北坡冰雪水样，与黑河水同源，而与黑河下游干涸段泉水不同源。也就是说，祁连山北坡冰雪水不是巴丹吉林海子群和骆驼泉的源流。

7

为给海子寻故乡，陈建生和他的团队对祁连山区的黑河、石羊河、阿拉善右旗、河西走廊盆地、龙首山、合黎山、金塔、酒泉、鼎新、古日乃、拐子湖、额济纳盆地、雅干、乌力吉、雅布赖山、金昌等地，进行了实地考察，采集了水样和岩石标本，对水中的温度、电导、溶氧等参数进行了现场测试，并选择了18个观察孔进行人工同位素示踪，来测定地下水的渗透流速、流向、垂向流等参数。采集的水样包括泉水、湖水和井水。

经分析研究得出了结论："在河西走廊盆地深部的基岩中存在强渗漏带，祁连山前深大断裂构造上部附近的雪水，顺着断裂构造，补给到深部的透水性极强的基岩中，它们穿过了龙首山，补给到巴丹吉林沙漠及其下游地区。"

左图：陈建生的学生徐燚（左2）、谢飞博士（左1）等调查沙地剖面层
右图：徐燚博士在新开掘的沙地深坑中调查地下水渗漏情况

研究还发现，有可能补给巴丹吉林沙漠湖泊群的大型断裂带有好几条。

第一条是阿尔金断裂带。该断裂带地处西藏、新疆、青海、甘肃交界的阿尔金山脉地区，是中国西部一条著名的北东东（指向北向东再向东，地质专用名词）向左行走滑断裂带。它西起新疆与西藏交界的拉竹龙，向北东东方向斜切昆仑山及祁连山，东端隐没于巴丹吉林沙漠之下，全长1600千米以上。它由多条长达数百千米的断裂带组合而成，是青藏高原西北边界断裂带之一。它在甘肃玉门宽滩山附近与祁连山深大断裂相交。祁连山的冰川融水和降水，汇入山前深大断裂后，顺着断层补给到阿尔金断裂。阿尔金断层西高东低，断层中的地下水也就由西流向东。最终隐没在巴丹吉林沙漠下，在其东南部的地表破裂带形成诸多涌泉。

第二条断裂带是杂多—雅不赖断裂带。该断裂带穿过了祁连山，泉水沿着断裂带溢出。

第三条断裂带是日喀则—狼山断裂带。这是一条巨型的隐伏断裂带，从西藏的日喀则经过纳木错、鄂陵湖、扎陵湖、青海湖、武威，穿过了阿拉善高原，断裂带上有大量的温泉。比如，扎藏寺温泉的温度达到93℃，可以煮熟鸡蛋。武威的药王泉与湟中县药水泉都有药用作用，水中的矿物质丰富。有意思的是，温泉的温度与位置有关，靠近断裂带中心的泉水温度反而低，而高温的泉水都离断裂带中心较远。这一现象表明，断裂带中心的流量大，岩石冷却得快，这也说明，该断裂带是导水的。

依此推断，便能说祁连山深层便是海子群的故乡吗？

陈建生说："祁连山深层仅是一座迷宫，可以说，那是海子们的第二故乡。他们的第一故乡还在遥远的西部。"

注：对湖泊的称谓：湖、泊、池、荡、淀、漾、泡、海、错、氿、诺尔、茶卡、淖、洼、潭、海子、库勒、浣等30多种。如我国东南部太湖一带称湖泊为荡（黄天荡、元荡）、漾（麻漾、金鱼漾）、塘（官塘、大苇塘）、氿（东氿、西氿）；东北松辽地区称为泡（月亮泡、查干泡）；内蒙古称诺尔（查哈诺尔、腾格尔诺尔）、淖（察汗淖、九连城淖）、海子（盐海子、碱海子）等；新疆称库尔或库勒（阿克苏库勒、硝尔库勒）；西藏称错（纳木错、羊角雍错）或茶卡（伊尔茶卡、扎布耶茶卡）；华北一带湖较浅，一般称淀（白洋淀、东淀）、洼（团泊洼、文安洼）。就民族而言，汉族称湖，藏族称错或茶卡，蒙古族称诺尔，满族称泡子，白族称海。而汉族又因地区和地方语不同对湖泊又有不同称谓：江浙、上海人称荡、氿、漾；山东人称泊；河北人称淀；四川人称海子、池、泽、陂。

第七章

激而行之　《自然》杂志一篇文章

激，古代水利名词。源于《孟子·告上》：“激而行之，可使在山。”“激”之作用：抬高水位而使之山行。

“激”为何物？《汉书·沟洫志》注释称：“石堰之类的挡水建筑物为激。”

“激”之古例：《水经注·沔水》曰：“沔水北岸数里，有大石激，曰‘五女激’。”

“激”字延伸，古汉语中出现了“激流”“激动”“激情”“激荡”“激昂”“激烈”等一大串词语。

本文言“激”，说起来倒也有趣：两家科学杂志不知是故意还是无意“筑激”，致使一篇极有价值的科考论文在世界顶级杂志上“激而行之”。欲知详情，请看《自然》杂志一篇文章的诞生经过。

1

陈建生等人在《自然》杂志上发表学术论文具有传奇色彩。

从巴丹吉林沙漠湖泊群考察归来之后，根据在沙漠中的一些科学发现，陈建生等对沙山的形成有了新的认识。

传统的观点认为，沙漠的形成与干涸的湖泊沉积、盛行风等有关：湖泊干涸后，盛行风将干涸湖底的沉积物吹起，微小的颗粒随风被带到很远的地区，稍大一些的颗粒只能在地表附近随风迁移，最终成为沙丘。也就是说，风是沙丘形成的关键因素。

如果传统的观点是正确的，那么沙丘将在风的作用下，不断地沿着风向移动。如果不进行人工干预，总有一天，沙漠将会迁移到首都北京。对此，媒体进行了各种关于沙漠位移的报道。

陈建生通过对沙漠湖泊群周围的植物化石分析确认：巴丹吉林沙山没有发生移动的时间至少4000年。这与前人的结论大相径庭！经研究证实，沙漠中的这些沙山几乎没有移动过，移动的都是一些很小的流动沙丘。

究竟是什么原因阻止了沙山的移动?

陈建生认为，是深循环地下水。他根据植物化石、泉华、湖水、泉水中的同位素与水化学分析，找到了来自澳大利亚昆士兰大学的李凌教授进行讨论。李凌，1968年出生，清华大学环境工程专业毕业，获西澳大利亚大学博士学位，教育部“长江学者”。

陈建生向李凌教授介绍了他最新的研究发现。

李凌认为，该项研究具有挑战性，属于颠覆性的成果。二人一拍即合。

从此，李凌教授的研究范围也从海岸带、海洋衍生延展到沙漠。

经过多次深入的研究与讨论，他们认为高大沙山没有移动是由于沙山是湿的，除了表层覆盖着一层约20厘米厚的干沙层。沙漠的形成除了风力、物源、干旱之外，地下水也是沙山固定的重要条件。深循环地下水维系着高大沙山与湖泊景观。李凌教授认为，这些颠覆性的成果应该发表在世界顶级刊物《自然》上。

李凌所说的《自然》，就是英国出版的《自然》杂志，这是世界科学界公认最权威的学术期刊。该杂志自1869年创刊以来，所发表的论文，都是经过同行严格评议的高质量的最新研究论文。文章涵盖了几乎所有的自然科学领域，是一份历史悠久并享有高度信誉的世界级科研类刊物，其

李凌等在民勤夹河采集自流井水样
左上图从左至右：潘丛新、李凌、苏治国、连建民

审核标准非常严格，向来被视为全球各地科学家学术水平的试金石。科学家们能在这个杂志上刊登论文，意味着其研究成果获得了全球学术权威的认可。

2

《自然》杂志于 2004 年 11 月 25 日发表了以陈建生教授为第一作者、李凌教授为通讯作者的署名文章：《地下水维系高大沙山景观》。文章不太长，但论点论据极具挑战性，加上《自然》杂志的权威效应，该论文立刻引起了国内外学者的广泛关注。全国诸多媒体也各有侧重地作了专题报道。

河海大学网站以"《自然》杂志发表陈建生教授等论文——西北沙漠下隐藏大量淡水资源"为题，对论文情况作了报道。

文章开头写道："近日，世界科学界权威刊物英国《自然》杂志 432 卷发表了我校同位素水文研究所所长陈建生教授以及来自中国科学院地质与地球物理所、澳大利亚昆士兰大学等机构 8 位研究人员的论文《地下水维系高大沙山景观》。文章指出，中国西北阿拉善高原的巴丹吉林沙漠下隐藏着大量的淡水资源。其与 500 千米以外的祁连山冰川积雪之间，更存在着一条巨大的地下水道——祁连山深大断裂。”这篇报道的末尾指出:“英国《自然》杂志是世界科学界公认最权威的学术期刊，其影响因子一直高居首位。中国学者每年被录用的论文不超过 10 篇。此次发表以我校陈建生教授为第一作者的研究论文，标志着我校在基础研究领域取得了重大的突破。”

《南方周末》驻京记者李虎军发表了专访性文章《内蒙古巴丹吉林沙漠暗藏大型地下水库》。

文章导语说：“河海大学陈建生等人在今天出版的《自然》杂志上报告了一项令人惊讶的发现，巴丹吉林沙漠存在一个年补给量为 5 亿立方米的地下水库。”

文章说，“在中国西北阿拉善高原上的巴丹吉林沙漠，有一片奇特的景观。那里沙山群集，个别沙山的相对高度达到 500 米，是世界最高的沙山，有人称之为‘沙漠珠穆朗玛峰’。那里分布着 100 多个被当地人称为海子的湖泊，现在仍然有水的湖泊有 70 多个，湖泊面积达 23 平方千米之大。在极度干旱的沙漠里，为何会有如此之多的湖泊？”

文章将论文的意思变成了这样的语言：“研究小组惊讶地发现，高大沙山的内部确实是潮湿的，体积含水率为 2%～20%。研究小组在一个沙山边坡挖了 1 米深的井，观察到水的渗出，而这个井要比邻近湖泊水面高出 17 米之多！陈建生认为，沙山里面含有的水分起到了类似黏合剂的作用，抵抗了强大的西北风的侵蚀，从而使沙山屹立在沙漠之中。”

其他媒体分别以《河海大学一教授发现 500 千米地下水道》《令人兴奋的发现》《巴丹吉林沙漠惊现地下水——破解湖泊形成之谜》《陈建生的沙漠情缘——探寻沙漠地下河的踪迹》为题，对《自然》杂志这篇文章作了大量的报道。

事物发展总是存在两个方面。一方面，河海大学以及主人公陈建生等人知名度提高了，他们的研究成果受到广大读者的关注和尊崇；另一方面，陈建生破天荒地把同位素理论运用在沙山与湖泊成因的研究上，而且有了重大发现，《自然》杂志发表了他们的论文，标志着这一研究得到了世界学术界的首肯。

3

陈建生等人的论文在《自然》杂志上发表后，也引起一些学者的质疑，《自然》编辑部转来的质疑文章就有5篇，质疑文章的作者基本上都是国内的一些“大牛”们。《自然》杂志的评审意见认为，所有质疑文章，都不足以否定陈建生文章中的基本观点，所以，不同意在《自然》杂志上进行讨论。

质疑者的反对理由还是本书前几章中所流露出来的老观念。他们认为：“沙丘中存在的水主要来自沙漠中的降水。地下水运行速度很慢，慢至百年、千年、甚至万年。”还有学者认为，湖泊中的水是在最近一次的冰川活动中积蓄下来的“古水”。

针对传统的地下水理论的固有观念，陈建生曾对不同媒体记者多次发表了自己的看法。

他说，“最近一次冰川活动距今至少也有一两万年了，而巴丹吉林沙漠湖泊每年的蒸发量超过1000毫米，1万年间，1万米高的水柱也会全部蒸发掉。所以根本不可能是冰川活动留下来的‘古水’。还有，巴丹吉林沙漠中有上百个湖泊和上升泉，仅诺尔图湖泊，平均每天的泉水补给量超过4000立方米，这么多水是从哪儿来的？如果这些湖泊没有深层地下水补给，怎么可能至今还是淡水湖而不干涸呢？”

4

由于《南方周末》在介绍这篇《自然》文章中涉及所谓的“黑河调水计划和流域治理”等内容，相关部门领导看到后非常恼火，因为调水计划及工程措施已经得到国家的批准并正在实施，如果自然界中存在天然的“输水通道”，调水工程岂不是在浪费国家的财力？

于是，个别“大牛”也向《自然》杂志提出了不同意见。《自然》杂志则毫不客气地将“大牛”们的质疑文章打入了“冷宫”。

主张黑河调水计划的部门并不死心，他们组织人员找到了《科学时报》《地质勘查导报》等报刊，将这些“质疑”文章提供给了两报记者，由记者以采访的形式，发表访谈文章。

如此变换手法，那些撰写“质疑文章”的黑河调水计划相关部门的人员便摇身一变，成了被采访的“专家”。他们巧借记者之笔，再以专家的口吻，批判陈建生等人的观点。

在网上广为流传的《提出学术观点，依据要充分可靠——质疑陈建生教授关于巴丹吉林沙漠和额济纳盆地地下水来源的观点》文章就是这样产生的。这是一篇没有经过科学审查而错误百出的文章，发表在 2005 年 1 月 13 日的《科学时报》上。

《科学时报》的文章刊登后，陈建生联系了报社主编与相关的记者，指出“发表这样一篇未经核实并且充满错误的文章是极端不负责任的行为”。

相关记者辩解说，他们曾经联系过陈建生教授，但没有联系到，“被访专家”又催得紧，所以在未经核实的情况下发表了，属“工作上存在疏漏”。

科学眼光看世界
世界眼光看科学
科學時報
SCIENCETIMES

陈建生教授致本报编辑部的一封信

2005 年 2 月 8 日的《科学时报》

为了消除负面影响，《科学时报》2005年2月8日发表了《陈建生教授致本刊编辑部的一封信》和“编者按”。

值得一提的是，该文发表的日子正是大年三十，这一天，家家忙于送旧岁，很少有人看报纸。待到年后上班时，这张报纸便湮没在春节期间的旧报之中。

5

陈建生引起“调水大佬”的不悦，源于他的论文和建言书。论文很长，只要读罢两篇论文的篇首“提要”就可窥一斑而见全豹了！

论文：《试论巴丹吉林沙漠地下水库的发现对西部调水计划的影响》。

文首摘要：“提出巴丹吉林沙漠湖泊来自祁连山冰川积雪的补给。研究结果表明：在祁连山—巴丹吉林沙漠—额济纳盆地之间存在一条‘地下河’。根据蒸发量估算出地下水水库的动储量达到每年5亿立方米，同位素氚和氟利昂测定地下水的补给时间为30年左右，承压地下水水质良好，TDS仅为每升0.7克。讨论该地下水库的开发利用将对我国河西走廊及其以北的内蒙古地区的水资源配置发挥的作用，建议不要修建正义峡水库及其配套的输水渠道工程，并废弃掉中下游的地表水库，向下游的调水量可维持在每年5亿～6亿立方米，将每年3亿立方米黑河的水通过输水管道送到石羊河流域，可以考虑停建‘引大济西’和‘引大济黑’工程，以免在西部水利工程建设上出现高投入、低产出的决策失误，为国家节约数以亿计的公共工程建设资金。”

从以上“摘要”可以看出，两篇论文都与“引大济黑工程”有关，不仅为废止“引大济黑”提供科学依据，其研究价值远远高出这个层面。尤为突出的是，论文对沙山沙丘的成因、地下河的发现，还有对阿尔金断裂和地质学的研究和补遗，对地面调水和露天水库蓄水的弊端等，都有新的认识和探讨，应该引起科学界的重视。

陈建生的意见得到了中国科学院地质与地球物理研究所汪集旸院士以及全国政协委员、国际原子能机构前副总干事、并领导过该机构同位素水文部的钱积惠教授的支持。2004 年 3 月的全国人大、全国政协的“两会”期间，钱积惠与汪集旸、陈建生联名提案。

“不要修建正义峡水库，废弃黑河中下游地表水库，并撤销‘引大济黑工程’，以免在西部水利工程建设上出现高投入、低产出的政策决策失误，为国家节约数十亿计的工程建设资金。”

这项提案被全国政协列为重点督办的提案，国务院领导做了批示。提案到了水利部后，部长要求组织专家进行学术论证。于是，在网络上、报刊上就有了各种质疑文章。

由于反对“引大济黑”之声不绝于耳，国务院领导及有关部门将各方面意见加以分析后断然决定：废止“引大济黑”和“正义峡水库工程”。

6

时光一年又一年地过去了，其文章在《自然》杂志上发表后，陈建生申报的“973”重点项目等最终都未能成功。一个科学工作者拿不到科研项目意味着什么是不言而喻的。

7

文章写到这里，笔者心情异常沉闷，联想到《自然》杂志的这篇论文的诞生经过，以及“质疑者”的“高超”手法，加上陈建生申请不到科研基金的事实，笔者左右思索，便从记忆深处蹦出一个“激”字。

激，古代水利名词。源于《孟子·告上》：“激而行之，可使在山。”言明“激”之作用：抬高水位而使之山行。

“激”为何物？《汉书·沟洫志》注释称：“石堰之类的挡水建筑物为激。”

“激”之古例：《水经注·沔水》曰：“沔水北岸数里，有大石激，曰‘五女激’。”

“激”字延伸，古汉语中出现了“激流”“激动”“激情”“激荡”“激昂”“激烈”等一大串词语。

本文言“激”，说起来倒也有趣：两家科学杂志不知是故意还是无意“筑激”，致使一篇极有价值的科考论文在世界顶级杂志上“激而行之”，于是，他名声显赫，但水中之激在他足下横生。但愿这是“江湖码头”的最初交手，但愿“不打不成交”的朋友们早日出现在共同奋进的道路上！

第八章

乡音乡愁　“姊妹湖”畔认姊妹

又有“海子”寻故乡，
雅布赖山下瞭望，
红木河畔遇“同乡”，
略有所悟，回乡之路有“路桩”。
青海湖显露地宫舷窗，
“姊妹湖”荡漾，
寻根的“海子”回到了故乡。

1

人们常说，“水到渠成”，这就道出了水和渠相互依存的内在联系。

地下水亦然，也是沿着地下渠道运行的。在陈建生看来，这些地下渠道的形成与地层的断裂带构造密切相关。

为方便后面文章的叙述，故在这里将青藏高原以及大西北地区的地层断裂带作简要介绍。

从青藏高原南部到内蒙古高原的阴山山脉北部，潜伏着一条近似南北走向的隐伏断裂构造，这就是日喀则—狼山断裂带。这条断裂带是两个板块的接缝，地质学上称为缝合带，由东亚板块与西域板块拼接在一起的大板块。在漫长的地质年代中，巨厚的沉积覆盖在了这条断裂带上，断裂带被掩盖，仅在部分地区露出地表，地震波与电测波发现了这条隐伏的基底断裂带。它从日喀则—共和—门源—武威—雅布赖直到狼山为止，横穿了青藏高原，成为我国除了郯庐断裂带之外的第二条大型隐伏断裂带。另外，在日喀则—狼山断裂带的西边，几乎与其平行，还有一条从杂多至亚布赖之间的断裂带。6000 万年前，印度洋板块与欧亚大陆板块相撞后青藏高原隆升。青藏高原中部受到巨力的压迫，在巨大的压力下再次出现断裂。通过航测的磁异常与重力异常等物探研究发现，这两条断裂带切割了青藏高原和祁连山山脉，其间与祁连山深大断层相交，这就把祁连山切割成“廾”字形大碎块。由于这“廾”字形切割线的张力作用以及它们的导水功能，这就为祁连山地区地下水运行既开辟了通途，也设置了障碍和迷宫。但地下水在潜行之路上往往留下了醒目的“路桩”，这些“路桩”就是泄漏地面的井泉、涌泉、温泉、矿泉，以及钙华和大大小小的海子等。

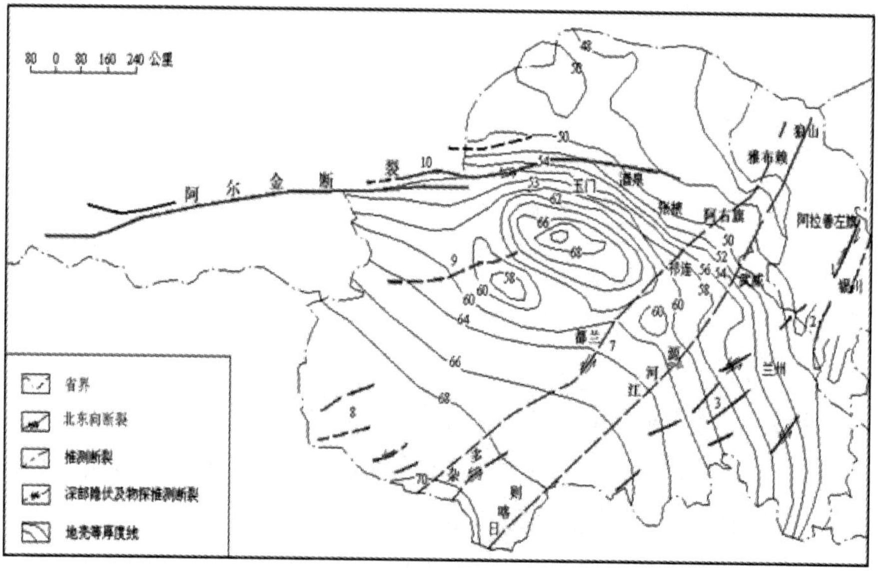

青藏高原及东部地区主要断裂带分布

根据这样的“路桩”，陈建生通过地球化学及同位素分析数据发现，上述近似南北走向的断裂带中存在导水通道，青藏高原大量的渗漏水通过这些导水通道源源不断地输送到张掖盆地、永昌、阿拉善右旗、武威、民勤、雅布赖、巴丹吉林沙漠、腾格里沙漠、额济纳盆地等地。因此说，只要沿着这些“路桩”，就可以为阿拉善“海子”寻到第一故乡。

2

从阿拉善右旗东南部的亚布赖山脉向南走，穿过一片大沙漠——腾格里沙漠，就是甘肃民勤县。县内的石羊河，是该县境内唯一的地面径流河。经同位素检测，该河水与阿拉善海子并不同源，但其支流红木河却是海子的“同乡”。根据这一线索逆流而上，陈建生找到了日喀则—狼山断裂带在民勤县内的三个“路桩”——民勤县城东20千米的夹河乡的3口自流井。

那是在2005年元月，学校刚放寒假，陈建生同昆士兰大学李凌教授、他的中学同学甘肃省水利厅国际合作处的连建民副处长、河海大学重点实验室苏治国老师、民勤水利局总工程师潘丛新一行5人，来甘肃民勤县实地考察，就势对3口自流井进行检测，结果是：每小时涌水1～2立方米，泉水中含有最大的壳源物质。说明这一地区深层地下水与阿拉善海子同源。

李凌等考察民勤县夹河自流井，
从左至右：苏治国、李凌、潘丛新、连建民

他们还在调查中发现，民勤县西部地区，无论地上地下，确实严重缺水。这一情况，此前曾有许多报刊做过大量报道。《北京青年报》还登了照片，说是民勤县某小学每人每天只喝一碗水。如此旱状引起了国人的广泛同情和密切关注。

后来，温家宝总理来民勤县，重点视察了该县西部地区。

民勤东部地区却是另一番景象：地下水非常丰富，有些地方下挖一米就有地下水。陈建生头一次来民勤实地考察时，见那绿油油的庄稼长势喜人，还有横亘百里的向日葵、籽瓜、蔬菜等，都长得很好。陈教授是研究地下水的，自然会在心里嘀咕：维持这样的态势，民勤县一年要用多少水？陈建生带着这个问题询问了民勤水利局总工程师潘丛新，潘丛新先说抽取地下水量为1个亿，后来说约有8亿立方米。陈建生根据农作物面积估算出地下水的抽水量不少于10亿立方米。

2007年10月1日国庆节，陈建生与美国加州大学伯克利分校的王其允教授再次来到了民勤，这次恰逢时任总理的温家宝考察民勤，民勤县所有的领导干部都要求国庆期间在单位值班。陈建生等在去夹河乡自流井采样的途中，有幸碰到了夹河乡的杨书记。陈建生再次询问了民勤抽取地下水量的问题，杨书记根据民勤的耕种面积及每亩的耗水量估算，民勤的面积16000平方千米，农业绿洲面积占5.5%，每年农业灌溉用水13亿～14亿吧。然后又根据用电量与柴油量进行估算抽水量，二者的结果是相符的。

杨书记的一番话，打开了陈建生藏在心里多年的疑团，民勤上报给国家的抽水量不到实际开采量的十分之一。让人感到疑惑的是，在网络上盛传民勤调水方案：从鄂陵湖修建输水渠与隧道，每年可向民勤输送2亿立方米水。民勤现在抽取的地下水13亿～14亿立方米，2亿立方米水能解决什么问题？

境内的石羊河流量才6000万立方米，短缺的部分皆抽取地下水补充。

两位教授又进行一番调查，结果表明，光民勤县每年采用的地下水，少说也在10亿立方米以上。武威地区开采的地下水也不会少到哪里去。这么多的地下水从何而来？ 3个“路桩”以特有的方式指出了方向。

民勤县东部腾格里沙漠边缘地区地下水灌溉新垦的荒地　陈建生摄

3

沿着石羊河上行，陈建生来到武威市市区，首先考察了药王泉。

药王泉位于武威城西南44千米的西营河中游河谷区。这里的地热田全国闻名。甘肃省地矿局在此钻探两口井，钻孔水位埋深分别为134米和147米，单井涌水量为每小时738立方米和967立方米。水温59℃，为深循环基岩裂隙承压水。因水中所含矿物质对人体有一定疗效，故称“药王泉”。该泉水温为什么这么高？地质学基本知识告诉我们，其温度高于一般的泉水，那是因为出水处距地层断裂带中心较远，泄水路径长，还没有将泄水通道上的地热充分携带出来，故成温泉。经检测，药王泉与民勤三涌泉相同“基因”。所以说，药王泉也是日喀则—狼山断裂带上的一个“路桩”。

4

离开药王泉，又在“路桩”的指引下，陈建生等人在距西宁市南40千米湟中县的玛脊峡谷内，寻访了全国闻名的药水滩温泉。水温

20℃～45℃，泉水中含有多种微量元素，能治疗多种疾病，故又名“药水神泉”。

由“药水神泉”向南约 50 千米，便是黄河边上的贵德县。该县城西南约 15 千米的多拉山下，有个著名的扎仓温泉，藏族群众称其为“德仁古曲库”，意为平安幸福的热水泉。整个泉区就在三面高凸的多拉山峡谷里。

陈建生等人一进峡谷，便为团团簇簇的蒸气团所笼罩。山谷中很少有树木，上上下下皆裸露着铁黑色山岩。大大小小的凝珠像壮汉身上的汗流，沿着突兀不平的山岩在向下“滴答”。屈指细数，大小泉涌共有 70 多个，其中 3 处是从壁岩裂缝中喷射出来的，沸腾的蒸汽直冲云霄。温泉排泄沟靠近路边的一侧，修建了很多浴室，有多人共浴的大池，也有单间小池，在沟中还有不用花钱就可以泡澡的天然温泉大池，从早到晚，池中都是满员。其中以藏民为多，都是慕名而来泡温泉治疗风湿等疾病者。据景区管理人员介绍，各泉眼每天出水量 740 多吨，泉温最低 57℃，最高 93℃，可以煮熟鸡蛋。温泉中含多种微量元素，属弱碱性矿泉水

西藏扎仓寺高温热泉外景　　陈建生摄

陈建生等人经水样检测后惊奇地发现：贵德县的扎仓温泉、湟中县的“药水神泉”以及西宁地区的所有涌泉、井泉，皆与巴丹吉林海子有相同

“基因”。

几乎与此同时，陈建生看到《地球化学》（1994）23卷第4期上的一篇文章：《青海湖浅层沉积物中介形虫及湖底泉华C、O同位素组成及其古环境意义》，作者是中科院广州地质新技术研究所的张倩与中科院盐湖所的张保珍。文章说，在青海湖底发现了泉华，泉华碳酸盐中的碳氧同位素测试结果都显示为正值，这种碳—氧同位素关系较为罕见，与巴丹吉林沙漠湖泊群钙华的碳—氧关系相同，都与深部岩石圈有关。由于泉水是深层地下水涌入湖泊后，因压力的降低，地下水中溶解的碳酸钙饱和浓度降低而产生沉淀，泉华证明了涌入湖泊的地下水来自于深部岩石圈。

陈建生借“他山之石”产生了两点感受。

第一，鄂陵湖、扎陵湖、青海湖及温泉带都处于日喀则—狼山断裂带上；

第二，青海湖除了得到地表河流的补给之外，它还得到了这条断裂带导水构造的地下水补给，补给量很大，否则，难以支付四千多平方千米湖面的巨量蒸发。

提起“他山之石”，陈建生还要感谢另一位专家李百祥。

李百祥是甘肃省地矿局第二矿产地质勘查院高级工程师。2002年，他在《甘肃地质学报》杂志的《狼山—武威—共和断裂带和地热分布》中说：“狼山—武威—共和断裂带，是近年来根据重力、航磁资料解释发现的规模仅次于郯庐断裂的大型走滑隐伏断裂带。该断裂带沿狼山—武威—共和一线呈NEE（北东东）向延伸，横切了北大山、龙首山、祁连山和西秦岭造山带，使蒙、甘、青地区在地球物理场和区域构造格架上具有EW（东西）分块的基本格局。沿该断裂，温泉、地热异常，成群、成带分布，与其南段亚东—羊八井—那曲走滑断裂，构成中国西部一条近SN（南北）向导热、控震断裂构造。”

后来，陈建生去拜访李百祥，他很高兴，特地将自己的见解向陈建生作了较为详细的介绍，还提供了这些地区最早的地质资料及手稿复印件。

受其启示，陈建生按“路桩”所示来到西宁，这才对西宁地区的地下水状况和所经地区有了新的认识。

经过进一步调查，陈建生恍然大悟：李百祥所说的武威—西宁断裂带，

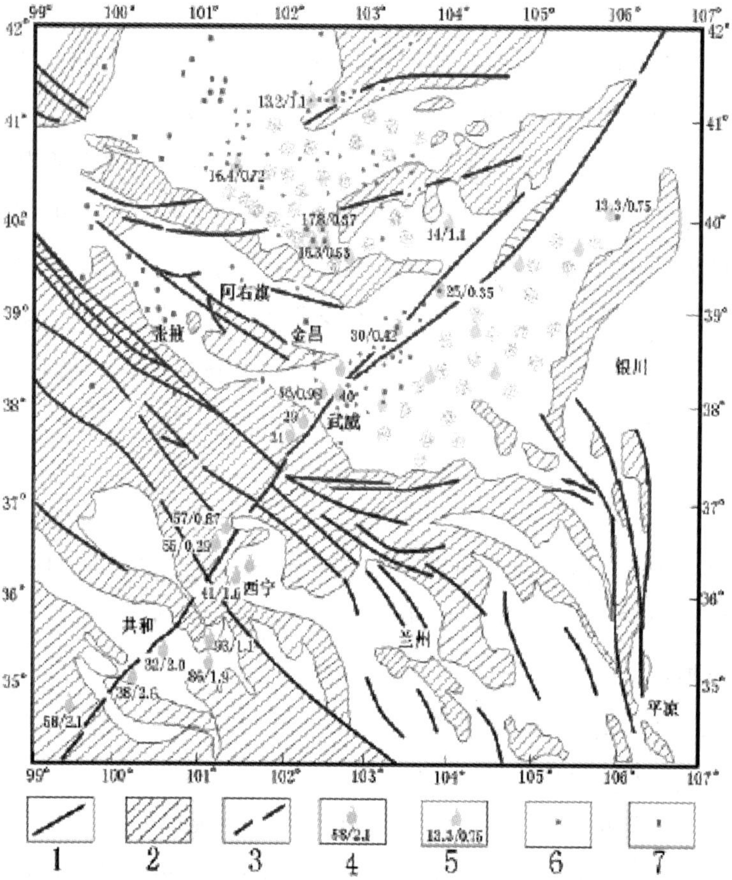

武威—西宁断裂带实为日喀则—狼山断裂带中的区间段（1断裂带，2基岩，3日喀则—狼山基底隐伏断裂带，4温泉，5冷泉，6地下水中的同位素与巴丹吉林沙漠相同的点，7地下水中的同位素与河西走廊相同的点）

其实就是日喀则—狼山断裂带中的一部分。但不可否认，李百祥的见解对陈建生的研究起了积极的推动作用。

回首往事，陈建生感到欣慰。他仰望天空，看到那万点星辰将“天河”闪烁得分外明亮，联想到西宁地区直至阿拉善沙海那数百个“路桩”，宛若点点“渔火”，点缀出“地下长河”的大致流向。再细细审读青海湖的泉华，仿佛听到它在用奇特的语言向世人告白，那烟波浩渺的青海湖，其实就是地下龙宫的一扇舷窗。

5

青海湖，是我国最大的咸水湖。据遥感卫星测定，20世纪末的湖面面积为4256平方千米。它是由祁连山的大通山、日月山与青海南山之间的断层陷落形成的。原本是淡水湖，与黄河水系相通。20万～200万年前，因当时气候温和多雨，湖水通过东边的倒淌河泄入黄河。至13万年前，由于湖东部的日月山、野牛山迅速上升隆起，使原先泄入黄河的水道成了后来的倒淌河。青海湖因泄水通道堵塞，使原先的淡水湖逐渐变成了闭塞湖。又因气候干燥，水分蒸发，随水入湖的盐分无处排泄而留在湖里，久而久之，成了咸水湖。

虽然湖水不能饮用，但在生态维持中仍发挥着重大作用。如今，青海湖上繁茂的鸟岛、湖中穿梭般的青海湟鱼（国家二级保护动物），还有四周湖畔的茵茵绿草，都在说明青海湖的生态价值。更为重要的是，它在阻止新疆沙漠东进和南北沙漠围剿中立下了汗马功劳。所以，研究青海湖，查清青海湖湖水的来源，对于永葆其青春，乃至大西北地区的生态良性化循环，有着重大意义。

如何认识青海湖？陈建生在缺少经费支持的情况下，只好请他的中学同学薄建业帮忙。薄建业开着自己的皮卡车，带着陈建生及其团队成员董海洲与苏治国一路向西，穿过祁连山脉来到了青海湖边。他们围着青海湖采集水样和岩石样后，趁晴好天气，沿格尔木至青海湖的公路，穿过乌兰、德令哈市等地，逐河、逐段地采得了上百个水样，两天后到达格尔木。

6

格尔木，蒙古语意为河流密集的地方。的确如此，今日的格尔木，依然是河流纵横、百泉争涌的地方，加上连绵雪峰以及广布的冰川，这里几乎成了水的世界。

仅泉水而言，就很奇特。奇特之处有三点：一是泉多，二是泉冷，三是四季长流而不惧冰封。

比如，市西南94千米的青藏公路边，在昆仑山系的沙松乌拉山和博卡雷克塔格尔山之间，亦即昆仑河北岸，有“纳赤台清泉”，亦称“昆仑泉”。此泉虽处海拔3540米高寒地区，四周常年冰雪不化，但该泉一年四季从不冰冻，故为昆仑山中第一个不冻泉。水量大而稳定，并含有对人体有益的微量元素和气体，被誉为“冰山甘露”。

格尔木还有很多自流井，有些自流井就在街道小巷之中，是附近居民的生活用水，无论干旱少雨，自流井水皆渊源不断而常年流淌，成为格尔木市的一景。

7

结束了对格尔木的考察，陈建生等又是一路采样，行约300千米后，来到鄂陵湖畔。

鄂陵湖，黄河上游大型高原淡水湖，又称鄂灵海，藏语称错鄂朗，意为蓝色长湖，位于青海省玛多县西的凹地内。湖面海拔4272米，南北长32.3千米，东西宽31.6千米，湖面面积610平方千米，平均水深17.6米，蓄水量为107亿立方米。

鄂陵湖以西15千米外也有一湖，名为扎陵湖，面积为526平方千米。平均水深8.6米，蓄水量为46亿立方米。黄河源流穿过扎陵湖后，进入一条长约20千米、宽300米的沟谷，从西南部流入鄂陵湖，从该湖北端出湖，沿黄河流向下游的玛多等地。

若从高处往下看，扎陵湖、鄂陵湖像两只飞翔的蝴蝶。黄河则像一根曲曲弯弯的粗绳，将两只蝴蝶相连，形成了高原淡水湖的独特景观。因此，人们将扎陵湖、鄂陵湖誉为“黄河源头姊妹湖”。

陈建生等人来到鄂陵湖畔，看到湖水是那样的清澈，心情格外激动。正在采集水样时，湖中的鸟儿在水面啪啪惊起，鸣叫声中似乎掺杂着被骚扰的惊恐。这是暴风雨欲来的前兆。

扎陵湖岸边的湖水很浅，湖泊中沉积了厚厚的淤泥，要采到深水样，必须蹚水进入湖泊几十米，脚一踏入淤泥马上就陷了进去。为了防止意外，必须在下水采样人的腰部绑上一根电缆，一旦人陷入淤泥之中，岸边的人可以通过电缆施救。采样工作在鄂陵湖与扎陵湖进行了一整天。

右下图薄建业（左 1）与苏治国（左 2）在黄河源头鄂陵湖与扎陵湖采水样

黄河源区天黑得很晚，傍晚时分，采样工作还在进行之中时，突然天空乌云密布。考虑到下雨后下山的道路很滑，陈建生一行人满载胜利成果匆匆离开了鄂陵湖与扎陵湖。

8

陈建生回到南京，逐一化验了西宁之行的百余水样，结果发现：巴丹吉林海子、河西走廊、祁连山区诸多“路桩”以及青海湖水样，与鄂陵湖、扎陵湖水样“基因”相同。这就意味着，从“姊妹湖”到巴丹吉林沙漠有一条地下长河。这条地下长河及其水脉、水网，一直默默地对我国青海、甘肃、宁夏、内蒙古高原西部等地区的河、湖、海、泉，给予了大量的补给。

通过对黄河源区鄂陵湖、扎陵湖以及达日河、热曲等不同面积的流域径流量比较发现，黄河源头的鄂陵湖与扎陵湖的径流量远远小于降水量减去蒸发量的值，通过同位素比值分析确定，鄂陵湖与扎陵湖存在渗漏，每年的渗漏量大约为20亿立方米，渗漏水与巴丹吉林沙漠湖泊水相同，在日喀则—狼山断裂带中可能存在渗漏通道，这篇文章发表在2006年的《科学通报》上。

此时此刻，他才领悟祖国母亲的一片用心：黄河之源一劈为二，一部东流归海，成了中华民族的母亲河，孕育了千古以来的中华文化；一部藏于地下深宫，暗暗地流着，等待子孙们的智慧开采。

今日的“海子归乡”，似乎踩出了一条地下水开采之路：不用筑坝，无需隧洞，也不必为沟渠导流而搬迁腾地，更不用担心水质污染和无效蒸发，只要科学开采，地下长河就会静悄悄地将大量甘霖输送至我国北方干旱半干旱及沙漠地区。

好处如此之多，就看我们如何在祖国母亲留下的这张考卷上施展才华了。

目前有个“小西线方案”的输水路径与鄂陵湖至巴丹吉林地下长河的流向如出一辙。所不同的是：一个是费力费钱费地皮的地上河；一个是天然功成而不再费力费钱费地皮，且能防污染、抗蒸发的地下河。谁优谁劣，万民自会选择。据此决定兴废，会不会得罪“小西线之庙”上的大小“菩萨”？

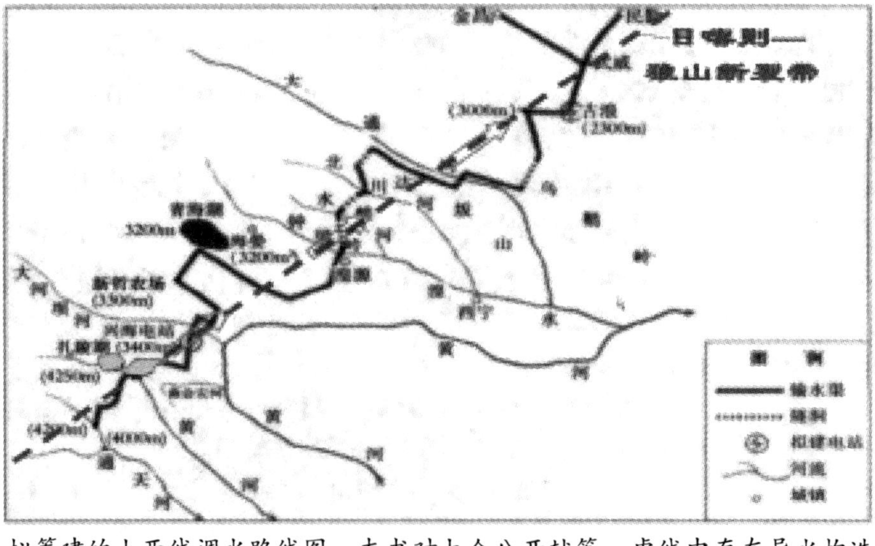

拟筹建的小西线调水路线图。本书对大众公开献策：虚线中存在导水构造

笔者深信，今天的科技界是不会有这样的“菩萨”的。但在当时，在类似问题上，陈建生是有过一番感受的。小西线工程确定每年给民勤调水2亿立方米，而2亿立方米相对于民勤13亿～14亿立方米的抽水量也是杯水车薪啊！明白了这个道理，相信河西走廊的人民是会心领神会地取舍调水方案之优劣的。

第九章

泉黏风尘 揭开黄土高原成因之谜

鄂尔多斯，既是高原，也是盆地。其地理位置的特殊性、地形地貌的多样性，决定了科考价值的显著性、代表性。

权威部门的科考实践证明，鄂尔多斯是个大水盆，地下水储量105亿立方米。

传统理论认为，这里的地下水除本地降水，大都是千古以来的“古水”，不能开发利用，否则会造成环境灾难。

陈建生以多种试验以及同位素检测手段证明，这些丰富的地下水，既非本地降水，亦非“古水”，而是通过深循环通道以及地块深大断裂而来的远程地下水。这些地下水是流动的，成循环状态，可以科学开采，以免浪费。

通过对风尘颗粒黏滞规律的研究，陈建生有了突破性的重大发现：

连续涌溢的地下水黏滞沙尘，形成了广袤的沙漠。地下水维系沙山沙丘景观！

同理，连续涌溢的地下水，黏聚风尘微粒，这就是黄土高原成因的奥秘。地下水维系黄土高原塬、峁、墚奇特景观！

黄土高原开采地下水，自此有了理论的指导。

1

《地下水维系高大沙山景观》在《自然》杂志发表之后，陈建生和他的团队对此前工作进行了一番梳理。概要归结为以下 4 点。

第一，巴丹吉林地下水支撑沙山沙丘景观，揭开了沙漠成因之谜。

第二，巴丹吉林沙漠下存在一座巨大的地下水库。地下水来源并非本地降水，而是源于黄河源头“姊妹湖”的地下泄水。

第三，“姊妹湖”的地下泄水是通过长约 700 千米的地下长河源源不断地输送至巴丹吉林地区的。

第四，这条地下长河寄身于日喀则—狼山断裂带以及祁连山深大断裂之中。

以上 4 条，就是陈建生“地下水深循环理论”的最初雏形。

为便于后边的文字叙述，笔者将以上 4 条称之为“甲区考察”或“甲区发现”。

2

陈建生给自己的团队明确了往后的研究课题：以上“甲区发现”是“局部个案”还是“更大范围的普遍现象”？

为解决这个问题，陈建生等人选择了鄂尔多斯盆地为重点考察地区。

鄂尔多斯盆地地跨陕、甘、宁、蒙、晋五省区，总面积 365000 平方千米，相当于 3 个半江苏省。陈建生选择这一地区作为科考重点有两个原因。

第一，鄂尔多斯地理地貌的多样性和地理位置的特殊性。西、北、东三面被黄河环绕，南面是渭河，除了六盘山界区，四周几乎被“水”所围，具有环水特色。但总体地貌形态为构造剥蚀高原地貌，海拔高度在 1000 ～ 1500 米。北部大部分地区被沙漠覆盖，包括库布齐沙漠和毛乌素沙漠；南部属黄土高原。在盆地北部的沙漠高原分布着众多湖、淖，其中水域面积大于 3 平方千米的湖沼有 115 个，以陕蒙交界处的红碱淖最大，水域面积 57.6 平方千米。整个地区既是高原又是盆地。既有平原，也有丘陵山地、沙漠沙地，更有黄土高原。这种多元性的地理地貌可使科学考察更具科学价值。

第二，权威部门在鄂尔多斯盆地进行了大量科学钻探，并在多种报刊上公布了他们的科研成果，这就为后续的科考活动提供了参照。

3

2006年前后，中国地质调查局经过十多年的水文地质勘察，发现鄂尔多斯是个大水盆。他们经过钻孔抽水试验得出结论：整个盆地年补给量达105亿立方米。这个数据和结论已成为水文地质学界的第一共识。

第二共识：鄂尔多斯地区地下水的可更能力北区强于南区。

第三共识：鄂尔多斯的地下水总体呈现北好南差、下好上差的分布规律。

以上三点共识，在科学界是没有分歧的。但在地下水来源以及能否可持续开采利用问题上存在重大分歧。

传统观点认为，鄂尔多斯的地下水来自当地降水。降水入渗的具体数据是：大气中的降水入渗地下后经过10年方可到达土层5米；埋深10米的非饱和土层则需要20年；降水入渗35米以下的非饱和层则需要40年；埋深250米的承压水是1万～3万年前补给的“古水”，是极难恢复的资源。

根据上述降水入渗的具体数据，传统科学家得出这样的结论：鄂尔多斯虽说地下水相当丰富，是个大水盆，但这些地下水是5000～30000年前的“古水”，是不能开采利用的，否则，地下水将会枯竭，生态系统将遭到破坏。

由于这种观点是根据流域水文循环原理——流域内水量平衡关系得出的，致使许多水文地质科学工作者即使有疑问也望而却步。

陈建生是个敢在“关公门前耍大刀”的教授。他以物理学基础和大量的野外调查试验分析，向这种传统观念提出了质疑。他的科学依据有三点。

一是降水量与水质状况存在矛盾。鄂尔多斯地区降水量在150～650毫米之间，自南向北呈减少趋势。北区降水量远小于南区，而地下水状况却与之相反：降水量小的北区水质远远好于南区，这在理论上说不通。这种状况说明，北方地区的外源补给量大于南区补给量。没有外源水介入是不可能的。

二是“古水”流不尽，没有道理。鄂尔多斯的自流井非常普遍，陕西府谷的一口自流井涌水量为每秒 0.58 立方米，年流量为 0.183 亿立方米；

2012 年 11 月，陈建生考察都斯图河下游地区的都斯图自流井

都斯图河下游一带泉眼与自流井的数量超过 20 个；其中都斯图自流井的年流量达 15 万立方米，且该井已有 40 多年流水史，流量一直稳定，从未因旱年、旱季而减小过，该地区的年降水量在 150 ～ 250 毫米之间，而平均年蒸发量为 3380 毫米。就是说，在鄂尔多斯降水量最小而蒸发量最大的地区，仍然存在着流量稳定的自流井。此外，南部乌海市桌子山泉水流量也很大，仅汇集到千里沟的天然年流量就有 132 万立方米。还有，拉僧庙泉的最高年流量达到 364 万立方米。

骆驼山的煤矿透水事故也向传统地下水理论提出质疑。2010 年 3 月 1 日，位于鄂尔多斯西南部的骆驼山煤矿发生了一起煤矿透水的矿难事故，造成 32 人遇难、7 人受伤。据报载，事故原因是该矿 16 号煤层“在掘进施工打炮眼时导出奥陶系灰岩地下水”，出现了炮眼冒水，造成了透水事故。抢救过程中累计钻孔 20 个，进尺 5874 米，抽水 144 万立方米，注浆堵水共注入浆料 8384 立方米，才将水头堵住。这一透水事件说明，在干旱的乌海地区也存在大量的地下水。

上述现象引人深思：鄂尔多斯这么多的地下水源从何而出？

若说是本地降水，于理不通：鄂尔多斯的平均降水量小于蒸发量好多倍，在这样水量“入不敷出”的地区，没有外来水，何来这么多地下水“积蓄”？

若是说成“古水”，那就更奇怪了：这么多自流井在历史长河中无拘无束地流淌着，怎就长流不息呢？这在逻辑上是讲不通的。

4

还是让科学试验来评判鄂尔多斯的地下水水源分歧吧！

首先，要弄清楚，大气降水能否按照某些人所言的入渗为深层地下水？

有篇论文说，鄂尔多斯地区的降水入渗，10 年方达 5 米以下，入渗 10 米要 20 年，35 米以下则需要 40 年以上。

为验证这样的入渗数据是否符合实际，并探讨地下水的外源补给情况，陈建生对鄂尔多斯盆地进行了 3 次科学考察，共采集泉水样 123 个，煤矿排水 8 个，河水 31 个，土壤剖面试验 3 处。并用多种手段对土层、水质等进行了科学试验，写出如下论文:《干旱土壤水运动的物理机制试验》《现场人工模拟降水入渗试验》《室内模拟降水入渗试验》《鄂尔多斯北部补给区土壤水同位素分析》等。

由于学业的专攻，专业用语的晦涩难懂，加上笔者的知识所限，很难用大众听得懂的语言将其中的科学道理深入浅出地表达出来。这里仅将其“现场人工模拟降水入渗试验”作如下简介。

为验证鄂尔多斯北部降水是否入渗到地下水中，陈建生在靠近地下水分水岭的补给区进行了人工模拟降雨入渗试验。

试验的位置属于都斯图河流域补给区，地层为典型的沙土层。试验点地势平坦。

具体做法是：在相距 10 米远的地方圈划 2 个边长为 1 米的正方形区域，然后下挖 2 厘米，形成两个聚水方框式平面。向两个方框内注入 175 升水。考虑到框内的水在下渗过程中流到边界之外，入渗深度皆以方框中心点为准。

在注水 24 小时后，开挖试验方框，剖面开挖深度大约 1 米，挖出深 1 米、宽 1.8 米的断面。然后逐渐向框内延伸，每隔 10 厘米重新平整剖面，观察降水入渗深度并进行拍照。直到 50 厘米的中心剖面，采集剖面土样。每 8 厘米取 1 个土样装入铝盒内，用胶带密封。24 小时后，入渗深度为 70 厘米。96 小时后，入渗深度仍然为 70 厘米。

后来，陈建生又在乌海沙土地区做了同样的试验。结果表明，入渗深度与降水量有关，年 150 毫米的降水量，不能入渗到 1 米以下的土层之中。

接着，陈建生在鄂尔多斯盆地的榆林、延安、渭南进行了降水入渗试验。这 3 个地区的年降水量在 400 ～ 650 毫米之间，在黄土高原属于降水量偏多的地区。试验结果表明，黄土高原降水入渗的深度一般不超过 4 米。

以上一系列考察实践证明，在鄂尔多斯这样的干旱半干旱地区，大气降水入渗为深层地下水几乎是不可能的。只有在汇水的洼地，暴雨形成的积水入渗的深度比平地更深一些，但没有试验数据显示降水入渗到地下水。

陈建生又对该大水盆地区的都斯图河、渭河、泾河、无定河、窟野河、洛河等以及该地区的矿井涌水、自流泉等流动水做了同位素检测，结果证明，这些流动水的主要补给来自鄂尔多斯高原以外远程的外源地下水。

以上试验说明，鄂尔多斯深层地下水亦源自远程的地下水。

5

陈建生将鄂尔多斯的考察结果与“甲区考察”的结果进行了迭合性对照，这就产生了相同点、异同点和启示点。

相同点：两地地下水都很丰富，都是大水盆，还都是远程来水；都经过深循环导水通道及深大断裂的输送。

异同点：甲区地下水源自黄河上游姊妹湖，很明确；而鄂尔多斯地下水同位素与阿拉善沙漠地下水存在明显差异，二者的补给源区不同，根据同位素分析结果，其补给源区要比姊妹湖的海拔高度还要高一些，路程还要远一些。

启示点：巴丹吉林地下水维系沙山沙丘景观，科学地揭示了沙漠成因的条件和奥秘——地下水的泄出，吸附了风尘颗粒的沉降，被吸附的颗粒较大，来自干涸的湖泊沉积，久而聚之，形成了沙漠。

鄂尔多斯地下水起了什么样的吸附作用？是否维系黄土高原景观？它对黄土高原的形成起了什么作用？

以上两地状况的比较，像水盆中的两影相迭，迭出了一个巨大的问号。揭开黄土高原成因之谜的金钥匙，就藏在这个迭影之中。

6

我国的黄土高原，集中了全球70%的黄土，致使世人将华夏黄色人种与其生存之地的黄土色质联系起来。祖祖辈辈泥里滚、土里长，喝的黄河水、吃的黄土粮，打从娘肚子就染上了黄色基因，任凭世上万物变化万端，黄色基因是不会消退的。然而黄土地上的中国人对自己故乡的研究是远远不够的。比方说，我们的黄土高原是怎么形成的？

有权威专家说：那是在800万年之前，西北风挟着沙土，被高高的秦岭挡住了去路，就在秦岭以北广大地区降落下来，久而久之，堆积成平均厚度约 180 米的黄土高原。

这种“秦岭巨功论”对不对，这里不作评判。仅说说陈建生等人是怎样解开黄土高原的成因之谜的。

陈建生的“黄土高原成因说”是在广泛实践的基础上产生的。

众所周知，黄土高原是由塬、墚、峁组成的。甘肃水文地质队工程师钻井专家方长生在长期的打井实践中获得了宝贵经验：黄土高原钻井取水，钻孔必须钻在塬的对称中心，在其他地方钻孔，水量是很小的。钻孔的出水量与塬的宽度成正比，塬越宽水量越大，塬越窄水量就越小。地下水位也与塬的宽度有关，塬越宽水位越高。比如，甘肃庆阳的西峰塬宽度为 6.5 千米，在它的对称中心钻孔中的年出水量达到 1000 ～ 1300 立方米。而附近阎家塬的宽度仅为 1.1 千米，年出水量只有 70 ～ 100 立方米。

塬名称	平均隙宽/km	塬心水位埋深/m	单井出水量 $/m^3.d^{-1}$
西峰	6.5	30 ~ 40	1000 ~ 1300
肖金	5.5	30 ~ 40	1000 ~ 1300
临泾	3.1	40 ~ 45	500 ~ 600
新城	2	40 ~ 50	120 ~ 300
湫池	1.3	55 ~ 60	100 ~ 360
太平	1.3	80 ~ 90	100 ~ 120
闫家	1.1	60 ~ 70	70 ~ 100

黄土高原塬之大小与单井出水量的实测数据表

得知方长生的这番话，陈建生联想到 1983 年阎太白等人的一篇论文。论文说，黄土高原墚和峁地区的地下水缺乏，塬区是黄土高原主要的富水地带。黄土塬潜水位埋深 40 ～ 120 米，由塬的对称中心向两侧地下水埋深逐渐变深。循此方向，井水每天的涌水量从中心的 800 立方米减小到边缘的不足 10 立方米。也就是说，源对称中心的水量是边缘水量的 40 倍以上。

总结他们的科学实践和科研成果，陈建生心中为之一亮，如果地下水来自大气中的降水，地下水分布应该比较均衡，富水地带不会仅限于塬。墚和峁也应该有水，并且，塬的中心与边缘不可能出现这种巨大的水量差异。这种现象暗示着，塬的中心断裂带是导水构造，塬、墚、峁的形成与导水断裂带有关系。

接着，他研究了鄂尔多斯地下水分水岭，结果发现，这个地下分水岭与深大断裂带完全重合，黄土高原之塬正好坐落在导水的断裂带上。

在此基础上，陈建生研究了鄂尔多斯北部沙漠的沙粒特征，结果发现，北部沙漠的沙粒大小不是均衡分布的，而是按照从北向南、沙尘颗粒逐渐变小的规律分布的。

根据上述已知条件，陈建生将黄土高原的成因归结为“泉水黏聚风尘”。

“泉水黏聚风尘说”与传统的“秦岭阻滞说”的共同点是：都是风尘颗粒的持久沉积。不同点是：陈建生的“风尘颗粒沉积”是在水的滞黏作用下进行的。

800 万年之前，深循环地下水通过深大断裂带从鄂尔多斯盆地涌出地表，并在断裂带上形成了一个个的湖泊。当西北风挟着大量的沙尘颗粒吹过时，这些风尘颗粒就按照由北向南颗粒渐小的重力作用逐步沉降于湖泊中，而渐次填高了地面。当地面存水即将被风尘颗粒浸湿覆盖时，导水断裂带依然源源不断地将深循环地下水涌出地面，风尘中较大的颗粒在水的黏滞作用下，形成了鄂尔多斯的北部沙漠。剩下的风尘微粒则继续南飞。这些风尘微粒沉降降落到地面后被涌出的地下水吸附在一起成为团粒，抵抗风蚀的能力大幅度提高，风尘颗粒形成了连续堆积平原。

陈建生解释了鄂尔多斯盆地白云岩、红土高原及黄土高原的成因。

800 万年以来，深循环地下水从鄂尔多斯盆地涌出后，深循环地下水通道围岩的地温梯度经历了下降过程，在降温的同时发生了风尘的连续的堆积。风尘堆积的原因是由于深循环地下水上涌至地表，由于围岩中含有铁、镁、钙等元素的矿物被超临界态水萃取，形成铁、镁、钙等二价的离子，这些离子在溢出地表的过程中发生了 3 种物理化学作用。

作用一，溢出地表的地下水黏滞了风尘颗粒，形成了连续的堆积——

形成黄土高原。

作用二，二价铁离子溢出地表后与空气中的氧发生氧化反应，生成三氧化二铁胶膜，铁质胶膜吸附在风尘颗粒的表面，呈现出红色，形成了红土高原。

作用三，高温下的镁离子、钙离子与碳酸根离子发生白云岩化，在地层中生成了白云石。

由于地幔导水通道在深循环地下水的冷却作用下温度不断降低，当温度低于临界点，深循环地下水对岩石的溶蚀能力大幅度降低，地下水中铁与镁等离子的含量也大幅度降低，铁质胶膜大幅度减少，风尘演变为黄土堆积。由此可知，黄土高原中黄土与红土的分界面并非是气候变化的产物，而是深循环地下水温度下降的原因，见下图。

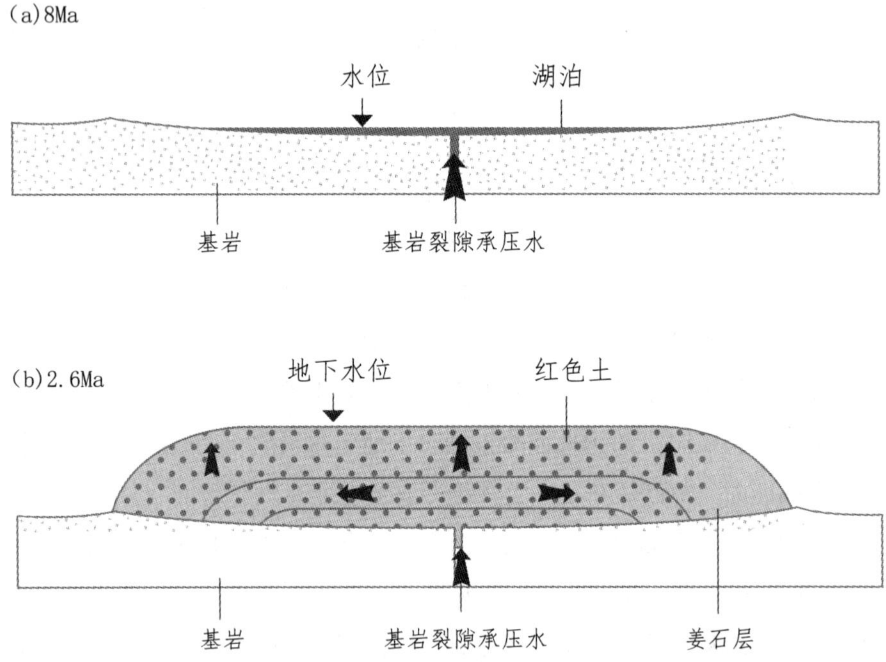

黄土高原成因机制示意图

(a) 地下水泉水涌出形成湖泊（距今 800 万年）

(b) 地下水热水带来的铁、钙离子形成红土与钙结核（姜石层）（距今 800 万～ 260 万年）

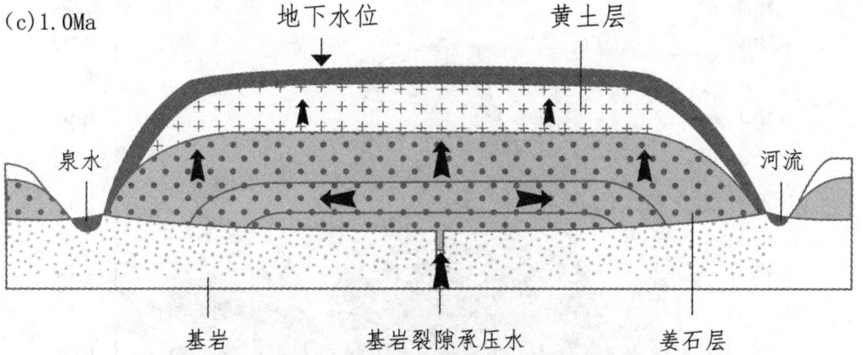

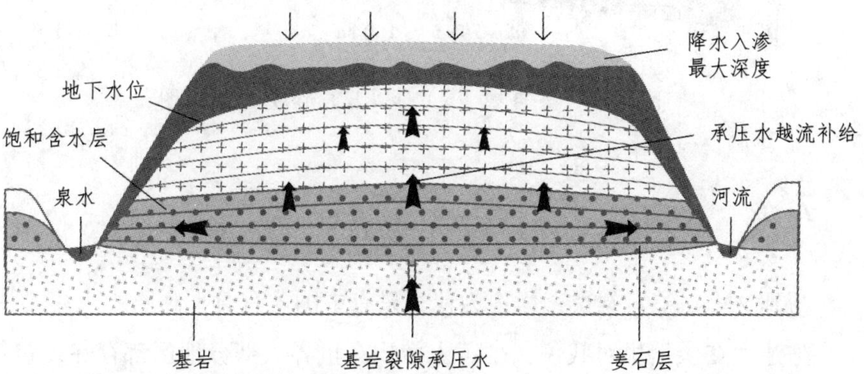

黄土高原成因机制示意图

（c）缺少铁离子的地下水黏滞风尘颗粒，形成黄土堆积（250 万年以来）

（d）现代黄土高原地下水补径排关系

由于大量的地下水仍然沿着导水构造朝上冒，后续细小的风尘颗粒则在水的黏滞作用下聚而成堆。水量越大，堆聚能力越大。诸多风尘堆聚物在填高地势的同时，不断向两边扩散，久而成塬。黄土塬的宽度与断裂带中的涌水量有关系，涌水量越大，塬越宽；涌水量越小，塬越窄。当断裂带涌水量很小时，塬退缩成为沿着断裂带分布的一条线——黄土墚。当断裂带中的涌水集中在一个点，只有点周围有风尘颗粒堆积时，堆积物的形状成为点状——峁。

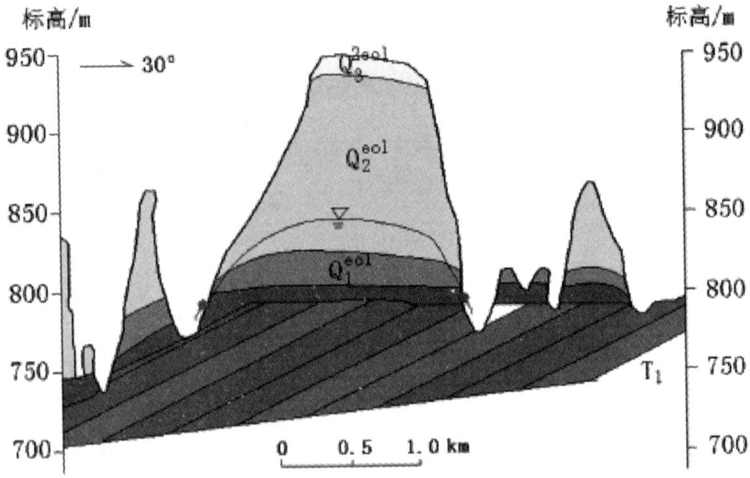

地下水排泄量与塬（a）茆（b）形成的剖析图

7

写到这里，笔者觉得奇怪：为什么只有中国才有黄土高原？

陈建生在微信里对我说：“黄土堆积在世界大部分地区都存在，包括西伯利亚、拉斯维加斯，但只有中国鄂尔多斯及其周边的黄土被称为黄土高原，那是因为黄土堆积面积大，而且厚。中国的黄土高原是深循环地下水的千古丰功！我国的巴丹吉林沙漠、腾格里沙漠、乌兰布和沙漠、库布齐沙漠、浑善达克沙地等，高高在上地雄居于黄土高原西北部，神奇般地捍卫着这片超过150万平方千米的华夏乐园。每当西北风挟着弥天的风尘颗粒企图吞噬这片乐土时，巴丹吉林等大沙漠就凭借丰富的地下水，神奇般地将飞不高的粗沙粒黏滞沉积，而让细微风尘继续南飞。又经地下水的吸附滞黏，这些风尘微粒便乖乖地成了黄土高原的肥沃土壤。综上所述，我国黄土高原的缔造者就是北方沙漠不断涌溢的深层地下水。因为中国大地上具备了这两个条件，这才诞生广袤的黄土高原。”

陈建生还以澳大利亚为例，说明世界上别的国家形不成黄土高原的理由。

他说：“澳大利亚大自流盆地的降水量在300～1200毫米之间，远远大于我国黄土高原地区。但是，澳大利亚大自流盆地没有风积土，什么原因？是不是因为这个地区没有风尘？不是的。我们考察大自流盆地的时段是在10月份。正值南半球的春天，风很大，也是风尘扑面，但是在这个盆地没有一点风积土。这里是典型的草原环境，但是树本与草都生长在风化的砂岩中。这就是说，澳大利亚大自然盆地没有风积土的原因是：因为这个地区地层十分稳定，在下覆砂岩含水层与上部浅水层之间，存在较厚的隔水构造，承压地下水所在的砂岩在距地表800米以下，上覆的沉积层没有导水的断裂带，深层地下水不能穿过隔水层到达地表。所以，降落在地表的风尘颗粒不能被水黏滞固定，致使落在地表的风尘颗粒又随风而去。由此可知，由深部源源不断地溢出的地下水是风尘颗粒连续堆积的必要条件。这就说明，光有风尘物不一定能产生风尘物沉积，风尘物与连续稳定的水源同时存在，才能形成沉积。澳大利亚不具备上述两个条件，所以不会产生中国式的黄土高原。”

2006年10月，陈建生考察澳大利亚大自流盆地的涌水量及井深井温等

说到这里，陈建生仍觉言犹未了，进而补充道：“我们在进行固定沙

丘的研究中发现，当沙层的含水率大于4%，沙丘的抵抗风蚀的能力就很强；否则，含水率小于4%的颗粒就会被风再次吹走。黄土的堆积也是这个道理。如果土颗粒表面之间没有水进行黏结，很容易被风吹走。所以，长期稳定存在的地下水溢流才是风尘颗粒黏结在地表的根本原因，也是沙山沙丘以及黄土高原形成的共同因子。”

8

关于陈建生等考察澳大利亚的简况辅记：

2006年10月，国际原子能机构组织陈建生等3位学者对澳大利亚的大自流盆地进行了为期半个月的考察，深度考察了大自流盆地，包括泥火山、地质、地貌、农业、草原、牧业等。大自流盆地的钻井深度在750～1500米之间，所有钻井的压力都高于地表形成自流，地下水温度在45℃～85℃之间。有专家介绍说，大自流盆地的地下水来自于周边山区降水的入渗补给。陈建生认为事情可能没有这么简单，因为周边山区高程不超过500米，而且降水量不是很大。陈建生带着对大自流盆地的疑问离开了澳大利亚。

现经其研究发现，澳大利亚大自流盆地的地下水很可能也是深循环地下水的产物，补给源区可能是巴布亚新几内亚岛的热带雨林。热带雨林的降水通过裂谷汇入到地幔熔岩隧道之中，穿越托雷斯海峡，通过断裂带上涌到大自流盆地，形成自流井群。由于地下水循环排泄量较小，熔岩隧道围岩的温度仍然较高，深循环地下水仍然保持很高的温度，自流井的温度都在45℃以上，见下图。

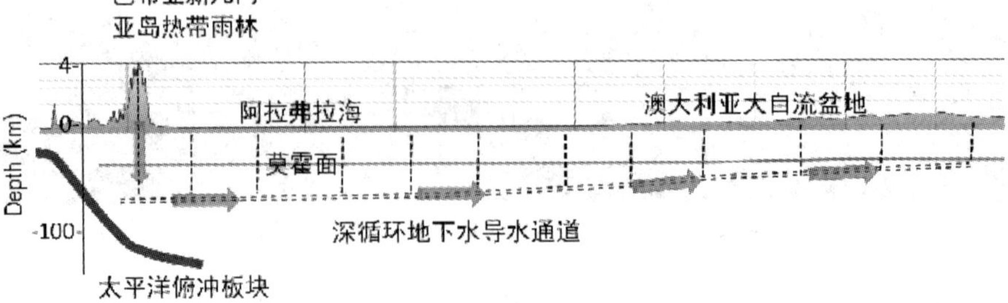

澳大利亚大自流盆地与雷托斯海峡自流盆地深循环地下水成因概念示意图

第十章

震古烁今 我国北方干旱半干旱地区储有上千亿吨深循环水

中国北方沙漠及旱区、半干旱地区储有上千亿吨深循环水，相当于两条黄河的年流量。这不是“古水”，而是流动中的深层地下水。有些深循环地下水是河流的源头，有些则等待我们科学开采和利用。

从巴丹吉林、腾格里和浑善达克沙漠上百个中小湖泊，往东还有乌梁素海、岱海、黄旗海、达里诺尔湖等，直到东北的查干湖、月亮湖等水泡子群，它们从西向东北方向，串珠状排列着。这是一条地标线，是明线，是大自然对中华子孙的示爱线，也是祖国母亲给我们留下的一道暗示线。陈建生等人从这道暗示线向深处扩展，终于摸索出了“六线吻合”的规律。根据这个规律，对于寻找地下水、矿泉水以及探讨天然气和石油的走向等，具有一定的指导意义。

1

前边几章提到陈建生等人通过对鄂陵湖、扎陵湖到河西走廊、巴丹吉林等地以及鄂尔多斯盆地地下水进行研究，发现了“地下水深循环现象”，并将这种“深循环现象”中的地下水定名为“深循环地下水”（简称“深循环水”）。

“深循环水”这一崭新名词的出现，标志着陈建生等人对于地下水的认识有了突破性的飞跃。

正当陈建生等人兴趣盎然地总结前期工作时，耳际似乎传来了嘶哑燥然的呼喊声：整个北方旱区都有“深循环水”吗？

这就是我国北方旱区的殷切期待。

历史就这样将探寻北国水源的大任默默地降落在这位既申请不到科研经费，又无权力可使的普通教授之肩上。

好在忠心报国者总也忘不了从老爷爷那里传下的一句古训：“位卑未敢忘忧国！”

就这样，陈建生在无人下达具体科研指令、无人给以褒奖的前提下，继续他的深循环水研究，并将其研究范围东扩至整个内蒙古高原、黄土高原、华北地区及东北湿地等广大地区。

2

经过4年多的考察和研究，陈建生等人又有了新的发现：华北平原，东北平原，苏北平原，北方沙漠及干旱、半干旱地区，海岸带及海沟，每年的深循环水量达到千亿吨。

这一重大喜讯，无疑石破天惊！

我国是个水资源缺乏的国家。由于老天爷厚此薄彼，降水量有很大悬殊，造成我国北方尤其缺水。为解决北方缺水问题，从毛主席提出“南水北调”之后，有关部门以及关心这项事业的许多有识之士纷纷献计献策，欲将南方的水引到北方干旱地区。由于工程量大，调水困难重重，直到今天，除了丹江口引水至北京的中线工程以及江都扬水站至山东黄河段的“东线工程”完成调水计划之外，其他如藏水入内蒙古、藏水入疆的宏伟计划，至今尚在谈论之中，就连主管部门也未拿出个科学方案来。

在这样的背景条件下，陈建生等人在这样的干旱半干旱地区发现了相当于两条黄河水量的深循环地下水，可喜可贺。

为准确地将这一未知领域的有关喜讯报告读者，现将对陈建生教授的采访录公布于下。

笔　者：北方地区每年有千亿吨的深循环水，相当于两条黄河呀，这个数字是真的吗？请您谈谈有关情况。

陈建生：是真的。河海大学雍斌教授通过卫星遥感数据得到水汽通量以及降水—蒸发模型确定，西藏内流区通过裂谷的年均渗漏量为545亿立方米，雅鲁藏布江上游的渗漏量约为300亿立方米。清华大学周建军教授的研究发现，三峡大坝蓄水后，长江干流宜昌段的流量减少了12.6%，超过500亿立方米。李凌教授与张奇教授的研究成果也表明，三峡蓄水后，径流量减少了至少5%。大家都知道，中国北方的内蒙古高原、鄂尔多斯、太行山、大兴安岭、松辽盆地以及长白山地区，都属于干旱或半干旱地区，降水量仅在40～650毫米之间，且70%的降水集中在7～9月，但出乎意料的是，这些地区的地下水非常丰富。地下水溢出地面，形成了湖泊与河流。从内蒙古高原到东北的松嫩平原，成千上万个大小水泡子呈串珠状排列。这里先说内蒙古高原，乌梁素海、岱海、黄旗海、达里海等，年降水量仅300毫米，却出现了面积大于1平方千米的湖泊上百个。这些大小湖泊在蒸发量远大于降水量的气候条件下长年不干涸，得有多少地下水补给？内蒙古向东，大片洼地，原是湖泊湿地。风尘降落，加上野草丛生，湖底填高，形成了密如繁星的水泡子。由于水泡子到处汪水，蒸发是唯一的排泄方式，盐分与氮磷等累计造成了污染。所以，东北治水有个特殊工程：河湖连通工程。说穿了就是通过人工河流将水泡子连接起来，把水泡子中的盐分与污染物排泄到松花江等流动的河流中。这里降水量也不大，哪来那么多水泡子？都是因为地下水外溢造成的。每年通过断裂带补给到呼伦湖与查干湖的水量分别为3.9亿立方米与1.7亿立方米。通过蒸发量粗略计算一下，从巴丹吉林大沙漠到东北水泡子，维系这些地区的湖泊、水泡子与沙山景观，估计年耗水量达 200 亿立方米。再说地下水对河流的补给。中国北方的干旱半干旱地区，虽然严重缺水，仍然有许许多多的泉水成了地上河的稳定补给源。比如，从鄂尔多斯到内蒙古高原，降水量不大，却发育着渭河、泾河、无定河、窟野河、都斯图河、西拉木伦河、锡林河等众多河流，仅渭河流量就达 100 多亿立方米，渭河流域雨量不大，大气降水大都集中在 7 ～ 9 月，平时的径流竟也滔滔不绝。这么多水量都是地下水的补给。再如，太行山南部一带岩溶泉呈散珠状排列着。其中天然流量达每秒 1 立方米的大型喷泉 60 多个，总流量超过了每秒 200 立方米。仅就山西阳泉而言，年降水量仅 400 毫米，但娘子关泉群多年的平均流量为每秒 10.93 立方米，年流量达 3.45 亿立方米。这些泉水，除当地消耗，其余成了汾河的源泉。还有，华北的桑干河，东北的松花江、鸭绿江、图们江等，地下水对其形成和维系，起了重大作用。这些补给河流的地下水，少说在 400 亿立方米以上。另外，这些地区还广泛存在着地下水的储存量。比如，鄂尔多斯地区，经多年科学钻探得知，该地区深层地下水为 105 亿立方米。再如华北地区，权威部门公布的数据是：地下水开采量为 300 亿立方米，超采了 200 亿立方米，由此可见，正常情况下该地区深循环地下水达 100 亿立方米。其他地区没有钻探，谁也拿不出准确的数据，但就总体而论，北方旱区深循环地下水补给的量少说也得 400 亿立方米。还有地下水对水库的补给。比如泉玉林水库，这是乌兰察布的备用水源地，面积超过 1 平方千米。库水的补给源就是库底的 6 个泉眼。补给泉玉林水库唯一的一条河流也有一个泉眼。这些水量在此忽略不计。以上粗略计算，地下水总量超过了 1 千多亿立方米。我在这里提请读者注意：这上千亿立方米地下水，都是深循环水，是得到远程补充的地下循环水，不是本地降水。我们的发现，不仅是“上千亿”这个数字，主要还是地下水的来源。就像一个家庭开支，它有固定收入，花完了仍有财源支撑家用。回到地下水问题上，正因为它不是固定数量的本地降水，而是远程而来的过境水，除补河流和湖泊蒸发外，你不用它，不开发它，也会白白流走的。到底流走了多少地下水，目前还拿不出详细数字来，但有一点可以肯定：我国干旱半干旱地区的深循环水是地下水的主要补给源，远远大于当地降水对地下水的贡献量。弄清楚这个科学道理，这是真正意义上的科学发现。

陈建生团队在沙漠中钻取土壤地下水

笔　者：这个问题非常重要，此前，人们总认为，北方旱区特别是沙漠地区，降水量小，地下水也少，要改造沙漠、改造旱区，只有靠远程调水。你们发现了这么多的深循环水，这就将人们的视线由遥远的南方多雨地区转入了旱区的地下水世界。这是认知领域的突破，是基础科学的发展。这样的突破和发展，无疑会给我国北方干旱和半干旱地区的发展带来新的思路和契机。因此，人们对这一发现倾注了极大热情，对您的科学试验亦更为关切。有个问题，还得请您赘述一下。您刚才说，我国北方干旱半干旱地区地下水都不是本地降水，而是远程来水，多数人是相信的，但仍有一些人不信。请您谈谈你们的试验依据。

陈建生：关于地下水是否是本地降水，只要抓住“四水转换”中最关键的一环就行了。“四水转换”系指大气降水、地表水、土壤水、地下水之间的转换关系，其中的土壤水则是“四水转换”之关键。人们对地下水理论之所以存有重大分歧，根本原因是科学研究中存在薄弱环节，属于专家队伍中的“黑箱子”系统。根据传统的流域水量平衡水文循环理论，地下水是同一流域地区的降水入渗所补给的，流域内的降水量等于蒸发量、地表径流、地下径流三者之和。地下水仅是本流域内降水入渗补给的结果。

于是其中的土壤水则是“四水转换”之关键。地下水仅是本区域内降水入渗补给的结果。而土壤水仅是降水入渗为地下水的一个中间过程。因此，通过对土壤水的同位素研究，就可以得出到底是本地降水还是远程来水之结论。在这个问题上，好几位专家曾经做过土壤入渗的试验。1985 年，张之淦等人应用环境氚法在山西平定张庄进行了黄土包气带中氚含量的测定。该地区的年均降水量为 538 ～ 578 毫米，1953 年以来含核爆氚的雨水下渗的深度不超过 10 米。其中 1963 年的氚高峰值表现更为清晰，氚的峰值出现在地面以下 5 米的包气带中。根据氚的峰值可以计算出降水入渗速率每年 0.23 米。1997 年，笔名为 LIN 的人在张之淦等剖面附近做了新的剖面，再次研究了降水中的氚在黄土中的运移，得到了相同的结论。以上两个试验结果表明，核试验期间高氚量降水仍然在土壤中，直到 1997 年高氚水还没有进入到地下水中。但是，娘子关泉群在 1986 年出现了与核试验相对应的高氚值。这表明，北方的泉水不是来自当地降水。

陈建生团队调查沙漠储水规律

笔　者： 这段话对于专家来说，那是有理有据了，但对于普通读者来说，还是不太明白。我是导弹部队的，似乎听出了一点门道。

陈建生：那就说说你的理解。

笔　者：有读者会问，氚是什么？我认为，各种成因的水体具有不同的氢氧同位素所组成。氚便是其中的组成部分，它们数量的多寡是有科学规律的。与氢弹爆炸更有密切关系。1952 年 11 月，美国在太平洋的比基尼岛上初次氢弹试验。这次氢弹爆炸所产生的同位素氚对世界各地虽有微量影响，但不属峰值。1953 年 8 月，苏联在谢米巴拉金斯克也进行氢弹试验，氢的同位素氚便在世界各个角落有所表现，但仍未达到峰值。1961 年 10 月 30 日，苏联一枚名为“伊万”的超级氢弹在新地岛群岛上空 4000 米起爆，这是人类历史上最大威力的氢弹爆炸。它产生的冲击波三次传遍全球，世界各地的测试仪都测到这次核爆信息。这次核爆所产生的氢的同位素氘和氚，弥布在世界各地的大气之中。后来，美国、苏联继续进行氢弹试爆，再后来，英国、法国和中国都进行了氢弹试爆，造成世界各地氚峰值越来越高，1963 年大气中的氚达到最高。后来，随着大气核试验当量与次数的减少，大气中的氚逐渐降低。20 年之后，这些核大国在相互监督中逐渐将实弹核爆变成了模拟弹试爆，模拟弹是不会产生氢的同位素氘和氚的，大气中的氚峰值逐年变小。纵观世界核爆史，这种氚峰值由小到大，再由大到小的变化过程，会在相应时期的大气降水中表现出来。大气中核试验产生的氚，通过降水入渗到地下水中，地下水中的氚通过自然衰变，浓度不断降低。通过测定地下水中氚的浓度，就可以确定地下水循环的时间。你们所做的氚同位素入渗试验，以此判断降水入渗深度、地下水的年龄和流动速度，大概就是根据这个原理进行的，我的理解对吗?

陈建生：是这样的。我们分析了娘子关泉群中的氢—氧同位素，结果发现，泉水的氘与氧—18 比当地降水同位素的加权平均值分别偏低 20‰和 2.5‰，这就排除了泉水来自当地降水补给的可能性。

笔　者：就是说，娘子关泉源水来自于远程外源水补给，这是“个性”还是北方地区地下水之“共性”？

陈建生：为解决这个问题，我们采集了鄂尔多斯、集宁、赤峰、锡林郭勒等地区的土壤剖面，抽取了土壤中的水分，进行了氢、氧同位素与离子浓度分析，结果表明，在年降水量小于400毫米的地区，降水入渗非饱和土壤的深度一般不超过4米。而且，90%的土壤水并非来自降水入渗，而是来自地下潜水，地下水通过土壤颗粒表面薄膜水的扩散作用向地表运动。因为土壤水与地下水具有相同的同位素组成，而与降水的同位素存在明显差异。由此得出结论：北方降水不是地下水的主要补给源。

3

笔　者：可是，我看到某些学者的论文中说，内蒙古乌梁素海补给源是黄河的入渗水，对此，你如何看？乌梁素海的补给源是否有别于北方旱区的其他湖泊？

陈建生：这个问题问得好！乌梁素，蒙古语乌力亚喜的译音，意为生长红柳的地方。海，即湖泊。乌梁素海位于内蒙古巴彦淖尔市乌拉特前旗境内，地处呼和浩特、包头、鄂尔多斯三角地带的边缘，被称为河套地区。距乌前旗政府所在地西山嘴镇13千米，系中国八大淡水湖之一。面积300平方千米。它形成于黄河主流改道。由于风沙东蚀和狼山南侧的洪积扇不断扩展，致使乌加河河床抬高，最后被泥沙阻断，形成乌梁素海。储水量2.5亿～3亿立方米。湖水不深，在1～2米之间。该湖的形成过程以及临近黄河的地理位置，很容易蒙蔽一些学者的眼睛。多少年来，人们普遍认为，黄河水通过侧向渗漏，成了乌梁素海的补给源。还有人认为，乌梁素海的补给源是河套灌溉区入渗返退水。以上两种说法得出一种结论：黄河入渗水维持了乌梁素海的湖色景观。这种结论有无科学依据？我们做过多次调查，结果发现，河套灌区存在大量的灌溉水井。其北部有红山口、大奈太以及德岭山等好几个水库。这些水库的补给源主要是水库上游一带的泉水。在未建水库之前，这些泉水排入河套灌区，最终排入黄河。其中一部分水汇入到乌梁素海。著名的乌拉山温泉和希热矿泉以及新忽热水源地，都分布在该地区。经同位素检测，证明乌梁素海与黄河水没有多大关系。乌梁素海周边地区土壤水亦非黄河入渗水。通过土壤入渗试验证明，这些土壤水并没有那么大的入渗能力而将灌溉区的黄河水返退至湖区。

笔　者：您的意思是说，维系乌梁素海湖色景观的既非本地降水，也非黄河入渗水，而是另有来源的远程地下水？

陈建生：是的。我们采集了乌梁素海及其周边区域的水样和土壤中的氢、氧同位素，并以采自南京燕子矶的黄土为样本，进行室内降水入渗试验，测试每个土壤样品的含水率和氢、氧同位素值。根据试验结果，对乌梁素海以北的色腾山区的降水入渗情况进行分析，并对乌梁素海湖泊周围地下水同位素进行比较，结果证明，乌梁素海以北的色尔腾山地区的大气降水在入渗的过程中大量蒸发，无法有效渗补给地下水。这就是说，大气降水不是当地地下水的主要补给源。再从同位素检测结果来分析，不仅乌梁素海，就连整个河套灌区主要补给源也是来自远程的深循环水。

4

笔　者：提起乌梁素海，很多人会关切地问：与其相邻的岱海情况怎么样？岱海的补给源也是深循环水吗？

陈建生：岱海是内蒙古高原第三大内陆湖。位于内蒙古乌兰察布市凉城县，是个偏东北走向的狭陷型盆地。长轴约 45 千米，短轴约 14 千米，形成于上新世到第四纪的地壳升降运动中。大约在早更新世初形成湖泊。有“草原天池”之美誉。清代蒙古族人称其“岱根培拉”，后称岱海。乘坐飞机鸟瞰岱海盆地，四周群山环绕。它北靠阴山支脉蛮汗山，南为马头山低山丘陵，仅从外表就可以看出，构造断裂对本区的地貌形成，起着控制作用。该地区属于中温带半干旱气候。冬季漫长，寒冷多风而干燥。降雨集中在 6 ～ 9 月，占全年降水量的 75%，多年平均降水量为 412.95 毫米，年均蒸发量为 1032.57 毫米，蒸发量是降水量的 2 ～ 3 倍。现岱海湖面积为 80.72 平方千米，平均水深 7.41 米，最深处为 12.18 米。我们曾在降水量较多的夏季对岱海进行过调查。当地群众都知道，只有在暴雨或者洪水期才出现大量的河流补给湖泊的情况，但这样的补给期较短。洪水消退，河水量很快减少。我们没有观测到河流大量补给湖泊的情况，所观测到的都是来自山区泉水的汇流。而河道中的流量很小，大多数的河道是干涸的。

尽管这样，岱海周边的沼泽与芦苇中却有泉水涌出，湖边还可以找到自流井，这表明岱海还接受泉水补给。由于岱海地区的深井较少，尤其是地势较高的地带缺少观测井。为调查岱海的补给源，我们对岱海周边的黄旗海、泉玉林水库等地区进行了科学考察，共采集 39 个水样，其中泉水 4 个、井水31个和水库水4个。其后，我们课题组对岱海及周边进行了第2次取样，共采 15 个水样，其中泉水 3 个、池塘水 4 个、井水 3 个、湖水 5 个。为了解大气降水、地下水以及土壤水之间的相互补给关系，我们还选择岱海周边潜在降水补给区采集土壤水，分别于西营子、凉城和丰镇，通过钻孔取样的办法采集了 4 个土壤水样。

笔　者：调查结果如何？

陈建生：调查结论有三条：第一条，岱海及周边地区所采集的泉水和井水的稳定同位素值比北方降水贫化，东居延海干涸说明它们并非由当地降水补给，而是来自流域以外高程较高地区同位素值更负的大气降水补给；岱海除了接受当地降水的直接补给以外，更主要的是接受远程地下水的补

2008 年 6 月，副教授、博士董海洲在内蒙古高原采集自流井水样

给。第二条，从土壤水的盐分随深度的变化曲线看出，大气降水入渗的过程中会出现入渗停止和速度减慢特征；在考虑了降水能够入停补给地下水的可能性前提下，依照研究土壤田间最大持水量，分层计算了土壤补给到地下水，大部分土壤水的氢氧同位素沿着地下水蒸发线分布，表明当地大气降水并非土壤水的主要补给源，土壤水主要由地下水通过薄膜水的形式补给。第三条，岱海及周边地区地下水不是来自于当地大气降水的事实说明，这里存在着跨流域的深循环水。

笔　者：这段话专业性太强，一般人听不懂，我再三琢磨，是不是这个意思：您是说，通过你们的调查证明，岱海也像乌梁素海那样，其湖水以及周边地区土壤水主要补给源不是本地大气降水，而是来自远程的深循环地下水。是不是这样?

陈建生：可以这么说，是这个意思。

笔　者：据我所知，你们除了对乌梁素海、岱海做了深入细致的调查外，还对黄旗海、达里诺尔湖、查干湖、呼伦湖以及内蒙古高原那好几十个呈串珠状排列的大中小湖泊的地下水补给情况做了普遍调查。通过这些调查，你们对北方干旱半干旱地区地下水有了哪些突破性认知?

陈建生：是的，我们就像瞎子摸象，一边摸索，一边总结，终于发现了“六线吻合现象”。

5

笔　者：什么是“六线吻合现象”？

陈建生：所谓“六线”是指；湖泊、水泡子串珠状分布线；断裂带或缝合带示踪线；岩石圈中的高导低速带连线；火山群或隐伏火山群分布线；地震带连线；油气油道运行线。这6条线高度吻合，故称“六线吻合现象”。

笔　者：“六线吻合现象”的发现，有什么重要意义?

陈建生：前边采访多处提到，从巴丹吉林、腾格里和浑善达克沙漠上百个中小湖泊，往东还有乌梁素海、岱海、黄旗海、达里诺尔湖等，直到东北水泡子群，它们从西向东北方向，串珠状排列着。这是一条地表线，是明线，是大自然对中华子孙的示爱线。也是祖国母亲给我们留下的一道暗示线，从这道暗示线向深处扩展，可以了解地表以下的许多奥秘。我们的研究就是以这道暗示线作为入门向导的。

笔　者：请谈谈大致情况。

陈建生：首先，我们在地图上画出了这条串珠状连线。这就是祖国母亲的暗示线。看到这道暗示线，我们首先想到，内蒙古高原地震带就在这条线上。再由地震带联想到古火山群落。全世界大约有2000座死火山，500多座活火山。应该说，就火山而言，近代中国是幸运的宠儿。很少有带来灾难的活火山，大都是早已停止喷发的死火山。

笔　者：我从地质部门的有关记载中得知，我国有死火山660余座。火山体比较低矮。主要集中在内蒙古高原，那里有270多座古火山。其中锡林郭勒盟中部有100多座，是我国最大一个火山群。大同和集宁一带有80多座火山。大小兴安岭和长白山一带有230多座，其中龙岗火山群有72座。五大连池火山群有14座。

陈建生：被沉积地层覆盖的隐伏火山也应该包括在内。例如，在华北平原与苏北平原腹地有许多新生代的火山群被掩盖在冲积层之下。还有，在牡丹江上游、镜泊湖西北方向的山区，有7个火山口，最大火山口直径500米，深100米，呈锅盆状。最后一次喷发约在2万年前。每个火山口都有巨大的缺口，像人的口中掉了门牙，利于阳光照射。火山喷发的碎屑经长年风化，形成肥沃的土壤，因此，这7个火山口里长着世界罕见的茂密的森林。被称为“地下森林”。这些“地下森林”树木高大，有的树龄达四五百岁，成为世界罕见的古火山景观。

笔　者：上述古火山群的分布与我国北方的地震带以及串珠状湖泊和水泡子延长线相吻合?

陈建生：是的。以上就是“三线吻合”。再从地质学上分析，地学界早有定论：内蒙古造山带是西伯利亚、阿拉善、鄂尔多斯、华北、兴安岭等板块或地块的缝合带。这些缝合带从兴安岭一直向西偏南，连接到青藏高原。这就指出了北方地下长河的源出青藏高原的整体流向，因为深循环水就是沿着断裂带运行的。这也说明，这条“暗示线”与断裂带和缝合带是吻合的。因为“地下长河”是沿着断裂带和缝合带流动的。以上简短概括了“五线吻合现象”的大致内容。

笔　者：你们发现上述“五线吻合现象”，对于认识深循环水、寻找深循环水，作用重大，意义深远，这是明摆着的。但与石油、天然气有什么关系？请讲讲好吗？

陈建生：我国石油成矿以及天然气运行有其独特的规律性，在这里仅靠短短数语是说不清道不明的，但有一点可以相告：深循环地下水的主要源头——西藏羌塘盆地原来属于海底，海洋中藻类等生物被沉积层覆盖后，在高温高压作用下经生化反应生成石油，油气保留在沉积层中。青藏高原隆升后，河流与湖泊的渗漏水经过火山通道或断裂带进入具有高导低速的导水通道中循环，如果深循环地下水经过了油气地层，油气将不断地溶解在地下水中，在高导低速层中流动的含油气的地下水将通过断裂带、缝合带或火山口向地表排泄，它们身无常形，有空就钻，夺道而行，最终保留在沉积盆地石灰岩或火山玄武岩的微孔洞之中，成为油气田。大庆油田、长庆油田等都属于这种情况。这一发现对于探讨石油和天然气的成因的分布特征以及防止大兴安岭火灾，都具有科学指导意义。以上就是“六线吻合现象”的主要内容。

第十一章

关键一问 天池高水谁托举

长白山天池的年降水量为0.43亿立方米，而溢出湖面的出水量为1.23亿立方米。这0.8亿立方米的水从何而来？又是什么样的托举力量将这么多湖水托举至2189.7米的海拔高度，使之成为松花江的源头？

纳木错的TDS仅为1.7克/升，该湖总容量为2280亿立方米，可以计算出，湖泊现有盐分总量为0.388亿吨。纳木错年入湖补给量为18亿立方米，入湖河流TDS值在0.15～0.18克/升之间。3万年来入湖总盐量至少81亿吨，比目前湖泊中的总盐量高出了200多倍。这么多的盐分哪里去了？因为湖水不断渗漏，将其余的盐分陆陆续续带走了。

陈建生的内流区的渗漏说很快被另一位水文学专家证实了。

1

谈起深循环理论诞生的经过，陈建生曾对笔者深有感触地说：“多亏了长白山的关键一问——天池高水谁托举？”

天池的形成源于新生代以来的火山爆发，属于近代喷发的一座大型近古复合型火山。其规模被列入公元元年之后地球上最大规模的火山爆发行列。据文献记载，公元 1200 年前后的火山爆发对 400 千米外高丽国都开城仍有很大影响。《高丽史》载："雷俄而有怪气中黑边赤从鹄岭出渐大弥满京布遂雨雹黑气下地咫天不见人。"这段简要记载，是由高丽文字翻译而成，大致意思是：从鹄岭喷发的火山，巨声如雷，连 400 千米外的高丽都城开城都能听到。那"黑气""怪气"伴随赤色火焰向空中扩散。当这些"黑气""怪气"到达开城时，情景非常恐怖：不见天，不见地，虽咫尺而不见人影。怪气越来越盛，俄顷下起大雨，并有冰雹从天而落。

2014 年 7 月，长白山天池 陈建生摄

2

这次火山爆发之后，火山口成了天坑。随着时光的推移，天坑成了天湖。大自然的神工造化进而使天湖成了"云雾茫茫闻瀑声，白浪涛涛瞧仙境"

的天池景观。它位于长白山主峰白头山山顶。

2013 年，中国科考队使用水下机器人对天池水底进行了首次探测，最深处 373 米。水位高度为海拔 2189.7 米，为远东第一高湖。它是典型的火山湖，地呈盆状，周围有 16 座海拔超过 2500 米的山峰。其中的主峰将军峰，高程为 2749 米，是中国东北地区最高的山峰。高高的天池四周环山，唯其北坡有个出口，湖水由此口溢出，在悬崖上跌落 68 米，瀑声如雷，水花四溅。冬天湖面封冻，湖水仍旧以潜流溢出，瀑布照样高悬。而且规模巨大：南北长 4850 米，东西宽 3350 米，周长 13111 米，湖水面积为 9.82 平方千米，集水面积为 21.4 平方千米，湖水水面高程为 2189.7 米，湖池平均水深 204 米，总蓄水量为 20.04 亿立方米。

据统计，天池的年降水量为 0.43 亿立方米，而溢出湖面的出水量为 1.23 亿立方米。湖水进出不平衡的差额为 0.8 亿立方米。

这就出现了两个问题。

第一，天池的巨量储水以及多出的 0.8 亿立方米的外溢水从何而来？是源于本地区土壤入渗，还是远程地下水？

第二，是什么力量将天池巨量湖水托至海拔 2200 多米，使之源源不断地经北坡溢口而成为松花江的源头？

3

河海大学江巧宁、陈建生在 2015 年 9 月《水资源保护》上发表了一篇专业论文《深循环地下水补给长白山天池的水量平衡关系》。

文章说：“为了研究天池外围的水量平衡关系，我们在天池周围划分出 4 个大域：高丽城子（4728 平方千米）、汉阳屯（8532 平方千米）、长白（2211 平方千米）与南坪（6745 平方千米），总面积为 22216 平方千米。在高丽城子流域内又选择了九千米（253 平方千米）与漫江（586 平方千米）两个小流域；在汉阳屯流域又选择了二道白河（210 平方千米）与松花江（1900 平方千米）两个小流域。4 个小流域的特点是面积小，但流量大，河流源区都是天池周边的火山岩椎体坡面上稳定的泉群。8 个流域都各有位于其下游的水文观测站，在所选择的流域内还分布有雨量站。”可以说，“这 8 个流域完整覆盖了长白山天池的周边区域，并为探究区域水量平衡问题提供了良好的前提条件”。研究结果表明，天池集水区以外地区的水量也出现不平衡。根据水量平衡关系可计算出外源水对天池周边 4 个流域的补给量分别为：南坪 5.35 亿立方米、长白 3.78 亿立方米、汉阳屯两个小流域为 14.12 亿立方米，总补给量为 23.25 亿立方米。

综上所述，通过对 8 个流域的水量平衡分析，证明天池周边流域的水量出现了较大的不平衡，多年平均的总排泄量大于降水量，外源水对研究区的年补给量达到 23.25 亿立方米。这些外源水与补给天池的地下水并非同宗同源。由此也可确定，天池的地下水并非源于集水区以外的降水入渗。也就是说，天池的巨量储水来源除接受本地大气降水，还通过火山通道接受了远程地下水。

经氚同位素检测，天池溢流在远程的途中运行了 40 年。由此排除了天池溢流的“古水”之说。

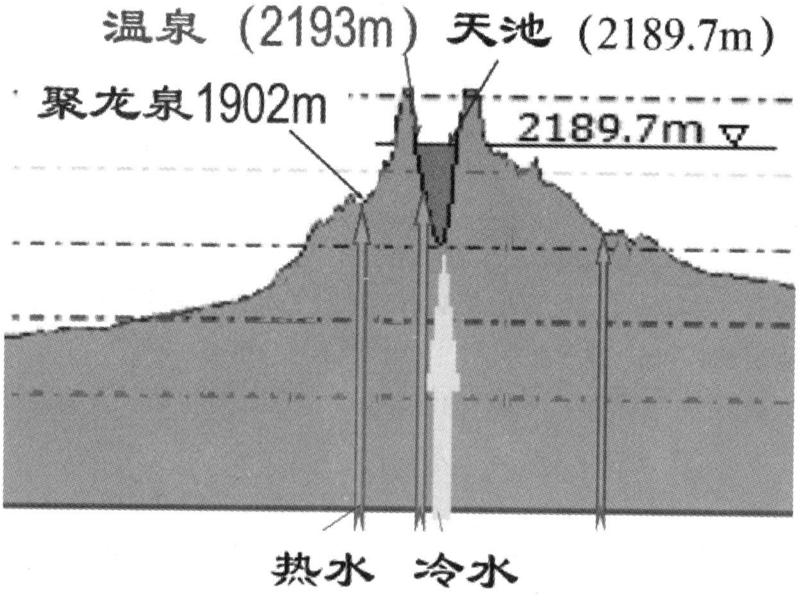

长白山天池接受深循环地下水补给示意图

4

再从水力学角度来考虑，因为天池水位的海拔高程 2189.7 米，湖滨两个规模很大的温泉群溢出点的高程 2193 米，温泉水温达到 73 摄氏度，所以，地下水补给源区的高程要远高于 2193 米。考虑到流动中的比降消耗，天池地下水的补给源区的高程必须高于 2200 米。然而，天池周边 1300 千米范围内却找不到符合这样条件的补给源。

既然天池周围无高水，那是什么样的顶托力量将地下水送到 2193 米之上？

为了寻找这股托举力量，陈建生和他的团队以长白山为中心，向外围

2010 年，陈建生在柴达木盆地、纳木错、羊卓雍错采样。下右图：饶文波（左）、谭红兵（中）、陈建生（右）三位教授在西藏考察中合影

扩展，进行追踪寻源，旨在寻找地下水“连通器”的进水端。

结果发现，高于天池的五台山、秦岭、六盘山、贺兰山等海拔 2200 米的地区面积较小，这些地区基本上没有河流与湖泊发育。说白了，他没有找到想象中那个“连通器”的进水端。

窘境之下，他心中出现了一个更大的“连通器”，这个“连通器”的进水端便是中国水塔青藏高原。

回顾“进水端”的追寻过程，陈建生在电话里对笔者说：“最早认为是祁连山，回顾前期的祁连山调查，否定了。然后到青海的沙珠玉河地区采水样，也不对。参照鄂陵湖、扎陵湖调查，经同位素分析，都不对。这时，我看到陈传友一篇文章，说青藏高原内流区河流短小，存在渗漏。这与我的推测是一致的，于是，我们下定决心，去了西藏，采了雅鲁藏布江、羊卓雍错、纳木错、色林错、班戈错等湖水、河水与泉水样品，然后，将调查重点投向羌塘盆地。”

5

羌塘，藏语“北方高的平地”。羌塘高原，面积 61 万平方千米，平均海拔 5000 米，是青藏高原重要的组成部分。

羌塘高原四周高山环绕，秀美的冈底斯山脉和念青唐古拉山脉，呈东西向横卧南部；巍峨起伏的昆仑山脉，东西向绵延 2500 千米，横亘于高原的北部；雄伟壮观的唐古拉山脉和喀喇昆仑山脉，分别镇守着东西两端；形成了四面高突而中间低平的盆地，故羌塘高原又称羌塘盆地。

在这片高山围就的高原盆地里，聚集着世界上数量最多、面积最大的高原冰川。仅规模巨大的平顶冰川就有十多个，这些冰川厚度有 200 多米，它们从海拔 6600 ～ 6800 米的冰原中心向四周山谷放射，延伸出诸多舌状冰川，这些冰川融水加上大气降水，形成了星罗棋布的高原湖泊。

6

羌塘盆地南部地区，有座大型湖泊叫纳木错，地处拉萨北部约 100 千米处。这是我国仅次于青海湖的第二大咸水湖。湖面海拔 4718 米，是羌塘盆地高程最低的湖泊，东西长 70 千米，南北宽 30 多千米，面积约 2000 平方千米。水深超 120 米，总容量为 2280 亿立方米，为世界上海拔最高的大型湖泊。

纳木错，藏语“天湖”。称其“天湖”有两个原因：一是地势高，二是天境般美丽。陈建生等人来到纳木错湖畔，就为那美丽的湖光山色所震慑：湖水清澈透明，湖面与蓝天一色，湖中的飞鸟翩翩起舞，或上或下。湖中三个小岛，既像人类的机场任群鸟起落，又像传说中的世外桃源，是鸟类宁静的乐园。水中鱼儿穿梭如织，除了其天敌鸟儿捕食，几乎无人问津。

放眼纳木错，群山倒映尽在湖盆之中。整个湖盆呈西南—东北走向。北边是高原丘陵，南边和东边是冈底斯山和念青唐古拉山谷地，西北部为喀喇昆仑的洼地，四周无出口，属于标准的内流湖。湖水 TDS 为 1.7 克 / 升，只有仔细品尝才有一点微咸，口感接近淡水，清凉可口，是很好的饮用水源。该湖出水途径只有湖面蒸发，年蒸发量为 23.04 亿立方米。湖水来源：一部分是流域内冰川融水，另一部分是流域内的大气降水。

关于纳木错的水量平衡，权威网站有这样一段介绍：“进入湖泊的冰川融水为 1.24 亿立方米，降水径流为 13.34 亿立方米 / 年，按降水量 410 毫米计算，湖面降水总额 7.87 亿立方米。以上两项合计，年入湖水量 22.56 亿立方米。据以上数据计算，纳木错湖每年的出入水量基本平衡，湖泊的换水期为 34.15 年。”

权威网站的上述情况是否符合纳木错的实际，笔者不置评述。仅在这里公布陈建生的调查结果。

通过这次调查，陈建生获得了一个颇有价值的数据：纳木错湖的湖水 TDS 为 1.7 克 / 升，属于微咸水。这个数据就是纳木错存在较大渗漏的重要证据。

什么原因呢?

陈建生回答说："纳木错面积约 2000 平方千米，集水面积约 1.061 万平方千米。我们对纳木错盐分与水量的调查研究中发现，湖水不同位置的 TDS 值虽然有一些波动，但基本上保持在 1.7 克 / 升左右。该湖总容量为 2280 亿立方米，可以计算出，湖泊盐分总量为 0.388 亿吨。纳木错年入湖补给量为 18 亿立方米，入湖河流 TDS 值在 0.15 ～ 0.18 克 / 升。若该湖不存在渗漏，湖泊蒸发量应该等于入湖水量，由于蒸发排泄后，盐分被保留在湖水中，那么，3 万年来流入纳木错总盐分的下限值为 81 亿吨，比目前湖泊中的总盐量高出了 200 多倍。这么多的盐分哪里去了？这就是证据：纳木错存在渗漏，也就是说，现在湖水 TDS 不高，是因为湖水不断渗漏，将其余的盐分陆陆续续地带走了。"

7

纳木错渗漏使陈建生联想到羌塘渗漏。首先，他将羌塘盆地与纳木错湖盆地进行了两相对照。"两盆"均受山丘封闭，而无对外溢水的出口。所不同的是，"两盆"大小有别，就地理位置而言，宛如"大盆"中的"小盆"。"小盆"纳木错，2000 平方千米。"大盆"羌塘盆地，约 61 万平方千米，胜过 6 个江苏省面积。由于纳木错所在的"小盆"高程最低，这就是说，"大盆"渗漏，可漏入"小盆"中。"小盆"倘若渗漏，渗漏不到"大盆"中，而一定是渗漏到比"小盆"高程更低的青藏高原以外的区域，这就是地下水存在深循环的重要依据。

怎样判断羌塘盆地的渗漏量呢？陈建生是用内流区与外流区的水量对比的方法估算出来的。

何谓西藏外流区？河流最终能流出西藏的产水区叫外流区，不能流出西藏而是流入西藏内陆湖或在内陆断流的河流叫内流河，而西藏内流河所在的区域为西藏内流区。

据调查，西藏内流区湖水 TDS 在 0.3 ～ 1 克 / 升之间的封闭湖泊有 13 个，总面积达到 2700 平方千米，这些湖泊都像纳木错那样，存在严重渗漏。

西藏高原面积 120 万平方千米，平均海拔 5000 米，年平均气温低于

0℃。外流区面积59万平方千米，其所产水量成了雅鲁藏布江、长江、黄河、塔里木河等的补给源区。外流区产水量为4280亿立方米。

西藏的内流区被冰川与雪山包围，冰雪融水通过地表或地下径流汇集到羌塘盆地，形成了盆地内的河流和湖泊。据统计，西藏内流区的面积为61万平方千米，比外流区大2万平方千米，但产生的河流却稀疏短小，通过蒸发量计算出来的径流量仅202亿立方米，显然河流与湖泊存在渗漏。这一推论已为野外考察与卫星遥感资料所证实。比如说，遥感卫星在昆仑山卡拉米兰山口南坡发现几十条小河汇集成宽度超过1千米的大型河流，但最终并未汇集成一条更大河流或形成合尾闾湖。这条大型河流仅流经几十千米便在地表消失了。

根据水量平衡推算，陈建生认为，西藏高原的渗漏应为内流区的渗漏量加上外流区的渗漏量，另外，云贵高原的河流也存在渗漏，初步估算，深循环地下水的年流量大于1000亿立方米。

8

陈建生的青藏高原内流区渗漏说，很快被另一位水文学专家的研究成果证实了。

这位水文学专家名叫周石硚，中国科学院青藏高原研究所研究员，长期从事青藏高原纳木错流域的冰川、河流、湖泊、降水、蒸发等方面的研究工作。主持和参与了国家自然科学基金、科技部“973”、中国科学院知识创新工程和国际合作等多个项目。在纳木错水量平衡研究中，取得了突破性研究成果。在国内外学术期刊发表论文30多篇。

这里抄录的是周石硚关于纳木错渗漏的一段讲话。

关于纳木错湖水位变化，2007年4月初，开始解冻，5月中旬，整个湖就解冻了。解冻过程也有二三十天。因为是季风气候，所以随着降水量的增加和气温的增加，山地还有少部分的积雪，所以湖水都是上涨的。到9月12日以后就达到高位，然后持续一段时间，到9月26日，就开始下降。因为10月以后降水就少了，而且这时气温也低，那个冰川就基本上不融化了，所以水位持续下降。在下降的过程中，从 12 月 17 日至 25 日，这 8 天的时间从 58 厘米降到 48 厘米，下降了 10 厘米。这是我们观测的蒸发量的变化。4 月下旬之前是结冰，到 10 月 20 日左右，这一段时间，蒸发量的变动在 0.24 ～ 8.68 毫米，整个蒸发量 760.8 毫米。我们认为是有渗漏的，因为那几天水减少了这么多，一般蒸发不可能有这么多。我们用空气动力学的方法算了一遍，总共这段时间合计下来至少渗漏了 177 毫米，合 3.5 亿立方米。结冰以后这段时间，湖水水位比较稳定，说明入湖径流与湖面升华、蒸发和湖水外渗之间基本达到了平衡。这是关于入湖径流的假定，是保守的估量，因为我要假设入湖的径流量是零。纳木错的面积接近 2000 平方千米，湖岸线有 200 千米，都不会渗水。按照每秒 50 立方米来算，我感觉有点大了。所以，实际的湖水渗漏量可能是估算的平均值的 2 倍以上。如果地下入湖量是每秒 50 立方米，我估计 2 倍以上的水出去了。

其后 4 年，周石硚等对纳木错入湖河水流量、水位、降水、蒸发等进行了连续监测与水量平衡分析，研究表明，纳木错湖存在严重渗漏，渗漏量达到了 120 亿～ 190 亿立方米。由于纳木错的集水区面积仅占西藏内流区的 1.74%，还有 98.26% 面积的湖泊与河流的渗流量是未知的。这么计算下来，西藏内流量渗漏量超过一条黄河。后来，河海大学地学院雍斌教授采用卫星遥感方法确认了该估算数据的正确性。

9

找到了羌塘盆地的巨量渗漏，就从流体力学原理中寻得了天池高水的托举力量，宛若中学物理课本上提及的“连通器”。根据天然地势得知，这个巨型“连通器”的进水端与出水端的高低之差少说在 2000 米以上。这么大的重力作用，何愁天池高水托举乏力！

也许读者会问：西藏高原到长白山天池遥隔 4000 千米，陈建生怎么知道，天池的溢流就是羌塘盆地的渗漏水呢？

同位素检测手段的神奇作用就在这里：陈建生等人通过对西藏高原以及沿途水样的氢氧同位素检测，不仅证明了天池溢流来自羌塘，还对羌塘渗透的几个主要途径有了初步的了解。

有位专家提出了这样一个问题："地下水从羌塘盆地流到长白山天池大约经历了 40 年，地下水的流速为 274 米 / 天；羌塘盆地与长白山天池水位差约为 2800 米，水力梯度为 0.0007，于是可以求出导水介质的渗透系数为 391389 米 / 天。而我们目前知道的松散地层最大的渗透系数为 500 米 / 天（粗砂），深循环地下水的流速是最大松散介质渗透系数的 3 个数量级（1000 倍），这可能吗？"

听不懂这位专家之所问，只好照抄照转地请教陈教授。

陈建生说："实际上，西藏地下水是通过熔岩隧道输送到长白山天池的，熔岩隧道类似于管道。20 世纪 20 年代，水文地质学家发现，地下水的类型除了孔隙水、裂隙水与岩溶水之外，还有一种新生代玄武岩地下水。玄武岩地下水的导水介质是熔岩隧道与孔洞，熔岩隧道的直径在 0.5 ～ 2 米之间，长白山天池等大型的熔岩隧道直径超过 2 米，熔岩隧道周围玄武岩的孔洞发育，孔隙率在 25% ～ 40% 之间，孔洞与熔岩隧道都是连通的。所以，熔岩隧道的导水系数远远大于松散介质。"

以上文字叙述，难免晦涩难懂，故将全章内容概括为两句话：

长白山关键一问，天池高水谁托举？

纳木错颜面半掩，羌塘泄漏藏玄机。

第十二章

板块碰撞　地幔渠道的开掘功臣

两个板块相向运动发生碰撞，一个板块插入另一个板块之下，造成地表隆升，并引起岩浆活动。

高温的熔岩穿过板块之间的缝合带或岩石圈中的断裂带喷出地表，形成火山喷发，熔岩成了开掘地幔渠道的第一功臣。

充分认识板块碰撞引起的熔岩流作用，地幔渠道的形成机理便迎刃而解。找到了地幔与地壳渠道的形成机理，独创性的“地下水深循环理论”便脱颖而出了。

2009年，中国科学技术协会在河海大学举办了“新观点新学说”学术研讨会，对刚刚诞生的“地下水深循环理论”进行了专题研讨。

与会专家一致肯定了“地下水深循环理论”的独创性和前沿性，对陈建生等人关于解决我国水资源缺乏问题所提供的崭新思路表示赞赏，并对所涉及的一些前沿科学表示极大关注。

研讨会上的争议是激烈的。因地下水运行周期而引出的如何利用深循环导水通道问题，引起了各路专家的浓厚兴趣。

根据“地下水深循环理论”实现调水计划。找到缺水干旱区所对应的深循环输水管道，将输送到海沟的冰川融水改道，输送到缺水地区所对应的输水管道的源头，则可实现调水。

1

前面章节谈到，地下水深循环系统，宛如物理学课本上提及的连通器原理。陈建生教授由巴丹吉林沙漠出水口一直向东，过内蒙古直至长白山天池，分析诸多出水端的补给水来源，得出这样的结论：这些地区的补给水大都来自火山、地块缝合带和深大断裂带。沿着这些缝合带和深大断裂带向上探寻，结果，殊途同归，北地各地的各个出水端共同对应入水端——青藏高原与云贵高原河流与湖泊的严重泄漏。这是同位素检测的结果。怎样找到这些“渠道”上下连通的证据，也就是说，羌塘盆地等高原河流、湖泊的泄漏机制是怎么形成的？这些泄漏水是通过什么途径汇入到地幔与地壳中的“渠道”，然后由断裂带、缝合带、火山口泄出地面，或流向海洋及贝加尔湖的？

带着这些问题，笔者请教了陈建生教授。

陈建生：青藏等高原的渗漏机制和通往地幔的渠道成因是板块俯冲造成的高原隆升，开掘地幔渠道的第一功臣是岩浆流动与火山喷发。

笔　者：有意思，请谈谈好吗？

陈建生：青藏高原隆升，是因为印度洋板块俯冲插入欧亚板块，西藏地块加厚了，出现了隆升。俯冲板块插入地幔造成的高压，引起了岩浆流动。岩浆流通过缝合带或断裂带向地表释放，形成了火山喷发。火山喷发停息后，留在岩石圈中的地幔岩浆冷却成岩并出现收缩缝，收缩缝贯通于岩浆流始末，发展成为熔岩隧道或管道。熔岩隧道的直径可达好几米，其直径大小与岩浆流的规模有关：火山喷发的规模越大，熔岩隧道的直径也越大，比如长白山天池。当高原的地下水通过裂谷、缝合带或断裂带进入到熔岩隧道之中，地下水通过熔岩隧道向下游流动，并在低海拔的火山口或断裂带中排泄。这就是新生代玄武岩地下水的成因。

笔　者：从高原流到排泄区需要多长时间？

陈建生：深循环通过熔岩隧道流到下游排泄区的时间与管道的直径、距离、水头差有关。从西藏内流区到长白山天池的时间大约为40年。

笔　者：这些“管道”是连通的吗？

陈建生：深循环地下水的这些导水的“管道”与“管道”之间是不连通的，但“管道”之间有可能被活动断裂带切割，于是“管道”与“管道”之间通过断裂带连通了。

2

笔　者：您的好几篇论文和讲活都提到青藏高原的渗漏水与超临界水的共同作用，形成了深环水的输水机制，能说说大致原理吗？

陈建生：这个题目很大，容我慢慢往下说。首先说说羌塘盆地的渗漏机制是怎么形成的。大约2800万年前，印度洋板块再次插入到青藏高原的双地壳之下，这次插入的角度较大，纵深的范围仅限于藏南，由于俯冲板块的密度较小，在俯冲板块的浮力作用下，藏南地区再次隆升，地表的隆升高度可能达到了5000米。印度洋季风受到阻挡，藏南地区的降水量增大，形成了大型湖泊和密集的河流。这是藏南地表水的由来。

笔　者：以上是说，藏南的地表水通过火山裂谷或断裂带进入岩石圈的熔岩隧道中，地下水通过地幔岩石圈中的“渠道”导水。对吗？

陈建生：是这样的。最早通过火山口或断裂带进入熔岩隧道中的水，被岩石加热成为超临界水。

笔　者：这时的超临界水，是漏入深层的地表水？

陈建生：是的。这时的超临界水进入到熔岩隧道或管道中，便成了“饕餮之王”，它大量地萃取了“管道”周围的铁、镁、硅、锰等元素，成为了超临界态流体，当这些超临界态流体通过断裂带、缝合带运行至低海拔地区的火山口和地块断裂带而向地表排泄时，形成了热液循环。

笔　者：超临界水的萃取能力有这么大吗？

陈建生：超临界水的萃取能力非常强，在温度1000℃，水的电离度是平时的1000倍，也就是说，氢离子和氢氧离子的浓度同时升高了，具有几乎是无坚不摧的强腐蚀性！

笔　者：现在的深循环地下水还是超临界水吗？

陈建生：早期在熔岩隧道中循环的地下水是超临界态，在深循环水的冷却下，现在深循环“管道”的温度已经降到常温，只有很少一些小“管道”的温度还较高。

3

笔　者：被超临界水带走的矿物成分最终排泄到哪里去了？成为液态水而泄出地表时还能够看到它们吗？

陈建生：这个问题问得非常好。被溶蚀带走的物质一部分留在了地层中，如铁、镁、锰、钙、硅元素等。还有一些元素如钾、钙、锶、镁等溢出地表后形成了可溶性化合物被水流带走了。被超临界水溶出的元素被地下水带出，重新成矿，形成白云岩矿、石英矿、低温金属矿、铀矿等，大量的二价铁被氧化成三氧化二铁胶膜，吸附在土颗粒上，形成红土或红色风化壳。丹霞地貌就是由于热水上涌形成的。

笔　者：在哪些地区能够找到这些被带出的物质？

陈建生：在羌塘盆地、鄂尔多斯黄土高原、华北平原、东北平原等排泄区，都能找到这些从地幔中溶蚀流出的物质。比如在青藏高原、黄土高原等地区沉积层中的红土与白云岩、红土与红色风化壳中的铁、锰等，来自于地幔岩浆岩，还有巨厚白云岩中的镁等也是来自于地幔。白云岩化是在高温、淡水条件下形成的，在常温下不可能形成白云岩。地下水深循环满足了白云岩化的所有条件，而且具有唯一性。

4

以上问答加上其论文中的表述，笔者领会了 3 个要点。

第一，羌塘盆地大量的渗漏水是通过火山裂谷通道或断裂带流向地幔岩石圈，地幔中的输水通道是由岩浆流冷却形成的，高原上的渗漏水通过裂谷、深大断裂带进入熔岩隧道，向祁连山以外的低海拔区域排泄，熔岩隧道宛如诸多蜂窝状导水通道补给北方干旱区的河流。

第二，熔岩隧道组成的地下河网系统，通过火山口、深大断裂带涌出地表，将地下水明明暗暗地泄出地面，或汇入海洋、贝加尔湖、水泡子等地区。大部分河网是不连通的，只有少部分河网被活动断裂带连通。

第三，超临界水的萃取作用将地幔物质带出，在地表附近形成白云岩、红土、丹霞地貌、热液矿物等，这些矿物的存在为深循环导水通道提供了科学依据。

因此，当陈建生深入理究了上述科学机理，并在找水实践中领略其萃取之功之后，眼前为之一亮，似乎看到了诸多地下支流汇入了常人想象不到的浩瀚的地下河网。当他明明白白地厘清了深层地下水的汇入、运行和泄出机制之后，独树一帜的“地下水深循环理论”便脱颖而出了。

5

2009 年 6 月 7—8 日，中国科学技术协会在河海大学举办了第 30 期新观点新学说沙龙。本期沙龙的主题就是陈建生的地下水深循环理论，陈建生作了主题发言。

他指出，传统的水文地质理论认为，地下水仅限于在上地壳循环。苏联和德国进行的深钻，发现地下水的循环深度至少达到了 15 千米，已经超出了上地壳的范围。我们在中国北方的沙漠中发现大量的远程来水，而且流速非常快。在此之前，我们在中国北方的鄂尔多斯、内蒙古高原和华北平原进行泉水、河流、湖泊研究中发现，水中的氘同位素偏负 20‰～ 30‰，甚至偏负到 50‰。

接着，他以大量的试验数据证

明，地下水还存在一种迄今为止尚没有被发现的另外一种循环模式，这就是地下水的深循环。在地球上一些特殊的地区，比如青藏高原及其周围，中地壳到 200 千米的岩石圈中，可能还存在地下水的循环。这些地下水不是在孔隙或裂隙中流动，而是在熔岩隧道中以管道的方式流动。

为证明这一理论的正确性，陈建生在报告中列出了“青藏高原阶段隆升受到深循环水的影响”“中地壳导水空隙带的形成”“地幔岩石圈蜂窝状细管道流的形成”等 13 个方面的证据，说明地下水深循环现象的存在。

陈建生在报告中还披露了这样一条科技信息：国家地调局在北羌塘地区打钻孔时发现，在地下 282 米至地下 363 米之间遇到了 6 层溶洞，溶洞的累计深度达 25 米，其中最大的一个溶洞深度 18 米。他认为，这些溶洞是羌塘盆地地表水入渗深循环导水通道过程中形成的。

到会的 30 位专家围绕着地下水深循环这一新观点，从不同学科方向、不同视角对“青藏高原羌塘内流区水量平衡”“地下水深循环的理论机制与渗漏通道的形成机理”“鄂尔多斯盆地、华北平原、内蒙古高原、河西走廊水量平衡以及地下水的外源补给”“板块脱水与岩石圈空洞的形成”“地下水深循环与青藏高原隆升关系”“中地壳高导低速层与地震发生机制”“地下水深循环与海底冷泉”“岩圈中水的相变及临界奇异性”“地下水深循环与特种矿产资源超常富集成矿”“深源流体与油气成因”等重大地质理论前沿问题展开了深入的讨论和激烈的辩论。

此次沙龙会议的详细情况，中国科协技术部印发了《青藏高原冰川融水深循环及其地质环境效应》的小册子。书中说：“与会专家一致肯定了地下水深循环理论具有重大科学研究价值，在水文地质研究领域具有独创性；对西藏内流区存在的强渗漏观点给予了高度的认同。关于中国北方干旱区如鄂尔多斯等地区存在丰富的外源地下水，当地降水对地下水基本上没有补给的观点，许多专家也是肯定的，而且认为，这一发现对我国北方地区水资源合理利用、远景规划意义重大。对地下水深循环可能引发的重大地质环境效应，引起了专家们的极大关注。”

6

这次沙龙会上，有人对地下水流速问题提出质疑。传统地下水理论认为，从羌塘盆地到长白山天池需要万年以上才能到达，这是通过碳 14 检测手段得出的结论。陈建生认为，地下水中有大量的来自深部地层中的“死碳”，地下水不满足碳 14 定年所必要的条件，所以，“万年之说”不足据。他在地下水中检测到了氚，通过氚含量得到的地下水年龄约为 40 年。就是说，从羌塘盆地到长白山天池，深循环水只需 40 年便可到达。

说到这里，他公布了对各地地下水的检测结果。

他指出，我国北方地下水深循环周期是 20 ～ 40 年。也就是说，各地地下水年龄是有较大差别的。具体情况是：山西娘子关水帘洞约 17 年；鄂尔多斯约 20 年；阿拉善约 25 年；北京地区、华北地区平均约 30 年；长白山天池、五大连池、三江平原约 40 年；苏北平原约 40 年；若进行更加全面细致的科学检测，可列出各地区的地下水年龄表。

由于深循环地下水的导水通道类似于“管道”，根据连通器原理，上游的地下水位升高，压力以弹性波的形式通过“管道”传递到下游，下游地区的地下水位随之上升。

比如说，2015 年以来，北京地区的地下水位持续上升，4 年上升了 3.16 米，表明所对应的补给源区的渗漏水量同期增加了。2003 年以来，北方地区的地下水位都出现了上升，表明西藏的降水与冰川融水量增加了。这是符合实际情况的，研究发现，全球变暖以来，青藏高原的降水量持续增加，但径流量的增加小于预期，出现了不平衡。

根据这个道理，我们只要找到华北平原所对应的渗漏裂谷，就可以利用熔岩隧道实现调水。找出通向海沟的裂谷，将渗漏到海沟的河水改道输送到与华北平原连通的裂谷之中，所需的调水工程量很小，实现地下调水安全可靠。关于裂谷和地下暗河的调水工程，后边有专章叙述，这里仅概要一提。

下面以北京地区为例，说明调水的可行性。2004 年到 2017 年北京地区的用水总量从 34.55 亿吨增加到 39.5 亿吨，在下图中用实心圆表示；其中抽取地下水的水量从 26.79 亿吨下降到 16.6 亿吨，下图中用实心方块表示；外地调入北京的水从 2.04 亿吨增加到 10.5 亿吨。从图中可以看出，南水北调进入北京之前，每年都从外省调水入北京，2014—2017 年从外地调入北京的水增加了 1.86 亿立方米。

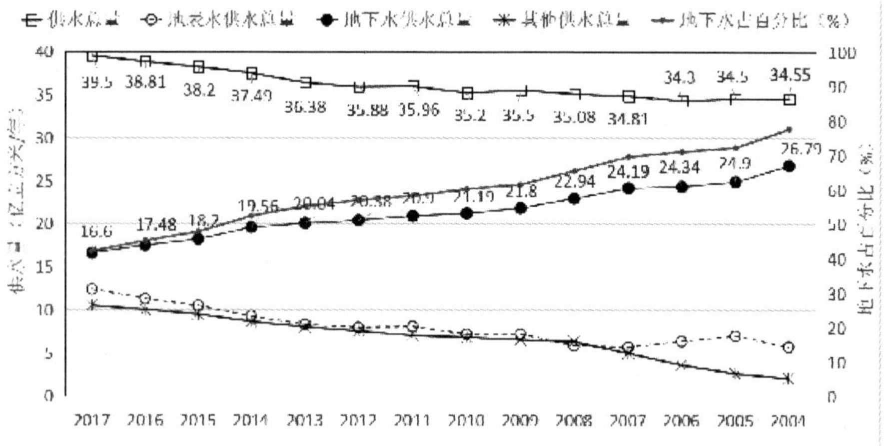

北京市 2004 ~ 2017 年期间用水量

1998—2010 年，北京的地下水位每年下降的幅度达到 1 米，2011—2014 年地下水位的下降幅度缩小。2015 年开始地下水位逐年上升，4 年间上升了 3.16 米。从上图的曲线中我们可以看出，北京地下水的年开采量小于 19 亿吨，地下水位上升；地下水的年开采量大于 20 亿吨，地下水位下降。于是可以得到，外源水每年通过深循环方式补给北京地区地下水总量约为 19.5 亿吨。这 19.5 亿吨属于优质的饮用水源，不是来自当地的降水入渗，研究发现，当地降水入渗的地下水是受到了严重的污染，水中硝酸根含量超过 100 毫克 / 升，远远超过饮用水标准，大量的农药、化肥、抗生素残留在地下水中，属于劣 5 类水。

如果我们通过同位素地球化学、地球物理等方法在西藏内流区找到了对应北京排泄区的火山裂谷渗漏带，则可将原本排入海沟的地下水通过改道输送到该裂谷群中，实现西藏之水调入北京的计划。

该设想是否可行？留与科学界待后鉴别吧！

第三部

开眼了！ 潜望镜下因与果

它解开了大自然诸多奥秘！它对人们了解自然，敬畏自然，避免自然灾害，乃至化害为益，将起着莫大的指导作用！尤值一提的是，它将给缺水的中国带来海量的滋润，并在海量滋润中赐以滚滚不绝的宝贵财富。

——深循环理论功绩提要

第十三章

潜流增量 北京地下水迅速回升

华北，人均水资源仅占全国人均水资源的1/5到1/6，而华北的人口超过了全国总人口的1/4，人均水资源不足200立方米，这个数字比以色列人均数还少。

北京由于严重缺水，从1999—2014年，年均超采地下水5亿立方米，故在此15年中，北京地下水位下降了16米。

2015年南水北调的“南水”北进刚刚一年，北京地下水开始由持平转为回升。与此同时，河北地下水也开始回升，衡水地区的地下水回升7米多。2019年春，《北京日报》记者报道：北京地下水位持续4年上升，上升幅度达到3.16米，而且在山区出现了泉水涌出。距延庆城区10千米，妫水河支流宝林寺河中，6孔泉眼在今年春天复涌了。在昌平的连山石村、延庆的艾官营村、怀柔的百泉山，都有泉眼恢复喷涌。

从现象上看，南水北调成了北京及华北地区地下水回升的头号“功臣”。

其实，这个“功臣”是假冒的。

1

看到这本书的书名，读者或许会问：既然西藏地下水在救中国，那就具体谈谈，西藏地下水是否救北京、救华北？

解答这个问题，还得从华北、包括北京地区地下水超采谈起。

笔者在 2005 年出版的《西藏之水救中国》第一章里说，以色列缺水，世界闻名。中国的地区缺水之冠是华北地区。

这种比喻会令人吃惊，夸大其词吗？没有。据统计，全国平均降水量为每公顷 2.9 万立方米，而华北仅占这个平均数的 1/6 到 1/5。就人均水量而言，全国人均水量为 2300 立方米，而华北的人口超过了全国总数的 1/4，人均水资源不足 200 立方米。这个数字比以色列人均数还少。但是，华北平原接受外源水补给的事实被忽视了！陈建生认为，西藏高原的渗漏水量约为两条黄河，其中补给到华北平原的水量超过 200 亿立方米。

据 2004 年河北省水利厅资料显示：全省每年超采地下水 50 亿立方米。20 世纪 80 年代至今，全省累计超采 600 亿立方米。其中深层地下水 300 亿立方米已无法补充，因为深层地下水被认为是不能被补给的“古水”。如果照这样抽下去，不用 15 年，石家庄、邯郸地区地下水 15 年就会采完。2015 年地下水位上升表明前人关于华北平原地下水的补给源是“古水”的观点不是事实。

华北平原地下水的来源问题一直存在争议，目前，学者们对华北平原地下水的来源主要有几个观点：一是大气降水和农田回灌水对地下水的补给；二是山区河流、水库、湖泊渗漏补给潜水并通过侧向流动补给承压水与潜水；三是华北平原的地下水主要来自外源水跨流域补给。

2

这里谈谈华北地区降水补给地下水的情况。

20 世纪 60 年代，深层地下水位高于地表，很多地区存在泉水与自流井。深层地下水位高于浅层地下水位，深层地下水通过越流补给方式向地表排泄。地下水带来的盐分在水被蒸发后留在地表形成盐碱地。为了降低地表沉积的盐分，通过深挖河道与修建排水井的工程措施降低地下水位，并且防止地表水入渗地下水，这些都是治理盐碱地所采用的重要的工程措施。这表明在20世纪60年代之前，华北平原出现盐碱化的平原地区的地下水不接受地表水的入渗补给，浅层地下水接受承压水的越流补给。

20世纪70年代后期，华北平原由于大量抽取地下水用以农业灌溉，造成地下水位下降，地下水的补给、径流与排泄问题受到科学界的重视。地下水位下降后，所有的盐碱地随着地下水位的降低而消失了，原来出现在地表的盐碱被降水与灌溉回归水带到了非饱和层与浅层地下水中。受到降水与灌溉回归水补给的浅层地下水中的TDS必然增大，衡水地区浅层地下水的TDS达到9g/L，属于劣Ⅴ类水。无论是工业生产用水还是农业灌溉，不经过处理的劣Ⅴ类水都是不可用的。这表明降水和灌溉回归水入渗浅水的都属于不可用的污水。

前人给出华北平原降水入渗补给地下水的水量大约为17%，这些水量都不是实测数据，而是通过水量平衡概念模型得到的。因为我们抽取的是优质的地下水，而降水补给浅层水属于高盐度的劣质水，而劣质水是不能作为有用的水资源的。

2014年4月26日，《新京报》刊登了该报记者的一篇文章：《北京地下水超采15年地下水位下降13米》。

文章说："4月23日，市委常委召开扩大会议，集体学习习近平总书记讲话和国务院有关会议精神。市委书记郭金龙说，北京水安全问题的症结是人口无序过快增长，深层次原因是功能过度集聚。我们必须拿出更大的担当精神，坚持以水定城、以水定地、以水定人、以水定产的原则，坚定不移地推动首都人口和功能疏解。"

文章还说："从1999年到2011年，北京遭遇连续旱灾。为保障供水，从1999年起，北京年均超采地下水5亿立方米，从河北调水3亿立方米。目前，已超采65亿立方米地下水。连年的超采造成地下水迅速下降。截至今年1月底，北京市平原区地下水平均埋深24.5米，与上年同期相比，地下水位下降0.3米，地下水储量减少1.5亿立方米；与超采前的1998年同期相比，地下水位下降 12.83 米，地下水减少 65 亿立方米。此外，北京地下已经形成面积约 1000 平方千米的地下水降落漏斗区。漏斗中心位于朝阳区的黄港、长店至顺义的米各庄一带。怀柔、平谷、昌平等地的应急水源地自 2003 年建成以来，从开采初期的地下水埋深 10 米，下降到目前的 40 多米，取水能力衰减一半以上。”

3

2015 年 9 月 15 日，《人民日报》海外版刊文《北京地下水首回升》。

文章说，16 年来，北京市地下水位首次出现回升。全市 885 个地下水位监测点数据显示，2015 年 7 月 31 日，北京市地下水埋深为 26.55 米，较 6 月 30 日 26.7 米回升了 15 厘米，地下水储量增加了 8000 多万立方米，这是 1999 年以来地下水位首次回升。

近年来，随着城市快速发展，北京市人口骤增，2014 年常住人口达到 2100 余万人，是 1999 年的近两倍，用水压力随之增加。同时，1999 年起，北京市连续多年干旱，自然降水不足。为使供需平衡，多年来，北京不得不超采地下水。“超采”，是指地下水开采量大于补给量，从 1999 年起，北京年均超采地下水 5 亿立方米左右，形成大面积超采区。长期超采造成地下水位不断下降，地下水位下降会引起地面下降。1980 年，北京市地下水埋深为 6.7 米，1998 年降至 11.88 米。北京由于严重缺水，1999—2014 年，年均超采地下水 5 亿立方米，故在此 15 年中，北京地下水位下降了 16 米。每年平均下降 1 米。

2015 年 12 月 16 日《北京日报》载：潮白河水源地水位回升 7.5 米。

文章说，记者朱松梅昨天从市水务局获悉，截至 12 月 14 日，共有 8.4 亿立方米长江水抵达北京。其中 5.56 亿立方米流入水厂，1.24 亿立方米被储存在密云、怀柔、大宁等水库，还有一部分南水用于回补潮白河、怀柔、海淀山前地区三大水源地。潮白河水源地的地下水位回升了 7.5 米，这是 10 年来首次大幅回升。

文章指出，2014 年 12 月 27 日，南水北调中线工程正式通水。截至今年12月14日，一共有8.4亿立方米江水抵达北京。由于多年来本市地下水超采严重，为涵养饮用水水源地，确保供水安定，一部分南水用于回补潮白河、怀柔、海淀山前三处水源地，回补总量达到0.51亿立方米。从2015年8月21日补水工程启动以来，24平方千米的回补范围内，平均水位提升了7.5米。

文章还说，潮白河顺义段是本市重要水源地，为第八水厂提供优质水源。自20世纪80年代以来，首都机场、部分城区和使馆区自来水都出自这里。目前，潮白河水源地累计取水量已经将近45亿立方米，几乎相当于密云水库的库容量。但与此同时，北京连年干旱，上游几乎没有补给。据北京市水科学技术研究院勘测，近几年，潮白河水源地的地下水位平均每年都会下降2.5米。潮白河补水工程是南水北调京内配套工程之一，全长15千米。南水流经京密引水渠，在李家史山分水闸放水，经小中河输水至东水西调干渠汇合口。随后沿东水西调干渠反向输水至牤牛河、怀河，最终流入潮白河牛栏山橡胶坝上游的水源地。工程设计的最大引水能力为每秒10立方米，但考虑到减少对河床的冲击，实际引水速度是每秒5立方米。因为地处山前冲积扇，而且河道里的砂质岩石颗粒粗大，非常有利于河水下渗。据预测，河水每天能下渗近40厘米。目前，已有3380立方米南水回补到潮白河水源地。回升范围达24平方千米，地下水位最大回升13.71米，平均回升7.5米，水源八厂水源井地下水位最大回升6.2米，水质良好。自今年9月起，潮白河绿化水源井、怀柔应急水源以及平谷应急水源地每天减采26.5万立方米地下水。预计到本月底，总共压采0.31亿立方米。

2016年12月29日新华网发表文章《“南水”进京两年北京平原地区地下水回升近半米》。文章说：“记者从北京市南水北调办、北京市水务局获悉，‘南水’进京后，由于新水补充，全市逐步关停自备井，压采地下水，提前完成国务院下达的到2020年的压采任务。2015年年底，北京平原区地下水埋深与2014年末基本持平，仅下降0.09米。最新数据显示，2016年11月，北京平原区地下水埋深比2015年同期回升0.42米。”这就是说，“南水”进京的两年后北京平原地区地下水位回升了0.42 + 0.09即0.51米。

4

北京以至华北地区地下水位为什么出现迅速回升?

《北京青年报》在2016年12月下旬的报道中说:“地下水在用量最大的7月份实现回升,最大功臣是南水北调。”文章还表示:“7月份地下水水位回升同汛期降雨量偏大有关。”

针对以上两种说法,有媒体质疑:2016年和2015年北京平均降水量与多年平均水平相比并不算多,“汛期之说”不成立。

对于“南水北调”回升说,南开大学环境科学与工程学院教授黄岁樑认为:“南水进京会优先进入水库,可能会影响周边地下水含量,但对整体地下水回升影响有限。”

2019年3月18日《北京日报》记者朱松梅报道:北京市885个地下水监测点显示,2018年,全市地下水埋深为23.03米。相较一年之前的24.97米,地下水位回升了近1.94米,相当于增加了9.9亿立方米储量。其中,平谷区地下水位回升最多,达到了9.17米;密云和怀柔也分别达到了6.36米和3.92米。文章还说:“随着地下水位快速回升,昌平、怀柔、平谷等地陆续有干涸的水井和泉眼恢复喷涌。去年8月,昌平连山石村的一眼山泉时隔20年后又冒出泉水,绵延流淌8千米。”

北京地区的地下水位在1999—2010年期间下降了12米,年下降幅度超过1米。但是,自2015年以来,全市地下水位连续4年上升,根据北京市885个地下水监测点的数据显示,北京地区地下水位平均上升了3.16米。昌平、怀柔、平谷等地陆续有干涸泉眼恢复喷涌,一些干涸了30年的泉水复涌。

通过北京用水量与地下水开采量之间的关系可以确定,北京地区的年补给量约为19.5亿立方米。这19.5亿立方米的水并非来自当地的降水入渗,因为抽取的地下水为优质的淡水资源,而降水入渗补给的浅层地下水是高盐度、高污染的劣质水,每升水中的盐分达到9克,硝酸盐含量超过100毫克,属于劣V类水,不经处理没有任何用处。

河北省地下水也在随之回升,媒体多篇文章流露出河北省政府水务部

2019年7月30日，北京市门头沟区妙峰山镇
陈家庄村自流井停喷30年后复涌

门的两点基本看法：一是南水北调带来的好处；二是河北地区开展了“地下水超采综合治理”。

对此，笔者并不怀疑政府部门的治理力度，也不排斥“中线引水”的功绩，但有一点疑问，就凭中线引水带来的那点滋润，加上“综合治理”，竟使地下水位如此大幅度地回升，道理似乎不太充分。比如说，南水北调进京的水被输送到密云、怀柔、十三陵等水库，这些水库的高程低于143米。但是，昌平的连山石村泉眼的海拔高程186米，怀柔的百泉山泉眼高程高于300米，延庆宝林寺6个大泉的高程高于500米，涌泉的高程远高于密云水库水位。还有，北京海拔较高的北部和西部山区，地下水的回升速度远比海拔低的平原地区快出好几十倍，这是什么原因？

5

要弄清楚华北地下水迅速回升的真正原因，首先要弄清，华北地下水的基本情况。为此，笔者采访了陈建生教授，以下是采访实录。

笔　者：华北平原的地下水是否存在补给？

陈建生：华北平原农业和生活用水需求量大，主要用水来源是抽取地下水。地下水存在较为稳定的补给，根据抽水量与地下水位恢复关系，目前地下水的补给量每年稳定在230亿立方米。

笔　者：前人认为地下水的补给源区在哪里？

陈建生：前人研究华北平原地下水系统，主要集中在沉积层中的承压水和潜水，深度在600米以内，认为承压水的补给源区在西边的太行山脉与北部的阴山，山区降水是承压水的补给源；潜水的主要补给来源是降水与农业灌溉水的垂向入渗补给。

笔　者：前人认为地下水的循环周期是多少年？

陈建生：前人根据碳14定年技术和氢氧同位素贫化的特征，认为华北平原深层承压地下水是末次冰期的降水，年龄在几千年到4万年之间，属于不可更新的“古水”。前人认为浅层水接受降水入渗补给，根据流域水量平衡得到的华北平原中东部地区的降水入渗系数在0.058～0.65之间。但是，这些降水入渗系数是通过概念模型得到的，没有经过野外降水入渗试验的验证。

笔　者：上述观点涉及前人的研究，都提到“古水”和“降水入渗”，这两种“成果”是否符合科学道理，直接影响着对华北地区地下水位升降的认知。上述前人的观点存在什么问题？

陈建生：我举一个例子说明华北平原的承压水不是“古水”。20世纪60年代中期开始，天津过量开采地下水，造成了水位连续下降，并形成了一些地下水降落漏斗。于是有人惊呼：“被抽去的地下承压水，基本上属于没有补给的古水，这些静储量被抽取后，地下水位将持续下降。由于其补给非常缓慢，下降的地下水位是不可能恢复的。”于是，从1980年起，天津市区禁止开采地下水。到了2000年，天津市区的地下水位上升了40米，而天津市周边的地下水位比市区的低 40 ～ 60 米。显然，周围的低水位，不可能补给市区的高水位。那么市区的地下水只可能来自（1）降水入渗补给；（2）深层地下水越流向上补给。事实上，天津降水入渗都是咸水，而增加的地下水却是淡水。天津地区观测井中的地下水位，呈现为震荡变化趋势：每年冬季，地下水位最高，夏季地下水位最低。夏季的低水位应该与抽取地下水灌溉有关。但在冬季无须灌溉，地下水位升高了，上升的幅度甚至超过 10 米。这说明，天津的地下水来自深部的补给，而前人的“古水难以恢复”之说是不成立的。

笔　者：按照您的观点，华北的降水不能入渗到浅层地下水中，有证据吗？

陈建生：关于“降水入渗”问题，我们首先来分析降水入渗试验：降水下渗进入土壤后，水分子被土颗粒吸附，形成薄膜水层，因为土颗粒表面带有负电荷。土壤所吸附的最大薄膜水量被称为田间最大持水率。只有当土壤薄膜水大于最大田间持水率，土壤颗粒表面的薄膜水分子才能脱离电场力的束缚而产生自由水，自由水分子在重力作用下进而向下运动。为了检验前人关于“降水是浅层地下水主要补给源”的观点是否正确，我们在石家庄—衡水—沧州，选取四个地点采集土壤剖面，进行降水入渗试验分析。我们通过土壤剖面水同位素与水化学分析，结果显示，这些地区的降水入渗深度不超过 200 厘米。这就说明，降水不是浅层地下水的主要补给源。

笔　者：华北平原有地区的降水、灌溉水或地下水入渗到潜水吗？

陈建生：有的，衡水地区就观测到潜水接受地表水入渗补给的现象，但是，潜水中的盐分非常高，达到 9 克 / 升，属于咸水；而地下水的盐分在 0.6 ～ 0.8 克 / 升之间，属于淡水。如果华北平原的降水、灌溉回归水能入渗补给到地下水中，这些水也是不能用的污水，水中不但盐分很高，而且农药、化肥、抗生素、重金属等都严重超标，属于劣 5 类水，必须经过污水处理后才可以使用。

笔　者：“降水入渗”的盐分是从哪里来的？

陈建生：盐分来自地下水。华北平原在历史上是出名的盐碱地区，农耕时期以来，华北平原的盐碱地就困扰着先民。由于地下水位接近地表，农田的水分被蒸发后，盐碱留在了地表，治理盐碱的历史延续了上千年。到了20世纪60年代，华北平原农业仍然深受土地盐碱化的影响：由于地下水位过高，表层蒸发作用强烈，大量盐分富集在地表。近40年来，抽水活动使地下水位下降，地表的盐碱化消失了。

笔　者：盐碱治理成功了？那盐碱到哪里去了？

陈建生：盐碱地消失并非是治理的结果，而是歪打正着，大量抽取地下水用于农业灌溉，造成地下水位下降。灌溉水中的水分被蒸发后盐分留在了地表，地表的盐分随降水与灌溉回归水入渗进入土壤，被土颗粒表面吸附。土壤剖面水化学与同位素分析表明，土壤中存在一个盐分累积层，土壤水中的TDS远远高于地下水，表明大部分地区的降水没有补给到潜水层。

笔　者：有官员认为，北京地区地下水位上升与降水量有关，降水量大，入渗补给地下水的量也就大了，是这样吗？

陈建生：这种认识是不对的。降水后灌溉所抽取的地下水量减少了，外源水的补给量大于抽水量，因此造成了地下水上升。在衡水等一些地区观测到地表水入渗到地下水。我们前边说过，非饱和的土壤中积累了大量的盐分，这些盐分也随着入渗水进入潜水中，潜水受到了严重的污染。显然，假如华北平原的降水入渗到地下水中，那么，入渗的地下水应该是咸水，事实却不是这样的，每年抽取的地下水却都是优质的淡水。这就说明，华北平原的盐碱仍然保留在土壤之中。所以说，所谓“华北平原的降水补给了地下水”的说法，没有被试验所证实，是没有根据的。据我所知，迄今为止，没有一个学者给出完整的降水入渗地下水的试验证据。相反，我们以大量的土壤剖面试验数据证明：华北地区的降水，大部分地区不能下渗到达地下水。

6

笔　者：华北地区地下水既非降水入渗，亦非古之储水，它究竟来自何方？

陈建生：华北平原分布有大量的岩溶水和新生代玄武岩地下水。在华北平原600米厚的沉积层下部，有巨厚的石灰岩层，石灰岩的厚度在1700米到3500米之间，最厚处可达8000米。石灰岩层中发育有深部岩溶水。根据氚同位素检测，这种岩溶的年龄为30年。它是北京地区重要的饮水源。历史上的北京与济南都被称作“泉城”。

笔　者：请说明华北岩溶水与承压水之间的关系。

陈建生：岩溶水的氢氧同位素与上部的承压水是相同的，表明岩溶水与承压水同源。岩溶水压力很大，一般都是自流。所以，岩溶水是可以补给承压水的。华北地区承压水在灌溉期间水位低，而冬季水位高，根据这一特征，可以确定：承压水应该是来自下伏的岩溶地下水的补给。

笔　者：那么，岩溶水又是哪里补给的？

陈建生：岩溶水来自新生代火山玄武岩地下水。500万～300万年前，华北等地区发生火山玄武岩喷发。岩浆穿过石灰岩中的断裂带在山区或海底喷出。火山活动结束后，穿过断裂带的岩浆冷却产生的收缩缝，成为导水的“管道”。这些“管道”的另一端，位于西藏高原。如前所述，隐伏玄武岩地下水，通过断裂带和火山通道上涌，进入巨厚的碳酸盐地层，由于地下存在“碳库”，大量的二氧化碳与石灰岩发生了水岩反应，溶蚀大量的碳酸盐进入水中。当含有过饱和的钙离子与碳酸根离子的深层岩溶水通过断裂带溢出地表，压力快速减小，随着饱和浓度降低，过饱和的碳酸盐出现碳酸钙沉积，形成次生岩溶地层，广泛分布在华北山区一带。因此，华北平原地下水主要来自玄武岩地下水。在前人的研究中，华北平原地下水系统只包括600米以上的承压水和潜水，忽略了岩溶水和新生代玄武岩地下水。

笔　者：你是说华北平原的地下水来自西藏高原的降水渗漏，西藏渗漏水经过裂谷进入“管道”中，然后通过连通器原理，影响到华北地下水位的升降？

陈建生：是这样的，西藏地区的渗漏水量直接影响到华北平原的地下水位。目前，大量的事实已经证明，华北平原分布的大量岩溶水和新生代玄武岩地下水，水质良好，水量稳定。许多岩溶水和玄武岩地下水已经成为重要的水源地。这些岩溶水和新生代玄武岩地下水，都沿大型构造和断裂带分布，深部水通过隐伏的火山口和火山通道上涌，进入巨厚的碳酸盐地层，再通过大型的断裂构造和裂缝，进入沉积层中排泄。在深部岩溶水排泄的地方，会形成大量的次生碳酸盐，进而形成地表出露的岩溶。

笔　者：深循环地下水如果是在深部岩浆冷却而成的“管道”中循环，应该是热水，但华北平原的地下水是冷水，这是什么原因？

陈建生：最初在“管道”中循环的地下水是被围岩加热的超临界态水，涌出地表的水应该是温泉。大量的围岩矿物被萃取，溶入热水中被带出地表，并重新沉积在地表或沉积层中，留下地球化学证据。比如白云岩、红土、低温热液矿等。但随着管道围岩温度被循环水降低，循环水温度也从高温降到常温，由于火山通道经历了降温过程，所以火山及周边的地温梯度很小。一些几千米的深井仍然是冷水。

笔　者：西藏的渗漏水量有多少？

陈建生：西藏高原的河流，在经过火山裂谷时，渗漏进入这些管道之中，河海大学雍斌教授通过水汽通量研究确定，仅西藏内的渗漏量达到 545 亿立方米 / 年。由于西藏与华北平原之间存在这些连通的管道，类似于连通器原理，所以渗漏量大。水位高的西藏水，源源不断地成了华北地区的地下水之水源。由于西藏地区的渗漏量增加了，下游的北京乃至华北地区的地下水随之回升了。

笔　者：你说过西藏的渗漏水到华北平原需要 30 年，为什么西藏渗漏水量增加后，很快就传递到了华北平原？

陈建生：在深部岩石圈中存在巨大的水库，澳大利亚学者佛林德斯大学的文森特 - 波斯特指出，在澳大利亚、中国、北美洲和南非大陆架的海底发现 50 万亿立方千米淡水资源，最新发现的海底淡水资源是 20 世纪全球从地下抽出淡水数量的 100 倍，这篇文章发表在 2013 年的《自然》杂志上。西藏的渗漏水进入到巨大的水库中，要经过 30 年才能流到华北平原。但是，由于渗漏水量的增加，将造成西藏高原的地下水位升高。水位升高，意味着水头差增大，“管道”中的流速增加。所以，华北平原地下水位的升高与西藏高原的地下水位的增加，几乎是同步进行的，不需要经历30年漫长的时间。

笔　者：按照您的观点，如果我们在西藏裂谷中找到了补给华北平原的源头，是否可以通过源头的水利工程增加补给华北平原的渗漏量，从而达到调水的目的？

陈建生：这是非常好的设想，而且完全有实施的可能性，上一章已经讨论了将西藏渗漏水调入北京的设想。西藏高原有6条裂谷，研究发现，渗漏水主要通过这些裂谷进入深部的"管道"中，我们已经初步了解了哪些裂谷对应着华北平原或其他地区，这项调水工程，利用地下的天然"管道"，可以达到神奇功能：不占用耕地，没有灾害，抗拒地面污染，可节约大量的财力等。

7

为便于广大读者对上述复杂的叙述有个简约而大致的了解，陈建生总结出以下一段话以供参考。

北京，是中国历史上两个泉城之一，另一个泉城是济南。北京的大小泉眼有1347眼，北京玉泉山泉水的流量1959年为1.66吨/秒，1974年下降为0.17吨/秒。由于大量开采地下水，泉水逐渐消失了。这就提出了一个问题：玉泉山泉水的补给源在哪里？来自玉泉山吗？显然是不可能的。

北京地下水回升，根本原因在西藏，西藏裂谷地区与华北平原之间，存在深循环地下水的导水通道。这些通道是地幔岩浆流在火山喷发停息后，滞留在岩石圈缝合带或断裂带中的岩浆冷却产生的收缩缝。目前，在地表看到的收缩缝，一般在2米左右，呈不规则圆形，类似于深埋地下的连通"管道"。青藏高原的渗漏水进入这些"管道"后，在水头差的作用下，快速地向华北平原等低海拔地区流动。这些"管道"中的深循环地下水，通过火山通道或活动断裂带，向地表排泄。新生代距今300万～500万年前，华北平原曾发生火山喷发。岩浆穿过了石灰岩在地表喷发，有些火山在海底喷发。自从黄河冲破三门峡入海以来，大量的泥沙淤积形成了华北平原。

海底喷发的火山被泥沙覆盖成为隐伏火山。隐伏火山中存在岩浆冷却形成的熔岩隧道。

氢氧同位素分析证实，华北隐伏火山熔岩隧道中溢出的地下水来自西藏羌塘盆地。从熔岩隧道中涌出的水进入石灰岩断裂带中，水岩反应将石灰岩中的钙、镁、锶等元素溶出，并形成溶洞。被溶出的钙、镁、锶等在地表沉积，形成次生岩溶。

近30年以来，全球气候变暖，西藏高原的降水量和冰雪融化量明显增大。其中一部分沿着地下深层的输水“管道”向北向东流动。由于源头渗漏量增加，华北平原的地下水位随之升高。2015年以来，源头的渗漏量不断增加，造成北京地区地下水位上升。恰巧在这一年，“南水”进京将近一年，这就产生了错觉，以为北京地下水回升的“最大功臣”是南水北调。但仔细想想，这个“功臣”有假冒之嫌，在南水进入北京之前的2014年，外省调入北京的水为8.64亿吨，2015外省调入北京的水为9.5亿吨，其中包括“南水”5亿吨，外调水没有明显的增加。2016年、2017年外省调入北京的水量分别为10.04亿吨与10.5亿吨，其中南水分别占8亿吨与10亿吨。

国家统计数据表明，南水调入北京后，向北京的调水总量并没有大幅度增加，仅是减少了从其他省份调入北京的水量。2017年外来水量比2014年增加了1.86亿吨。北京市的人口2017年为2801.5万，2014年为2133.1万，3年间人口增加了668.4万。2017年与2014年人均用水量分别为181.88吨与175.72吨，增加的人口668.4万人，增加的用水量为1.22亿吨。外调水存储量只有0.64亿吨。这就是说，南水入北京后，2017年比2014年多出的水量只有6000多万立方米。考虑到工农业与生态用水的增量，这6000多万立方米也不能完全存储下来。所以，将北京地下水位升高归结为南水北调的成果，没有科学依据。

尤其是2018年，这一年降水量并不大，加上中线调水10亿立方米，地下水却回升了1.94米，水量明显不平衡。因此说，按照地下水深循环理论，促使北京地区地下水迅速回升的“头号功臣”，不是南水北调，应是来自西藏的深循环水。

陈建生在“2019年中国水资源高效利用与节水技术论坛”作“北京地下水回升原因分析”的学术报告

陈建生报告结束后，河海大学副校长郑金海提问

第十四章

冰川消融　中国北方地下水几乎都在上涨

河西走廊地下水快速回升；张掖地下水上升 8 米；阿拉善左旗巴彦浩特地下水位上升，并溢出地表；乌海地下水溢出地面形成了好多水泡子；接近干涸的新疆台特玛湖恢复湖泊景观，最大湖面达 300 平方千米；青海湖水面上升，自 2005 年以来的 14 年中，水位共上升 2.55 米；湖水面积大出 25 个杭州西湖。

中外媒体形成一致共识，全球变暖加速了青藏高原的冰川及冻土层的融化。

陈建生的“地下水深循环理论”认为，青藏高原的冰雪融水是通过地下深层的 3 大路径向外输送的：第一路径是通过东北部的内蒙古高原、阿拉善、鄂尔多斯、华北平原、东北平原，最终入海；第二路径是经过中国青海、新疆，蒙古国，最终输送到贝加尔湖；第三路径是流向东南方向的腾冲、雷琼半岛、广东、福建等地，最终入海。

上述 3 大路径中，数第一路径水量最大，它不仅是渭河、泾河、汾河、桑干河、老哈河、松花江、图们江、鸭绿江等诸多河流的主要补给源，还是北部干旱地区及内蒙古高原—大兴安岭一带的乌梁素海、岱海、黄旗海、达里诺尔、水泡子群等上千个串珠状湖泊的补给源。

在地下水的形成年龄方面，呈现出自西向东逐渐增大的趋势：鄂尔多斯、华北与东北地下水的年龄分别为20年、30年与40年。

1

华北地区地下水先降后升，绝非个案。据调查，近些年来我国北方地下水几乎都在上升。

1990年以来，河西走廊地下水的水位持续下降，张掖城区地下水的水位下降幅度超过了5米，但是2002年之后，河西走廊地下水出现了上升趋势，张掖城区的地下水位也快速上升。到了2005年，张掖城区最大的上升幅度达到8米，地下水位高出了地面，形成泉涌，造成地下水泛滥，入浸了民房，2000多户居民被迫搬迁。

研究表明，河西走廊的地下水来自青藏高原北东断裂带，其氦氖同位素异常，表明地下水来自深循环过程，渗漏水通过断裂带补给到张掖盆地。

2005年以来，阿拉善左旗巴彦浩特地下水位上升，并溢出地表。

2010年以来，乌海地下水位持续上升，上涌的地下水在地表形成了很多水泡子。鄂尔多斯的地下水位出现上升，每年平均上升幅度达15厘米。与此同时，整个内蒙古高原的地下水位自西向东呈上升趋势。

塔克拉玛干沙漠东部的台特玛湖接受车尔臣河的补给，在20世纪70年代车尔臣河断流，台特玛湖接近干涸，但该湖泊群在干涸了30年之后，于2002年又重现大湖泊景象，春季最大的湖水面积可达300平方千米。

研究发现，湖泊群接受地下水补给，湖泊重现的时间与河西走廊地下水位上升的时间相同。

2

青海湖的水位也在上升。

青海湖构造属断陷湖，湖盆边缘多以断裂与周围山相接，距今200万～20万年前成湖初期，属外流淡水湖，与黄河水系相通，至13万年前由于新构造运动，周围山地强烈隆起，从上新世末，湖东部日月山强烈上升隆起，致使原注入黄河的一条河流成了倒淌河，迫使它由东向西注入青海湖。

截至2018年，近14年来，青海湖水位近上涨了2.55米。

1908年俄国人柯兹洛夫推测，当时湖面水位为3205米，湖面积为4800平方千米。

据实测，20世纪50年代湖水面积为4568平方千米，70年代湖面水位为3195米，面积为4473平方千米；1988年水位为3193.59米，面积为4282平方千米。湖水容积为739亿立方米，TDS 12.32克/升。那时的青海湖水位每年以12.1厘米下降，水位下降最快的2000年下降了21厘米。年均减少湖水4.36亿立方米。

2017年2月22日，观察者网报道：青海省6家普查承担单位500名普查技术人员历时3年，通过开展地理国情监测试点，形成了三江源生态监测、青海湖流域综合生态监测、青海省草原承载力等监测。成果显示，2004—2016年，青海湖流域植被覆盖总体上呈增加趋势，生态环境逐年改善，青海湖面积增加169.67平方千米。水文数据显示，2004年青海湖水位到达最低点，海拔3192.86米。此后12年间，青海湖面积不断扩大，相当于增加了25个西湖。

2019年2月24日，中新网发布一条消息：青海湖水位14年间上升2.55米。

3

若问上述地区地下水回升的原因，可能会引起争论。现有的说法大致分为5种：一是北方降水量增加了，气候在改变；二是南水北调取得很大成绩；三是退耕还林、退林还草的政策威力；四是开展生态用水的功绩；五是节约用水成果卓著。

这些原因是否符合实情，这里不加评述，留给读者在长期的社会实践中自行鉴别吧！

2009年，在中国科协举办的第30期“新观点、新学说学术沙龙——青藏高原冰川融水深循环及其地质环境效应”会上，专家们高度认可青藏高原湖泊河流存在渗漏的观点。

陈建生的“地下水深循环理论”认为：青藏高原的冰雪融水是通过地下深层的三大路径向外输送的。

第一路径是通过东部的内蒙古高原、阿拉善、鄂尔多斯、华北平原、东北平原，最终入海；

第二路径是经过中国青海、新疆，蒙古国，最终输送到贝加尔湖；

第三路径是流向东南方向的腾冲、雷琼半岛、广东、福建等地，最终入海。

上述三大路径中，数第一路径水量最大，它不仅是渭河、泾河、汾河、桑干河、老哈河、松花江、图们江、鸭绿江等诸多河流的主要补给源，还是北部干旱地区及内蒙古高原—大兴安岭一带的乌梁素海、岱海、黄旗海、达里诺尔、水泡子群等上千个串珠状湖泊的补给源。

在地下水的形成年龄方面，呈现出自西向东逐渐增大的趋势：鄂尔多斯、华北与东北地下水的年龄分别为20年、30年与40年。

4

陈建生的“西藏高原冰雪水渗漏说”，是与“世界冰川融解说”一脉相承的。

2015年8月4日，中新网电：最新研究发现，全世界的冰川已经缩减到120年来最低水平，而冰川融解的速度更是在21世纪的首个10年快速增加。有专家警告，人类饮用水源不足的问题将不断恶化。国际冰川研究人员发布研究报告，全世界的冰川目前平均以每年消融50～150厘米的速度消失。该研究的主要作者、世界冰川监测服务处处长迈克·赞普称：“这是20世纪相应平均速度的两到三倍。”赞普指出，全世界的冰川目前正以史无前例的速度融解，是120年有记录以来前所未见的。加速融解的冰川已经进入一个既定消融阶段，即便是全球变暖情况没有进一步导致全球气温升高，也无法逆转各地冰川逐步消失的现实状况。1998年是全世界冰川融解速度最快的一年。但进入21世纪以后，冰川融解速度每年都在增加，并分别在2003年、2006年、2011年、2013年以及2014打破了1998年的记录。过去的研究显示，全球有超过10亿人(主要是亚洲和南美洲)的饮用水来自冰川，这意味着人类饮用水源不足的问题不断恶化。

2017年3月23日，联合国秘书长古特雷斯出席联大“气候变化与可持续发展议程”特别活动并致辞指出，史无前例且与日俱增的气候变化正在对和平、繁荣和可持续发展目标构成严重威胁；应对这一全球性挑战，是国际社会不能拒绝的任务。地球大气中的二氧化碳浓度目前持续上升，已经突破400%的关键门槛；过去的一年再次打破了人类有气象记录以来的最热记录；近10年也是历史上最热的10年。两极海冰面积已经降至历史低点，而不断上升的海平面却达到历史新高……这一无可争辩的趋势毫无疑问地显示出人类活动正在引发危险的全球变暖。

以上两条世界新闻，概括了全球气候对于世界冰川的重大影响。

5

深循环理论认为，受全球变暖影响，青藏高原冰川加速消融，这是我国地下水普遍回升的根本原因。这一论断已经从国内外权威专家的论证中得到了佐证。

2015年12月6日，西班牙《阿贝赛报》网站报道：喜马拉雅山脉拥有世界10座山峰中的9座，被称为除南极和北极之外的地球第三极。青藏高原上分布着4.6万座冰川，占全球总量的近15%。然而与地球另外两极一样，喜马拉雅山脉的冰雪正在因全球变暖而消融。青藏高原每年有247平方千米的冰川消融。自20世纪50年代以来，已有7600平方千米的冰川消失，占青藏高原冰川总量的18%。冰川消失影响着大河流域20亿人的生活。

中国社科院环境问题专家次仁平措在接受境外媒体采访时表示，近30年来，青藏高原部分地区平均气温已经上升了2℃，冰川还在持续消融。更糟的是，全球变暖带来的冰川融化还影响到50座海拔7000米以上的山峰。由于青藏高原的升温幅度比世界其他地区都要大，预计到2050年，“世界屋脊”的冰川将消失。此外，过去10年青藏高原地下的永久冻土也在融化，从而导致地下水渗流。根据社科院的最新研究预测，到21世纪末，青藏高原上可能将有超过80%的永久冻土消失。最糟糕的是，这一地下冻土层形成于数千年前，包含着大量二氧化碳。一旦融化，二氧化碳就会释放到大气中，使温室气体进一步增加。一些冰川正在以每年大约300米的速度消退，海拔5200米的珠穆朗玛峰大本营区的冰川已经消失。这种趋势在短期内可能导致发源于喜马拉雅山脉的几条大河流经的区域发生更多洪灾，中国、印度、尼泊尔、不丹和孟加拉国等亚洲国家将深受其害。

从以上媒体新闻可以看出：所有国内外权威学者专家皆认为，西藏高原因气候变暖而排放的冰雪融水，成了雅鲁藏布江等外流河的增量水。

陈建生的“深循环理论”认为，这些逐年增量的冰雪融水成了我国地下水回升的重要源头。合理利用这些增量地下水，是解决我国尤其是我国北方严重缺水的天赐良机。

第十五章

旱城怪事 乌海地下水泛滥成灾

乌海，鄂尔多斯盆地最干旱区域。这座极度缺水的旱城，竟然出现了地下水泛滥之怪事。想知道地下水泛滥的窘态及其原因吗?

乌海地下水泛滥，并非孤立的水文事件，而是我国北方地区地下水形势的一个缩影。未来10年，我国华北、东北地区地下水位将逐年升高，两地高水位态势将持续30～40年，为什么?

深循环理论为乌海市地下水泛滥开出了什么样的救治良方?

1

提起洪水泛滥，人们并不生疏，每到雨季，常见暴雨来袭，江河涨水，冲出堤坝，危害人民生命财产安全。或遇山洪暴发，刹那间波涛滚滚，田地、房舍，甚至连铁道、公路，皆一概被吞没。那凶残，那灾难，人们见得多了，也就见怪不怪了。唯觉奇怪的是地下水泛滥。

或许有人会问："地下水也会泛滥？闻所未闻，更没见过！"

建议你去内蒙古乌海一游，那里的人们会向你讲述地下水泛滥成灾的真实故事。

2011年春季，迎春花刚刚吐露鹅黄，一件奇怪的事情在乌海市海南区发生了。几位老人清晨遛狗，发现屋后出现了好几摊“湿地”，开始时以为是狗尿，谁也没把它当回事。后来发现，“湿地”越来越大。

再往后，正在施工的基坑突然出现大量的涌水，每天的涌水量超过4万立方米，施工队不得不进行大规模抽水，确保基坑继续开挖。

几乎与此同时，穿市而过的铁路沿线出现了大量泉眼，泉眼附近汇聚了一层红褐色的三氧化二铁沉淀。

接着，好几座大楼墙根浸湿了，低洼处的几座民房进而泡进了汪水之中，于是，人们惊呼道：“地下水闹灾了。”

2

乌海地下水成灾，并非仅限于该市海南区的居民点。

2010年3月，位于乌海市东部的骆驼山煤矿发生了透水事故，每秒超过1.5立方米的地下水涌入矿坑。在很短的时间内，涌水就将巷道淹没，32名矿工被困井下不幸遇难。经过两个多月的持续灌浆，才将涌水口封堵住，煤井巷道中的水才逐渐被疏干，损失巨大。

透水事故发生之后，矿井中的涌水被不断抽出地面，造成乌海市的地下水位普遍下降。但在矿井涌水的通道被堵之后，全市的地下水位逐渐恢复到了事故发生之前的水平。

由此可见，骆驼山矿区地下水是与乌海市区地下水连通的。

随着地下水位的逐渐上升，矿井周围出现了许多水泡子，这些水泡子大都呈锅底坑形状，面积大小不等，最大的约6000平方米，最深处达到50米。由于地下水不断地给予补给，水泡子成了大水坑，且冬季不冻。随着时间的推移，这些水泡子中既有鱼儿穿梭，也有鸟类游弋过冬。

经水务部门鉴定，水中的污染物超标，既不能作为生活用水，也不能作为工业与农业用水。其污染源主要来自矿井与浅部地层。因为采煤过程中遗留了大量的各种污染物，包括有机物和无机盐类等，矿井的排水便成了污水。

由于深循环地下水中含有大量的铁离子，二价的铁离子与空气发生氧化反应生成三氧化二铁胶膜，所以，矿下污水还有地面涌泉、铁道线北坡的浸渍土壤和居民区的挡水墙等，都是红色的。

这么多的污水往哪里排？乌海市海南区渗水点的地表高程在1161～1375米。东边的黄河水位为1077米，排水比降达到1.3%，就地形地势而言，乌海排水的出路在黄河河道。但国家环保部门有明确法规：不能向黄河中排污。否则，既要法律追究，还要以10元/吨罚款。初步计算，仅这笔罚款每年就达亿元以上，乌海这样的小城市将不堪重负！

乌海市透水煤矿排水与周边涌水点的关系图

3

谁来拯救乌海？治理乌海地下水泛滥良方何在？笔者就此访问了陈建生教授。

笔　者： 都说乌海是座干旱城市。这么个干旱城市哪来的这么多地下水?

陈建生： 乌海地下水是鄂尔多斯地下水的一部分。鄂尔多斯盆地具有丰富的地下水资源。中国地调局经科学钻探，发现鄂尔多斯每年地下水的补给量有105亿立方米。鄂尔多斯是个大水盆已经成为科学界的共识。但这些地下水从何而来，存在两种观点：传统观念认为，这些地下水来自当地降水，也就是说，乌海以及包括乌海在内的整个鄂尔多斯盆地的所有地下水都来自不同时期的当地降水；另一种观点认为，乌海及鄂尔多斯的地下水来自外源，它来自西藏高原的渗漏水，这些渗漏水经过深循环渠道补给了鄂尔多斯盆地，流经乌海地区。我们的观点属于后者。

乌海地区自流井

笔　者： 能说说理由吗?

陈建生： 我们说乌海地下水并非本地降水，有两条理由。一是包括乌海在内的整个鄂尔多斯盆地，年均降水量只有289毫米，年均蒸发量则为1963毫米，这样的干旱地区，降水量远远小于蒸发量，哪有那么多本地降水渗为地下水？即使全部降水都入渗为地下水，也小于地下水的补给量。乌海地处鄂尔多斯西北部，属于旱区中的极旱区，年降水量160毫米，年均蒸发潜力超过3200毫米。所以，该地区很难见到因为降雨而形成的地表径流。但乌海地区的地下水资源却很丰富，存在很多自流井群和泉群。有些自流井出水时间长达几十年，这就从降水总量的局限性，排除了“本地降水入渗”的可能性。二是传统观念一直拿不出“降水入渗”的现场试验证据。为什么强调“降水入渗”证据？因为在大气水、地表水、土壤水与地下水的转化过程中，大气降水要经过非饱和的土壤才能进入地下水中，这个入渗过程，反映了土壤水的运动规律和过程。没有试验证据就缺乏科学根据。

笔　者：你们的观点有试验证据吗？

陈建生：我们的试验证据是大量的。先说降水入渗试验：乌海地区有两种典型的沉积地层，分别是黄土和沙漠。我们以130毫米的连续降水在黄土层做试验，结果表明，130毫米的降雨，最大下渗深度仅为80厘米。这些入渗水在下年度降水来临之前早被蒸发了，很难形成累积，继而向深部运动。我们又以390毫米的降水试验，结果表明，26天的黄土入渗深度为2米。我们还做了沙层入渗试验，试验结果：单次雨量59毫米的有效入渗沙层深度为0.46米。多次试验表明，只有当土壤水含水率达到田间最大持水率，土壤水才能在重力作用下继续向深部运动。而本地区的有限降

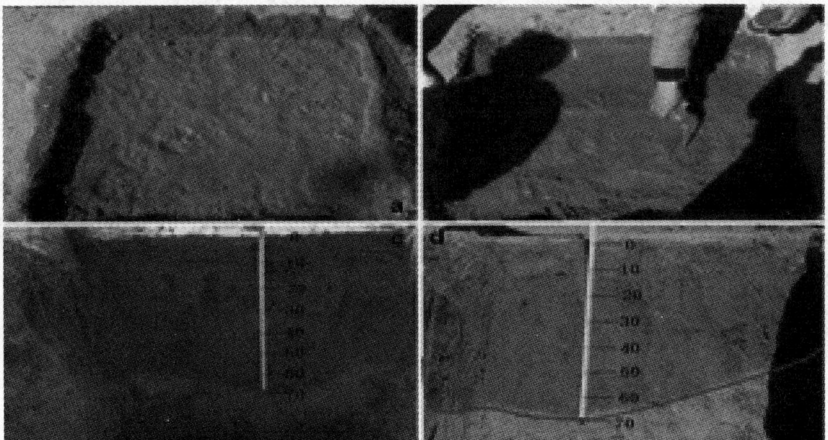

土壤渗漏试验

水是不会累积于沙、土层而形成地下水的。

笔　者：这个显而易见的道理，常人尽知，很好理解。除此之外，你们还做过哪些试验？

陈建生：我们还在乌海地区采集水样136个，其中，井水样71个，泉水样6个，湖水样26个，渗水样33个，进行了氢氧同位素分析。由于乌海地区还没有建立降水同位素观测点，无法取得乌海同位素加权平均值。所以，我们采用了张掖、兰州、银川、石家庄、太原、天津、包头、西安、郑州等地的同位素加权平均值，因为这些地区分布在乌海四周，这样求得的平均值，是可以代表乌海同位素均值的。我们还将测得的北方降水、泉水、湖水、井水、渗水等同位素类别画出一张图表，以便分析水的质量、分布和来源。

笔　者：您这个图表专业性太强，是给专业人士看的，一般人看不懂。但可以肯定，你们在科学杂志上敢于晒出这张图，是有道理的。所以，想请您谈谈，你们费了那么大劲，取水样、列图表，这与乌海地下水泛滥构成什么关系？

陈建生：通过对乌海地区降水、地表水以及地下水的氢氧同位素关系点对比，得出两个结论：第一，乌海地区地表的湖水、河水、涌水与地下水来源是一致的，它们与当地降水有明显的差异。所以说，当地降水不是地下水的主要来源。也就是说，乌海地区的湖水、河水、涌水，属于远程来水，乌海地下水泛滥是远程来水造成的。第二，根据氢氧同位素关系点分布的不同，可以将乌海地区的地下水分为两种类型：含盐量低的可供饮用的Ⅰ型水和含盐量高而不能饮用的Ⅱ型水。这两种类型的地下水分布区域，与该地区南北向、东西向断裂带位置相吻合。由此可以判断，该地区地下水来自导水断裂带中的承压水。建立了这个断裂带导水的概念模型，解释鄂尔多斯盆地“上好下差”与“上差下好”的含水层并存现象就比较容易了。

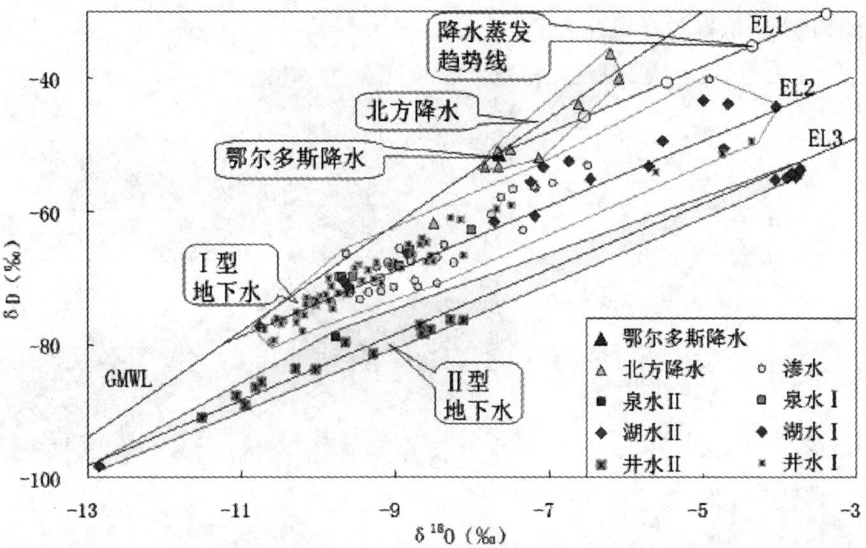

鄂尔多斯研究区域的降水、井水、湖水以及泉水的同位素分布图

4

为便于理解和掌握陈教授对乌海地下水状况的分析和研究，现将该地区的地理背景插述于下。

乌海地处黄河上游，东临鄂尔多斯高原，南与宁夏石嘴山隔河相望，西接阿拉善草原，北靠肥沃的河套平原，是华北与西北结合部，也是宁蒙陕甘经济区的结合部和沿黄经济带的中心区域，总面积1754平方千米。其地形地貌的基本特征是：三山两谷一条河。东部是绵延百里的桌子山，中部为岗德尔山，西部为五虎山，各山体均属贺兰山脉的北端余脉。“三山”像一个大写的“川”字，自北而南地展现在鄂尔多斯西北部。“川”字的中间部位，形成了两块长条状的平坦谷地。黄河沿岗德尔山西谷，流经市区，阻断乌兰布和沙漠进入河套地区。整个乌海地势是东西两边高、中间低。域内地貌分为四大类：构造侵蚀中低山地，占乌海总面积的40%；剥蚀丘陵区，占乌海总面积的20%；山前堆积扇区，占乌海总面积的30%；黄河冲积堆积阶地，占乌海总面积的10%。地下水情况：西北部降水量最小，但地下水质最好，水量亦大。

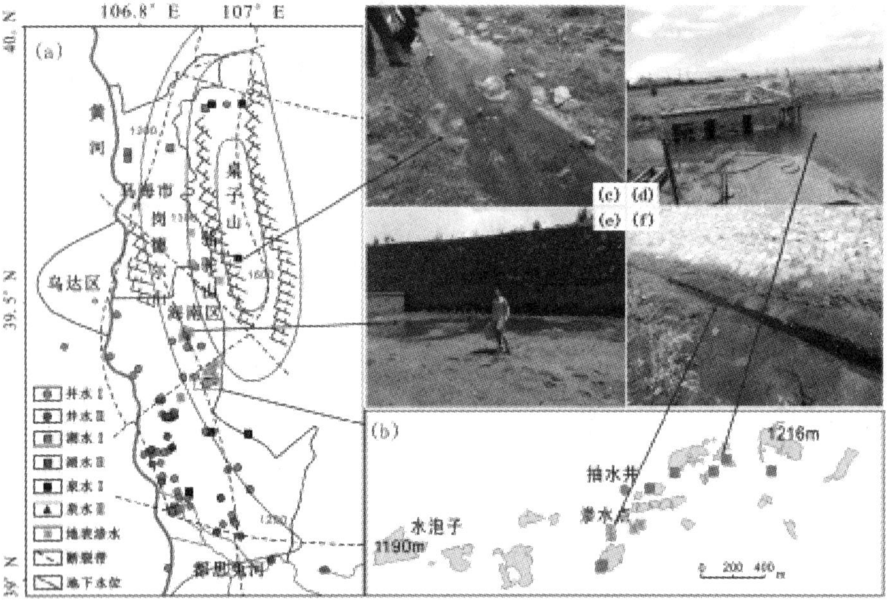

乌海市地下水涌水区域采样分布图

5

笔　者：您在前边提到，鄂尔多斯，包括乌海地区地下水存在“上好下差”以及“上差下好”的复杂情景，具体内容是什么？

陈建生：排除了鄂尔多斯地下水来自降水入渗，这就可以断定鄂尔多斯盆地地下水补给源来自导水的断裂带。具体来说，在乌海—府谷的剖面中，四十里梁地下水分水岭深部基岩中，存在强导水断裂带。来自青藏高原的渗漏水从导水断裂带中涌入沉积层，在垂直方向上越流，补给下层、中层、上层。进入不同层位的承压水，又分别向东、西两侧排泄，在下层、中层与上层分别形成了水平流。由于分水岭的东部与西部排泄区的地表高程相差很大，西部的排泄区为海拔 1220 米的摩林河，东部最低排泄区为海拔 850 米的黄河。由此看来，东部的地下水水力梯度远大于西部地区。由此决定的东部渗透流速，也远远大于西部。渗透流速快的地层，地下水的更新速率快，水岩反应产生的离子浓度低，水质就好。反之，水质较差。

这就是鄂尔多斯地下水的“上好下差”以及“上差下好”之原因。

笔　者：这种地下水的“上好下差”或“下好上差”现象，在乌海地区也有体现吗？

陈建生：有的。通过所取水样分析，可以这样推定：桌子山分水岭，亦即前边提到的“川”字的右边“一竖”，它阻断了鄂尔多斯深层地下水与乌海的联系。鄂尔多斯的地下水只好沿着桌子山东侧，绕过桌子山南端，流入黄河。贯穿乌海的还有一条南北走向的断裂带，这条断裂带几乎与黄河道平行，其输水量不断增加，水的压力也在增加，一路上出现了许多涌泉。它在桌子山谷区海拔1668米处冒出了一股泉水，流量稳定在每秒5升。附近还有好多泉群，水质都很好，可以饮用。这说明，这条贯穿乌海地区的两北向断裂带水压很高，这正是骆驼山煤矿透水的根本原因。当来自桌子山的高压水，通过山下平原区土层时，因土壤蒸发作用，加上矿区杂质的介入，好水变成了污染水。当它们冒出地面时，便出现了乌海地下水泛滥的旱城怪事。

笔　者：明白了，乌海地下水，原本都是优质水，在矿区和平原沉积区涌动过程中，被污染了，成了乌海的灾害。

陈建生：是的。具体地说，乌海市海南区靠近黄河的区域，同位素贫化最明显，地下水更新速度最快，所以这片区域具有地下水可持续开采的潜力。而西北部虽说整体上水质较好，但是由于该地区强烈的蒸发作用，地表出现了大片的盐碱地，所以要钻取优质的地下水必须避开高盐分的沉积层。

6

笔　者：据我所知，近几十年来，乌海一直是抽地下水饮用的，以前基本上平安无事。但至2010年，煤矿透水了，淹死人了；紧接着，地下水泛滥了，浸淹了民房，这一切，都是什么原因？

陈建生：用深循环理论来解释，乌海地下水泛滥与西藏高原的气候及降水量变化有着密切的关系。我国气象资料显示：1983年，青藏高原的降水量最低，其后，降水量与冰川冻土融水量逐年增加，直接原因是气温升高；1986—1995 年，平均温度比 1974—1985 年高约 0.7℃；1995—2011 年青藏高原的温度逐年上升；其中的 1999—2007 年，平均增温 0.5℃，比 1986—1995 年上升了 0.7℃，比 1974—1985 年上升了 1.1℃。由于西藏气温的升高，1985 年以来，降水量和融水量呈现增加趋势，导致西藏的河流与湖泊水量的增加，河流与湖泊的渗漏量也随着增加了。近 10 年来，北方旱区地下水水位上升事件频发。根据深循环理论摸索出的规律，1985 年以来，降水量和融水量呈现增加趋势，导致西藏的河流与湖泊水量的增加，河流与湖泊的渗漏量也随着增加了。近 10 年来，北方旱区地下水水位上升事件频发。

笔　者：都说骆驼山透水事故是领导者的责任事故。经您这么一分析，自然因素是主要原因，按责任事故追责，似乎说不过去呀！这也难怪，目前，我们的法律界还不知道这里头的道理。

陈建生：所以要科学普及。这个问题咱们不说它。还说那次矿难。

笔　者：网上说，为消除矿井积水，抽出了好多水？

陈建生：是的，因为矿区排水，致使乌海地区地下水位全线下降。说来也巧，那一年，鄂尔多斯市因用水需要抽取了大量的地下水，造成鄂尔多斯市伊金霍洛旗的地下水位从 6.86 米下降到 11.03 米。地下水的大幅度下降形势，阴差阳错地掩盖了乌海地下水增量的实情。但从 2012 年开始，直到 2014 年，3 年之中，乌海地下水上涨幅度，分别为 0.08 米、2.19 米与 1.4 米，这一上升态势与乌海地下水泛滥过程是吻合的。

7

笔　者：乌海地下水位上升，为您的深循环理论提供了又一佐证。这条证据既特别，又直接。它与前边提到的“北京地下水回升”“华北地下水回升”有所不同，那两条佐证，偏偏跟“南水北调”伟大成就混在一起，说服力也许打了折扣。那就让历史继续检验其曲直吧！这里，想请您综合介绍一下，我国北方，特别是新疆地区的地下水形势。

陈建生：1990 年以来，河西走廊地下水位持续下降，张掖城区地下水位下降幅度超过了5米。但自2002年之后，河西走廊地下水位出现了上升趋势。张掖城区的地下水位也快速上升。到了2005年，张掖甘州地区，最大的上升幅度达到8米，造成1000多户居民被迫搬迁。研究表明，青藏高原的冰川融水，通过基底断裂补给了河西走廊。近邻青藏高原北缘的塔克拉玛干沙漠，是世界第二大沙漠。该沙漠东南部车尔臣河下游，在20世纪70年代以前还是一个尾闾湖——台特玛湖泊群。发源于昆仑山的车尔臣河，最终汇入台特玛湖。由于车尔臣河上游用水量增加，所以补给台特玛湖的水量越来越少。在1972年，车尔臣河发生断流，下游的台特玛湖接近干涸。但是，自2002年起，在车尔臣河仍然处于断流的情况下，台特玛湖得到了地下水的补给，湖水面积达到了300平方千米。2009年8月，我们深入塔克拉玛干沙漠腹地，对湖泊群及周边的地表水、地下水进行了深入的考察和取样，并结合卫星遥感图像来反演湖泊附近几年的动态变化特征。研究证实，湖泊群水化学及同位素特征，与昆仑山北坡冰雪融水相似，湖泊补给水源主要来自阿尔金山和昆仑山的冰雪融水。2005年3月，阿拉善左旗巴彦浩特地下水水位上升，地表出现了湖泊，房屋出现了浸泡现象。

8

言归本章主题，陈建生给乌海开出了什么样的救治良方？

事情还得从头说起。

2011年7月和2012年11月，陈建生等人曾经对乌海市海南区和巴音陶亥及其周边地区进行了地下水补给源调查研究工作。

2015年，他们接受乌海市海南区管委会的委托，分别于当年4月、7月两次对乌海市海南区及周边地区进行实地考察，采集了大量水样，就连大树深根和小树浅根的水样也未放过。

与此同时，他们走访了当地的工矿区、村庄以及自来水厂等，从而对该地区地下水上涌情况以及地下水的水量、水质、来源及其分布规律进行了初步分析。然后，通过对采集水样的同位素、化学离子分析，再结合地质科学的研究成果，于2015年8月30日向海南区政府呈报了5万多字的考察报告：《乌海市海南区地下渗水来源同位素分析报告》。

报告中说："由于海南区的渗水主要来自南北走向的断裂带，深层承压水的质量很好，符合生活饮用水标准，是宝贵的资源。目前所收集的渗水都受到了污染，这是承压的地下水在上升过程中受到了第四纪沉积地中盐分的污染所致。所以，只要将深部断裂带中的优质地下水抽出，就可以降低地下水的水头。当承压水的水头低于地表高程，渗水现象便停止了，到处流溢污水的现象将彻底消失。抽出的优质地下水可以补充生活用水，工业农业用水，还可以卖给企业，成为财政的重要来源。与此同时，没有了地下水向地表的涌出，也就不需要进行所谓的污水处理，这将节省大量的物力财力，一举多得。"

报告还就如何抽取地下水、何处掘井问题，提出了两点建议。

第一，为了降低乌海市海南城区地下水水位，建议在城区钻井 5 口，井深超过 150 米。在成井工艺中，一定要将浅部地层完全封堵，确保上层的污水不能进入到深层地下水中。

第二，为了减少公乌素镇的工业排水量，建议在亚东化工与煤矿透水区打 11 口井，井深 200 米，抽取好水而降低该区的地下水位。

第十六章

地脐之谜 谁给贝加尔湖暗中补液

贝加尔湖，世界第一淡水湖，占世界淡水资源总量的1/5，够全世界人口饮用50年。

据俄罗斯专家探测，贝加尔湖水量不平衡，约有100亿立方米补给水来路不明。

陈建生的“深循环理论”认为：这些补给水来自青藏高原。

他叙述了藏水入贝加尔湖的大致路径和科学依据。

如今的世界，地球发烧，中国渴了，如何解北国之困？要不要贝水解渴？

动动脑筋吧！或许，希望就在面前！

1

先讲一个关于贝加尔湖的故事。

蒙古国原议员、蒙古国前交通部长孟可先生，在一次关于贝加尔湖北水南调的国际性会议上，讲述了这样的故事：

第二次世界大战中，苏联为抵抗希特勒疯狂进攻，做好了最坏的准备。

斯大林下了密令，将200万吨牛羊肉，藏于贝加尔湖以北的北冰洋冰山上。万一莫斯科守不住了，他们准备撤退到远东地区，以便将希特勒军队困死、冻死在远东地区。由于苏联人民英勇战斗，莫斯科守住了，大反攻胜利了，藏在北冰洋的那200万吨的冻肉一直没有发挥作用。

苏联解体后，贝加尔湖地区划归俄罗斯境内。当俄罗斯大局稳定之后，这才想到那200万吨冻肉。俄罗斯专家到那一看，藏冻肉的那座冰山没有了，那么多冻肉也不知去向。直到此刻，俄国人才恍然大悟：贝加尔湖并非四季不开的冻湖，它到夏天解冻时，湖通过西边的安加拉河，汹涌澎湃地流入北冰洋，融化了那座冰山，200万吨的冻肉就此沉入了北冰洋海底。

这个故事告诉我们，探讨贝加尔湖之谜，无论在认识领域还是实际运用中，都有着十分重要的意义。

2

贝加尔湖，位于俄罗斯西伯利亚南部。湖面海拔456米，湖形狭长，像一轮弯月，南北伸延636千米，平均宽度只有48千米，面积为31500平方千米。这个面积不算很大，但贮水量为23600立方千米，相当于北美洲五大湖的总量。占全世界淡水资源总量的1/5。如果把全世界河流调转流向，统统向贝加尔裂谷注水，需要1年才能注至此量。

贝加尔湖除了是水量之冠，还是水深之冠。1960年经苏联专家实测，测出其最深度处为1620米，平均深度为730米，为世界最深湖泊。故被称作“地球之脐”，简称“地脐”。

贝加尔湖的水历来享有“天下第一蓝”之美誉。凡到过贝加尔湖的人，都由衷地赞叹：“不到贝加尔湖，不知天下何为洁水；没欣赏过贝加尔湖的景观，不懂得什么叫水天醉蓝！”

贝加尔湖水之所以水质清澈，是因为水温常年不高。大量的湖水对湖滨地区的大陆性气候起着明显的调节作用。冬天，湖水结冰，它放出大量的潜热，减轻了周围地区严寒冰冻，使湖滨比周围地区气温要高出11℃左右。初夏，湖面解冻，它大量吸热，降低了炎暑程度，使湖滨比周围地区气温要低6℃左右。因此，这里成了人们避暑和旅游的佳境。

3

贝加尔湖水丰、水好，那是众口皆碑，无不称颂。但其奇特之谜，让科学家们绞尽脑汁而久久无解。这里着重诉说两大湖谜。

一是海洋生物之谜。贝加尔湖是淡水湖，但湖中竟然生存着许多海洋生物，如海豹、鲨鱼、海螺等。还有海绵，这是贝加尔湖湖底生长着的独特的丛林。一种外形很奇特的龙虾，就躲在丛林之中。有种奥木尔鱼，同海洋里的鲑鱼几乎一模一样。这就留下了千古之谜，这些海洋动物为什么会在贝加尔湖的淡水中传宗接代？难道这里曾经是海洋或海湾？

地质学家早就否定了这一见解。他们研究贝加尔裂谷的地层后得出结论：5亿多年来，西伯利亚中部从未出现过海洋淹没史。而贝加尔湖形成至今不过2500万年。所以，“海地成湖”说没有根据。

二是水量不平衡之谜。俄罗斯的研究人员根据入湖水量、出湖水量和蒸发量计算，发现大量补给水来路不明。

为对世界知识宝库有所贡献，也给国内外读者解答一些疑问，笔者对陈建生教授进行了专题访谈。

4

笔　者：随着中俄关系的日益密切，中俄之间的旅游活动简直成了家常便饭。很多人去贝加尔湖，皆为那里的湖光山色所陶醉。因此，贝加尔湖之谜成了很多中国人的热门话题。您研究“深循环理论”，联系贝加尔湖之实际，肯定会有自己的独特见解。所以，有几个问题请教您。首先，请您谈谈，贝加尔湖为什么如此水丰？

陈建生：贝加尔湖水丰，世界淡水湖储量之冠。全世界淡水储量：美国和加拿大之界湖，又称北美洲五大湖，总储量约为世界水资源总量的1/5，而贝加尔湖则为北美五大湖水量的总和，亦为世界淡水资源的1/5。

这个水量相当大，不能以立方米计算，要以立方千米来计量。23600立方千米，够全世界50多亿人饮用50多年！为什么会有这么多的水量？有三个原因：一是贝加尔湖区受水面积大，有3万多平方千米。只有西边的安加拉河流向北冰洋，其余300多条大小河流，就像肚脐眼周围的皱纹，最终流入湖盆之中，所以称其为“地球之脐”；二是贝加尔湖特别深。最深处达1620米，平均深度为730米。库容很大，足以承纳四周300多条大小河流的来水；三是来自西藏的深循环水在湖底暗暗补给。

笔　者：前两条理由，已成共识。这第三条理由，头一次听说。您是说，源自西藏的深循环水，不仅给我国的西北、华北、华东、东北，还有内蒙古高原等给以补给，还给遥远的贝加尔湖补液？补给量大概是多少？

陈建生：俄罗斯的研究人员根据入湖水量、出湖水量和蒸发量计算，发现水量不平衡，有大量的补给水来路不明，这个量到底多大？有的说每年35亿立方米，有的说100亿立方米。具体数字有待进一步考察研究。但可以肯定，贝加尔湖的湖底补给量是不小的。根据热量守恒关系发现，贝加尔湖南部的补给量最大，其次是中部，北部最少。

笔　者：应该说，到目前为止，俄罗斯专家还没有深循环水的概念。但他们对贝加尔湖测出至少35亿立方米外来水不明来源。这个数字确实不小，仅就35亿立方米而言，相当于我国南水北调中线3年半的进京水量。这么多地下水是沿着什么样的渠道流进贝加尔湖的？

陈建生：地质科学比较抽象。为便于叙述和理解，先得介绍一下阿穆尔板块。阿穆尔板块范围包括中国东北、朝鲜半岛、日本西部和俄罗斯滨海边疆区。因流经中俄边界的阿穆尔河即黑龙江而得名。阿穆尔板块的西部边界为贝加尔裂谷。从这个很深很深的大裂谷向北，经过斯坦诺夫山地，然后向东，沿日本岛以西一系列的正断层南下，在日本本州中部与南海地槽相连。而后向西，经朝鲜半岛南端，由渤海进入中国大陆。经山西地堑北部、鄂尔多斯北端，向西北与贝加尔裂谷相连，形成一个覆盖中国东北及华北部分地区、朝鲜半岛、日本西南部、俄罗斯东南部及蒙古西部的巨大构造单元。贝加尔裂谷则成了阿穆尔板块和欧亚板块边界区的一部分。

笔　者：就是说，西藏的地下水只要进入阿穆尔板块西部边界就可以沿裂缝带注入贝加尔裂谷了?

陈建生: 是的。印度洋板块与欧亚大陆板块碰撞后,致使青藏高原隆升。印度洋俯冲板块插入岩浆后,造成地幔岩浆压强增加,引起了岩浆流活动。岩浆流通过缝合带或基底断裂带上涌,形成火山喷发,岩浆活动使缝合带拉张形成裂谷,贝加尔裂谷属于主动裂谷,是岩浆从裂谷涌出的产物。来自西藏的地幔岩浆从贝加尔裂谷涌出,岩浆活动停息后,熔岩流在围岩的冷却下产生出收缩缝——熔岩隧道。青藏高原隆升后,高原的河流与湖泊水通过火山裂谷或断裂带进入熔岩隧道,并在贝加尔裂谷溢出,形成裂谷湖泊。最初进入熔岩隧道的渗漏水被围岩加热成为超临界态水,超临界态水在上涌的过程中将中地壳以下的断裂带围岩溶蚀,形成了中地壳高导低速层(见下图)。所以,贝加尔湖地区岩石圈中存在两个高导低速层,一个在100千米之下的上地幔,上地幔高导低速层是由熔岩流冷却成岩形成的,西藏裂谷的渗漏水进入到这些冷却收缩缝并在贝加尔湖中排泄,形成了地幔高导低速层。第二个高导低速层位于中下地壳,它的形成来自于超临界态水的溶蚀作用。最初的渗漏水被地幔熔岩隧道加热成为超临界态水,热液进入地壳裂谷后,对围岩中的矿物进行萃取,大量的铁、镁、硅等被溶蚀带走,形成了空洞层,所以,中下地壳的高导低速层也是一个地震带。

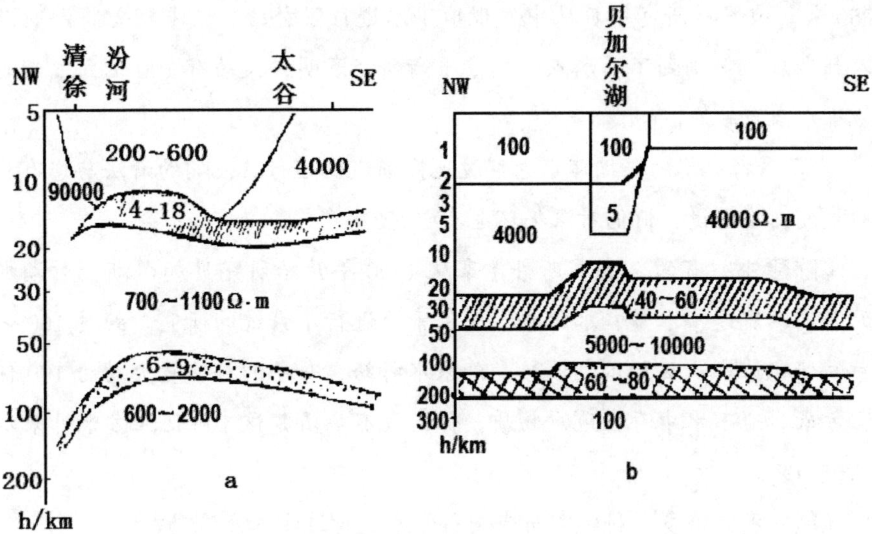

山西裂谷与贝加尔裂谷的双层高导低速层结构

笔　者：还有一个问题：您怎么知道注入贝加尔湖的外来水就是西藏高原的渗漏水，有证据吗？

陈建生：有啊。2005 年 11 月，我在由中国地质学会地质力学专业委员会、第四纪地质专业委员会与中国地质调查局水文地质环境地质部、中国地震学会地震地质专业委员会发起的“青藏高原地质过程与环境灾害效应”的座谈会上，公布了我和合作者李孝泽关于《青藏高原南北向断裂带向阿拉善高原 / 贝加尔湖输水的同位素证据》。文章说：“贝加尔湖底部的湖水受到不断的补充，南部的补给量最大。通过对贝加尔湖地区湖水、河水、泉水、井水及温泉水的同位素分析发现，贝加尔地区部分河水、温泉水与井水的氢氧同位素比当地及北部的降水贫化，显然来自外源水。

笔　者：后来又有了什么新的发现？

陈建生：我们对贝加尔湖进一步研究，发现贝加尔湖南部存在中地壳与上地幔的高导低速层，这些高导低速带与羌塘盆地是有联系的。在贝加尔湖旁边是自流盆地，有深井的水冒出地表。这种情况有别于一般湖泊，一般湖泊底部的水都是静止的，但是深度为 1920 米的贝加尔湖底部水的流速很快，平均流速达到每秒 5 厘米，而且是常年长流。一般湖泊底部水的密度最大，但贝加尔湖底的水密度不是最大，密度最大的水在湖表面下 250 米。俄罗斯研究人员从中发现地下水进行了补给。俄罗斯曾将潜艇潜入到湖底，观测到了涌水点。热量平衡研究表明，大约有 100 亿立方米的地下水来自湖底。

笔　者：您的深循环水也经过地幔通道的运行，他们的看法与您有相同之处，难道说，他们对深循环也有研究？

陈建生：有的。俄罗斯科学家从 1900 年开始研究贝加尔湖，对湖水的温度、流速、水量、水化学、同位素，进行了系统的研究。经过 100 多年的研究证实：贝加尔湖泊接受外来水补给，每年的补给量大约为 100 亿立方米。地下水中存在地幔物质，但尚没有搞清楚这 100 亿立方米外来水从何而来。

笔　者：俄罗斯科学家与我国科学家进行过学术交流吗？

陈建生：2012 年，俄罗斯水文地质代表团应邀来我国进行访问，他们访问了俄罗斯科学院外籍院士中国地质大学的沈照理教授。沈照理教授1958年毕业于清华大学地质系，1957—1961年于莫斯科地质勘探学院攻读研究生，并获苏联副博士学位。曾任中国地质大学（北京）副校长。这次访谈中，俄罗斯水文地质学家谈到了贝加尔湖接受地幔地下水补给问题。2012年国家基金委与国家地调局在厦门举行的中国水文地质国际前沿学术研讨会，沈教授向组委会推荐我在会议上做主旨报告。沈教授说："最近俄罗斯专家提出贝加尔湖接受地幔水补给问题，这个问题前几年陈建生就提出过，但国内同行不能接受，重要的会议都不邀请陈建生参加，说陈建生是学物理出身，不懂水文地质。但是，俄罗斯专家都是学水文地质的，他们也提出了相同的观点，我们为什么不能请陈建生谈谈他的观点？如果陈建生不能参会，这次的会议就不可能是国际前沿学术讨论会。"在沈教授的鼎力推荐下，我才得以参会并做了主旨报告。

笔　者：贝加尔湖是怎样形成的？

陈建生：前人的研究发现：贝加尔裂谷的形成时间与过程与汾渭裂谷极为相似。这两个裂谷分别位于鄂尔多斯地块的北部与南部。渐新世以来，印度洋俯冲板块引起的高含水岩浆，流经鄂尔多斯地块下部以及北边的缝合带，然后向东流，并在集宁、赤峰缝合带上发生火山喷发。鄂尔多斯下部的地幔导水通道，以及岩石圈形成的时间在830万—530万年前。530万年前，鄂尔多斯的地幔岩石圈形成，岩浆流被迫改道绕到鄂尔多斯南部，从汾渭断裂带向上涌，造成火山喷发；260万年前，汾渭断裂带下部的地幔岩石圈及导水通道形成了，地下水则通过火山通道向地表排泄，汾渭断裂带受到深循环地下水的冷却后收缩成为裂谷。岩浆流再次改道，绕过鄂尔多斯北部的缝合带向东北方向流动，并从贝加尔断裂带向上涌，造成火山喷发。火山喷发停息后，熔岩流被冷却成熔岩隧道，形成了上地幔导水通道，上涌的超临界态水将中地壳断裂带围岩溶蚀，形成了中地壳高导低速层。由于导水通道周边岩体的温度仍然较高，在贝加尔裂谷与汾渭裂谷周边都存在地热资源。

笔　者：这就是说，补给汾渭裂谷与贝加尔裂谷的都是深循环水，而且都来源于西藏？

陈建生：通过同位素对比分析发现，当地的降水不是这两个裂谷的补给源，贝加尔湖的地下水可能来自于西藏西部的裂谷，来自氢氧同位素最为贫化的地区，而汾渭裂谷地下水的补给源区可能来自于西藏东部裂谷地区。

5

历史发展到20世纪末，地球发烧，中国渴了，中国北方尤其缺水，许多人眼巴巴地遥望贝加尔湖这只大水盆，时不时地产生了引贝加尔湖水入新疆和内蒙古的想法。各种媒体还不时地披露出，俄罗斯和蒙古国高层是如何支持和推动“贝水南调”济中国的。

笔者相信俄、蒙两国高层的善意，更为中国的“贝水南调”倡议者的报国热忱所打动，但我仍想表达5层意思：第一，《尼布楚条约》是生效的，贝加尔湖是人家的，买人家的水是要按人家的要价付钱的。第二，水过别国之境是要付过路费的。第三，贝加尔湖面海拔456米，内蒙古高原海拔1100多米，贝水进内蒙古，必须提升600多米，这得用多少电。第四，贝加尔湖储量虽大，但可调出的水量是有限的。它唯一的排泄河道安加拉河的流量，与我们黄河流量相当。贝加尔湖排泄水成了俄安加拉河两座电站的动力源。若将人家的动力源调走了，这两座水电站的损失要不要赔付。第五，2000多千米输水河道的开掘、维护成本，这笔款项是巨额的，花那么多钱，买一根套在中国人脖子上的绞索，傻不傻？

本章讲述贝加尔湖的故事，能否让科技界及政府从中寻得一条北国济旱而又不受制于人的便捷路径？动动脑筋吧！或许，希望就在面前！

第十七章

油气作祟　大兴安岭频频火灾

谁能想到，大兴安岭森林火灾不断，竟是天然油气作祟。

大兴安岭天然油气的来历，揭开了我国油田和油气田的诸多奥秘。

科学家黄汲清、李四光先生提出了“陆相地层生油”理论，认为大庆油田属于湖相生油。

地下水深循环理论认为，是羌塘盆地的石油及油气沿着地下水深循环通道，流经大兴安岭地区而至松嫩平原，形成了大庆这个典型的次生油田、次生油气田。

同理，中国大陆正在开采的胜利油田、辽河油田、克拉玛依油田、四川油田、华北油田、大港油田、中原油田、吉林油田、河南油田、江汉油田、江苏油田、青海油田、塔里木油田、吐哈油田、玉门油田、二连油田、四子王油田等，都是因深循环水流动而形成的次生油田、次生油气田。

治理大兴安岭森林火灾的巧妙办法：沿着该地区裂缝带打取气井，收集天然气，并通过地下管道将这些天然气送到生活区或工业区。这样，既消除了大火灾害隐患，又化害为利，还解决了就业问题，一举多得。

1

1987 年，在中央电视台的春节晚会上，美籍华裔费翔一改中国歌唱演出的沉稳风貌，连扭带摆地唱了一首歌：《冬天里的一把火》。结果，演唱者火了，歌也火了，直到现在，人们对歌词中的“一把火”三个字依然记忆犹新，因为其后数月，我国大兴安岭出现了灾害空前的森林大火。

黑龙江大兴安岭，这是我国最北端的千里林带，是我国面积最大的林区，木材贮量占全国的一半。1987 年 5 月 6 日的那场森林大火，1 个县城、4 个林业局镇、5 个贮木场、4 个林区，持续燃烧了 21 天，过火森林面积达 56 万公顷。森林受灾面积 101 万公顷，毁掉了整个林区的 1/5；投入灭火人员约 5 万人，直接经济损失约 5 亿元人民币；5 万多人受灾，211 人丧生，间接经济损失 69.13 亿元；焚毁了 85 万立方米木材；是中华人民共和国成立以来毁林面积最大、伤亡人员最多、损失最为惨重的一次森林火灾。当时的林业部正副部长、大兴安岭地区专员、漠河县长等被撤职，还有些人被追究刑事责任。

其后 30 年，大兴安岭依然森林火灾不断。据统计：1987—2007 年这 20 年里，大兴安岭地区共发生森林火灾 520 起，平均每年 26 起。火灾级别：一般火灾 260 起，占 50%；较大火灾 170 起，占 36.9%；特大火灾 35 起；重大火灾 55 起。

2

近年来，大兴安岭火灾仍然频频发生。

2015 年 7 月 6 日，内蒙古大兴安岭北部原始林区乌玛林业局伟建林场发生森林火灾，武警内蒙古森林总队第一时间组织 200 余名兵力前往扑救。参与此次扑救任务的人员近千人。火场平均气温达 22℃以上。林内植被以马尾松、偃松为主，地被物较厚，火势以地表火形式迅速向外蔓延，受高温干旱气候和特殊地形影响，火线发展极不规则。加之林内无路可走、荆棘密布，给扑救工作带来很大困难。

2016 年 5 月 19 日，黑龙江省大兴安岭地区呼中区呼源林场发生森林火灾。森警官兵在千余名地方专业扑火队员的协同配合下，经过彻夜奋战，于 20 日上午对火场实施全线合围，消灭了明火。

之所以这两起火灾都引起了社会的关注，是因为这些地区在 20 多年前曾经发生过震惊世界的 1987 年“5 · 6”大火。

2017年,正当大兴安岭地区以灾区建设30年的辉煌成果纪念当年“5·6”灾难的时候，两天之中，竟然接连发生了以下两起森林大火。

2017 年 4 月 30 日，内蒙古大兴安岭北部乌玛林业局伊木河林场发生森林火灾。关于这次火灾，国家森林防火指挥部发布过这样的消息：“4 月 30 日 14 时，俄罗斯森林火灾烧入我国内蒙古大兴安岭北部原始林区乌玛林业局伊木河林场。截至目前，火场东线有 600 米火线，北线有 200 米火线，西线有 2 条 20 米断续火线。当地共调集 1345 人进行扑救，已有 860 人进入火场，全力扑救。国家森防指紧急协调 7 架直升机在火场执行兵力运送、火场侦察和吊桶灭火任务，今日（1 日）共运兵 20 架次，吊桶灭火 14 架次。火场靠近边境，偏远无路，地势陡峭，扑救困难。火场天气多云，东北风 2 级，气温 17℃。”

2017 年 5 月 2 日，内蒙古自治区大兴安岭毕拉河北大河林场发生森林火灾。

新华社呼和浩特 5 月 10 日电 (记者邹俭朴)：据内蒙古大兴安岭毕拉河特大森林火灾火场前线指挥部最新消息，自 5 日火场实现全线合围、外围明火被全部扑灭后，火场重点工作转为守护和彻底清理火场。截至 10 日 12 时，火场已实现“无火、无烟、无气”，至此，火灾被全部扑灭。

报道指出，据前线指挥部介绍，火场外围明火 5 日上午被扑灭后，下午降下大范围雨夹雪，为火场守护和清理工作带来有利条件。雨雪过后，火场气温逐渐回升，9 日最高气温已达 28℃，积雪融化，火场内站杆、倒木等具备了复燃条件。前指连日来部署地面巡护兵力 1200 余人，动用直升机 3 架、装甲运兵车 4 辆、蟒式全地形车 1 辆，沿火线对火场纵深进行分区分段拉网式排查清理，妥善处置火场内隐藏大小烟点 60 余处。

为确保火场万无一失，前线指挥部在严格保证人员安全的前提下，已部署毕拉河扑火队 200 人、武警森林部队 50 人，继续在火场驻防、巡护、清理，并采取地面巡护、瞭望巡视相结合的方式，对火场进行全天立体监控。各外援林业扑火队、森警部队及通信、医疗、公安、交通、后勤等保障单位按计划依次序撤离。

报道的最后一段道出了这场火灾的直接原因：5 月 2 日，毕拉河林业局北大河林场管护站司炉工倾倒燃烧剩余物残渣引起大火，火场面积最终逾 1.15 万公顷。

上述在两天中接连发生的森林大火，与 30 年前的“5・6 火灾”几乎都发生在 5 月初，为何如此巧合？

3

1987—2017 年，30 年内，尽管换了十几位林业部门最高主管，尽管有数百名官员因森林火灾而致判刑入狱，尽管我们的消防工具由简单的拖把、铁锹发展为飞机、铲车等，但森林火灾为什么仍然频频发生？为什么兴安岭上总是难于兴安？造成大兴安岭森林火灾的真正原因究竟是什么？

笔者在此声明：世界上有些森林火灾是永远找不出原因的。比如说，树叶尖头的一滴水珠，可使大森林付之一炬。有资料说，树叶尖端的水滴，在阳光照射下可起到凸透镜之聚光作用，当距离、角度适合时，可点燃易燃物而祸及整个森林。这种完全没有失火线索的野火失控，是永远找不到起火原因的。但这样的概率太小了。所以，当我们讨论大兴安岭森林火灾原因时，几乎可将此类因素搁置不提。

为寻找大兴安岭森林火灾的真正“肇事者”，这里，有必要将几场有代表性的火灾起因和蔓延情况来个简要回顾和大致分析。

先说 1987 年的“5・6”火灾。

目前舆论界和法律界普遍认为：“‘5・6’火灾的直接肇事者叫汪玉峰，河北一农民，到林场干活刚刚 13 天。他启动割灌机引燃了地上的汽油，割灌机也着火了。如果他脱下大衣一捂，火就可能被扑灭，可汪却拖着机器跑了七八米，等他叫来人时，火势已变成很难控制的树冠火了。”

再看蔓延情况，有报道说："本来这场特大森林火灾已经灭了，5月7日上午，经过众人一整夜的扑打，位于中国东北大兴安岭的这场不太大的火，明火已经熄灭，却没有打净残火余火，结果，大火就在这时腾起，脱缰远去，25天里烧过100万公顷土地，焚毁85万立方米存材。这是1949年以来中国最严重的森林火灾。本来林区防火为大，但大兴安岭林区是林业部的直属企业，地方行政归属黑龙江省，而版图又属内蒙古自治区。这样，一仆三主，大家都拥有，大家又都不肯投钱尽心尽力，结果用了大钱：天上是飞机，地上是装甲车，实施人工降雨，开辟生土隔离带。有人估算，这次大规模大兵团立体化的行动，光是军需保障后勤供给，每天就要花掉近百万。"

这就是说，火灾蔓延的原因是"残火"引起"大火腾起，脱缰远去"，加上这里是"一仆三主"的三不管地带，导致了重大损失。

大火肆虐的情景：在八九级大风的叫啸声中，一大团一大团的火焰被高高抛向天空，飞越100多米宽的大林河，扑向漠河县城。将4万多人口的漠河县城变成了一片火海！漠河县许多百姓都用"天火"来形容。当年大兴安岭地区常务副专员张举说："那场火与一般人想象的不一样，那火根本不是漫过来的，而是从天上飞过来的！"

大火蔓延的途径：5月7日中午以后，大火烧毁漠河县城之后，继续向东奔去。晚上9点多钟，大火进入图强林业局所在地图强镇，把图强镇烧得荡然无存。晚上11点左右，大火飞入阿木尔林业局所在地劲涛镇，将劲涛镇烧成一片废墟。至此，塔河县4个林业局所属的几处林场同时发生火灾，致使火势失控，造成了严重损失。

总结"5·6"大火的原因，正统观念认为：一是割灌机工人操作失当，引起火灾；二是林场建设投入资金不足；三是林业部门和当地一些官员不作为。

一些学者根据卫星遥感图，对大火的起因提出了自己的看法：火灾发生时，亦即5月6日那一天，大兴安岭以北的俄罗斯境内的火场面积比我国境内的火灾面积大数十倍。据此判断：我国大兴安岭"5·6"火灾，绝不是某个人的操作机械失当，也不是官员"不作为"，更不是人为纵火，而应归罪于“天干物燥，风助火威”。

4

地下水深循环理论是如何认知大兴安岭火灾起因的？

笔者采访了陈建生教授。

笔　者：陈教授您好！我看到您的一份讲话材料，关于大兴安岭火灾的原因，您毫不含糊地说，大兴安岭火灾不断，真正的原因是天然气作祟，这种说法，首次听说。能谈谈有关情况吗？

陈建生：1987 年 5 月 6 日至 6 月 2 日，大兴安岭发生了特大森林火灾，过火面积达 72800 平方千米，还波及苏联境内的 48600 平方千米。火灾燃烧的速度达到每小时 60 千米。大火之后，我们在现场找到了当时参加救火的林场妇女主任，这位已经退休的鞠主任告诉我们：“有一个燃烧点，烧了近一个月，场长命令我们围在火点周围阻止火势蔓延。”据此可知，火灾一定有来自天然气的参与，否则，燃烧速度不可能传播得这么快，也不可能燃烧这么长时间。即使是大堆的木材，也不会连烧一个月呀！再看起火时间：塔河县内 4 个林场同时起火，没有天然油气参与，不可能如此神奇！还有，大火横跨河流，形成“飞火”“天火”，没有天然油气作祟，哪来如此神通？联想到迭次火灾，大兴安岭几乎年年火灾，雷电引起火，

2014 年 8 月 23 日，鞠主任（中）及其爱人（左）、陈建生（右）

各地森林均有发生，那是发生在夏季。而大兴安岭大火成灾有其规律性。1987年、2003年与2017年，都发生了重大森林火灾，都发生在4月底到5月初。

笔　者：为什么大火灾都在5月初？**陈建生**：因为地层化冻了，大兴安岭土层封冻时是隔水层，水与气体都不能通过。到了5月份，土壤化冻了，聚集在土壤中的天然气容易释放出来。当遇到合适的聚集条件，加上明火点燃，就会燃烧成灾。其灾害级别与天然油气的聚集量成正比。

笔　者：您是说，控制天然油气聚集量，让地层释放的天然气及时消耗掉，也就是说，让小火灾频发，就可以杜绝大火灾的发生？这不成了防范森林大火的一条安全措施嘛！

陈建生：可以这么说。但主要问题是没有搞清楚森林大火产生的原因，所以，一些防火措施没有针对性。例如，森林防火道，对于一般的火灾可以起到很好的控制火势蔓延的作用，但是，对于这种天然气参与的火灾，防火道几乎不起作用，地表天然气的浓度很高，一旦被引燃，将快速蔓延，火势很难控制。

笔　者：前人对天然气参与火灾有认识吗？

陈建生：有几位专家，如杜乐天、张景廉等发表了大兴安岭火灾有沼气参与燃烧的文章。他们认为，大兴安岭地层中大量的腐殖质产生的沼气，是造成特大火灾的原因。

笔　者：受到重视了吗？

陈建生：天然气参与了火灾，这在学术界已经形成了共识，但并没有受到相关部门的重视。防火措施主要还是控制火灾发生的频次。这跟大兴安岭起火的科学机理正好相反。这样下去，大兴安岭大火仍会发生，因为一个劲地控制小火灾，地表附近天然气的浓度不断增加，一旦被点燃，必然引起大的火灾。

林场大火集中燃烧区附近的泉水

5

笔　者：读者看到以上对话，定会关切地问：大兴安岭天然油气从而何而来？

陈建生：从西藏羌塘盆地而来。

笔　者：羌塘盆地有油气田吗？

陈建生：羌塘盆地新生代之前曾经是特提斯海，海底沉积层中保留了大量的海藻及生物遗骸，被深埋的遗骸在一定的温度和压力条件下生成干酪根，并逐步发生催化裂解和热裂解，形成了油气。中国地调局成都分院在羌塘盆地双湖等地区钻井，岩芯中发现了干沥青与沥青脉，但没有发现流动的油气。

笔　者：沥青也是石油，流动的油气流到哪里去了？

陈建生：好多科学家在研究这个问题。我们怀疑是被深循环地下水带走了。

笔　者：有深循环地下水渗漏的证据吗？

陈建生：有的。在双湖钻井过程中出现了漏水现象，钻孔揭露了6层石灰岩溶洞，最大的溶洞直径达18.75米，表明大量的地表水在渗漏的过程中将断裂带周围的石灰岩溶蚀形成了溶洞。双湖这口井，本来要钻的深度超过 1000 米，结果因遇到巨大的溶洞而在 363.2 米就停钻了。

笔　者：明白了，石灰岩属于晶体，化学成分是碳酸钙，水和二氧化

陈建生调查深循环水与我国油气田的密切关系

碳与石灰岩发生水岩反应，生成钙离子与碳酸根离子，这些离子被水流带走，石灰岩被溶蚀成为溶洞。

陈建生：是的。由于沥青是石油中的一种复杂混合物，沥青的存在表明地层中曾有油气生成，流动的油气已经迁移到其他地方，而黏滞性大的沥青被留在了原地，却在羌塘盆地的边缘发现了油气，这是不正常的，也就是说，羌塘盆地大量的油气流失了。

笔　者：流到西藏高原之外?

陈建生：是的。如果深循环地下水经过了油气地层，在高压下，油气分子可溶解在水分子的间隙中随着水流一起流动。当地下水在排泄区上涌的过程中压力降低时，溶解在水分子中的油气分子，就会从水分子的间隙中释放出来。

笔　者：油气会不会随着地下水溢出地表?

陈建生：会的。大部分油气分子都随着地下水溢出地表挥发掉了，只有少部分油气分子留在了地层中，形成次生的油气田。

笔　者：油气流出对土壤有影响吗?

陈建生：油气分子可以将土壤中的金属溶解，并带出土壤。所以，油

气溢出经过的土壤中，一些金属元素的含量偏低(亏损)，而深循环地下水汇集的湖泊沉积层中，金属元素偏高(富集)。

笔　者：能举个例子吗？

陈建生：例如，鄂尔多斯油气田，大量的油气曾经通过深循环地下水带到地表，并汇入古三门湖中。在黄土中金属元素亏损，风尘颗粒中的金属元素被油气溶解带走了，而在渭河盆地(古三门湖)的沉积地层中，金属元素含量显示为富集，富集的金属元素显然是来自黄土，表明深循环地下水中曾经含有油气。石油中有大量来自地幔的物质，如塔里木盆地石油中金的含量超过正常值2000倍，石油中发现有一些地壳中稀有的元素。

笔　者：地层中的油气为什么留下来了？

陈建生：前边说过，深循环地下水初期被加热成超临界热液，在经过石灰岩地层的过程中，超临界水分子可进入石灰岩间隙中，并将石灰岩溶蚀出一些孔洞。超临界热液从玄武岩等岩浆岩中溶出镁、铁、锰、钙等离子，热液流体在石灰岩上部的孔洞中发生了白云岩化，孔洞被白云石晶体填充，形成白云岩。而当石灰岩上部的岩石孔洞被白云石堵塞后，由于流体的通道被封堵，石灰岩下部的孔洞仍然保留着。从深循环地下水分子中释放出来的油气分子，由于轻，可浮在水上，油气分子进入石灰岩孔洞中浮在水之上，孔洞中的水分子将被油气分子所置换，孔洞中的水被排出，于是，白云岩下部的石灰岩孔洞中充满了油气，这些小孔洞直径都小于1毫米，每平方厘米可观察到3～8条小孔洞，小孔洞之间是连通的，于是，在白云岩下部形成了次生油气田。

笔　者：这种现象在鄂尔多斯油田也有体现？

陈建生：鄂尔多斯油气田也是深循环地下水的排泄区，石油都保留在白云岩下部石灰岩孔洞之中，油田呈一个一个分散的甜点式分布，这是由于断裂带集中地区的油气都被深循环地下水带走了，只留下了一小部分保留在石灰岩小孔洞中的油气。鄂尔多斯的油气田有一个特殊的现象：“水气倒置”，气田在含水层的下部，表明天然气是来自深部导水构造。

笔　者：除了鄂尔多斯长庆油田外，还有深循环地下水带来的次生油气田吗？

陈建生：我国最大的大庆油田就属于次生油田，油气也是来自西藏羌塘盆地。氢氧同位素显示，大庆油田的水泡子都接受羌塘盆地地下水的补给，补给源区海相地层中曾经有大量的油气生成。

笔　者：大庆油田是“陆相地层生油”的典范，有疑问吗？

陈建生：黄汲清、李四光先生提出了“陆相地层生油”理论，认为大庆油田属于湖相生油。但是，根据地下水深循环理论，松嫩平原的地下水是来自羌塘盆地，羌塘盆地的油气随着渗漏水流失了，地下水在松嫩平原溢出，那么油气也应该被带到松嫩平原。认为大庆的油气来自羌塘盆地的另一个证据来自在大庆周边的火山岩地层中找到了油气田。按照有机生油理论，油气应该是在沉积盆地之中，不可能在火山岩中生成油气。但是，在火山岩中已经找到了油气田，表明大庆的油气可能不是湖相地层中生成的，而是从羌塘盆地输运过来的，属于次生油气田。

笔　者：中国大陆的油气田都是深循环地下水带来的吗？

陈建生：基本上都是，我们现在开发的油气田都与深循环地下水有关。例如，胜利油田、辽河油田、克拉玛依油田、四川油田、华北油田、大港油田、中原油田、吉林油田、河南油田、江汉油田、江苏油田、青海油田、塔里木油田、吐哈油田、玉门油田、二连油田、四子王油田等。这些地区无一例外，地下水都来自外源。

笔　者：以上叙述专业性太强，能否这样理解：大兴安岭天然油气跟深循环水一样，源自羌塘盆地渗漏。它们与来自羌塘的石油，先通过裂谷或断裂带进入地幔熔岩隧道，通过熔岩隧道输送到大庆油田，然后在松辽、大庆等地通过断裂构造进入碳酸盐地层，油气存储在白云岩下部的孔洞中，形成次生油田和次生油气田。而大兴安岭是内蒙古高原与松辽平原的分水岭，大兴安岭则是通向松辽平原的必经之路。当地下水携带着油气通过大兴安岭时，天然气便沿着这里的裂缝带的缝隙向地面排泄，存储在土壤的孔隙中。当地表冻土层消融，土壤孔隙中富集的天然气将向地表排泄，遇到明火将发生火灾。这就是大兴安岭火灾不断的主要原因。是这意思吗？

陈建生：您表述得很通俗，是这意思。

笔　者：病根找到了，那就为大兴安岭贡献一份救治良方吧！

陈建生：不能称救治良方，建议而已！建议在靠近断裂带的地层中钻一些集气井，用来收集天然气。并通过地下管道，将这些天然气送到生活区或工业区。这样，既消除了大火灾的隐患，又化害为利，还解决了就业问题，一举多得。

第十八章

潜流魔力 乾安泥林塌陷的深层奥秘

我国地貌多姿，南有石林，北有泥林。

石林文化给游人带来盎然意趣，泥林塌陷给学者以不尽忧思。

河海大学、吉林大学联手攻关，解开了泥林塌陷之谜。

泥林塌陷的主要原因不是当地的降水入渗，而是由远程而来的深循环水加上松花江及当地河流通过河底裂隙的渗透水，组成了混合型的地下潜流。

泥林地区的上层为不易渗漏的黄土状亚砂层，下层则为透水性能较强的粉细砂层。混合型潜流在透水性能较强的粉细砂层中涌动，逐步带走了两层结合部位的细颗粒黄土，便在黄土层下部形成孔洞，致使上层渐而塌陷。

深循环理论揭开了泥林塌陷之谜。

泥林塌陷之谜的揭晓为检验深循环理论提供了又一例佐证。

1

在我国云南昆明西南约 80 千米的石林县内，有一个“冬无严寒、夏无酷热、四季如春”的石林地区，总面积350平方千米，是世界上唯一位于亚热带高原地区的喀斯特地貌风景区，素有“天下第一奇观”“石林博物馆”的美誉。整个景区皆由密集的奇柱异石所组成，姿态各异，状如实物。剑锋状、蘑菇状、古塔状、柱状、城堡状、竹笋状，皆层出不穷。还有栩栩如生的人像及各种动物，或奇悬幽险、或亭亭玉立地散布于崖石盆地和山坡旷野之中。加上瀑布、溶洞、山泉之映衬和匹配，组成了世界上绝无仅有的石林奇观。因此，云南石林，既是中国国家地质公园，也是世界地质公园。2007年6月在新西兰基督城召开的第31届世界遗产大会上，表决通过了“中国南方喀斯特”申遗项目，云南石林正式列入了世界遗产名录。

说来也真有趣：大自然这位造化大师，在潜心雕琢云南石林地貌的同时，也给我国北方的吉林省乾安县塑造了蔚为壮观的泥林景观。

2

关于乾安泥林。吉林诗人吴文昌《咏泥林》曰：“地老天荒别有情，奇观变幻演峥嵘。狼牙错落微含血，塞草萧疏略带青。坝上牛羊对聚散，土中犀象永斜横。晨皆多有云度灿，晕染泥林画不成。”

乾安泥林面积58平方千米，位于乾安县城西南约35千米处，坐落在大布苏湖东岸。海拔124～174米，约高出大布苏湖面50米。区内沟壑纵横，叠峦起伏，数以万计的泥柱无规则地连峰接岭，形成状如石林那样的奇观妙景。就拿北部地区的北泉沟来说吧，那道沟当地人称“陷兽沟”，长1000多米，深50米。猎人狩猎，只要在高处虚张声势，猎物受惊乱跑，稍不注意就会掉进50米深的壑底，“陷兽沟”由此得名。

最为奇特的是邻近大布苏湖东岸的狼牙坝地貌。这是泥林景观的一部分，南北长15千米，东西宽约1千米。有土柱林、蘑菇状土柱，还有侵蚀的陡崖、金字塔状的土塔、方形和圆形的土桌、高低有致的土堡和似像非像的各种土质动物。长期以来，由于风吹雨打太阳晒，那相依相偎的无数根泥柱，磨蚀得格外陡峭、光滑，状如锯齿狼牙。有的还越变越深、越深越陡峭，仅靠近大乌苏湖畔就出现了4道数十米深的巨壑。观赏者或向下鸟瞰，或壑底仰望，无不心惊胆战。于是，这片泥林便有了更为形象的名字：狼牙坝。

3

泥林地区虽说偏僻、荒凉，许多专家、学者却纷纷前来考察。因为这里的泥林文化和悠久的历史谜踪更是别具一格。

2006年6月，考古专家在这里一次性出土了几百件2万年前的古生物化石，其中有披毛犀、猛犸象、虎、原始牛、野驴、骆驼等18种动物。

1964年，这里还出土一具类似山顶洞人的古人类头骨化石，并发掘出青铜器时期的墓葬群，这些墓群的特点是“竖葬”。这是中国墓葬史上绝无仅有的。与之相比，中国其他地区，就连有关“竖葬”的文字记载都没发现。

为保护这片既有观赏价值又有重要考古价值的泥林景观，吉林省人民政府于1993年将这里辟为大布苏狼牙坝自然保护区。

4

附近的人们早就发现，“自古泥林一怪病”：泥林塌陷。好端端的某块平地、某根泥柱或某个山头，说塌就塌。有的化为陷坑，有的变成深沟，还有的变成大地震后的废墟模样。

泥林塌陷的原因是什么？

一些专家认为：泥林、狼牙坝塌陷，这是地下潜流造成土体渗透的结果，这些地下潜流源于降水入渗。大致过程是：降水通过垂直节理入渗，土层中易溶盐含量较高，在土层中发育着垂直节理和大孔隙。土层中的可溶性盐淋溶后，使土层中的节理缝隙增大，溶隙在溶蚀作用下成了溶洞，而溶洞在集水后形成了具有一定能量的潜流。这些潜流造成了泥林、狼牙坝塌陷。

泥林黄土节理和落水洞　吴文昌摄

根据这样的“诊断”，泥林管理部门用水泥铺路、苫布覆盖了部分景点景物，以尽保护之责。

实践证明，这样的保护方法是不起根本性作用的：有些地方，虽以苫布覆盖，但照样塌落，有的甚至连苫布也随之坠落。

2015 年 7 月，为研究大布苏湖的重金属含量及周边地区的地下水水质状况，吉林大学地下水资源与环境教育部重点试验室工学博士张文卿到泥林地区调查研究。初来乍到，她为这种“落寞的裸露”“喋血的断层”所震慑！当她看到水泥铺路、覆盖的苫布对泥林保护不起作用时，就对权威“诊断”产生了怀疑，但又没有足够证据纠正偏颇，只好在研究环境的同时，常带学生来这里采集土样和水样，然后利用试验室之长，对这些样品中的盐分、元素和诸多化合物等逐一进行测试和分析。

经过几次往返取样调查，她掌握了泥林地区的好几串具体数据。尽管这样，她仍然没有找到那把打开泥林塌陷之谜的金钥匙。

就在她不知所措之际，一个“天赐良机”来临了。

2016 年 7 月，吉林大学召开“地下水国际研讨会”，多名国内外著名专家、教授应邀出席。张文卿博士参与接待工作，河海大学教授陈建生便是她开着小车从吉林飞机场礼送至贵宾下榻处的。

通过一路上的交谈，她首次听到了关于地下水深循环理论的说法。

泥林塌陷景观 吴文昌摄

泥林陷坑

当天晚上，她迫不及待地打开百度网站，搜索有关深循环理论的文章。所见头一篇文章就是《大发现：北方沙漠及旱区有超过两条黄河流量的优质地下水》。这篇文章的作者就是笔者，始发于《国防参考》2015年第6期，大约6000字，这是我国比较全面地在权威刊物上介绍陈建生和他的地下水深循环理论的一篇文章。该文简要介绍了这一理论的主要内容和所得到的实践验证后，重点阐述了深循环理论的挑战性和科学实践中的震撼性。这就引起了张文卿博士对这一理论的好奇和兴趣。

接着，张博士又从网上搜出笔者对“深循环理论”的第二篇文章，加

吉林大学的学生在采集大布苏湖土样

吉林大学博士张文卿等对泥林狼牙坝土层剖面取样

上各报刊对陈建生在沙漠中找水的事迹报道，这就促成了她对深循环学说的学习和跟进。

抱着填补自己学业空白的心情，张文卿聆听了陈建生教授在这次“地下水国际研讨会”上的发言。

陈建生发言的题目是：《地下水深循环理论的研究进展》。按照会议议程规定，陈建生的发言只有 15 分钟。在这 15 分钟里，他以寥寥数语简

2016年，陈建生在吉林大学主办的地下水国际学术研讨会上作报告

要介绍了深循环理论的主要内容，然后重点讲述他在沙漠地区找水的实例以及长白山天池高水与西藏地下水的渊源关系。其中有这样一段话：“松花江的源头是长白山天池。长白山泉水的氢氧同位素比当地降水贫化，长白山天池水量不平衡，长白山瀑布有65%的水接受外源地下水补给，尤其是天池周边两个大型的湖滨温泉群，温泉溢出点的海拔高度为2193米，比2189.7米的天池水位还高。通过同位素对比发现，长白山天池氢氧同位素关系与西藏羌塘盆地泉水相似，落在了相同区域。长白山天池接受地下水的补给。天池水位2189.7米，通过水量平衡关系确认，长白山天池周边2.3万平方千米地区接受外源水的补给量为每年超过23.25亿立方米。能够完全满足水力梯度、同位素关系、河流湖泊渗漏特征条件的补给源地，只有西藏高原的羌塘盆地。而通过锶、氦、氚、碳等同位素对比分析确定，地下水的确经历了深循环过程，地下水导水通道的类型是熔岩隧道与孔洞，地下水在熔岩隧道中运动了大约40年到达长白山。”

在寻常人看来，这段话有些晦涩难懂，但在这次国际性的专家研讨会上，是明白而确切的。

由于观念新颖，论有所据，许多专家几乎都是屏住呼吸认真听讲的。

研讨会结束之后，张文卿对陈建生说：“您发言中说，天池补给源来自西藏的羌塘盆地。天池是吉林最高的水池，希望您去大布苏湖看看，那是松嫩平原最低盆地，那里的地下水情况值得研究，那儿的泥林更具特色……”

就这样，泥林塌陷之谜成了河海大学、吉林大学联手研究的课题。

5

泥林地区的塌陷是与大布苏地质构造密切相关的。

大布苏湖位于松嫩平原南部，属于全新世上升区封闭的构造断陷湖。流域集水面积 230 平方千米，湖盆面 56 平方千米，湖水面积 37 平方千米。湖面海拔 122 米，丰水期水深 1.5 米，枯水期水深 0.5 米。

地质界的研究表明，2 万年前，大布苏在新构造运动中的作用下发生了断裂活动，大布苏地区逐渐上升，湖水加深扩大。距今 1 万年前，地面再次上升，干旱造成湖泊水位下降，湖岸受到剧烈的侵蚀与潜流作用，形成了泥林地质地貌。大布苏泥林与狼牙坝地貌主要分布在湖泊东岸。

探讨泥林塌陷之谜，陈建生、张文卿等做了三项调查工作。

第一项调查工作：对泥林地区黄土进行降水入渗试验，澄清泥林潜流

吉林大学博士张文卿在泥林溢泉取水样

与降水入渗有无直接的因果关系。

前边已经说过，传统观念认为，大气降水渗透，形成了土层潜流，降水溶解了土层中的盐分，导致蜂窝状土体塌陷，最终形成泥林。

这种说法有无科学道理，攻关小组对降水入渗进行了模拟试验。因为大布苏湖岸地表覆盖了一层黄土状亚砂土，其粒径在 0.005 ～ 0.075 毫米之间，经对比分析，该颗粒符合风积黄土的特征。厚度在 2 ～ 18 米。这层细颗粒黄土下边为渗透性能较好的粉细砂，单层厚度在 2 ～ 22 米。

在黄土表层进行连续注水，注水量等于单次最大降水量，然后将剖面挖开，观察单次降水的入渗深度。结果发现，注入水的入渗深度达到 1 米就不再下渗，所有的降水都被吸附在 1 米以上土壤颗粒的表面。只有当土壤中的水分达到最大持水率，水才能克服土颗粒表面电子的吸引，成为自由水。这种自由水在重力的作用下继续下渗。由于单次降水结束后，土壤水分在蒸发作用下逃逸到空气中，土壤含水率降低，土壤中的水分再次成为亏损状态，下一次入渗的降水首先将土壤亏损的水分补充，然后才能继续向下入渗。所以，松原地区的年降水量不足以入渗到潜水中。

独仲德、赵英杰、程金茹在他们的《黄土非饱和渗流试验研究》中披露，他们在非饱和黄土中进行连续降水入渗试验，每天喷淋水 15 毫米，并用塑料布覆盖以防止蒸发。连续喷淋 26 天后，结果表明，黄土裂隙或大孔裂隙对下渗水起着阻水作用。对这种有裂隙的黄土层模拟降水，下渗深度不超过 2 米。显然，黄土中的裂隙也是不能成为降水快速入渗地下水的通道。

陈建生、张文卿等对泥林周边的龙坑水源进行调查

以上试验说明，无论平实土层还是裂隙土层，北方降水量较少地区的大气降水都不能渗过 2 米厚的黄土层入渗为地下潜流。传统的说法是缺乏科学根据的。

第二项调查工作：进行上下层土壤含盐量调查，再由含盐量大小分析地下潜流的来由。

具体做法是：在相距 10 米的泥林区域内，分别选择 2 个模拟降水试验点，模拟降水试验点是面积为 1 米 ×1 米的正方形。分别向 2 个试验区注入 175 升水。在注水 1 天和 4 天后分别开挖剖面，从中发现，土壤上层的可溶盐分别随着渗水迁移到 60 ～ 70 厘米深度的土壤中。其最大的入渗厚度仅为 70 厘米。

这个模拟降水试验表明，降水入渗地下后，土壤中的含盐量分布特征：上层盐分低而下层盐分高。

事实上，大布苏湖岸黄土中的盐含量分布却呈现出上部盐含量高而下部盐含量低的特征。经测定，黄土表层附近盐含量达 0.51%，而深部接近地下水位置的含盐量仅为 0.07%。这就产生了一大疑问：如果地下水潜流来自降水入渗，土壤中的盐分应该是上部低而下部高，地下水应该出现高盐度。但大布苏湖周边井水的盐含量大都小于 1 克 / 升，个别井水的盐含量虽大于 1 克 / 升、但小于 2.1 克 / 升。由此可见，泥林的地下潜流并非来自降水入渗。

第三项调查工作：从氢氧同位素入手，让泥林潜流“认祖归宗”。

2016 年 9 月，他们采集了大布苏流域的地下水与地表水样共计 32 个，其中井水样 21 个、泉水 6 个、湖水 5 个。通过这些水样的氢氧同位素分析得出这样的结论：大布苏流域的井水、泉水和湖水的氢氧同位素既不同于当地降水，也不同于长白山天池的外溢水，而是外源的深循环地下水与当地降水混合后又受到蒸发作用的复合体。这样的复合水，就同位素与水化学特征而言，与松花江及周边河流基本相符。

大布苏湖东岸土壤中上层大于下层的盐分分布，排除了降水入渗补给地下水的可能性；同位素分析结果证实，大布苏湖水来自地下水补给，地下潜流来自周边河流的渗漏。河流的渗漏水通过黄土层下伏的粉砂层向大布湖中排泄，这是造成泥林不断扩张的原因之一。粉砂之上黄土中的风尘颗粒，不断地被潜流带到湖泊中，在黄土层下部形成孔洞，逐渐发展并最终形成塌陷。此外，冻融作用也进一步加剧了渗透破坏程度。地下潜流、细颗粒流失与冻融作用是造成土 体破坏的主要原因，防止细颗粒流失与冻融作用发生，是预防土体进一步破坏的关键因素。

以上试验得出三点结论：第一，大布苏湖的主要补给源来自外源的深循环水、松花江及周边河流和水泡子的渗漏，补给路径和过程：上述混合水，通过河床下部的透水层和泥林区细黄土下 20 ～ 30 米的粉细砂层，向大布苏湖及周边水泡子中排泄；第二，当地降水对地下水几乎没有补给，降水入渗不会对土体产生破坏作用，造成大布苏泥林破坏的是地下潜流；第三，大布苏湖水同时接受外源地下水补给。大布苏湖泊中心存在碳酸盐，尤其是存在白云岩岩化等碳酸盐。白云岩淡水岩中的镁可能来自玄武岩。白云岩化发生在高温下，表明地下水经历了深循环过程。

他们建议在泉水溢地带修建反滤层，以防止细颗粒流失，反滤层应该具有足够的厚度以防止冻融发生。

综上所述：地下水深循环理论解开了泥林塌陷之谜；泥林塌陷之谜的揭晓，既丰富了深循环理论的认知范畴，也为验证深循环理论提供了佐证。

第十九章

江底藏密 吉林雾凇分外妖娆

雾凇，罕见的自然现象。宋代大文豪曾巩诗曰：“雾凇花开处处同。”那是他没到过东北，没见过吉林雾凇的美丽和壮观。

吉林雾凇以其特质和形态荣戴四顶王冠：范围之冠、时效之冠、疏松之冠、观赏之冠。

吉林雾凇为何如此妖娆？关键的关键：松花江不结冰段为其提供了充足的雾源。

吉林江段为什么不结冰？江底究竟藏匿着什么秘密？

深循环理论轻而易举地揭开了这一世人未解之谜。

1

中国四大自然奇观：吉林雾凇、桂林山水、云南石林和长江三峡。

吉林雾凇乃四大奇观中最具特色的一奇。每当雾凇来临，吉林松花江十里长堤柳树银花垂于江面，松树失翠而绽银菊于梟梟。

据笔者阅历，有关雾凇的诗文最早见于被誉为唐宋八大家之一的大文豪曾巩，他在《冬夜即事》诗中说：“香消一榻氍毹暖，月澹千门雾凇寒。”

诗后自注:“齐地寒甚,夜气如雾,凝于木上,旦起视之如雪。日出飘满阶庭,尤为可爱。齐人谓之雾凇。谚曰:‘雾凇重雾凇,穷汉置饭甕。’以为丰年之兆。”又雾凇诗:“园林初日静无风,雾凇花开处处同。”

曾巩诗中的“氍毹”,意指“毛毯”。澹:音“淡”,这里意指“月光如水迂回”。

吉林雾凇 王伟摄

从其诗文和自注得知,齐地亦即山东地区就有雾凇,是因“甚寒”+“夜气如雾”+“无风”而形成“凝于木上”且“视之如雪”的“丰年之兆”。今人看来,如此表述,是符合科学道理的。可惜他没去过吉林,故有“雾凇花开处处同”的诗句。倘若他到过吉林,见到吉林雾凇轻如絮、白如雪之特色,比之齐地雾凇,就会从内心深处发出“雾凇花开不尽同”的感叹了。

2

吉林雾凇,俗称树挂,以其特色夺得了四顶雾凇王冠。

一是范围之冠。吉林省好多地方均出现雾凇。先说松花江畔的雾凇:每至风平浪静的冬日,江面雾气便会似霜非霜地凝结于两岸高低异同、粗细不一的树枝上,形成大面积的雾凇奇观。除了松花江畔,吉林西部水泡子地区，也常见雾凇景观，由此使人联想到这些地区的雾凇文化。根据宋代曾巩记载雾凇之民谚，“吉林”名称之由来应该还有一种说法：雾凇给这里带来“吉祥之林”的美誉，这一美誉之简缩，“吉林”由此得名。笔者如此推断，不知能否得到吉林人的认可，供参考吧！

二是时效之冠。每年从12月下旬到翌年2月底，吉林雾凇多次出现，最多时一年可出现60余次，这在全国范围内也是绝无仅有的，每次雾凇出现的时间也比其他地区长。其他地区雾凇都没超出“夜看雾，晨看挂，近午赏落花”的当日时效，而吉林雾凇有时竟连续好几天。

三是吉林雾凇的疏松之冠。这里的雾凇多为毛茸形晶状雾凇。这种雾凇，厚度最大、密度最小，结构最疏松。这与我国其他地区的雾凇有很大的差别。我国长江流域及北方许多地区，虽也出现过雾凇，但层薄面浅。

吉林雾凇属于毛茸形晶状雾凇，是雾凇中的极品 王伟摄

偶尔出现较厚雾凇，由于密度大，亦即重量大，与冰凌习性相近，往往会将电线、竹林等压垮，形成雾凇灾害。但吉林的这种毛茸形晶状雾凇，重量轻，晶莹洁白，像雪白的棉絮，给寒冬的树木披上厚厚的轻裘素装，绝不会造成雾凇灾害。俄罗斯杰巴里采夫斯克雾凇专业站，对世界上百年各种雾凇的观测资料分析后明确表示："像中国吉林这样的毛茸形晶状雾凇并不多见，属于雾凇中的极品。

四是吉林雾凇的观赏之冠。我国北方一些地方偶尔出现的普通雾凇，厚度多为5～10毫米，而吉林雾凇厚度达40～60毫米。因形成过程很缓慢，故结构很疏松，密度很小，所以冰晶与冰晶之间有一定空隙，光线在结凇体几乎全部反射出来，使每个晶体的各方面都能反射一部分光亮，看起来晶莹洁白，分外妖娆。

3

吉林雾凇为何分外妖娆？为便于文字叙述，先在这里介绍一组对应词和以下文中的"两江"概念。

一组对应词："升华"与"凝华"。"升华""凝华"，皆物理现象中的专用词，也是解释雾凇成因的两个专用词。物质由固态不经液态过程而直接变为气态，称为"升华现象"。"凝华"则相反，气态物质不经过液态过程，直接变成了固态，谓之"凝华"。

雾凇就是水气的凝华物。在那滴水成冰、哈气成霜的环境里，空气中的水汽转化为液态水的时间很短，气态水很快变成了固态水，这种小颗粒渐而堆积成了雾凇。这就是雾凇形成的基本常识。

松花江发源于长白山天池，流经白山湖、松花湖，穿过吉林市区流向西北方向，至松原市转向正北，到江岔河与嫩江会合，始称松花江。松花江掉头向东略偏北，经哈尔滨，入界河黑龙江。

科普至此，谈谈吉林雾凇的地理要素。从吉林市区沿江向东南方向上溯24千米就是丰满水电站。水电站高约百米的丰满大坝将松花江拦腰截断，形成约100亿立方米库容的巨大人工湖——松花湖。

2018 年 1 月 12 日，第二松花江吉林段，岸上雾凇，江水不冻 王伟摄

雾凇挂树 王伟摄

传统观念认为：“丰满水电站发电时，库区江水是从坝下流出来的。松花湖表层冬季结冰，但冰层下水温仍保持在 4℃～ 10℃，特别是湖水通

过水电站发电机组发电后，温度有所升高，江水载着巨大的热能顺流而下，致使坝下30多千米的江面冬天不结冰。这段不结冰的江面，产生了大量的水蒸气。加上两岸山山相夹，水蒸气不会被强风吹散。再加上天寒低温，这就形成了吉林雾凇的奇特景观。”

这段话表达了五层意思：第一，丰满大坝下30多千米江段冬天不结冰；第二，不结冰江段为雾凇提供了雾源；第三，坝下30多千米江水保持在0℃以上是因为水电站发电提高了水的温度；第四，大坝上的松花湖结冰，使湖底温度保持在4℃～10℃；第五，天寒和地利则是形成雾凇不可或缺的条件。

以上所说第一条，客观情况，无争议。有关“雾气”“天寒”“地利”，这是形成雾凇必具的条件，正确，亦无异议。

需要讨论的是第三、第四两条有无科学道理？

其实，湖面结冰为湖水保存一定的温度，这是北方江河湖泊普遍存在的自然现象，但能否使湖底温度保持在4℃～10℃，这里不议，留待专家研究吧。

剩下的一条是：“水电站发电提高了江水温度。”这个问题应该引起专家的注意：要使大坝以下30多千米的松花江在零下20℃的情况下一两个月不结冰，需要多少热能补充？若将丰满水电站在相应时间内所发的全部电能用于能量转换，能否满足这一不冻江段的需求？有关专家说：“那是不可能的。”

以上分析，删繁就简地突出了一个问题：吉林雾凇分外妖娆，关键因素就是冬天不结冰的松花江段提供了充足的雾源。

4

吉林江段冬天不结冰是否为丰满水电站之功？这里提供两个参照点，以供分析研究。

第一个参照点：丰满大坝上游的白山湖。

白山湖是东北地区最大的人工湖，位于松花江上游，距下游的丰满水电站约 100 千米。白山湖水域面积 40 平方千米，坐落在长白山南坡峡谷之中，除了源头天池溢流和沿途支流、溪流及泉流的汇入，没有任何大坝对该湖直接泄水，但白山湖照样存在不结冰区域，湖畔的雾凇并不逊于吉林雾凇。

还有，白山湖下游 90 千米处有一座白山水电站大坝，其发电水头高约 140 米，比丰满大坝高出约 40 多米，但白山水电站大坝下游并未出现像丰满大坝下游那样“30 多千米不结冰”的江段。由此可见，“丰满大坝发电致使 30 多千米江段不结冰”的说法是没有科学道理的。

陈建生等通过对湖水、江水同位素检测发现，白山湖出现冬天不结冰区域，根本原因是湖底有深循环水亦即涌泉的补给，这些涌泉的温度一般都在 5℃上下，涌泉将温度上传到湖面，故而出现了不结冰湖区。这些不结冰湖面因水汽蒸发而提供了雾源，所以，白山湖雾凇晶莹洁白，与吉林江段雾凇不相上下。白山雾凇本该闻名于世，只因地处偏僻，行人少有涉足，致使白山湖雾凇知者寥寥。

5

第二个参照点：泥林地区的大布苏湖。

从丰满大坝沿着松花江下行约 300 千米，便是吉林省松原市。从松原市乾安县县城向南 110 千米，就是松嫩平原第一大咸水湖大布苏湖。该湖东岸就是前边一章提及的泥林地区狼牙坝。

在调查泥林塌陷问题时意外地发现，大布苏湖畔也有雾凇，只是这里的雾凇不及吉林市区雾凇那样厚实、美观，这是因为大布苏湖地区比较开阔，成雾凇条件远不及吉林市区沿江段。

资料显示，大布苏流域处于长春、哈尔滨与齐齐哈尔三地的中心地带，位于东北地区中西部，属于华夏系第二沉降带，是在中生代断陷盆地的基础上发展起来的冲积和湖积平原。松嫩平原及周边如五大连池、长白山、大兴安岭等，新生代以来出现过大规模火山活动。大布苏湖是一个封闭的断隔构造。根据碳 14 定年数据，大布苏湖形成于更新世晚期（距今

大布苏湖东部泥林地质公园院内雾凇 尹勇前摄

126000 年前），晚全新世（距今 2500 年前）以来，湖面明显萎缩，形成了东北地区极为罕见的盐湖：湖区总面积为 56 平方千米，雨季有水面积 37 平方千米，水面标高为 122 米，湖底海拔高程 120.5 米，湖水为咸水，丰水期水深 1.5 米，枯水期平均为 0.5 米，蓄水量 60327 万立方米，湖中盐碱曾是该地区重要的化工原料。

大布苏湖的最大特点是位于松嫩平原的最低点，既没有外流河，也没有稳定的补给湖泊的河流。年平均气温 4.6℃。年均降水量 404.2 毫米，年均水面蒸发量 1243 毫米，降水量与蒸发量如此悬殊，湖中心竟然长年不干涸，维系湖区水量平衡的补给水何处而来？

冬天的大雪覆盖了东北大地，农田、草原、树木、房舍皆银装素裹，到处都是白茫茫的世界。驱车来到大布苏湖看到的景色却完全不同，无论是湖泊还是周围的农庄，几乎看不到积雪，仍然是那幅荒凉景象。难道这里没有下雪？

陈建生解释说："大布苏湖也下雪了，因为大布苏湖是深循环地下水的排泄区，泉水通过湖底及周边的断裂带不断上涌汇入湖泊中，由于泉水的温度在5℃～10℃，而且涌入的量较大，这些地下水维系了湖区的水量平衡。地下水带来的热量将地层加热，雪花落地后很快被融化并被蒸发。冬季在大布苏湖周边可以看到雾凇，这就是被蒸发的水汽在扩散的过程中，遇到树枝等阻挡物冷凝形成的。大布苏湖冬季不结冰也是由于深循环地下水持续涌入的结果。它为湖畔雾凇提供了雾源。”

6

综上所述，白山湖和大布苏湖畔皆出现雾凇，根本原因是：该地区5℃～10℃的深循环水通过断裂带给两湖大量补给，使湖面出现不冻区域，这就为雾凇提供了雾源。

松花江吉林市区段不结冰是否也是断裂带的原因？这段不冻江的江底究竟藏匿着什么样的秘密？

陈建生教授给我发来了4篇学术论文：第一，章振铨：《松花江断裂活动特征及伊舒断裂带地震成因机制的初步探讨》(《东北地震研究》1987年9月)；第二，李传友等：《松花江断裂新活动性讨论》(《地震地质学报》1999年12月)；第三，刘铁男等：《吉林省松原地区地震监测台站水化学特征》(《地球科学进展》2017年8月)；第四，刘祥，《松花江中游(吉林北—陶赖昭)一带新构造运动》(《长春地质学院学报》第4期)。

上述论文中大都提及：松花江的一些河段都位于断裂带上，谓之“松花江断裂带”。这条断裂带与沿途几条小型断裂相互扭压，形成了错综复杂的地质构造。

根据这样的研究成果和基本共识，陈建生说：“这些断裂带本身就是涌水构造。深循环地下水通过导水断裂带涌入江水中，热量也随之而来。这就是松花江丰满大坝以下30多千米冬天不结冰的主要原因。这段不结冰江面产生的水蒸气扩散后，在严寒中遇到树木等，水雾凝华，形成了雾凇。”

这一事实说明：科学，往往存在于司空见惯的表面现象之背后。透过这种表面现象，便可抓住事物的本质。而本质与现象之间有时就像一层窗纸，捅开这层窗纸，人们就会恍然大悟：吉林雾凇之谜原来这么简单！

地下水深循环理论揭开吉林雾凇的奥秘；吉林雾凇为深循环理论提供了又一佐证。

第二十章

佳泉佳酿 珍稀水酿造国酒名酒

水是酒之血，粮乃酒之骨，曲为酒之魂。粮和曲皆人为创造，而“名酒之血”则是天地所赐，为人为所不为。

酒的故事千百篇，说到底还是用水的故事。

中国名酒之用水实践足以说明：佳酒扬名天下，佳泉功不可没！

若将中国名酒列出坐标，再将坐标点相连，这就是“名酒线”。

具有一定地质知识的人可以从中发现：这些“名酒线”与板块之间的缝合带高度吻合。这些缝合带在新生代期间又发生过火山喷发。名酒基本上都分布在新生代火山通道上。

远道而来的深循环水沿着断裂带泄出，当遇到适度的矿化条件时，所泄出的地下水便成了矿泉水，成了酿造佳酒的珍稀水。

归根结底，深循环水酿造了中国名酒佳醇！

中国名酒佳醇也为地下水深循环理论提供了佐证。

1

中国酒的故事千篇万篇，说到底就是所用之水的故事。水是酒之液，水是酒之血，水是酒之灵！所谓佳泉佳酿，就是这个道理。但在很久之前，人们还不能以科学知识来阐述其中道理，只得借助于神话和传说表达对佳泉佳酿的尊崇。杜康造酒便是酒文化史上的开篇故事。

当年杜康造酒，实属偶然：杜康的米堆淋雨发酵，流出了一摊黏稠液体，经尝试，味鲜美。黏液喝多了，他立刻睡去，迷惑之中有白发仙翁赐教："此饮品中尚缺三滴血。九天后的酉时，你去村口向三人各讨一滴。若成，你的饮品便天下无比。记好，莫过酉时！"

九天后的一个傍晚，杜康站在村口，虔诚地向路过的一位教书先生讨得了第一滴血。接着，有位武士经过，听杜康之言，也慷慨地献上了一滴血。此后，再无路人经过。眼看酉时要过，偏巧，一傻子在村口大树下犯傻。杜康无可选择地向其施礼后，获取了第三滴血。

杜康回家后闭门九日，造出了美味饮品。该给饮品取何名呢？他想到那关键性的三滴血和取血"酉时"的"酉"，加上仙翁规定时日和九日酿造，其中都有个"九"字，便以"九"为读音，造出了这个"酒"字。

这三滴血的魅力在后人饮酒中每每体现：第一碗酒后，文质彬彬，像那教书先生；第二碗下去，面红耳赤，动作粗鲁，像那慷慨献血的武士；第三碗下肚，醉了、困了，像那大树下的傻子。

这个杜康造酒的原始故事，形象地道出了"酒"字的由来，也隐喻着"水是酒之血"的科学道理。它以"三滴血"替代酒字的"三点水"，恰到好处地赋予了酒文化开篇之作的智慧和浪漫。

除了民间传说，古书上还有许多关于杜康造酒的用水记载。

有书上说，杜康是黄帝的厨师，故有条件发明了米酒的酿造方法。更为重要的是，杜康遇到了好水。

据《直隶汝州全志》卷九载："杜康造酒处""有杜水，《水经注》名康水"。又据《伊阳山川》记载："杜水河源出牛山，会于伊，长十里，俗传杜康造酒于此，故名。"杜水河现称杜康河。杜康河发源地有泉水上百处。泉水清澈透明，味甜质纯，地愈旱而泉愈旺，天愈冷则泉愈暖。化验表明，水中含有40余种有益于人体的微量元素，为优质矿泉水。

由此可知，杜康酒之所以千古闻名，与这里上好的泉水密不可分。

曹操酷爱此酒，曾写下千古名篇《短歌行》："对酒当歌，人生几何！譬如朝露，去日苦多。慨当以慷，忧思难忘。何以解忧？唯有杜康。"

后人因此称杜康酒为"解忧酒"。

以地下水深循环理论释之，"杜康河百泉"流出的都是远道而来的深循环水，否则，它是不会"地愈旱而泉愈旺，天愈冷则泉愈暖"的。经同位素检测证明，这是矿泉水，是深循环水中的优质矿泉水。

以上有关杜康酒的出现以及久负盛名的历史故事充分说明，古今深循环水正是我国酿酒事业的旷古元勋和世代功臣！歌颂这样的功臣，正是科学发展的具体体现，也是我国酿酒事业向前发展的新起点。

2

这里讲述的第二个故事：古泉佳酿引出《清明》诗。

唐代诗人杜牧的《清明》诗，今人大都熟读成诵："清明时节雨纷纷，路上行人欲断魂。借问酒家何处有？牧童遥指杏花村。"

这首诗的诞生背景：会昌四年（844）九月，湖北黄州刺史杜牧调任安徽池州刺史。这时，他的情人程氏官妓已有身孕，按当时盛行惯例，可纳为偏房而一块随迁。因杜牧惧内，但又不舍割弃，只得让程氏稍后自行启程，约定在池州城外亦即贵池县城西一里许的杏花村酒垆会面。

为何在这里会面？《池州府志》载："旧有黄公酒垆，后废，余井圈在民田内，刻有'黄公广润泉'五字。"《贵池县志》称其井"香泉似酒，汲之不竭"，乃杏花村造酒佳液。由此看来，此井佳液也是远道而至的深循环水，否则，是不可能"汲之不竭"的。

话说程氏登程之后，正赶上绵绵秋雨，她在路上走了好些时日才赶到杏花村酒垆，见到了等候在那里的杜牧刺史。

以泪洗面之中，能歌善舞的程氏官妓手挥琵琶，唱出了路上的艰辛：

“秋雨绵绵愁煞人，路上行人欲断魂。辞别酒家问牧童，何处才是杏花村？”杜牧闻之，潸然泪下。

这次会面之后，由杜牧做媒，将怀孕的程氏嫁给了常在杏花村酒垆饮酒的石埭县(现安徽石台县)长林乡绅士杜筠。

第二年春，程氏生下一子，小名阿宣。喜得贵子的杜筠请媒人杜牧刺史前来喝酒庆贺。杜牧则借机写下《示阿宣》悄悄地交于程氏，以寓隐情。诗中曰：“一子呶呶夸相门，宣乎须记若而人。长林管领闲风月，曾有佳儿属杜筠。”

杜牧的长林之行，正值清明时节。江南的桃花雨、杏花雨连天不开。此情此景，他想起了程氏官妓在杏花村酒垆会面时的唱曲，自然心情沉闷，却也几分欣喜。悲喜交加之际，他将那段程氏唱词改造成了一首名垂千古的《清明》诗。

数年后，杜筠去世，杜牧已调往浙江建德任刺史。阿宣认真苦读，且诗才不凡，却连试不第，30岁仍为布衣，家境日见困厄。阿宣像泄气的皮球一样，一蹶不振。

正当阿宣产生“出身布衣，距仕途甚远”的悲观情绪时，母亲程氏说：“你可不是布衣之后呀！你祖爷杜佑，德宗末年为宰相，功顺宗、宪宗二帝，相继相位，拜司徒，封岐国公，编修《通典》二百卷。你大伯爷、二伯爷也是唐朝高官。你亲爷爷杜从郁，官至驾部员外郎，掌管全国车乘、传驿及官私马牛杂畜簿籍。你父亲叫杜牧，22岁便以《阿房宫赋》震撼文坛……”

阿宣越听越疑：“既然这样，我怎落得这般地步？”

为了儿子的前程，程氏勇敢地向阿宣出示了杜牧亲笔《示阿宣》。

阿宣从精神上得到了鼓励：原来自己是官宦之子、奇才之后！

至此，仕途之光，明灯似的照引着他奋斗不息，45岁时终于考中进士，很快升任翰林学士，并以诗集《唐风集》闻名朝野。

这位阿宣，就是以描述民生疾苦著称的酷似白居易风格的晚唐诗人杜荀鹤。

杜荀鹤垂暮之年，思亲心切，却又不便张扬父母之事，就在生父生母幽会的杏花村酒垆旁边的临湖山阿中修建别业（今称别墅），以隐居方式

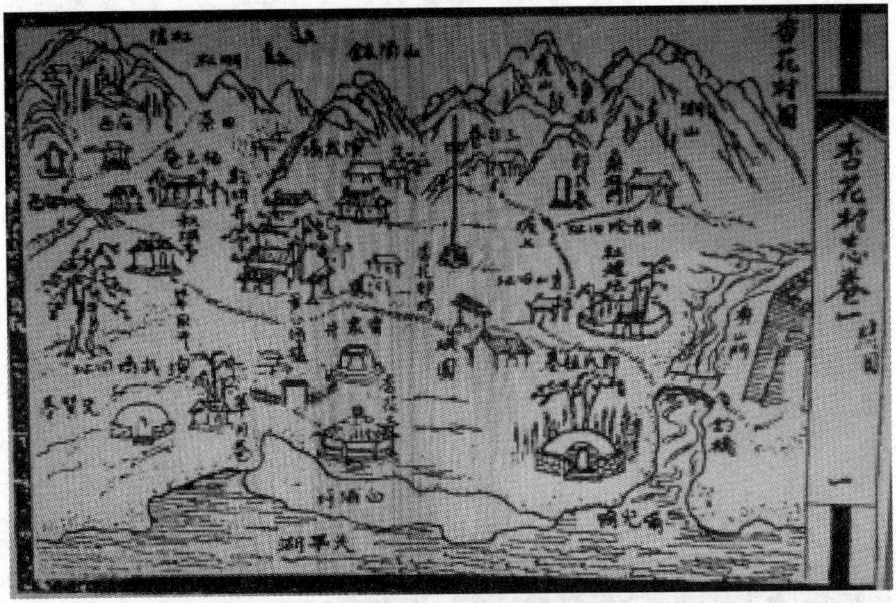

《杏花村全景图》载《杏花村志》 清代郎遂辑

了此余生。后人将那片水域称作“杜坞湖”，杏花村由此多了一景：“杜坞渔歌”。

清代大学士纪晓岚编纂的《四库全书》中收有唯一的一部村志：《杏花村志》。该志作者郎遂在卷五中写有七绝《杜坞访荀鹤别业》：“极目沧桑感慨多，为寻别业到山阿。相逢尽是渔樵侣，烟雨从容挂绿蓑。”

南宋左丞相周必大因公经池州，特意到杏花村酒垆访杜氏遗风，留下了《过池阳赋诗》：“千古风流杜牧之，诗材犹及杜筠儿。向来稍喜《唐南风集》，今悟樊川是父师。”

诗中的樊川系指杜牧，因其故乡陕西长安县有条河，名樊川，故而杜牧将自己的诗集定名《樊川集》，笔名则为“杜樊川”。

在杜牧看来,《清明》诗原作者应属程氏,故未纳入自己的诗歌专集。《全唐诗》未录入，也是这个理由。仅此而论，唐代文人的文德是可敬可佩的，他们对著作权的尊重也是值得后人学习的。

到了宋代，人们对原作和再创作之间的关系有了新的认识。所以，宋代谢枋得将杜牧的《清明》诗编进了《千家诗》，才使其在以后的历史长河中广为流传。

1998年夏，本书作者李伶考察杏花村古井

笔者能够较为详尽地写出上述故事，是有原因的。

1998年长江发大水，我这个军旅作家，随二炮抗洪部队进驻皖江，担任池州江段的抗洪任务。鸣金收兵时，池州地委葛书记设宴招待辖区抗洪部队领导。他听说我是军队作家，特地拉我近旁而坐。

酒宴开始，葛书记拿起酒桌上的一瓶本地酿造的“杏村”酒说：“这就是杜牧《清明》诗中的‘杏花村’酒。因为山西人商标意识较强，率先注册了‘杏花村’酒商标，我们既不能侵权，又对远久的杏花村恋恋不舍，就在‘杏村’二字之间画了一朵杏花，注册了‘杏村’商标，口头说来，依然是杏花村酒，只是以一朵杏花代替了‘花’字。今天，请大家尝尝，我们的杏村酒味道怎么样？”

“酿酒用的水还是那古井的水吗？”我问。

他回答说：“古井早就废了，我们将遗址保护起来，并在别的地方找到了更好的地下水，酿出的酒，也是远近闻名的！”

第二天，我和新华社记者孙金汉在贵池县城西郊的民宅小巷里找到了“黄公广润泉”，这里已被安徽省人民政府定为重点保护文物。但它改名了，改成“杏花村井”了，立了井碑，井口已被圈石，高约二尺。井径二尺余，正方形井台，边长约3米。井台四周几乎被简陋民居包围。井里有水，仍像一口普普通通的水井。人们照旧取水洗菜、洗衣服。

回到北京，我翻阅了足以盈尺的古书古志，又经一番考证，终于写出了有关杏花村的有趣故事。

直到写这本书时，我才弄清楚，杏花村“黄公广润泉”和新出品的杏村酒水源，都在连接云贵高原的江南造山带上，属于板块之间的缝合带。在江南造山带上还有湖南的酒鬼酒、白沙液，贵州茅台酒、贵州董酒、郎酒，古井贡酒以及苏北名酒“三沟一河”(即双沟、高沟、汤沟、洋河大曲)等。“三沟一河”虽然都在苏北平原地区，但酿酒用的泉水或井水也是来自云贵高原一带，火山熔岩隧道深循环地下水连接到云贵高原。云贵高原河流的渗漏水，通过断裂带渗漏到玄武岩熔岩隧道中，通过熔岩隧道，自西向东流动，通过火山口或断裂带上涌到地表，大量的矿物质溶入水中，成为酿造名酒的天赋佳液。不同水岩反应溶出的矿物质与微量元素含量，决定着酒的品质。所酿出的佳酿，属于酱香型(茅台)或绵柔浓香型(洋河大曲，今称海之蓝、梦之蓝，统称蓝色经典；高沟酒，今名“今世缘”)。

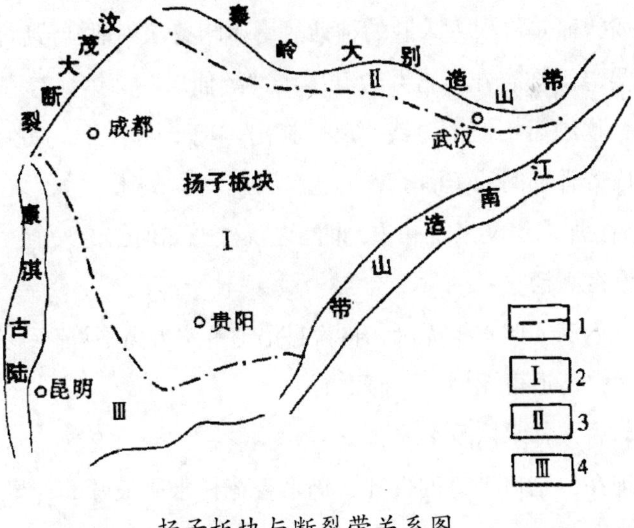

扬子板块与断裂带关系图

3

世上人同名同姓者多如繁星，地名相同者亦比比皆是。

就名酒界而言，除了贵池杏花村，山西汾阳县也有个杏花村，两个杏花村为冠佳名，打了好长时间的笔墨官司。后来，双方都明白了，此杏花村不能否定彼杏花村。据初步统计，中国约有24个杏花村，相互之间并不相干，各属各的区域，各有各的风尚和历史。这里讲述的便是深循环水功成山西杏花村名酒的故事。

据《北齐书》记载，山西杏花村酿酒始于北齐河清年间，即公元561—564年间。历经唐宋元明清五代，距今1500多年。当唐朝杜枚任池州刺史而写下《清明》诗时，山西杏花村的烧锅酒已达70多家，出现了“处处街头揭翠帘”之繁荣景象。杏花村佳酒不仅在当地出名，而且远传京城长安等地，馋得酒仙李白亦远程赶来而敞怀狂饮。他在杏花村满怀醉意后，写下了“琼杯绮食青玉案，使我醉饱无归心”的名句。

山西杏花村的酒为何如此芳香醉人？答曰：也像贵池杏花村一样，得益于一口古井。

这口古井的水为什么好？那时的人们还不懂得以水中的微量元素来衡量水的品质，而是以引人入胜的神话故事而印象深刻地延传后代。

传说吴老汉在杏花村古井边开了个“醉仙居”酒馆。有一天，来了个疯癫道士，饮酒后不但不付钱，反而掏出一把干馍渣子，撒在古井里，从此井水便成芳香郁冽的美酒了。吴老汉因此发了大财。

八年后，那老道又来古井边，询问老汉生意如何？老汉道：“生意不错，只是驴马没有酒糟吃了。”

老道见老汉如此贪得无厌，自言自语道：“天高不算高，人心比天高。井水当酒卖，还道畜无糟。”挥手而去。

从那以后，井水恢复了原状。

直到现在，这口神奇的古井，仍是杏花村水质最好的佳泉，是杏花村汾酒的主要水源。

这个故事的基本事实是：古井的水质一直很好。杏花村人爱井如命，除了勤于淘井，还特地为古井加盖了护井亭，名曰“申明亭”。

这座井亭及古井，引来了历代文人的称颂：《汾酒曲》曰：“申明亭畔新淘井，水重依稀亚蟹黄。”诗的注解说，“申明亭井水绝佳，以之酿酒，斤两独重”。明末爱国诗人、书法家傅山曾为申明亭下的古井题写了“得造化香”四个大字，说明杏花村井泉得天独厚，酿出美酒如同花香。

1915年，杏花村汾酒在巴拿马万国博览会上荣获甲等金质大奖章，成为中国酿酒行业的佼佼者。

陈建生的研究发现，山西的泉水是来自西藏高原的冰川融水。西藏高原的渗漏水经过火山裂谷汇入熔岩隧道，这些熔隧道沿着板块之间的缝合带分布，在太行山出溢形成大泉。山西杏花村井水正是来自西藏的深循环水，由于流动速度较慢，溶解的矿物与微量元素更加丰富，所以属上好的矿泉水，是酿酒的佳液。

4

这里说说茅台酒因佳泉成名的故事。

世界有三大蒸馏名酒：法国的科涅克白兰地、英国的苏格兰威士忌，还有中国贵州的茅台酒。茅台酒历来被称为中国的国酒，酒体丰满醇厚，酒质晶亮透明，微有黄色，酱香突出，令人陶醉。口味幽雅细腻，酒后空杯留香，经久不散。

茅台酒为什么如此质优，除了独特的酿造技艺和上好的原材料，还得益于深循环水的甘醇。

相传很久很久以前，茅台镇仅是个住户不多的小村子。在村东茅屋里，住着位姓陈的酿酒老伯。老伯心地善良，乐善好施，很受乡亲们爱戴。一天外出卖酒，老伯见一只蝴蝶被泥浆黏住，动弹不得，就上前将蝴蝶救了，还以清水洗净，将其放飞原野。过了几天，陈家茅屋前飞来一群蝴蝶，转来转去就是不肯离去。

老伯觉得奇怪，便出屋门观察究竟。那群蝴蝶则把他带到一处石洞前，只见石洞中清泉流淌而甘馨如醴。老伯豁然开朗：这不是酿酒佳泉吗？此后，他用这里的泉水酿出了世上最早的茅台酒。

为纪念当年蝴蝶引路，茅台镇的作坊墙壁上迄今都挂有两只飞翔的蝴蝶。

关于茅台镇佳泉，还有一种传说：很久之前，茅台村已有好几户人家造酒，有的造酒发了财，但心眼坏了，不同情穷人了。一年冬天下大雪，有一单衣薄裳的贫家姑娘进村，向富家财主要碗酒喝暖暖身子。那财主曰：“滚！”

旁边茅屋人家的老婆婆，连忙将姑娘迎进屋里避寒，屋里的老伯则端来热酒供其暖身。

当天夜里，老两口同做一梦：一仙女肩披两条红飘带，双手捧着夜光杯，将琼浆玉液向茅台村一洒，村里出现了一条清澈的溪流。那仙女对老婆婆说：“溪水可以酿酒。”

于是，那位赐酒暖身的老婆婆家酿出了驰名中外的茅台酒。

这个神话故事，一直警示着茅台镇的大小酒坊和酒家：“做人要有人味，茅台酒才具香味。”为让这个故事代代相传，茅台酒商标上画上了仙女捧杯的图案，并在瓶口系两条红飘带，纪念风雪中赐液的仙女。

赤水河是名酒聚集的地区，茅台、习酒、郎酒、董酒等都在赤水河边，所以不知内情的人都认为这些名酒都是采用赤水河的水酿造的，其实这是误解。所有酿酒与勾兑酒用水都是深层地下水，赤水河水只能用以酿酒以外的生产性用水。

有些人认为，白酒品质的好坏取决于土壤、空气和特殊的菌种优劣。事实上，酿酒用水与酒的品质关系更紧密，关于这点，我国的酿酒界有着非常深刻的经验教训。

20 世纪 70 年代，茅台酒引出了新故事。

1958 年中共中央召开成都会议期间，贵州省委书记、省长周林陪同毛主席去杜甫草堂时，主席问：“茅台酒生产情况怎么样？用的什么水？”周书记回答说：“生产还好，用的是赤水河的水。”毛主席笑着说：“你搞它一万吨，要保证质量。”

1975 年 1 月，周恩来总理在第四届全国人大一次会议上再次提出“生产万吨茅台酒”的提案。

根据这一提案，当时的国务院副总理兼国家科委主任方毅亲自主持，对“茅台酒易地试验”进行立项，并列入了“六五”重点科研攻关项目。之后，由方副总理组织国家科委、轻工业部、茅台酒厂技术专家，组成“茅台酒易地试制”攻关小组。试制酒厂建在何处？经精心筛选，确定在赤水河边的遵义市郊十字铺，新建了“贵州茅台酒易地试验厂”。

十字铺一带四面环山，与茅台酒厂所处的峡谷地带十分相似，水质土壤等自然环境也与茅台镇没有明显差异。此外，当时专家认为，茅台酒好，除原料和制作工艺精良，还应归于气候条件下的菌种和赤水河好水。十字铺靠近赤水河，在茅台镇下游 45 千米，这就在气候和用水问题上与茅台酒处于同等优势。加上该厂的酿造设备、所用原料和酒曲，都和茅台酒厂一模一样。人才优势也不相上下，该厂先后从茅台酒厂调来 28 名生产骨干和酿酒技艺人员。

经 10 年努力，第一瓶“易地茅台酒”于 1985 年 10 月向国人报捷了！国家科委鉴定结果：“该酒色清、透明，微黄，酱香突出，味悠长，空杯留香持久。香味及微量元素成分与茅台酒相同，具有茅台酒基本风格。”方毅副总理题词：“酒中珍品——祝贺贵州茅台易地生产试验鉴定成功”！根据方毅题词，易地试制的茅台酒定名为“珍酒”，厂名更名为“贵州珍酒厂”。该酒被列为中国名酒百强之一。

“珍酒”虽说也属“酒中珍品”，但与正宗茅台相比，二者的品质还是相差甚远，在口感上存在明显差距，这是什么原因？

有人归为“气候相异”。

前边已经讲过，这里的环境与茅台酒厂相近，怎么会影响香味呢？

陈建生教授说：“其实，茅台酒用的是当地的泉水与地下水，而珍酒用的是赤水河的水，赤水河水中的矿物质与微量元素与茅台酒厂的地下水存在明显的差别。对此，我们进行过调查。经同位素检测，茅台酒用水属深循环水。这个故事说明，我国赤水河畔外泄的深循环水和赤水河之水不是同一水脉，这里的深循环水才是酿造我国国酒的伟大功臣！”

5

因篇幅所限，不能将中国名酒与佳泉故事做详细介绍。仅在这里以“八大名酒”为例，谈谈深循环水成就中国名酒的天赐禀赋。

排名第一的茅台酒和排名第五的山西杏花村汾酒，皆深循环水所酿造，其佳泉故事前边已做介绍，不再重复。

这里仅将其余六大名酒与矿泉水亦即深循环水的密切关系简介如下。

排名第二的“五粮液”，曾被誉为国酒中的王酒，在中国浓香型酒中独树一帜。

五粮液产于四川宜宾市。这里地处四川盆地，西接世界屋脊青藏高原，四面皆山地，故联合国教科文组织与世界粮农组织把宜宾定义为“在地球同纬度上最适合酿造优质纯正蒸馏白酒的地区”。这种地形及气候因素，加上五种优质粮秣和独特的酿造技艺，这是重要的三大因素，但更重要的是第四因素：五粮液用的是岷江河床下的深循环水。

具体的取水方法：在岷江中心河道中垂直钻孔，打入地下 90 多米深，获得深层地下水，然后通过 400 米隧道，抽取富含矿物质的古河道的深循环水，这样的深循环水，水质优良，矿物质与微量元素丰富。经科学鉴定，水中富含对人体有益的 20 多种微量元素；因此，这种深循环水酿造出的五粮液被称作“天地山水之酿”。酒液清澈透明，香气持久，醇和回甜，回味悠长，具有浓香、醇厚、甘美、净爽四大特点。1963 年，五粮液在第二届全国评酒会评比中一举夺魁，并蝉联国家名酒称号。

五粮液蜚声中外，也给其产地宜宾带来殊荣，故有“川酒甲天下，精华在宜宾”的赞誉。

综上所言，五粮液深受世人喜爱，宜宾市地位显赫，深循环水之默默奉献功不可没！

6

排名第三的是“剑南春”，“剑南春”产于四川绵竹县。因绵竹在剑门关之南，唐代属剑南道，该地区早有“剑南烧春”闻名于世，又经发展，便脱胎为“剑南春”。

绵竹县地处四川盆地西北部，北接龙门山脉，南连成都平原，是青藏高原向四川盆地的过渡地带。这里在很久之前曾被冰川覆盖。其后，冰川漂砾，厚近 3 千米的青藏冰川向东漂移，形成一个富含矿泉水的冰川地层。其水质与法国阿尔卑斯山脉的“依云”水一样，属世界级矿泉水，珍稀无比。

剑南春的具体取水点是绵竹城西 7 千米的鹿堂山玉妃泉。相传鹿堂山为古蜀国王妃——玉妃出生地。她出生后被其庶母弃之于山，有母鹿乳育，饮、沐古龙洞泉水，故出脱得冰洁玉肤美而艳。蜀王开明纳其为玉妃，玉妃泉因此得名。

玉妃泉受四川盆地西缘龙门山断裂带控制，属卧龙山系，与青藏高原连成一片。泉水自洞中潺潺流出，冬不竭，夏不盈。清冽味甘、晶莹纯净，水温稳定在 13℃～16℃。泉水中富含锶、钠、锌、锂、偏硅酸、二氧化碳、硒等对人体有益元素和成分，属于优质矿泉水。

古人虽不懂得这些化学成分和科学道理，但在长久的酿酒实践中创造了辉煌。因此，“剑南烧春”被唐人李肇在《唐·国史补》中列入唐朝名酒之列。《后唐书·德宗本纪》也有“唐时宫廷酒，盛世剑南春”的记载。清朝末年，因绵竹佳泉，促使这里的酿酒坊多达百家。

酒业的发展使绵竹出现了“山程水陆货争呼，坐贾行商日夜图。济济真如绵竹茂，芳名不愧小成都”的繁荣景象。

绵竹因此底蕴，加上今天的酒业又上台阶，剑南春在国酒评比中名列前五，并在世界蒸馏酒中享有盛名，是理所当然的。

7

排名第四的为四川泸州老窖特曲，通常称为泸州老窖，也是我国最古老的四大名酒之一。发源于古江阴，经秦汉发育，兴于唐宋，后经历代流传。两千年来形成自身特色，酿造工艺相当考究。尤以国窖 1573 最佳：无色透明，窖香优雅，绵甜爽净而柔和协调。并尾净香长，清冽甘爽、回味悠长，属于传统的浓香型佳酒。

1996 年 11 月，国务院将泸州老窖具有 400 年以上窖龄的酿酒窖池群列为国家级重点文物保护单位。该窖始建于万历年间（1573），是我国唯一的建造最早、保存最完好、连续使用至今的酿酒窖池群，故名“国窖

1573”。

泸州老窖在我国历次的白酒评比中均排前列，究其原因，除了原料精良、工艺独特，还得益于龙泉古井提供的酿造用水。此井水清洌甘甜，呈弱酸性，有利于糖化和发酵；水的硬度适宜，能促进酵母的生长和繁殖，属于优质酿造用水。它不是本地渗水，而是远道而来的深循环水。它所酿造的泸州老窖特曲，格外醇香浓郁，清洌甘爽，饮后唇齿流香，故被誉为“浓香鼻祖，酒中泰斗”。

8

排名第五的为山西杏花村酒，上文已述。

排名第六的是陕西西凤酒。

西凤酒，中国四大名酒之一。自古迄今，西凤酒长盛不衰，也是深循环水的造化之功。西凤酒产于陕西凤翔县柳林镇，位于渭河以北，是深循环地下水涌泉地区，属于黄土高原的南部。这里的酿酒水来自泉水，亦即深循环的外泄水，矿物质丰富。1994 年，经国家地质部勘查评价表明，西凤酒酿造用水为偏硅酸、锶的重碳酸钙镁型优质天然矿泉水。这种水富存于砂砾石层孔隙承压水含水层中，补给路程源远路长，具有深循环水的基本特征。经分析测定，该水质每升含偏硅酸 25.0 ～ 29.8 微克、每升含锶 0.62 ～ 1.16 微克；此外尚含有锂、锌、溴、碘、游离二氧化碳等微量元素和成分。水质清澈透明，口味甘甜纯正，所酿之酒醇香典雅、甘润清爽。如此优势，得益于深循环水造化之功。

9

排名第七的为贵州遵义的董酒。“董”字由“草”字头和“重”字组成。“重”为草质，寓意有益的百草，故称“百草之酒”。此酒产于低纬度高原，这里冬无严寒，夏无酷热，植被严密，泉水甘醇，是极好的酿酒之地。

董酒的生产工艺和配方在当今世界上独一无二，在蒸馏酒行业中独树一帜，被国家权威部门列为永久性“国家机密”。董酒是我国白酒中酿造工艺非常特殊的一种酒品。它采用优质高粱为原料，以贵州大娄山脉地下泉水为酿造用水，小曲、小窖制取酒醅，大曲、大窖制取香醅，酒醅香醅“串香”而成。既有大曲酒的浓郁芳香，又有小曲酒的柔绵、醇和、回甜。因在制曲过程中加入130多种纯天然草本植物，故酿造出风味独特的“本草之酒”“百草之酒”。故为全国老八大名酒之一，它以其工艺独特、风格独特、香气独特的“三独特”及优良的品质驰名中外，在全国名（白）酒中独树一帜。2008年9月，被权威部门正式确定为“董香型”。

董酒用水也像茅台酒那样，有天赐禀赋。在酿酒厂区西面8000米的水口寺，地下泉水非常丰富，水质清冽，具有多种对人体有益的微量元素，属于典型的深循环水，是酿酒佳泉。由于水口寺地下水的酿造之功，加上董酒的绝密配方，致使贵州董酒成了中国名酿。它在全国第二、三、四、五届评酒会上4次蝉联“国家名酒”称号，并获金质奖。

10

排名第八的为古井贡酒。古井贡酒产于安徽省亳县减店集，选用优质高粱为原料，以小麦、大麦、豌豆制曲，以自己的特色工艺酿造香味上乘的、尤以回味悠长而著称的浓香型佳酿。

如此佳酿也得益于一口古井。据史料记载，减店集有许多水井，但只有一口井的水能够酿出好酒。这口井迄今已有1400多年的历史。南北朝时，亳县称谯城，地属北魏。南朝梁武帝萧衍于大通四年（532）派元树领军掠魏，魏将独孤率兵与元树交战，死于战地。死前将金简长戟投于古井中。后人为了纪念独孤将军，在减店集建独孤将军庙，并在庙周围凿24口井，迄今存4口。因这一带多盐碱，水味苦涩，唯独那口古井水清甜甘，而且有蛋清味。千余年来，此井不溢不涸，井水清液透明，味甜爽口，含有丰富的矿物质。取此水酿酒，酒香浓郁，甘美醇和，故称为“天下名井”。用“天下名井”之水酿造的酒，始称“减酒”。明朝万历年间，“减酒”作为贡品进献于皇帝朱翊钧，从此得名“古井贡酒”。

直到现在，“古井贡酒”系列的酿酒用水也全部取自这口古井和其同一水系的深层地下水，用它酿出的酒，色、香、味俱佳，具有“色清如水晶，香醇幽兰，入口甘而醇和，回味经久不息”的特点。

经科学鉴定，古井水中的锶、碘、溴、硅、钙等微量元素含量较高，为富锶型优质饮用天然矿泉水，属于典型的深循环水。

11

深循环水成就了中国名酒佳酿的事例可以说比比皆是。

产于四川古蔺县二郎镇的郎酒，也是川酒“五朵金花”中的酱香型名酒。二郎镇位于川黔交界处的崇山中，与贵州茅台镇同在赤水河畔，有类似自然条件。民谣称：“郎酒好，有四宝：美境、郎泉、宝洞、工艺巧。”这里所说的“郎泉”，就是冬夏长涌的二郎滩古泉。经科学鉴定，郎泉流出的是优质矿泉水，加上当地的气候因素和酿造、储存工艺，郎酒甜香满口，回味悠长，一直是酒中佳品。

全兴酒，四川又一名酒，唐代称作“锦江春”，用水取于“薛涛井”，该井水质特佳，曾是明代蜀王薛涛制笺取水之井，一直被誉为“成都东郊第一井”。清代福升全以“薛涛井”水酿出的“薛涛酒”，远近闻名。诗人冯家吉在《薛涛酒》中曰：“枇杷深处旧藏春，井水留香不染尘。到底美人颜色好，造成佳酿最熏人。”现经化验鉴定，此井水亦为优质矿泉水，属于远程而来的深循环水。

湖南长沙“白沙液”酒，用水取于长沙市白沙古井。水质洁净、水味醇正，且泉源甚盛而久汲不竭。古代曾誉此井“星泉溥润”“玉醴流甘”，赞其“清香甘美，为酒不酢，为浆不腐，霍乱吐泻，一饮良已”。今天的“白沙液”酒，依然保留了远久的古风古韵，成为当代又一名酒。

四川万县的“太白酒”，故事源于唐代酒仙李白。安史之乱，李白流放夜郎，路经万县歇凤山下，发现歇凤山一清泉适合酿酒。当地人拿出本地酒“塘仿佳酿”相款待时，李白则以自己的重大发现为酬，敬献热情的万县人。从那以后，歇凤山泉水酿出了“太白酒”，一直流传至今。

12

这样一一写来，依然是挂一漏万的产物，还是引用陈建生的一段话作为本章结尾吧！

陈建生说：“水是酒之血，粮乃酒之骨，曲为酒之魂。粮和曲皆人为创造，而‘名酒之血’，则是天地所赐。中国名酒之用水实践足以说明：佳酒扬名天下，佳泉功不可没！将中国名酒列出坐标，再将坐标点相连，这就是‘名酒线’。具有一定地质知识的人可以从中发现：这些‘名酒线’与板块之间的缝合带高度吻合，这些缝合带在新生代期间又发生过火山喷发。名酒基本上都分布在新生代火山通道上。由于地下水中的矿物质与水岩反应的时间有关，时间越长矿物质与微量元素越丰富，所以，名酒所用的泉水或井水的涌水量都不是很大，因为涌水量大则矿物质低，能够满足酿酒的泉水或井水，实际上非常稀少。名酒与缝合带或断裂带存在一定的相关性，但是，符合酿酒的高品质水又是深循环地下水中的优质水，可遇而不可求。远道而来的深循环水沿着断裂带泄出，当遇到适度的矿化条件时，所泄出的地下水便成了矿泉水，成了酿酒佳泉。有了这些佳泉，才能酿出各地名酒。所以说，是深循环水酿造了中国名酒佳醇，中国名酒佳醇也为地下水深循环理论提供了佐证。”

第二十一章

酒乡新贵“三沟一河”的“今世缘”引出“中国矿泉水之乡”

中国第四大淡水湖洪泽湖早成悬湖。湖底高出东岸诸县4～8米。

湖水严重污染，湖的四周乃旷世垂名的“名酒之乡”。

支撑“名酒之乡”的“三沟一河”亦即高沟特曲、汤沟大曲、双沟大曲和洋河大曲，它们的酿造用水丝毫不受影响，因为他们用的水既非本地降水，亦非悬湖渗水，而是来自云贵高原的深循环水，这些过境客水与茅台酒、董酒、酒鬼酒等用水一脉相承。

调查发现，高沟酒亦即“今世缘”用水系优质矿泉水。受其启发，地下水深循环理论探索者们已在“今世缘”酒厂附近打出了两口深井，井水指标与酒厂水指标相吻合，也属高质量的矿泉水。

从此，“名酒之乡”的涟水县，被授予了“中国矿泉水之乡”的匾额。

实践证明，名酒“今世缘”为珍稀矿泉水问世，起了推荐和托举作用。新问世的珍稀矿泉水以其特有的品位使“今世缘”更加闻名天下。

1

中国有条悬河，众所周知，她叫黄河。

中国有一悬湖，知者寥寥，那是洪泽湖。

洪泽湖成悬湖，因悬河而致：公元1128年，黄河破堤改道，侵泗水在苏北淮阴市附近夺取淮河下游河道入海，并在盱眙以东的低洼及小型湖泊中形成了潴水。潴水连片，形成了南北长约60千米、东西宽约58千米，水面面积1960平方千米的中国第四大淡水湖——洪泽湖。

为保护苏北平原，朝野代代相续，建筑了南从盱眙县张大庄，北至淮阴县码头镇的东部大堤，全长67.25千米。由于上游十多条河流的泥沙在湖中沉积，致使湖底越积越高。东部大堤亦随之越修越高。经多年积累，洪泽湖渐成悬湖。到目前为止，该湖湖底已高出东部平原4～8米。

如今，洪泽湖大堤像一条巨龙，宽达50米，水泥铺面，汽车来往如梭，人们再也不必担心洪祸之患了。令人揪心的则是湖水污染之患。

资料显示：从1992年到2009年，洪泽湖共发生污染事故21起，水质已由V类下降为劣V类，湖水中总氟浓度居高不下，氨氮和磷污染呈加重趋势。因为这是个过水性湖泊，属于客水污染。湖西十多条入湖河的污水，皆聚集于湖区。尤其是淮河，据环保部门监测，洪泽湖污染源80%来自淮河。那时还没有实行河长制，各省各县企业，向河中偷偷排污现象司空见惯。由此使笔者想起开国初期领导的长远目光。

为对洪泽湖进行科学管理，1954年1月，国家治淮委员会召开苏皖两省负责人专题会议，形成了“洪泽湖蓄水位问题研究会议纪要”。该纪要经华东局、水利部转报政务院（现称国务院）批准，暂定水位12.5米。并将临湖的安徽泗洪、盱眙两县划归江苏，而将远离该湖的江苏萧县、砀山两县划归安徽省。这就解决了治理洪泽湖的统一领导问题。但淮河分属河南、安徽、江苏三省管辖，治污问题成了老大难。近两年来，由于在洪泽湖南水北调东线的路径上，长江水的调入改善了洪泽湖的水质，洪泽湖水质提高到了三类或四类水标准，但治污之路仍然任重道远。

2

悬湖的常年污染引起了人们对苏北“名酒之乡”的高度关切，因为这个千古闻名的“名酒之乡”，恰恰分布在洪泽湖的周围。

支撑“名酒之乡”的名酒是“三沟一河”。

所谓“三沟一河”，是指高沟特曲、汤沟大曲、双沟大曲和洋河大曲，各酒厂皆分布在洪泽湖四周。

按照传统的地下水浅循环理论，悬湖的水常年污染，必然下渗而污染了酒乡的地下水。用这样的污染水酿酒，岂不砸了“三沟一河”的招牌？

深循环理论则认为：“三沟一河”用的不是本地水，也不是悬湖渗水，而是来自远处的深循环水，是通过泉眼获取的优质地下水，不会影响“三沟一河”的酒质。

这两种说法孰是孰非，“三沟一河”以千百年的用水实践和显赫名声做了回答。

3

洋河大曲产于洪泽湖北部的泗阳县洋河镇。洋河，原名白洋河。很久之前，在白洋河弯曲处的芦苇丛中，有个池塘，水清如镜，泉眼喷花，人称神泉。此泉旱涝常流不息，水位始终如一。这就有了关于神泉的美丽传说。

心地善良的阿美姑娘与贫病交加的祖母相依为命。为了生活，阿美只好去财主家当用人。有一次，财主让她去酒肆买酒。路上遇见一位可怜的穷人，阿美将买酒的钱接济了那位可怜的穷人。为向财主交差，阿美来到泉井旁边，便有仙女向其酒壶里灌了两勺泉水。财主喝了，觉得酒味甚好，便让阿美常去买酒。阿美则以财主的酒钱资助更多穷人。时间长了，财主发现了泉水代酒的秘密，便将阿美投进了泉井。从那以后，清冽的泉水从井中冒了出来。为了纪念阿美姑娘，人们把这口泉取名“美人泉”。

酿酒能手以“美人泉”之水酿造了闻名天下的洋河大曲。

如今，走进洋河酒厂大院，仍可看到闻名遐迩的“美人泉”。这里，绿柳环绕，山石峻峭，一尊汉白玉的美女雕像亭亭玉立在粼粼波光之中，抬头相望，姑娘手提酒壶，婀娜多姿，半含微笑地似乎在向人们讲述昨天的故事。

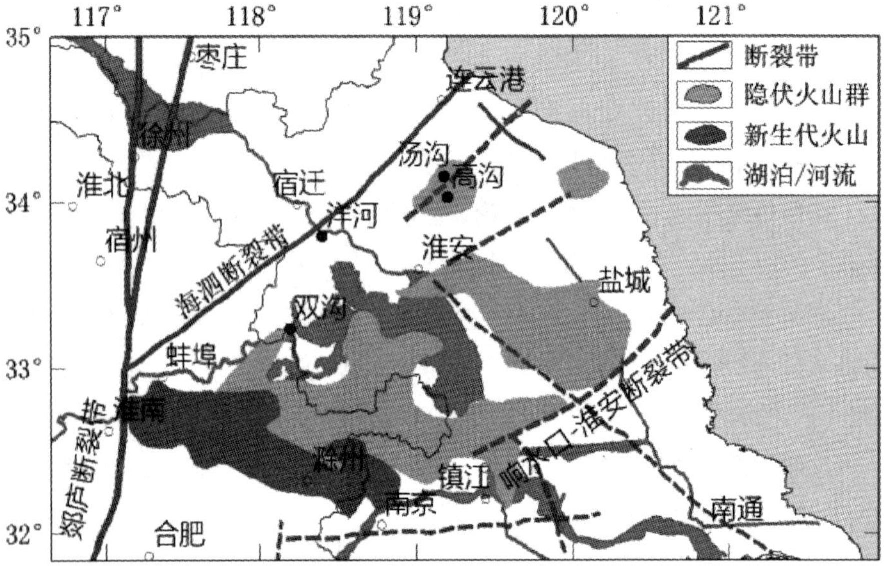

“三沟一河”即高沟、汤沟、双沟、洋河酒厂分布图

简述上述故事，隐喻着两句话：洋河大曲是“美人泉”的泉水酿成的，没有受到地表水的污染和影响。为扩大生产规模，洋河大曲与双沟大曲合并为“洋河蓝色系列”，更名为“海之蓝”（低档酒）、“天之蓝”（中档酒）、“梦之蓝”（高档酒），酒质仍像当年洋河大曲、双沟大曲那样扬名天下。

4

“高沟特曲”产于洪泽湖东部的涟水县高沟镇。

高沟酿酒，源于汉朝，其后各朝皆有记载。宋代诗人陆游尤爱高沟酒。曾在高沟的天泉槽坊留下了“天赐名手，地赐名泉；高沟名酒，名不虚传”的诗句。唐诗人韦应物游花果山经高沟镇时开怀畅饮，写下了“三月开瓮香满城，甘露微浊醍醐清”佳句。1915 年，高沟曲酒在巴拿马国际博览会上获奖；1956 年，高沟酒荣获江苏省人民政府颁发的“酿酒第一”奖旗；1984 年，在全国第四届评酒会上，以 95.13 分的成绩名列全国浓香型白酒第二名，就此成为我国十大名酒之一；1989 年，在全国第五届评酒会上，蝉联“国家优质酒”称号；1995 年，被国家技术监督局认定为全国浓香型白酒标准样品。今天的“今世缘”名酒的前身就是高沟酒。“今世缘”酒质更好，它在我国目前白酒行业质量与销量上都稳居前十名，一个重要原因：“今世缘”用的水仍是代代相传的“高沟天泉”。

5

“汤沟酒”产于洪泽湖东北部的灌南县汤沟镇。汤沟是个古镇，周围沟湖密布，唯独镇上“香泉”酿出的酒香味袭人。难怪清初诗人洪昇写下了“南国汤沟酒，开坛十里香”之名句。

就在洪昇题诗的第三年，戏剧名宿《桃花扇》作者孔尚任题词道：“汤沟传奇水土，美酒绝世风华”。汤沟酒厂受其启发，7 年后诞生了名酒“绝世风华”，进而又酿出了名酒“盖世风华”。直到今天，人们总用“万载香泉天造化，千年汤沟凝风雅”的诗句来概括汤沟酒之风华。

简言之，汤沟酒用水亦非本地降水，而是地层中冒出的“香泉水”。

6

双沟大曲产于洪泽湖西部的泗洪县双沟镇，古有“看景看扬州，饮酒饮双沟”的美誉。双沟酒在南洋名酒赛获第一名，并获金质奖状。

名酒背后必有名泉，双沟大曲用的是双沟镇上的西沟泉。若问西沟泉的来历，《曲哥琼妹》的故事道出了它的来龙去脉。

双沟镇上有两道沟：东沟和西沟。镇东的何氏酒坊用东沟泉水酿出了“东沟大曲”，成了财主。何老板有个女儿叫琼妹，她爱上了酒坊帮工的曲哥。何老板嫌曲哥家贫，反对女儿这门亲事，便将曲哥赶出了酒坊。

曲哥被解雇后搭救了一位无依无靠的老婆婆。曲哥将老婆婆领回家，像对待亲人那样照顾她。一年以后，老婆婆见曲哥生活实在困难，不愿再成累赘，便设法离去。临走时，她将头上的簪子送给曲哥。老婆婆在头上摸了半天没找着，推说掉在村西沟里的石板下了。曲哥到西沟去找，结果，簪子没找到，却在西沟的石板下发现了“西沟泉”。曲哥恍然大悟，老婆婆非同凡俗，她是帮助拔曲哥穷根来了。曲哥用“西沟泉”酿出了“西沟大曲”，酒质胜过了何老板的“东沟大曲”。曲哥因酿酒而富，何老板让他跟女儿琼妹结了婚。从此，“东沟大曲”与“西沟大曲”合为一坊，“双沟大曲”由此得名。

7

综上所述，洪泽湖的水污染，虽然带来了悬湖周围的土层污染，但并未给“名酒”带来厄运，因为四大名酒“三沟一河”的酿造用水全部取之于天缘地赐的优质地下水。

按照陈建生的地下水深循环理论，这些亘古以来的名泉都是远道而来的深循环水，并非本地降水，亦非本地土壤渗水，所以，“三沟一河”的酒质不受影响。这种认识应该是客观的、符合实际的。但因深循环理论初出茅庐而未得到权威机构的重视和宣传，故在生活实践中遇到了绕不过去的矛盾。比如，水利部门下发的地下水“限采令”中就明确指出：“浅层地下水来自于地表水的补给，深层地下水来自于浅层地下水的补给。”这个理论如果成立，处于悬湖下游的高沟地区的地下水水质应劣于洪泽湖水质，劣于三类水。如果高沟酒厂采用了这样的三类水，对当今名酒“今世缘”岂不是灭顶之灾！

2016年3月15日，江苏省安监局局长，省政协科技委王向明副主任带队考察了淮安的科技创新工作。他在考察昔日高沟酒亦即今日今世缘酒业公司的过程中，得到了一个重要信息：“今世缘”酒厂酿酒用的地下水中矿物质含量高，微量元素极为丰富，其中偏硅酸与锶含量都达到了矿泉水标准，好水出佳酿。正因为水好，“今世缘”名虽新更，但质量和销量稳居全国白酒业前十名。关键的关键是酒中的稀有元素对人体有益。比如锶，它具有强壮骨骼、防治心血管疾病的功效，且在人体中含量很少，而偏硅酸则对心脏病、高血压等疾病具有一定预防作用。

王向明曾经担任过淮安市常务副市长，因此，当他得知这些信息后，脑海中立刻出现了一系列的新问题：酒厂的地下水来自何处？为何含有稀有元素？水量有多大？有无矿泉水扶贫的开采前景？

为此，他积极向有关领导和部门建言，致使“名酒之乡”的地下水研究工作向前推进了一大步。

2016 年 4 月，江苏省政协科技委向省财政厅申请了扶贫科技基金，启动了调查涟水及其周边地区优质矿泉水来源的研究工作。

2016 年 8 月 10 日，江苏省政协科技委与涟水县政协签订了《涟水及周边地区水源地技术开发》协议书。省政协科技委主任罗立民教授与涟水县政协主席季军在协议书上签了字，并向河海大学正式签订了委托书，委托陈建生等人在高沟镇及其周边地区寻找优质的地下水源，并搞清楚优质水源的补给、径流和排泄方式。委托书中还明确指出，“本项研究将是涟水县扶贫工作的一个重要组成部分，研究成果将为‘今世缘’提供更好的酿酒水源，并为开发矿泉水资源提供科学依据。”

8

2016 年 9 月，陈建生带领的研究组对酒乡进行了水样采集。为了便于对地下水的来源进行比对，采样范围由高沟地区扩大到了宿迁、淮安市区、连云港东海岸等地。共采集水样 72 个，其中深井水样 37 个、浅井水样 25 个、河水样 9 个、温泉水样 1 个。通过对这些水样中的氢氧同位素的分析和对具体成分的化验，得出 5 点结论。

第一，河水与湖水可以经过渗流补给到浅层地下水中，河水、湖水污染会给浅层地下水带来污染。

第二，深层地下水均系承压水，它来自外源水补给。

第三，深层承压水可以给浅层水以补给，但在没有人为对地下水干扰的前提下，浅层水不可能渗入到深层地下水中。

第四，“三沟一河”的造酒用水与洪泽湖南部盱眙地区的古火山遗址上的泉水一脉相承，它们来自更远的高海拔地带。

第五，涟水高沟地区深层地下水为优质矿泉水，水中的锶、偏硅酸、硒等含量高于矿泉水标准，极具开采价值。

为确定涟水及周边地下水的补给源区，江苏省政协科技委王向明、黄华业副主任，教文委陈建生副主任，科技委办公室主任赵剑舞等参加了考察调研活动，考察组对深循环地下水的补给源区云贵高原进行调研，采集了泉水、雨水、河水、井水与湖水水样，并进行了同位素与水化学分析。

陈建生等对云南洱海、丽江的泉水、湖水水质进行采集、研究

根据这些科学数据以及地质科学的既有研究成果，他们得出了这样的结论：高沟酒所用的深井水并非来自地表水的渗漏，地下水的补给源区是距高沟镇2000千米以外的西藏高原东南及云贵高原一带。

高沟的深井水为什么成为矿泉水？陈建生等人认为，地下水在循环过程中经历了玄武岩与碳酸盐等地层，火山岩与沉积岩中的锶、硅、硒等对健康有益的矿物质与微量元素被溶解进入水中，形成了优质的矿泉水。

根据同位素检测，从源头云贵高原乃至青藏高原东南部的渗漏水，流至“三沟一河”深井，循环周期约为40年。也就是说，“三沟一河”的酿造水与茅台、董酒等名酒酿酒用水同属一个地下脉络。它们都有共同的“基因”、共同的源头。它们的输水通道大都在地壳深部或壳幔结合部，故这些地下水中不存在有机污染物，也没有抗生素残留，属于I类饮用水源，水中含有大量的偏硅酸、锶、硒等丰富的矿物质与稀有元素，天然的矿物质与丰富的微量元素决定了酒的品质。

陈建生等对云南洱海、丽江的泉水、湖水进行调研及采样

9

有人也许会问：青藏高原以及云贵高原的渗透水是怎样变成高沟地区的矿泉水的？陈建生等人的考察报告中明确指出，这与深循环水的运行过程密切相关。

深循环地下水属于一种新发现的水循环形式，其形成过程颇具传奇色彩：6000万年以来，印度洋板块与欧亚大陆板块相撞，造成青藏高原隆升，引起了大范围的玄武岩喷发，火山活动的范围扩大到中国东部地区甚至海底。

火山喷发停息后，熔岩流在围岩的冷却下成岩，并在熔岩流形成的岩石中发育出熔岩隧道。来自西藏高原东南及云贵高原一带的地下水，通过断裂构造进入熔岩隧道中，自西向东流动，并通过火山口及断裂带向地表排泄。火山喷发区与一些大型的断裂带相连通，如郯庐断裂带、海泗断裂带及响水口—淮安断裂带等。由于火山岩浆喷发的断裂带当时位于海底，在海底喷发的火山被称为隐伏火山。海底碳酸盐沉积及泥沙淤积形成了冲积平原，隐伏火山被掩埋在陆地之下，但通过熔岩隧道排泄的深循环地下水，仍然通过火山口或断裂带向地表排泄。地下水在排泄过程中溶解了火山岩与碳酸盐中的锶、硅、硒等矿物质，成为优质的矿泉水，并且在断裂带发育的地区以泉水涌出地表。高沟镇排泄区便是其典型的代表。

由于响水口—淮安断裂带在距今2000多年前的秦期间发生了大地震，高沟镇以北地区地震后下沉，形成了一个巨大的湖泊，汤沟一带被湖水所淹没，高沟位于湖泊边缘，冒出地面的泉水自然高于周边地区，所以被古人称为“天泉”。虽然“天泉”水汇入了附近的河沟，但其海拔高度也高于周边地区，所以被称为“高沟”。“高沟”与“天泉”的传说亦由此得到了科学的证实。

古人不懂得矿泉水，但在千百年的造酒实践中摸索出宝贵经验，只有这种水造出的酒品质上乘，且别具香味，于是，诞生了千古名酒。

由此可见，优质矿泉水是高沟酒“今世缘”不可复制的“血液基因”。世界范围内，锶与偏硅酸同时达到矿泉水标准的地下水非常稀少，因为地下水深循环必须先流经硅酸盐，然后再流经碳酸盐，而且水岩反应的时间不能长也不能短，要恰到好处。水岩反应时间过长，有害物质含量超标，水岩反应时间短了，矿物的浓度不达标，这样的优质水源是可遇不可求的。高沟有了这样的“基因”，加上上好的原料和独特的酿造技艺，“今世缘”稳居名酒行列是理所当然的。

10

高沟酒古井中的矿泉水给陈建生等人的研究工作带来了启迪。

他们认为，高质量的矿泉水不可能仅仅局限于高沟酒厂的两口古井，根据断裂带的走向，高沟镇北部地区也具有相同的地质构造，也应该有通向地面的矿泉水泄水缝隙。为证实这种推导和猜想，经再三勘察，陈建生在高沟镇靠近今世缘酒厂附近选定了两处井位，作为矿泉水开采的试探性钻井。

2017 年 4 月 14 日钻井队开机钻探。1 个月后，井深达到 200 米，相距 1000 米的两口机井先后出水了。经抽水试验，每口井每天出水量超过 1000 吨。经检测，两口井的出水均达到了一类饮用水标准。其稀有元素和营养物质的具体含量，与高沟酒亦即当今“今世缘”酿造水的成分几乎完全吻合。

初步总结一下，高沟这两口新井具有如下意义。

第一，这是地下水深循环理论指导下的找水实践，它像阿拉善沙漠中的 8 口出水井、二连浩特 4 口自流井一样，皆对深循环理论具有验证意义。以上内蒙古两地 12 口出水井，对于沙漠形成、沙海找水和沙地利用等，都具有颠覆性的指导意义。而涟水高沟的两口出水井，揭示了深循环水与中国名酒名泉的密切关系，它对我国酒业和矿泉水业的发展具有现实指导意义。

第二，高沟两口新出水井，标志着深循环理论的研究领域和引证范围已由我国中西部地区扩展至云贵高原、华南及华东沿海地区，初步探讨出苏北地区部分深循环水流入大海的路径和轨迹，已为未来的开采和利用立下了两根“桩柱”。

第三，高沟两口新井水中的锶、偏硅酸等含量高于矿泉水指标下限值 1 倍以上，而有害元素如铅、砷、汞、铜等均低于国家的限制标准。它的总体品质优于世界顶级矿泉水——法国依云矿泉水，其具体指标优于我国国内市场上畅销的百岁山、西藏 5100、崂山、阿尔山、夏日矿泉、恒大冰泉等名牌矿泉水，属于一种稀缺的矿泉水资源，被业内确定为：重碳酸钠天然苏打复合型矿泉水，这是一种符合欧美国家口味的极为稀缺的矿泉水资源，极具开采价值。仅经济意义而言也是可圈可点的。

11

科学发现的根本目的，说到底在于运用，在于发展生产，改善人民生活。

高沟镇新打出的两口高品质稀缺性矿泉水井，使高沟党政机关找到了特有的扶贫之路，也使研究人员看到了“名酒之乡”之新贵、萌发中的“中国矿泉水之乡”之新貌。

2018 年 5 月 29 日，陈建生等人以“河海大学创新研究院”之名义，向中国矿业联合会天然矿泉水委员会发了份《关于推荐涟水申请命名“中国矿泉水之乡”的函》。

函文首先指出，“涟水县是高沟名酒的故乡，位于人口密度最高的长江三角洲边缘地带，周边的省会城市包括上海、南京、杭州、合肥等，居住人口达 1.5 亿，生产总值达到全国的 18.5%。由于长江三角洲位于河网的下游，无论是地表水还是地下水的水质都较差，一般为Ⅲ类水或低于Ⅲ类水，所以，饮用水与矿泉水的需求量很大，高中端矿泉水具有极大的市场需求。”

函文报告了高沟矿泉水有关元素的具体含量指标：“每升水中的锶含量 0.440.83 毫克、偏硅酸 54.8 ～ 81.6 毫克、碘化物 0.408 ～ 0.423 毫克，这三项指标都达到了矿泉水标准；TDS 为 892 ～ 893 毫克，硒含量 0.0044 ～ 0.0057 毫克、锌 0.0521 ～ 0.013 毫克，这三项指标也相对较高，接近矿泉水标准。酸碱度为 7.47 ～ 7.49，属于弱碱性水；重碳酸根 443 ～ 446 毫克，钠 155 ～ 161 毫克，钾 0.752 ～ 0.915 毫克，钙 74.0 ～ 77.4 毫克，镁 20.4 ～ 20.7 毫克。这些指标表明，这里的深循环水属于重碳酸钠天然苏打复合型矿泉水，是世上少有的稀缺性资源。水中的矿物质含量极为丰富，长期饮用可补充人体矿物质的不足，有利于防治心肌病、高血压、心脑血管病、疏通血管、能增强体质、延缓衰老、有益健康。对其合理利用，是件利国利民的大好事。”

函文还报告了涟水矿泉水的来源以及简要的形成过程。

“上新世（530万年）以来，中国东部地区发生了大规模的火山喷发，喷发的范围包括今江苏、安徽、山东、河北等地区。当时的涟水地区还是海洋，火山玄武岩喷发发生在海底，岩浆通过海泗断裂带喷出，属于隐伏火山喷发。涟水的隐伏火山活动持续到更新世（258.8万年）。火山喷发停止后，火山岩浆通道中的熔岩在逐渐冷却的过程中，熔岩中熔点高的矿物出现沉淀，熔岩分异为固态与熔融态两部分——部分熔融态，从俯冲板块脱出的水分子聚集在熔融态中，随着温度的降低，熔融态体积的缩小，水最终聚集在岩浆通道的上部形成熔岩隧道及孔洞，熔岩隧道与孔洞最终成为导水通道，经历了从高温到低温的降温过程，输水量大的熔岩隧道冷却成冷水通道，而输水量小的导水通道温度还较高，仍然是温泉。

“青藏高原及云贵高原一带的冰川融水与河水通过火山裂谷进入玄武岩中的熔岩隧道与孔洞中，通过深循环在东部的火山口中排泄。最初的入渗水被加热成为超临界态，玄武岩中的铁、镁等被超临界水萃取并带出，这些矿物在地层中形成了红土、红的风化壳、白云岩等，熔岩隧道与孔洞周围的矿物被萃取溶蚀后，导水性能大幅度提高，成为熔岩隧道与蜂窝状的孔洞型导水通道。高原的渗漏水在水力梯度作用下进入熔岩隧道与孔洞型玄武岩导水通道中循环，并在涟水等低海拔火山口直接向海洋排泄，当火山口被碳酸盐沉积层及泥沙冲积层淤积后，火山口中的涌水流入含水层，补给到承压水层，有些涌水通过泉眼向地表排泄。通过氢氧同位素分析发现，涟水的地下水与云贵高原一带的降水极为相似，云贵高原可能是涟水玄武岩地下水的补给源区。”

函文分析了“天予不取，反受其咎。时至不行，反遭其殃”的科学道理，然后指出：“涟水是革命老区，是中国十大名酒——高沟酒的故乡，自然环境优美，物产丰富，有很多历史典故与传说。该区位于长江三角洲经济带边缘，这里是离上海、南京、杭州等一线二线城市最近的优质矿泉水水源地，具有独特的深循环矿泉水资源与地域优势，高中端矿泉水开发潜力巨大，具备‘矿泉水之乡’的命名条件，特此推荐。”

12

2018 年 10 月，中国矿业联合会天然矿泉委员会秘书长廖雷将第 13 个“中国矿泉水之乡”的铜质匾额发给了涟水县县长时勇。

目前，涟水县政府正在进行周详的长远规划和落实具体的矿泉水开发事项。

上述诸多叙述可概括为两句话。

第一，“今世缘”为第 13 个“中国矿泉水之乡”花落涟水，起到引领和托举作用。

第二，涟水矿泉水以其高贵和珍稀之品位使“今世缘”更加扬名天下。

联想到涟水矿泉水与“三沟一河”以及“今世缘”的密切关系，故将“今世缘”衔于章名，定章名为《酒乡新贵“三沟一河”的“今世缘”引出“中国矿泉水之乡”》。

第二十二章

三峡话题 库区渗漏引发的深层思考

一个从未预料的问题居然在三峡蓄水发电后发生了：三峡库区严重渗漏，每年接近100多亿立方米库区水不知去向。

关注前沿科学的教授、学者们进行初步论证，深循环理论倡导者从中得到了检验理论的又一实证。

三峡库区渗漏，像一记重锤，敲响了长江污染的巨钟，发出了震耳欲聋的巨响，由此引出了库区渗漏的深层思考……

长江三峡工程，即三峡水电站，这是当今世界上最大的水力发电工程，也是中国有史以来最大型的建设工程项目。由于其耗资巨大，影响面广，学者们考虑了三峡大坝修建后存在的各种问题，诸如生态、环境、滑坡等地质灾害，水库诱发地震、泥沙淤积、水生物与物种、水污染等。三峡大坝是在听取了很多反对派意见的基础上修建的，是争议后的结果，因此，三峡话题成了备受国人关注的热门话题。但是，在人们预料的诸多问题中，有一件谁也没有预料到的事件发生了：三峡大坝蓄水后，库区存在严重的渗漏。近一时期，科学家们对三峡库区渗漏问题很关注。

为弄清三峡渗漏与地下水深循环的关系，笔者对陈建生教授进行了专题访谈。

1

笔　者：最近，我看到了好几篇关于三峡库区渗漏的学术论文，其中也有您和您团队的专题文章。此类文章专业性用语较多，内容亦庞杂，一般读者不易掌握，所以，请您先介绍一下，三峡库区渗漏的有关情况。

陈建生：好的。先明确一个概念：这里讨论“三峡库区渗漏”，有时被简化成“三峡渗透”，千万别理解为“三峡大坝渗漏”，三峡大坝坚固得很，无任何渗漏。搞清这个问题，再叙下文。

笔　者：对的，弄清概念，以免混乱。

陈建生：围绕三峡大坝的争论持续了半个世纪，三峡修建大坝可能对生态、环境、泥沙、地质灾害、通航、渔业资源等方面的影响，专家们考虑了很多，但是三峡大坝蓄水会造成径流量减少，这个所有的专家学者都不曾预料到的问题在现实中竟然发生了。中国科学院地理湖泊研究所的张奇教授与澳大利亚昆士兰大学的李凌教授的研究表明，三峡大坝蓄水以来，宜昌的径流量至少减少了 5%。清华大学周建军教授的研究结果：三峡大坝蓄水以来，长江宜昌段的径流量减少了 12.6%。其进一步的研究表明，三峡库区的径流量减少了 18.6%，达到年流量 101 亿立方米。三峡库区的水面积为 1080 平方千米，其年蒸发损失量只有约 3.35 亿立方米。库水的渗漏应该是径流量减少的主要原因。

笔　者：就是说，三峡大坝修成并蓄水发电以后，长江每年的入海水量大大减少了？

陈建生：不能这么说。近 60 年来，长江全流域的径流量基本上没有什么变化。2018 年 3 月 5 日《长江科学院院报》上刊有一篇文章：《近 20 年长江水资源利用分析》，作者陈进、刘志明。文章说，1958—2000 年期间长江的水资源平均径流量为 9958.3 亿立方米，1998—2016 年期间，长江的水资源平均径流量为9955.9亿立方米，二者相差2.4亿立方米，年总体流量减少了仅0.02%。但是，长江上游与下游地区的径流量却出现了完全相反的变化：2000—2016年期间，上游地区的平均径流量减少了233.8亿立方米，而下游地区的径流量增加了228.9亿立方米，上游减少的径流量基本上与下游的增加量相等。

笔　者：简单说，以三峡大坝为界，大坝以上，年径流量减少了233.8亿立方米，大坝以下，年径流量增加了228.9亿立方米，多年如此。这个问题，科学界是如何解释的？

陈建生：库水的渗漏应该是库区径流量减少的主要原因。三峡库区存在渗漏的现象，早就被学者们所关注，成都理工大学刘峰硕士论文《湖北省恩施市板桥暗河管道系统特征及成因分析》中指出："三峡库区存在一些深大裂谷与暗河系统，而且这些处于活动断裂带地区的水系在不断地变迁，这一带的河流与河流之间长期存在争夺水源问题。三峡大坝蓄水后，库区水位上升，造成暗河水系的补给、径流与排泄规律发生了变化。库区水通过这些洞穴管道系统及深大断裂带向流域之外排泄。例如，龙桥—天水暗河系统，在暗河上游，有南支流大深坑、北支流三眼洞系统，二者遥相呼应。更令人惊奇的是，它竟然是一条穿越长江、清江流域间的分水岭的地下暗河，其入口属于分水岭北坡。按常理说，地下水和地表水应该往北面的天坑地缝和长江方向流，但龙桥暗河却执拗地向南，切穿2000米的分水岭主脉，在板桥境内流入沐抚大峡谷，形成清江支流云龙河。这种袭夺只有在岩溶地区出现。由于这种袭夺现象，龙桥河转向西南方向，由适应长江水系变为适应清江水系。另外，在三峡库区还存在齐岳山东北断裂、龙桥断裂等，形成深度达千余米的超级大峡谷和天坑地缝等。三峡库区水位升高后，水系还会不断变迁，可能发生新一轮的袭夺，它使整个暗河水系可能会遭到破坏，形成新的洞穴管道系统。"

笔　者：这段话是不是这个意思，三峡库区的蓄水通过断裂带、地下暗河流进了清江水系。清江发源于湖北恩施地区，在宜昌以下汇入长江。也就是说，三峡库区的部分蓄水通过清江，绕过了三峡大坝，在宜昌以下注入长江。因此，长江水的入海量基本上没有改变，而库区的下泄量则减少了。

陈建生：是这意思。但是我们对比了三峡大坝蓄水前后清江的流量，径流量没有很明显的变化，这表明三峡的渗漏水并没有汇入到清江，而是另有排泄区。

笔　者：那么除了清江袭夺，您认为还有其他的渗漏通道吗?

陈建生：这里说说三峡大坝以下的情况，资料显示，洞庭湖、鄱阳湖、太湖流域的径流量增加了。下图是1956—2000年与1998—2016年长江流域水资源量统计，通过对比就能清楚地看出，三峡大坝蓄水以后，宜昌以上的金沙江、沱江、嘉陵江、宜宾—宜昌等江段径流量减少了，而宜昌以下的洞庭湖、鄱阳湖、宜昌—湖口、湖口以下干流以及太湖流域等的径流量增加了，三峡上游的径流量减少，而下游的径流量增加，增加量与减少量几乎持平。

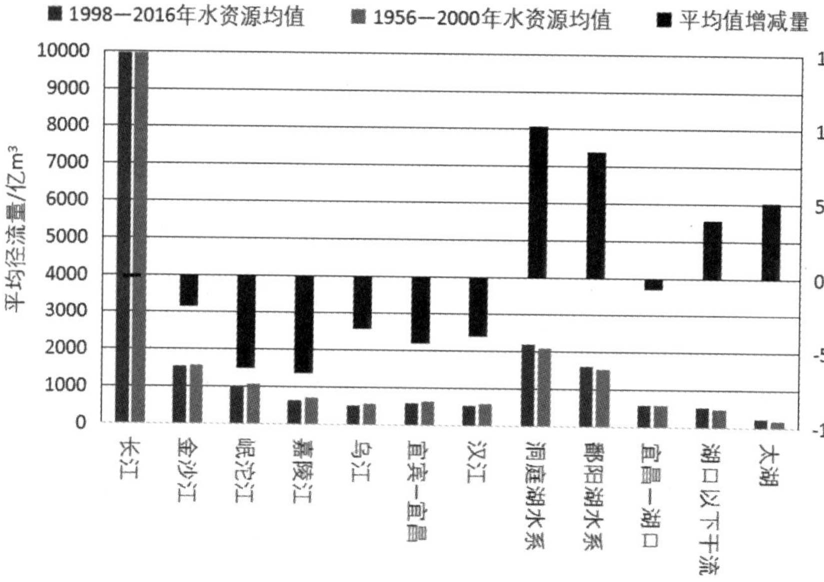

2

笔　者：您对三峡大坝上下水量变化如何看?

陈建生：我们怀疑从三峡库区渗漏的水可能通过深循环方式传输到了下游地区。由于深循环地下水的导水通道类似于管道流，上下游之间被深循环管道连通，符合连通器原理：上游渗漏区水位的升高，水压差也随之加大，输送到下游排泄区的水量增加，渗漏量与水力梯度是正比关系，从而实现了渗漏水的快速传输。1998—2016 年期间，长江中下游的降水量略有下降，而下游的径流量却增加了，我们有理由怀疑，上游的渗漏水量传输到了下游。如果三峡水库存在渗漏，那么，长江上游的其他水库是否也存在渗漏？由于水库都是修建在两山夹一沟的河谷，大型的河谷底部都是顺河向发育的大型断裂带，地质学有句俗语："逢沟必断"，就是说，凡是河谷地带都存在沿着沟谷方向发育的断裂带。由于长江上游地区是青藏高原与云贵高原，高原隆升的年代为新生代，这些断裂带基本上都属于活动断层。

笔　者：这些活动断裂带是怎样形成的？

陈建生：新生代以来，印度洋大陆板块与欧亚大陆板块碰撞，造成了青藏高原与云贵高原的隆升。目前，印度板块向北的运动速度约为每年 5 厘米。但西藏高原与云贵高原内部地块之间的运动速度不断下降，地块与地块之间可以观测到明显的位移。这表明，这些断裂带都是活动的，东西走向的断裂带在挤压下呈压性，而南北走向的断裂带呈张性。这些张性断裂带可能起导水作用，致使上游的河水渗漏到断裂带并在下游排泄。如果在这些张性断裂带上修建水库，渗漏量就会随着水位的升高而增大。1998 年以来，我国在断裂带上建成了 3 个大型水库：位于雅砻江的二滩水库，水位升高了将近 200 米，库容 58 亿立方米；位于白龙江的宝珠寺水库，水位升高超过 100 米，库容 25.5 亿立方米；位于长江干流的三峡水库，水位升高超过 100 米，库容 400 亿立方米。三峡库区渗漏暗示着断裂带渗漏是普遍存在的现象，二滩和白龙江水库也可能存在渗漏。

笔　者：地下水深循环理论与传统的水文地质理论在解释三峡库区渗漏问题上有何异同？

陈建生：传统的水文地质理论将地下水的储水与导水介质分为三种形式，即孔隙、裂隙与岩溶介质。在这三种介质中，循环的地下水深度在几千米之内，地下水的埋深越深，渗透流速越小。另外，传统的水文地质学认为流域水量平衡，流域内的水资源都来自该流域的降水，地下水不存在跨流域的补给。而深循环理论认为，除了上述三种导水介质之外，岩石圈中还存在其他类似管道类型的导水构造，地下水存在跨流域、远距离的快速补给。

笔　者：请介绍一下地下导水通道的情况，因为这个问题太抽象，一般人不易理解。

陈建生：好的。深循环地下水导水通道有两种。第一种深循环导水通道与新生代火山通道有关。20 世纪 20 年代，地质学家发现了一种新型的地下水——新生代玄武岩地下水。其导水介质为熔岩隧道与孔洞。熔岩隧道的高度一般为 0.5 ～ 2 米，宽度为 1 ～ 15 米，形成水平状的熔岩隧道与空洞导水层。熔岩隧道导水通道的形成机制我们曾在第 4 章、第 13 章与第 21 章中做过介绍，不再赘述。这种熔岩隧道孔洞型导水通道也属于高导低速结构，地质学称之为——上地幔高导低速层。该层位于上地幔靠近下地壳，西部深而东部浅，基本上是连续分布的（图见第 22 章），不同地区的地幔高导低速层之间是不连通的。从图中可以看出，中地壳的高导低速层不是连续分布的，仅发育在深大断裂带，前边介绍过，中地壳高导低速层存在空洞，是超临界态水溶蚀的结果。断裂带与地幔岩浆岩中的熔岩隧道贯通，地下水入侵后发育成为导水通道，热液上涌过程中，由于超临界态水的溶蚀作用，产生了中地壳高导低速层，它是不连续的，也是地震带。图中还可以看出，阿拉善、内蒙古高原、华北平原、大兴安岭、长白山等地区的地幔导水通道各不相同，而且即便是同一个地区，如长白山区，导水通道也各不相同。地幔导水通道中的水，有可能汇入同一个中地壳高导低速层，如鄂尔多斯、内蒙古高原等地区。地幔导水通道也可能直接与地表贯通，不进入断裂带，如长白山天池。熔岩隧道演变成为导水通道的实例很多。例如，长白山天池最后一次喷发时间是 1702 年，五大连池火山最后一次喷发是在 1721 年，距今都只有 300 年左右。但是当年喷岩浆的火山口，如今都成为导水通道。气体中的氦、碳等同位素分析为幔源，水中的氢、氧同位素分析确定，涌水来自大气降水，但比当地降水贫化，表明地下水来自外源，地下水经历了深循环过程。一些河流从火山口涌出，如长白山天池（松花江源头）、阿尔山火山口（哈拉哈河源头）、腾冲火山口（黑鱼河源头）、镜泊湖火山口、五大连池等，参见下图。所以，火山熔岩隧道导水通道也类似于管道流。

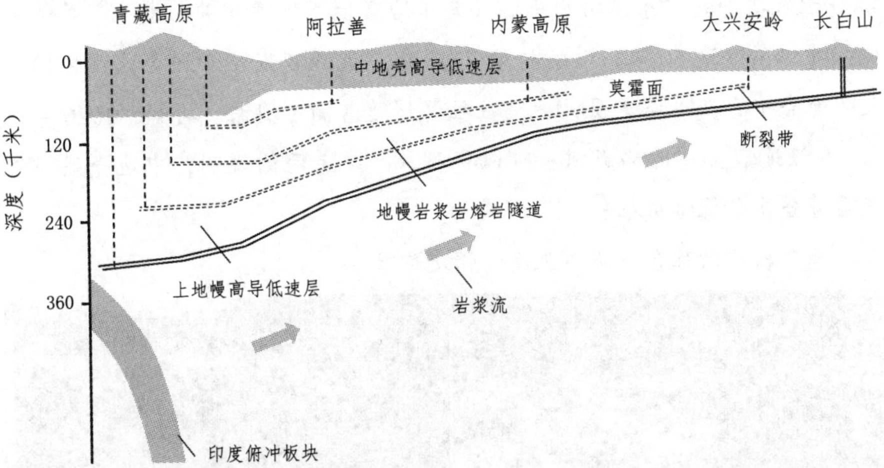

青藏高原至东北地区深循环水流程示意图

笔　者：这是第一种。第二种呢？

陈建生：第二种导水通道，存在于中地壳断裂带中，具有导电性高与地震波速低的特征，地质学称之为中地壳高导低速层。该导水构造沿着缝合带或深大断裂带分布，呈现不连续分布，一般都位于地震带上。地震的震中一般都在上地壳的下部或中地壳的上部。中地壳导水层的形成与第一导水通道存在直接联系：当第一导水通道形成后，西部高原河流与湖泊的渗漏水进入熔岩隧道进行深循环，最初的深循环水被熔岩加热成为超临界态，超临界态水在熔岩隧道中流动，并沿着缝合带或断裂带上涌，最终溢出地表。超临界态水在上涌的过程中不断萃取断裂带围岩中的矿物，中地壳断裂带被溶蚀形成了空洞，当深循环进入上地壳后，温度降低到超临界态以下，失去了萃取能力，所以上地壳围岩没有被溶蚀，于是空洞层仅出现在了中地壳，空洞层成为导水通道。由于造成中地壳断裂带溶蚀的超临界态水来自下部的熔岩隧道，所以，中地壳空洞层仅出现在第一导水通道的排泄区。大地震发生后，中地壳高导低速层上部的岩体出现断裂塌陷进入中地壳空洞中，原来在空洞层中循环的地下水被阻塞，塌陷层上游的水位升高而下游的水位降低。所以，大地震发生后可能引起地下水位上升或下降，有些地区甚至出现井喷。例如，2004 年 12 月 26 在印度尼西亚苏门答腊发生的 8.9 级地震，地震发生在缝合带上。地震发生后 12 分钟，远在 3000 千米之外的广东省梅州平远县差干地震地下水观测井，发生了井喷奇观：喷水高度达 60 米，井喷持续了 10 天。大地震发生后还会出现地陷，表明地壳中存在着空虚层，地陷往往都伴随着涌水现象。再如，1920 年海原 8.5 级地震："地陷成河，可以行筏。"以上两例说明，中地壳高导低速层符合导水构造特征。

笔　者：请综合一下以上两种情况发言。

深循环水溢流四景 陈建生摄

（a）阿尔山地下河（b）五大连池

（c）长白山镜泊湖（d）腾冲黑鱼河

陈建生：综上所述，无论是火山口涌水，还是地震引起的井喷现象都表明，在岩石圈中除了孔隙、裂隙与岩溶导水介质之外，还存在类似于管道流的深循环导水通道，管道型导水通道是客观存在的。地下水可以通过深循环导水通道实现快速流动与水资源传输，水资源在深循环地下水网络的调解下实现了一种平衡。值得指出的是，第一种与第二种导水通道之间存在水力联系，从第一种通道上涌的地下水在向地表排泄过程中可能进入第二通道，在第二导水通道中循环，最终排泄到地表。例如，鄂尔多斯黄土高原的地下水就是经过了两个导水通道，下伏沉积层中的白云岩、铁锰胶膜（红土）中的镁、铁、锰等元素都来自岩浆岩，深循环地下水通过断裂带向地表排泄，涌出的地下水将风尘颗粒黏聚在一起，形成了红土（超临界态水）与黄土（液态水），红土与红土高原的形成前边已经论述，不再赘述。西藏高原的渗漏水补给到鄂尔多斯、华北平原与长白山的年龄分别约为 20 年、30 年与 40 年。同理，新生代以来，在长江流域、西藏高原、云贵高原、安徽、江苏等地区都发生过火山玄武岩喷发，很多地区都位于地震带上，中地壳中存在高导低速结构。虽然我们尚不清楚三峡库区的渗漏水的去向以及属于哪一种传输方式，但我们还是可以判断渗漏水可能的排泄区：（1）补给到长江流域下游，如洞庭湖、鄱阳湖、太湖等；（2）补给到华南或苏北地区；（3）补给到海沟或海底上升泉。

3

笔　者：发现三峡库区渗漏，有何意义？

陈建生：发现三峡库区渗漏的最大意义是，加深了对长江污染危害性的认知。2003 年三峡大坝蓄水后，长江水流速变缓，延长了污染物停留的时间，加剧了水质的恶化。受污染的三峡库水渗漏到深部导水通道后，含水构造中的地下水将逐渐被污水所替换，地下水受到污染的范围将延续到下游更宽泛的地区。污染输送到下游是需要一段时间的，长江下游地下水氚测定的循环周期为 30 ～ 40 年。即使今后三峡库水水质得到改善，但受到污染的地下水还要经过几十年甚至上百年才能从含水构造中排出，必将影响到子孙后代。

笔　者：您上边谈到，三峡库区污染水可能排出的三条路径，其中就有“华南或苏北地区”，这种路径如果存在，苏北酒乡的“三沟一河”，亳县的古井贡酒，还有湖南白沙液、酒鬼酒，安徽的杏村酒等，都会受到影响，这些名酒绝后了，中国酒业将遭受多大损失！

陈建生：不光酒业，整个长江流域经济都会受影响。长江流域经济总量占全国经济总量的54%，江水孕育下的长江两岸220座城市中的4亿多人口，加上南水北调工程，饮用长江水的人口数字超过5亿。由此可见，长江水质关系到大半个中国。长江既是这些城市居民的饮用水源，又是城市与乡村的排污通道。全国总投资近10152亿元的7555个化工石化建设项目，大部分都建设在长江流域。这些星罗棋布的化工企业，产量已占全国的近一半，数量达40多万家，干线港口危险化学品年吞吐量超过2亿吨。流域工业和生活污水处理能力低下，生活污水处理率仅为15%，中小城市的污水处理比例更低。企业废水直排、偷排率高达90%。长江每年的排污量占到全国废污水总量的42%。1979年，长江废污水排放量为95亿吨。到了2012年已达347.4亿吨，所排污染物总量是1979的3.66倍，平均年增幅达8%。目前，长江干流60%的水体都已受到不同程度的污染，其中工业和人口比较密集的长江中下游沿岸水质，基本都在Ⅲ类和Ⅳ类之间，Ⅴ类及劣Ⅴ类不能用的水占到了37.8%。

笔　者：长江中下游是我国经济发达地区，早就听到“长江污染”的呼吁，为什么总是治污不见效果？

陈建生：还是认识跟不上，导致治污不得力。长江流域工业和生活废污水排放量逐年上升，绝大多数区县和重点场镇未建污水处理厂和垃圾处理厂。污染企业治理进展缓慢，很多污染企业的污染处理设备处于闲置状态，超标污水直接排入水体。目前，长江流域沿江分布着上海、武汉、攀枝花、马鞍山、重庆五大钢铁基地，上海、南京、安庆、九江、岳阳、荆门、武汉七大炼油厂以及上海、南京、仪征等地的石油化工基地。全国2万多家石化企业中，有超过半数分布在长江流域。高污染、高能耗、低效益的原材料生产加工企业占相当大比例，加剧了长江水质恶化。尤其是重庆等三峡上游城市的污染对下游居民饮水带来的危害更大。

笔　者：还有一些重大污染事件使长江污染雪上加霜。

陈建生：是的。长江近年相继发生了四川沱江氨氮污染事件、湖南湘江锡污染事件、湖南岳阳砷污染事件等重大突发性水污染事故。汉江武汉段水质氨氮超标，江苏靖江自来水出现异常，后两次水源污染事故也都发生在长江。航运船舶也是主要的污染源。长江是横贯我国东西的水上运输大动脉，航运业十分发达，常年在水上运营的船舶有21万艘，这些船舶每年向长江排放的含油废水和生活污水达3.6亿吨，排放生活垃圾7.5万吨。另外，因海损事故造成的油品、化学品污染事件也时有发生，对长江水环境构成了极大威胁。

笔　者：我还经常看到关于抗生素污染的消息，这是怎么回事？

陈建生：关于长江水受到的抗生素污染，地表水中含有68种抗生素，另有90种非抗生素类医药成分被检出，近一半地表水不适合做饮用水源。比如，在南京市居民自来水中检测到抗生素，其中阿莫西林含量为8纳克／升，6-氨基青霉烷酸为19纳克／升。现代医学研究证实，人的疾病80%与水有关，当被污染动植物食品和饮水进入人体后，就可能使人体罹患癌症或其他疾病，饮水直接关系到人民的身体健康与生活幸福。

笔　者：舆论界普遍认为，长江主要是中下游污染，上游水质好得多，是这样吗？

陈建生：上游水质也在逐年恶化。近些年来，长江源头地区修建了大量的水库与塘坝，“跑马圈水”现象十分突出。大大小小的塘坝与水库遍布源区，仅水库就有4万多座，还有数量巨大的塘坝。塘坝由于用于养鱼、禽类、牲畜等被严重污染，富营养化严重，塘坝水汇入到水库后造成库水的氮、磷偏高。由于上游的溪水被塘坝截留，在枯水期，一些河道呈现干涸或流量大幅度减少，生活污水及各种污染物向河道中的排泄却没有停止。所以，在枯水期大量的污染物聚集到了河道中，河水的水质严重恶化，形成了黑臭水体。洪水期间，小水库与塘坝向河道集中泄洪，河道中的劣质水被带到下游水库，最终汇入长江干流，富营养化的水对生态产生了不良影响，造成长江干流生态退化加快。另外，一些无良企业为了节省开支，将工业废水存储在污水槽中，在雨季趁着暴雨开闸排污，储存在隐蔽水槽中的工业污水集中向长江排放。正是由于上述原因，在洪水季节，长江水质出现了断崖式下降，成为名副其实的排污通道，中下游居民的饮水安全受到了严重的威胁。还有，上游农业面源的严重污染，主要包括化肥、农药、畜禽养殖业、农作物、农村生活污水和山林地区径流污染等。据环保部估计，长江流域农业面源污染物总量与工业、城市生活等点源排放的污染物总量相当。我们在长江源区的调查发现，塘坝及溪流被污染后，周围的农户已经不饮用塘坝与溪水，饮用水基本上是泉水或井水。家庭养殖的牲畜数量虽然不多，但是污染十分严重，很多家庭养殖户的猪圈都建在溪流或塘坝周边，家畜排泄的粪便直接用水冲洗，汇入塘坝或河水中，有些农户冲洗厕所粪便的水也是直接排到河水中。塘坝与河水的富营养化严重，水的颜色呈现黄绿色。上游源区的这种状态目前还处于无人问津的状态。“白色污染”和垃圾污染有增无减。许多沿江城镇的生活垃圾和工业固体废弃物沿岸、沿江堆放，三峡库区及其上游地区情况更为严重。目前三峡库区生活垃圾堆存总量达 380 万吨，工业固体废物堆存量已超过 3000 万吨。每到汛期，大量垃圾和固体废物随暴雨、洪水沿江而下，形成“白色污染”。位于长江源区的贵州省 20 座代表性水库的总磷、总氮、叶绿素和透明度分别是每升 0.01 ～ 0.63 毫克、每升 0.48 ～ 7.75 毫克、每升 1.60 ～ 130.11 毫克和每升 0.30 ～ 8.00 米，枯水期水质好于丰水期，枯水期大多数水库处于中营养状态。在丰水期，富营养状态的水库明显增多，而且珠江流域的水库水质明显好于长江流域水库水质。由于部分养殖户违规地使用了抗生素，抗生素残留物进入长江水后对中下游人民的身体危害很大。但抗生素迄今尚未列入 106 项水质检测指标，所以，目前的水质检测标准不能满足实际要求。

4

笔　者：通过对三峡库区渗漏情况的初步探讨和分析研究，毫无疑问，这将加深人们对长江污染危害性的认识。作为一个科学工作者，出于对饮长江水的 5 亿人民生命健康负责，和为子孙后代着想的历史使命感，对此严重局面，我们应该如何面对？

陈建生：有 4 点建议。第一，设立专项基金，研究长江上游水的渗漏情况。通过地球物理、地球化学、同位素、水文观测、水文地质、重力卫星、卫星遥感等方法技术，研究长江水渗漏产生的原因与渗漏量，并通过同位素等示踪技术，了解渗漏水的去向与循环周期，建立相关的物理数学模型，预测地下水受到污染的范围及程度，给出相关的污染物迁移程度与范围的预报。在搞清楚排泄区后，定点定时进行相关的采样分析研究。只有将地下水的补给、径流与排泄方式搞清楚后，才可能将下游地区地下水的污染程度限制在最小的范围内。第二，从源头抓起，整治甚至拆除水源区内所有的小塘坝，设立水源保护区。在水源保护区内严禁放牧。水源附近农户散养的牲畜都应该实行圈养，限制每户养殖牲畜与家禽的数量。家禽牲畜的粪便进行沼气化处理，生成有机肥。政府应该帮助农户建立沼气池、管道、燃气灶等设施，统一收购沼气化产生的有机肥料。并建立相应补偿机制，根据每个农户退出的塘坝与保护区面积，每年酌情补助。第三，通过立法，禁止或严控在长江源区采矿、采砂，并减少工业污染源排放。对于已经取得采矿权证者要加强监管；对于所有排污处、泄污口，实行天网监管：安装监控视频和自动报警装置，直接将报警信号发到相关责任人与上级负责人的手机上，并将所有污染口的动态数据随时发到互联网上，实行全民动态监管。第四，治污经费和技术力量的解决办法：下游帮助上游，实现全流域共赢。以此走出“上游污染，下游治理”的怪圈。多少年来，长江上游地区的经济发展落后，地方政府为了财政收入，为污染企业大开绿灯，而且在执法过程中为污染企业开脱，这种地方保护主义的做法，是源头的污染长期得不到根治的主要原因。要想改变这种窘境，就得上下游联动：下游富庶地区对上游贫困地区进行环保扶贫，使上游居民得到实惠，才能达到合作共赢的目的。

第二十三章

独特见解 深循环水凿空地壳通道诱发地震

印尼地震，引起中国广东梅州 60 米高的井喷。井喷停息后，梅州连连矿难，数百名矿工遇难，几十名官员被下狱问责；2008 年，汶川地震伤亡更为惨重，中国诞生了“5.12 减灾日”。联想到唐山地震的大灾大难，一位大学教授深受触动，他潜心研究有关学科和地震前后的各种表现，终于对地震原因产生了开拓性、独特性见解。他认为，大地震震源均在中地壳的高导低速带上。这是因为深循环水在超临界状态下产生了地壳空洞，地球的重力作用造成高导低速层的空洞塌陷。因此说，深循环水是诱发地震灾害的重要原因。根据这一理论，他对大地震的预防和预报产生了超凡的设想……

中国是个地震多发性国家，迭次的地震灾害给灾难深重的中国人民留下了足够多的痛苦和创伤。因此，当人们看到本章章名时，自然会问：“深循环水会诱发地震？唐山大地震、汶川大地震都与深循环水有关？”

或许，一些专家学者会以审度的目光注视着这一“震因新说”。

为促进我国乃至世界地震科学的发展，为进一步弄清深循环水与地震发生的因果关系，并征得诸位专家学者对深循环这一崭新理论学说的斧正和指点，笔者就地震问题对陈建生教授进行了专访。

1

笔　者：陈教授您好，今天是第30次专题访谈。看过您的一些有关地震的论文，包括您在中国科协学会编印的“新观点新学说学术沙龙”上的专题发言，还有您在长沙工学院关于地震的专题讲座，以及好几位地震专家对您的研究成果的赞扬和评论。这些材料，我都看了，内容很多，科学道理也很深奥，不是看两遍就能理解的，所以再度对您专访。首先，请您谈谈，您研究地下水，是怎么与地震研究挂上钩的？

陈建生：直接导因是印尼大地震。2004年12月26日，印度尼西亚的苏门答腊发生了8.7级大地震，引发海啸高达10余米，波及范围远至波斯湾的阿曼、非洲东岸索马里及毛里求斯、法属留尼汪等国和地区，损失相当惨重。仅印尼死亡和失踪人数就达23万多人。范围也很广，地震本身传到孟加拉国、印度、马来西亚、缅甸、新加坡和泰国。这是世界史上第二强震，仅次于1960年智利9.5级大地震。据中国科技大学地震学家倪四道团队侦测，这次大地震持续达500秒，智利大地震只有340秒。世界科学研究报告指出，2004年南亚大地震将海洋板块由苏门答腊往北切出长达1600千米的大裂缝。

笔　者：这次印尼大地震对中国有什么影响？

陈建生：印尼地震发生后大约12分钟，广东梅州195米深的差干地震观测井发生了井喷，简称“梅州井喷”。喷水柱最高达60米，持续喷发了10天。这个奇特现象引起了我们的思考，从苏门答腊到中国广东梅州，超过3000千米，中间隔着大海。洋壳中的断裂带与海水连通，水压力很容易通过裂隙消散在海水中，所以，导水通道只可能在洋底岩石圈中，并且与海水应该是隔绝的，否则水压也会被释放。由于大洋板块都是由玄武岩构成的，洋壳的厚度只有7千米，没有中地壳，所以导水通道一定是在地幔。由此推断，海啸发生后，地幔导水的熔岩隧道被切断，来自大陆的深循环地下水的排泄口被封堵后，管道内的水压力增大，直接影响到 3000 千米之外梅州地区地下水水位的变化。

笔　者：这段话能否这样理解，在广东梅州与印尼苏门答腊之间的海底深层有地下输水通道。来自大陆的水通过导水通道向印尼输水，并通过海沟中的泉眼向海洋排泄，印尼地震造成地壳变形，阻断了地下水的导水通道，好比连通器中的输水管道被阻塞了，管道中的水由于不能排泄而压力升高，于是在管道中的薄弱处喷发出来，梅州的地震观测井正好位于导水通道上，梅州井喷是不是这个原理？

陈建生：是这个道理。

笔　者：就地震科学而言，梅州井喷，有什么研究价值？

陈建生：梅州井喷，说明在地幔中确实存在管道式的导水通道。印尼地震对中国影响是很大的，印尼地震发生后的一个月内，在我国发生了 500 多次余震，所有余震都发生在地震带上，这表明，地幔熔岩隧道中的水压力变化通过断裂带传递到了中地壳高导低速层中，它们之间存在水力联系。印尼大地震之后几个月内，梅州地区连连发生了矿难事故，通常情况下，这与中地壳存在高导低速层及水压力上升有关。而华南地区中地壳没有高导低速带，印尼地震发生后，华南地区无余震，就是这个道理。最严重的是 2005 年 8 月 7 日发生的梅州大兴煤矿透水事故。121 名矿工遇难，16 名官员被下狱问罪。广东 46 家“五证”齐全的煤矿有 44 家在梅州地区，因这里连连发生透水矿难，广东省政府不得不于 2006 年 6 月忍痛做出决定：全面停止梅州煤矿开采，经济损失相当惨重。总结矿难事故的原因时，人们皆将这些事故归于“违规开采”或“领导失职”“安全措施没落实”等，漏掉了一个重要因素：印尼地震给梅州地区带来的恶果。地幔导水通道因震而被封堵后，梅州地区中地壳地下水压力升高了。由于这种认识并非广被认知，致使政府在处置有关问题上有失偏颇。产生这一后果的责任不在政府，更不在法院，说到底，科学部门是有责任的。因为我们的研究工作跟不上，没有提供足够的科学依据和试验报告，从而影响了社会的认知度。梅州矿难应该属于不可抗拒的自然灾害，与台风、地震灾害一样。

笔　者：所以，你们团队加紧了研究步伐？

陈建生：是的。2008 年 5 月 12 日，四川汶川发生了 8 级地震，地震烈度超过 11 度，地震波波及大半个中国及亚洲多个国家和地区。北至辽宁，东至上海，南至泰国、越南，西至巴基斯坦，均有震感。近 7 万人遇难，伤者 37 万多人，近 1.8 万人失踪。这是中华人民共和国成立以来破坏力最大的地震，也是唐山大地震后伤亡最惨重的一次地震。经国务院批准，自 2009 年起，将每年 5 月 12 日列为全国“防灾减灾日”。汶川地震对我们的研究起了很大的鞭策作用。

2

笔　者：汶川地震原因，百度百科是这样说的，由于印度洋板块在以每年约 5 厘米的速度向北推移，使亚欧板块受到压力，并造成青藏高原快速隆升。又由于受重力影响，青藏高原东面的龙门山在逐渐下沉，且面临着四川盆地突然释放，造成了逆冲、右旋、挤压型断层地震。震源深度为 10～20 千米，位于中地壳的上部。地震持续时间约 2 分钟，因此破坏性巨大，影响强烈。您对这种说法持何意见？

陈建生：对于地震产生的原因而言，肯定与板块的运动有关，在这个意义上，是这原因。往深里说，地震为什么会产生巨大的破坏，就有分歧了。

笔　者：谈谈你们的研究结果吧！

陈建生：前人曾有观察记录，大地震与地下水有关系。比如 1833 年云南嵩明 8 级地震，最大垂直错距 8.5 米，罗邦、董官营等村地陷成塘；1920 年海原 8.5 级地震，“地陷成河，可以行筏”；1931 年新疆高蕴 8 级地震，可可托海盆地下陷，阶状断裂，形成长 3～7 千米、深 1 米以上的水渠，吐尔洪盆地亦下陷成沼。1856 年 6 月 10 日湖北咸丰县发生 6 级地震，据湖南《花坦县志》记载：“前数日，各处水井曾涌出红水。”1668 年山东莒县—郯城 8.5 级大地震，苏北《赣榆县志》记载：“是日城渠暴涨，忽涸，见者异之。”1966 年邢台地震前，该地有的井水位急剧下降，有的井水位则猛涨，甚至溢出井口。

笔　者：我也看到一些资料，提到井水升降与地震的关系。比如乌兹别克的地震工作者根据地磁场的反常和监视水位的变化，在1975年曾预测，在中亚阿赖地区，可能在1980年前后将有强烈地震。结果，在1978年11月2日，在列宁峰附近发生了8级强型地震。还有，苏联地震工作者通过对库里尔、库页岛一带观测井里水位的变化，发现了地震发生前的一种自然规律：震前数日水位开始下降，到震前24小时水位稳定下来，当水位重新上升时，通常就要发生地震了。

陈建生：是的，以上实例都是地下水在地震前后的表象。这些表象都是看得见摸得着的。但要说明深循环水对地震的诱发作用，先要弄清楚是塌陷性地震还是其他类型地震。

笔　者：汶川地震是塌陷型地震吗?

陈建生：您看看这几张照片。2008年“5.12”汶川地震发生后，在距映秀震中约120千米的北川县安昌镇开茂村二组水没河流域，出现了不同程度的地面塌陷现象。沿河床及两岸陆续出现60多个塌陷坑，平面形态多呈圆形、椭圆形及不规则形等，其中以圆形、椭圆形为主，剖面形态大致可分为竖井状、坛状及漏斗状等类型，以前两种居多。直径从十几厘米至十几米不等，最深可达3米，塌陷坑表层的土质类型为粉砂质黏土。

笔　者：从网上的一些照片可口看出，汶川大地震属于塌陷型地震。

陈建生：是的，您看这几张图：这是汶川地震后白鹿镇中学两座教学楼比较图。原先一样高的教学楼，地震之后，南楼比北楼下降了 2.2 米，南楼发生了开裂与扭曲变形，北楼的整体结构没有受到大的破坏。地震破裂带穿过了两楼间的水泥面操场。根据这些现象，报刊上有些文章说，北边的教学楼在地震中隆起了 2.2 米，南边的教学楼没有发生位移。因此，文章断定，汶川地震是上盘逆冲型地震，用平常人的话说是顶向地面的逆冲型地震。我看了现场后，对这种说法表示质疑。因为北边的教学楼结构未受破坏，而南边的教学楼结构已损。两栋楼是同一家建筑公司在同一时

汶川地震后，汶川中学操场南北部塌陷程度不一样 陈建生摄

汶川地震后，汶川中学前后两座教学楼塌陷情况对比图 陈建生摄

间盖的，所用的材料完全相同，抗震性能也应该是一样的。当时一同考察的专家也认为是搞错了，应该是南边的楼在地震中沉陷下去了，而北边楼没有隆起。地震局工作人员在现场挖了一个剖面，根据揭露出来的特征层来分析，终于得出结论：这里属于断裂带下盘的塌陷，而不是上盘的逆冲。然而，好多文章忽视了这一现实。几乎所有论文都说汶川地面向上隆升了。直到卫星定位的 GPS 数据发表之后才达成共识：汶川地震并没有造成地表隆升，相反是地面下沉了。隆起的体积为 19.15 亿立方米，沉陷的体积为 96.26 亿立方米，沉陷体积减去隆起体积得到净沉陷体积为 77.1 亿立方米。

笔　者：像汶川这样的塌陷型地震在我国已发生的地震中有代表性吗？

陈建生：有啊！有广泛的代表性。1976 年唐山地震发生后，出现了大规模地震塌陷区，如唐山市丰南县西河村一带的地面塌陷区出现长约 4000 米、宽约 500 米、宽 0.1 ～ 1 米的裂缝；天津汉沽区杨家泊付庄沉陷达 3 米，“水深可行船”，在沉陷区边缘部位有宽 20 米以上的裂缝带，走向沿着东北方向，总长 4000 米；付庄—谢家坟裂缝带，东起杨家泊高庄，经付庄到谢家坟车站西，断续延伸达 7000 米，北侧下沉达 3 米。据航测，这里出现了一条 90 千米长的断裂带，地面垂直错距达到 3 米，明显具有铲形正断层特点。唐山地震主震区的余震，大都分布在该断层地表，断裂带北段则有强烈线状喷沙冒水分布。依据震后地面形变、野外调查、水准形变资料，在唐山地震过程中发生了大范围、大幅度的地面下沉，地面下沉与余震分布基本一致。最显著的地面下沉恰恰位于付庄—西河断层的西北侧地震塌陷区一带。地震上升区主要分布在唐山市西北部。隆升地区的面积为 279.5 平方千米，隆升的体积为 0.559 亿平方米；地震沉陷区的面积为 2964 平方千米，沉陷的体积为 13.7408 亿立方米；用沉陷体积减去隆升体积，可以得出结论：唐山地震后总的沉降量为 13.1818 亿立方米。

笔　者：唐山地震的地面沉陷情况您讲得很具体。其他地区地震地陷情况有资料吗？

陈建生：资料很多。很多历史上的大地震都伴随大范围地面下沉。例如，1303 年山西洪洞 8 级地震：“山崩地陷”；1556 年陕西华县 8 级地震：“自县治至西城陷丈余的故址，至今仍清晰可辨，县城东南的五指山陷入平地，毁削无存”；1605 年海南岛北部发生的琼州大地震，使大片陆地变成深阔广海，沉没一百余村庄：至今在海面下数米的地方，还可以见到村庄废墟、坟场等遗迹；1668 年山东郯城 8.5 级地震：“山崩地陷”，“李家庄一镇并陷，凡数千家”，“洪宁县地陷如池”，“滕县城东地陷”；1679 年三河—平谷 8 级地震：“地且沉陷。西行三十余里及柳河屯，则地脉中断，落二尺许；渐西北至东务里，则东南界落五尺许；又北至潘各庄，则正南界落一丈许”；1695 年山西临汾 8 级地震：“地皆沉陷”，“地陷山崩”；1739 年宁夏平罗 8 级地震：“满城城垣低陷，东、南、北三门俱不能出入，只有西门低陷尚少，仅可行走”，“满城、汉城今地形更加低陷”，“新渠、宝丰地土低陷数尺”；1833 年云南嵩明 8 级地震：“地震沟在嵩明极震区普遍可见，地震陡坎常与地震沟相连接，一般陡坎高度可达 3.5 ～ 4 米”，“最大垂直错距达 8.5 米”，“罗邦、董官营等村地陷成塘”；1920 年海原 8.5 级地震：“地陷成河，可以行筏”；1931 年新疆高蕴 8 级地震：可可托海盆地下陷，阶状断裂，长 3 ～ 7 千米，深 1 米以上，形成“水渠”，吐尔洪盆地下陷成沼；2001 年昆仑山大地震发生后，沿着北西方向产生长达 400 千米的地表破裂带，地震张裂缝宽 0.2 ～ 2.5 米 ，裂陷深度在 0.5 ～ 6 米。

3

笔　者：以上大量事实说明，大地震往往造成地面塌陷。地面陷落，说明地底下有空洞层，对不对？

陈生建：是的。造成地面塌陷的空洞层应该就是高导低速层。

笔　者：什么是高导低速层？

陈建生：高导，导电性高而电阻小。低速，地震波传播的速度低，反映了地层的密度低。地壳岩石圈的高导低速层存在于中地壳 10 ～ 30 千米，地震的震源一般都在高导低速层的顶部。另外，在上地幔也存在高导低速层，位于地下 100 ～ 300 千米。

笔　者：从科普读物上得知，大陆岩石圈由上地壳、中地壳、下地壳、上地幔、下地幔和地核等组成。高导低速层都在中地壳与上地幔，破坏性地震都位于中地壳高导低速层中。这样表述对吗？

陈建生：是这意思。岩石圈中的高导层可能有四种情况：一是金属矿地层，二是石墨地层，三是熔融或半熔融地层，四是含水地层。由于地震波在金属地层与石墨地层中的传输速度较快，通过地球物理方法很容易排除前两种情况。争议较大的是岩石熔融或岩石相变脱水地层与含水地层的分辨。地质学家通过地温梯度检测，排除了第三种情况。最后剩下的只有第四种情况，地震带中地壳的高导层有含水层，导水通道符合高导低速层特征。

笔　者：有实例为证吗？

陈建生：地层承压水就是证据。大地震发生前后，经常伴有地下水位升降、井喷等现象，同时伴有泉水、井水温度异常、水变混浊、异常气体排出等。尤其是地震发生后出现的井喷现象。例如，前边提到的印尼地震引起的梅州井喷。这次地震发生前后，共收集到200多个观测点的500多条观测资料的震时、震后效应。几乎在我国全部地区都有明显的表现。其主要分布区：我国南北地震带，特别是云南地区，还有我国东部沿海、华北和东北地区。此外，新疆地区也有记载。1976年唐山地震时及震后短时间内，唐山、宁河、天津地区，深井水位剧升。开滦煤矿各矿井下涌水量成倍增长，井下水位迅猛上涨。7个生产矿，8月平均涌水量为震前的245%，而林西矿则高达542%。赵各庄矿震后9天内地下水位共上涨了280米。2001年11月14日，昆仑山发生了8.1级的大地震，920千米以外的乌鲁木齐和1450千米以外的四川会理地区的地下水位、水质、水温发生了异常。油气田出现了井喷。最典型的是平凉的地震观测井，它对印尼地震和汶川地震都有反应。这两个大地震，都造成了平凉地区深层地下水位的突然下降，而且下降后始终没有恢复到震前的水位。汶川地震发生后，平凉深层地下水位下降了1.5米，而震区断裂带以西地区的地下水位普遍上升了。显然，地震造成深层地下水持久性的下降或上升的现象，受控于地下水压力的变化。地震波的能量无法对几百甚至几千千米以外的含水层的渗透性造成较大的影响。只有岩石圈中存在连通的“管道”，才能解释这一奇特现象。

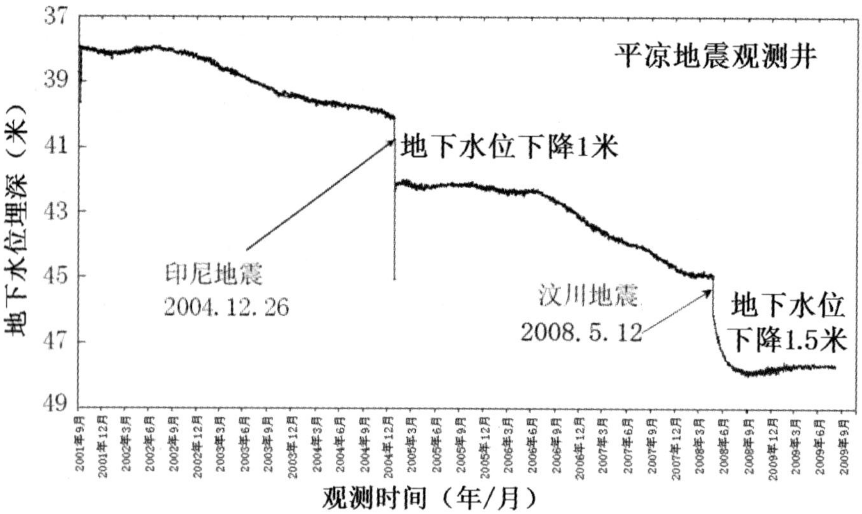

4

笔　者：既然含水层对地震发生起着这么重要的作用，科学界能否根据震前地下水位变化对地震做出预报呢？比如日本，他们利用动物的灵敏反映，特地搞了个地震预报动物园，还利用含羞草、合欢树小叶的反常闭合预报地震，我国能不能搞个地下水报震台？

陈建生：在大地震发生前，青蛙、老鼠、蛇、蚂蚁、蜻蜓等会发生一些异常的反应。例如，蛇和老鼠等从洞中跑出来，大量的青蛙聚集在地表，蚂蚁搬家，飞禽行为异常等。由于中地壳存在空洞，塌陷发生之前，岩体会破裂松动，保留在封闭岩体中的二氧化碳、一氧化碳、甲烷、二氧化硫、氡气等会沿着破裂带排出到地表附近动物生活的洞穴之中。长期生活在地下的动物，感觉不舒服，所以在地震发生之前纷纷跑出洞穴。但是依赖动物预报大地震也存在很多误区，因为动物出洞的原因很多，并非都与大地震有关。关于利用地下水变化预报地震，目前也不大可能。大地震发生之前，都会出现一些小震。这些小震会引起中地壳空洞层中的水压变化，通过深层观测井能反映出来。根据水位的涨落虽说也可以提前预报大地震的发生，但是这种预报并不是很准确，因为水位涨落的原因很多，并非全是大地震的前兆。

笔　者：这么说来，地震预报没指望了？

陈建生：也不是没指望！首先要弄清引起地震的科学机理。前边说过，地震发生是由于中地壳或更深的岩石圈断裂造成空洞带的塌陷。也就是说，地震实质上是重力释放。塌陷发生后，上地壳的岩石跌落到空洞之中。当空洞被塌陷填充后，地震就不会在已经塌陷的部位重复发生。从以上的分析来看，浅层构造地震，只会发生在中地壳存在高导低速结构的断裂带中。对于断裂带中高导低速消失的地区，我们认为，这些地区因发生过塌陷，而将中地壳的空洞填塞了，所以，这些地区以后不会再发生6级以上的大地震。

笔　者：您是说，已经发生过塌陷性地震的地区不会再发生6级以上大地震了，因为中地壳中的高导层被塌陷物填实了。是这样吗？

陈建生：是这样的。比如云贵高原就基本属于这样的安全区了，但那些在中地壳仍然存在高导低速的地区都存在大地震发生的危险性。这些大地震究竟何时发生？震级有多大？这是很难回答的问题。

笔　者：根据这样的地震理论，要想较准确预报，科学界该做哪些工作呢？

陈建生：前边多次提及，高导低速层是地震发生的原因。由此可见，地震预报，首先应该将缝合带上的高导低速结构调查清楚，找出那些尚没有发生过塌陷的地区。然后，根据断裂带的活动情况，确定出地震可能发生的周期。断裂带的活动性越强，地层受到的扰动就越强，塌陷的周期越短。反之，对于活动性小的断裂带，塌陷的周期就会长一些。由于地层板块内缝合带下的空洞带，很多已经演变成为了深循环地下水的导水通道，在这些地区重点观测地下水位的变化，将有助于预报大地震的发生。因为塌陷的岩体在松动过程中会产生一些形变而影响地下水位。尤为重要的是，对于那些电阻和波速都很低的高导低速构造带要重点设防，防止人为活动而提高这些地区的地震烈度。比如，避免修建永久性的居住小区和重要的工程设施等。值得注意的是，由于缝合带上往往是深层承压水的排泄区，这里有着丰富的地下水资源，所以很多城市与城镇都修建在了地震带上，如唐山、北京、石家庄、西安、张家口、乌兰浩特、乌兰察布、包头等。这些城镇一旦发生大地震，破坏力巨大，因此，做好地震预报工作尤为重要。

笔　者：听说汶川地震发生之前有学者提出预报？

陈建生：汶川地震之前的确有学者提出该地区发生大地震的预报。比如耿庆国根据干旱区面积与地震存在的相关性，提出该地区近期可能发生大地震。

笔　者：为什么没有被专家接受？

陈建生：耿庆国提出大地震发生的理由都是根据统计规律得出的，在一些地区是对的，但是也有很多地区长期干旱没有发生大地震，其中的道理没有说清楚，所以，很难被人接受。

笔　者：干旱预报地震有科学依据吗？

陈建生：有科学依据。龙门山断裂带中地壳存在高导低速层，表明中地壳断裂带围岩曾被溶蚀成为空洞。空洞上部的上地壳的岩石荷载都落在围岩上，荷载的重量等于岩石的重量减去浮力，因为岩石都泡在了水里。干旱发生后，地下水位下降，水位之上的岩石失去浮力，对高导低速层围岩的荷载加大，大地震塌陷的概率增大。

笔　者：能够讲通俗一点吗？

陈建生：比如我们去泡温泉，如果我们蹲在温泉池中，身体完全泡在水里，双脚对池底瓷砖的压力很小，因为身体的重量大部分都被水的浮力抵消了。但当我们站起来，大部分身体露出水面，双脚对池底瓷砖的压力就增加了，露出水面身体的重量直接压在瓷砖上，有可能将瓷砖踩坏。因大旱而地震就是这个道理。但地砖会不会断裂，何时断裂，难以准确预报。您在前边提到的中亚阿赖地区预报、苏联库里尔和库页岛地震预报，只是较长时间段的预报，做到准确预报是很难的。

5

笔　者：以上情况多侧面地说明，地壳中高导低速层是诱发地震的主要原因。这是您的独特见解，所以，请您谈谈，这个高导低速层是怎么形成的？

陈建生：这是个关键性问题。在前边的几章中已经多次提到，超临界水是中地壳地下水通道的开凿者。最初进入岩石圈断裂带后，中、下地壳的温度超过 374.15℃，地下水被加热成为超临界态，地下水在断裂带中循环的过程中萃取了围岩中的铁、镁、钙、硅等元素，形成超临界态流体，最终在地表排泄，形成白云岩、红土等矿物。超临界水的萃取能力非常强，它在温度 1000℃的情况下，其电离度是平时的 1000 倍，具有无坚不摧的强腐蚀作用！超临界水从熔岩隧道进入地壳岩石圈，将断层围岩中的矿物元素萃取出来，这些岩石受到溶蚀后成为薄弱带。当超临界流体通过断裂带上升到上地壳后，由于温度降低了，超临界态流体变成了液态，失去了萃取围岩矿物的能力，所以上地壳的断裂带没有被溶蚀，不存在空洞层。而下地壳镁含量较高，介于花岗岩与玄武岩之间，被超临界态水溶蚀的程度远小于中地壳，所以，空洞层主要位于中地壳的大型断裂带中。目前，在深循环地下水的冷却作用下，中地壳空洞层的温度逐渐降低到临界态以下，已经演变成为冷水的循环通道，具有高导低速的特征。

笔　者：超临界流体的萃取性能强，有科学根据吗？

陈建生：1821 年法国科学家查尔斯·德拉图尔发现液态物质超过某一定温度以后，呈气、液不分状态。水超过临界点后，不再分气相和液相，被称之为超临界流体。近几年来，好几位专家做了高温高压的科学试验，试验结果表明，在高温高压条件下，超临界流体会对岩石产生萃取作用，岩石中的矿物溶解到了超临界流体中，岩石被强烈地溶蚀。

笔　者：产生地震的中地壳空洞层是怎样形成的？

陈建生：中地壳空洞层的形成与板块之间的碰撞有关。（1）板块碰撞引起了熔岩流；（2）从插入地幔的板块中脱出的水进入到熔岩流中；（3）熔岩流通过地壳中的缝合带或断裂带向地表涌出，形成火山喷发；

（4）火山喷发停息后保留在岩石圈中的熔岩流被冷却；（5）熔点高的矿物凝结成固态，熔点低的矿物仍然为液态，水与二氧化碳等挥发分聚集在液态，当熔岩流最终被冷却成为岩浆岩后，聚集在熔岩流的挥发分形成熔岩隧道与孔洞；（6）在围岩的冷却作用下熔岩收缩，熔岩隧道与孔洞所占的体积增大，形成了连续分布的“管道”；（7）高原的地下水通过火山口或断裂带进入到熔岩隧道与孔洞中形成对流，在熔岩隧道低海拔的下游地区排泄；（8）深循环地下水进入熔岩隧道后被加热成为超临界态，超临界流体在上涌的过程中，萃取了围岩中的矿物，中地壳以下被溶蚀成为空洞层或薄弱带。

笔　者：在中地壳中循环的地下水是高温超临界态的水还是低温的液态水？中地壳的高导低速流体是从哪里来的？

陈建生：这是非常重要的问题。在中地壳断裂带中循环的地下水来自上地幔的熔岩隧道，也就是地幔高导低速层。最初从熔岩隧道上涌的深循环水都被加热成超临界态，超临界态水在经过断裂带上涌的过程中，将中地壳围岩中的矿物大量萃取出来，中地壳被溶蚀成空洞层。在地下水深循环的过程中，熔岩隧道与中地壳空洞的温度逐渐降低，大部分的熔岩隧道与孔洞层目前都被冷却成为常温，所以，现在深循环地下水以低温水为主。

笔　者：中地壳高导低速层与上地幔高导低速层之间是什么关系？

陈建生：它们二者之间存在密切联系。上地幔中的熔岩隧道是深循环地下水的导水通道，贯通源区与排泄区，高原的河水或湖水通过火山隧道或断裂带进入熔岩隧道中进行循环，最终在低海拔的火山口或断裂带中向地表排泄。而中地壳高导低速层是熔岩隧道中的地下水上涌过程中形成的，所以，中地壳的高导低速层不是连续分布的，它们存在于深大断裂带或缝合带的薄弱部位，中地壳空洞层的连续性取决于断裂带规模。从熔岩隧道中循环的地下水有两种向地表的排泄通道，一个是火山口，如长白山天池、镜泊湖火山口、阿尔山火山口、腾冲黑鱼河火山口等，另一种就是通过断裂带或缝合带向地表排泄，第二种排泄方式必然要经过中地壳的空洞层。

笔　者：既然上地幔高导低速层中也存在熔岩隧道，为什么不发生大地震？

陈建生：深源地震也是存在的，但是上地壳熔岩隧道的规模较小，玄武岩玻璃硬度高，耐腐蚀性强，所以在上地幔高导低速层中没有很大的空洞，深源地震的震级较小，破坏性也较小。另外，深源地震造成的烈度很小，对地表建筑物基本上没有什么破坏性。

陈建生在昆仑山口调查地震状况

笔　者：中地壳被溶蚀有什么证据？

陈建生：有大量的证据证实地表附近的一些矿物是来自深部地层，比如白云岩、红土、石英矿、凹凸棒石、低温热液矿等。我们在黄土高原形成一章中详细论述过，红土与黄土中的铁、镁等物质来自岩石圈深部，是超临界态水在循环过程中萃取而来的。

笔　者：中国的主要地震带中地壳中的空洞层是什么时候形成的？

陈建生：地下水深循环经历了从高温到低温的冷却过程，中地壳空洞层是在高温水循环过程中形成的，中地壳空洞层形成的过程中有大量的物质被萃取带出，这些物质在地表附近重新成矿，根据红土的形成年代可以确定空洞层的形成时间，造成唐山地震的东西向地震带空洞层形成时间在800万～300万年前；造成汶川地震的龙门山断裂带中的空洞层形成时间在1350万～900万年前。这些数据是根据地层地温梯度突降得出的。

笔　者：我在前边多处提及，根据您和其他人进行的地下水与降水同位素分析研究表明，西藏河流中的同位素与长白山水源地的同位素相同，说明西藏水经过深层地下水循环渠道而到达长白山。而这条位于上地幔的深循环渠道并不是引起地震的空洞层，是这样吗？

陈建生：您说得很对。西藏到长白山天池之间的地下水深循环通道并不在中地壳的高导低速层中，而是在上地幔的熔岩隧道中，这是由熔岩流冷却而来的，可以横跨许多板块实现。而造成地震灾害的空洞层在上地幔高导低速层的上部的中地壳，中地壳的空洞层的规模长度与断裂带有关，但都在板块内，不能穿越板块。

笔　者：是否能将发生大地震的情况总结一下？

陈建生：好的。危害性大的浅层地震发生一般满足5个条件：（1）在地层中有的发生在断裂带上；（2）在中地壳存在高导低速层；（3）在历史上曾经发生过大地震；（4）地下水资源丰富，有泉水或自流井；（5）深水井对其他地区发生的地震反应敏感。

6

文章写到这里，读者也许明白了地震与深循环地下水之间的关系。第一，地震发生与板块的碰撞有关，引起地震的原因是中地壳存在空洞层，空洞层的水流体可能源于西藏地区渗漏水；第二，青藏高原面积200万平方千米，在新生代之前是海洋，被称为古特提斯海，新生代以来印度洋板块插入到欧亚大陆板块之下，形成了青藏高原；第三，印度洋俯冲板块造成的岩浆流在青藏高原及周边通过断裂带溢出地表，发生火山喷发，火山活动停息后熔岩流冷却成岩，出现连续的收缩缝——熔岩隧道；第四，西藏高原的渗漏水通过火山裂谷或断裂带进入熔岩隧道中，并在下游排泄；第五，地下水在熔岩隧道循环的过程中被加热成为超临界态，从熔岩隧道进入断裂带的超临界态水萃取了断裂带围岩中的矿物而形成空洞层；第六，地震引起地层塌陷，将空洞层填充，并造成破坏。

本书的书名是《西藏之水救中国——地下水篇》，因引起地震的诱因是中地壳存在空洞层，而这些空洞层中的流体源自西藏水，所以，我为中国地震专写一章，望对中国乃至世界地震研究提供一份参考。

第二十四章

读史札记 深循环水守土保疆的不朽功勋

虽说深循环之说仅在近些年的学术论文中才崭露头角，但其客观存在，何止千年万载！

今天，当我们感受新疆之辽阔，享用其东送的天然气、石油以及罗布泊之钾肥等宝贵资源时，除了由衷感激历代伟人以及无数无名英雄之伟绩丰功，还要感激脉动于地层深处之玉液琼浆之溢流。

时至今日，尽管我们对地层深处的生命之源很少认识，但从古诗古志的破碎记录中尚可寻得那若明若现的靓影。

深循环水，虽说刚得新名，但其存在源远流长。打开史书，细心的读者便全从远去的风雨变幻中看到深层泉水在守土戍边中立下的不朽功勋。下文讲述的便是古志记载中的几个历史故事。

1

第一个故事：耿恭拜井。

《后汉书·耿恭传》中有这样一段记载：

“明年三月，北单于遣左鹿蠡王二万骑击车师。恭遣司马将兵三百人救之，道逢匈奴骑多，皆为所殁。匈奴遂破杀后王安得，而攻金蒲城。恭乘城搏战，以毒药傅矢。传语匈奴曰：‘汉家箭神，其中疮者必有异。’因发强弩射之。虏中矢者，视创皆沸，遂大惊。会天暴风雨，随雨击之，杀伤甚众。匈奴震怖，相谓曰：‘汉兵神，真可畏也！’遂解去。

恭以疏勒城傍有涧水可固，五月，乃引兵据之。七月，匈奴复来攻恭，恭募先登数千人直驰之，胡骑散走。匈奴遂于城下拥绝涧水。恭于城中穿井十五丈不得水，吏士渴乏，笮马粪汁而饮之。恭仰叹曰：‘闻昔贰师将军拔佩刀刺山，飞泉涌出；今汉德神明，岂有穷哉！’乃整衣服向井再拜，为吏士祷。有顷，水泉奔出，众皆称万岁。乃令吏士扬水以示虏。虏出不意，以为神明，遂引去。”

以上所述就是许多史书上有关“耿恭拜井”的史籍记载。

《后汉书·耿恭传》节选

2

耿恭拜井的故事背景和大致情节如下。

东汉末年，即公元74年1月，汉重新设西域都护府，任命耿恭和关宠为戊己校尉职。第二年，汉军主力班师回朝，耿恭率数百人驻守在车师后国的金蒲城。

当时的西域，在东汉有3个支撑点：

一是塔里木北缘的西域都护陈睦驻地西域都护府，即现新疆巴音郭楞州轮台县。

二是戊己校尉关宠据守的柳中城，地处新疆吐鲁番地区鄯善县城西的鲁克沁镇。自古以来以柳色而闻名，有“绿柳城郭”之称，曾有“城郭日日柳年年，火焰山下杨柳春”的诗句歌吟该城柳色。柳中城故此得名。这是古丝绸之路必经重镇。

三是戊己校尉耿恭屯戍的车师后都金蒲城。金蒲城，今新疆吉木萨尔县。地处天山北麓，南依金岭，北有金山，东接蒲类海，故曰金蒲城。

公元75年3月，匈奴北单于以2万骑兵出击处于东汉与匈奴之间的西域部族地处吐鲁番盆地的车师国，车师王被杀。车师国新国王勾结匈奴，向金蒲城发起攻击，将耿恭数百兵力包围于城中。

耿恭以强弩还击，并在箭头涂以毒药，对匈奴兵说：“这是汉朝神箭，中箭者必出怪事。”

中箭的匈奴兵一看伤口，全都烫如沸水，大为惊慌。当时正好出现了狂风暴雨，汉军乘雨出击，杀伤众多。匈奴兵十分震恐，互相说道：“汉军有神力，真可怕呀！”纷纷溃败而去。

耿恭料知匈奴会组织反击而重新包围金蒲城，便于5月放弃了孤立无援的金蒲城，向东北转移到另一个屯戍点疏勒城坚守。因为疏勒城贴近柳中城驻军，以期相互声援。

疏勒城为车师后国境内的一座城池，位于天山北麓奇台县城南64千米处。有充裕的涧水从其东侧流过，那陡峭的涧壁，成了该城东部一堵天然屏障。因此，人们把这股涧水视为疏勒城的母亲河。由于涧水的水源保障，疏勒城修成了一座坚固的石头城，扼守着天山南北通道。因此说，疏勒城也是天山南北文明走向的路标。没有疏勒城，古丝绸之路史就缺失了生动的章节。

纵观西域史，整个西域地区，有两个古城最著名：一是楼兰，二是疏勒。分别是天山南北文明走向的灿烂路标。

2009 年 8 月，陈建生的学生徐纪廷在塔里木盆地采集自流井水样

3

果如耿恭所料，汉军移守疏勒城之后，匈奴调数万大军向疏勒城进攻，久攻而不克。但匈奴并不认输，而是采取断绝城中水源的办法，妄图使汉兵不战自乱。他们在涧河上源筑坝拥水，将涧水引入别处。

疏勒城成了无源之城，城里的汉兵只好掘井救渴。他们掘井 15 丈，仍不见水。汉兵极度饥渴，以致将马粪压榨出水来解渴。

耿恭无奈，只好重整衣衫，向枯井虔诚再拜。灵得很，干涸的石头井里竟然冒出水来。水量很大，甘而清冽，汉兵们高呼“万岁”。

耿恭让士兵向城外泼水示威。

匈奴兵见城中有水，知攻城无望，便撤军北归。

玉门关外烽火台 军旅画家杨奕根据史料记载和现场勘察绘制

这时，天山以南的西域都护陈睦在预谋政变中被击杀，友军关宠也困在柳中城中而全军覆没。整个西域的汉军只剩耿恭部 26 人扼守着疏勒城。

屈指算来，耿恭在疏勒城坚守了 9 个月，曾将牛皮制成的铠甲与弩弦煮了充饥。当汉援军赶到疏勒城时，已是公元 76 年正月。

同年 3 月，耿恭所部仅剩 13 人回到玉门关。

4

耿恭之节义使《后汉书》作者范晔发出了“喟然不觉涕之无从”的感叹，在其笔下，耿恭成了“义重于生”的名将典范。

司马光也在其《资治通鉴》中对耿恭大加赞扬。

今天看来，耿恭疏勒之战获胜，关键的关键是他在城中十五丈岩石下取得了深循环水。由此可见，深循环水对于开拓丝绸之路、稳定西域形势、固守新疆疆土，起着不可忽视的重大作用。

5

第二个故事：贰师飞泉。

《后汉书·耿恭传》记载：耿恭在疏勒城拜井求泉时说："闻昔贰师将军拔佩刀刺山，飞泉涌出；今汉德神明，岂有穷哉！"这就引出了贰师飞泉的故事。

《汉书·张骞李广利传》及《资治通鉴》第二十一章比较详尽地记叙了"贰师飞泉"这个神奇故事的历史背景。

汉武帝太和元年即公元前104年秋，汉朝赴西域的使臣奏报朝廷："大宛有好马，藏在贰师城中，不肯献给汉朝使臣。"

这里所说的"大宛好马"，就是今人所说的"汗血宝马"。此马产于土库曼斯坦，头细颈高，四肢修长，皮薄毛细，奔跑时血液在血管流动容易被看到。另外，马的肩部和颈部汗腺发达，马出汗时，往往先潮后湿，对于枣红色或栗色毛的马，出汗后局部颜色会显得更加鲜艳，给人以"流血"的感觉，故称之为"汗血马"。此马步伐轻盈，力量大，速度快，耐力强，是土库曼斯坦的国宝。今天的土库曼斯坦仍将其形象绘制在国徽和货币上。这种马，汉代时称作"天马""大宛良马"。

酷爱良马的汉武帝闻知大宛拒献"天马"，立派壮士车令等带着黄金千斤和金铸的马前往大宛，请求交换。

大宛国王与其群臣商议道："汉朝离我国很远。若从中路来，盐泽(罗布泊)相阻，道路艰难，屡屡致人死亡；如从北路来，有匈奴骚扰；从南路来，缺乏水草、城郭和食粮。汉朝派数百人作为使团前来，还常因缺食死亡过半，这怎能派大军前来呢！贰师城的马，是我们大宛国的宝马，汉朝对我们无可奈何！"遂不肯给汉使。

汉使恼怒，破口大骂，用锤击破金马而去。

大宛众贵族生气道："汉使太轻视我们！"

于是，大宛王命驻守东部边境的郁成王率兵拦截，杀死了汉使，夺取了汉使携带的财物。

6

汉武帝大怒。此时，他正想封宠姬李夫人家为侯，因此他任命李夫人的哥哥李广利为贰师将军，征发附属国骑兵6000及各郡、国品行不端的青年数万人，前往征讨大宛国，期望李广利将军到贰师城取得好马，故称李广利为“贰师将军”。这个贰师城就是今吉尔吉斯斯坦西南部的奥什城。

太和二年即公元前103年秋，贰师将军李广利率兵西征，过罗布泊之盐泽之后，沿途小国都据城自守，不肯供应汉军粮食。贰师将军就以武力攻城，一路伤亡惨重。有的城攻不下，汉军只得离去。等到达大宛东边的郁成城时，全军只剩下数千人，且饥饿疲惫。

这个郁成城，位于今乌兹别斯坦境内。前次汉使被害、财物被抢，就是守卫此城的郁成王所为。

贰师将军欲出这口气，下令攻打郁成城，反被守城的大宛军打得大败。

李广利无力西进，不得不领兵东返。到达敦煌时，士兵只剩下出征时的十分之一。

汉武帝闻奏大怒，遣使至玉门关宣布诏令：“军有敢入者斩！”

李广利只得屯兵于敦煌地区待命。

7

此时，匈奴仍疯狂侵犯汉朝边境。朝中有人主张停止征伐大宛而集中兵力对付匈奴。而武帝则认为，如果连大宛这样一个小国都不能征服，西域各国就会轻视汉朝，我朝使臣也会遭别国耻笑。

因此，武帝诏令：赦免囚徒，发恶少及边骑共10万多人，限期至敦煌向李广利报到。此外，朝廷还征调了牛10万头、马3万匹，加上数以万计的驴、骆驼等，驮着充足的粮食和兵器弓弩等随军行动。并派遣大量水工，以备断绝水道和挖洞攻城之需。武帝还诏令16万大军驻扎于酒泉地区，以作为贰师将军之后盾。

李广利得到如此巨大的人力、物力和舆论上的支持，于公元前102年

玉门关外汉长城 军旅画家杨奕根据史料记载和现场勘察绘制

再次率兵西征。

由于汉军兵众，所到之处，西域小国不敢怠慢，皆为汉军提供粮草。唯轮台国闭城门对抗。汉军攻城数日，在城内进行了大屠杀。

自此向西，汉军一路推进，直抵大宛城下。先期到达的 3 万兵以强弩攻城，并以水工断绝流向大宛城的水源，迫使城内贵族献上大宛王毋寡的人头，并献出 3000 匹宝马。汉军还扶立对汉朝友好的大宛贵族昧蔡登上大宛国王位。

待昧蔡新王代表大宛国与汉朝订立了友好往来盟约后，汉军大部队撤出了大宛国而东归。西域各国也纷纷派国王之弟、子随李广利回汉朝作人质。

从此，汉军以汉长城为依托，凭着强大的威慑力量，使西域丝绸之路出现了很长时期的和平景象。

8

“贰师飞泉”就是“宝马献汉”这个大故事中的小故事。

无名氏诗人作《贰师泉咏》道:“贤哉李广利,为将讨匈奴。路指三危回,山连万里枯。抽刀刺石壁,发矢落金乌。志感飞泉涌,能令士马苏。”

唐代乡贡进士张侠的《贰师泉赋》借助悬泉的传说,突出地描绘了贰师将军李广利的勇敢精神以及与士兵同甘共苦的高贵品质,比较详细地刻画出贰师将军刺山得泉的情景。赋文较长,有些文字已经模糊不清,但不影响理解全文的大致意思。

赋文分前后两个部分。

贰师将军佩剑刺山的三危山,迄今仍是山泉出没之处

前半部分先描绘在贰师将军率领下,汉军浩浩荡荡、戈矛森严的精诚勇敢。然后写行军旅途的漫长与艰难。

后半部分记录了贰师将军“佩刀刺山”的具体情景。

“于时回戈天堑, 朱夏方兼。 经敦煌之东部。 涉西裔之危阽。 皑皑大碛, 穹窿岩岩。 前无指梅之麓, 后无濡缕之露。 三军告渴。 涸困胡髯。 枯山赤坂, 火薄生炎。 我贰师兮精诚仰天, 拔佩刀兮叱吒而前。 想耿恭之拜井, 思夫人之濯锦。 刺岩面而霹雳, 随刀势而流泉。 山裂地吼。 鬼哭神趄。虫狼嗥叫。毒蛇吐熌。三危震而曝壤，泉水荡而潺潺。军吏大诹。相谓而言：我将军之神武。使枯鲈而复鲜。一队队饮，一队队穿。人马多而溢涌，人马少而涓涓。时振旅东去。神功永传。煞白马以旌信。酬圆盖而飨乾。铭常乐之乐石。纪灵通于万年。”

《沙州都督府图经卷第三》敦煌遗书中记载：“悬泉水，右在州东一百三十里。出于石崖腹中，水出即少。《西凉录·异物志》云：汉贰师将军李广利西伐大宛，回至此山，兵士众渴乏，广利乃以掌拓山，仰天悲誓，以佩剑刺山，飞泉涌出，以济三军。人多皆足，人少不盈。侧出悬崖，故曰悬泉。”悬泉水，在州东130里，出于石崖腹中。其泉初细流，一里许即逝。人马多至，水即多，人马少至，水即少。

《贰师泉赋》中亦有记载：“贰师泉，本名悬泉，在今敦煌市东130里三危山脉中的悬泉谷中。泉在东崖丈余高处，周围又有多处石隙渗水，与悬泉水汇合，向西北流50米许，渗入地下消失。”

陈建生在贰师将军“佩剑刺山”的观音庙前访古寻踪

9

按照陈建生教授的地下水深循环理论来分析，这股悬泉并非本地降水，而是远道而来的深层地下水，是沿着地壳断裂带或缝合带而外泄之溢流，它与贰师将军佩剑刺山的故事相吻合，这就形成了千古传奇。

三危山上观音井

往事越千年。自然沧桑的无穷变化已使后人找不到贰师将军“佩剑刺山”的真正流泉了，但在三危山上依然还有山泉流淌。人们出于想象，将这些山泉喻为观音菩萨赐予的乳汁，故在三危山的山坡上盖了观音庙，并挖了一口井。井的出水量很大，故名观音井。

从上面的故事不难看出，三危山的这股深循环水对于巩固边疆以及开拓丝绸之路所起的重大作用是不可磨灭的。它是漫漫丝路和辽阔边疆生命之源中的杰出代表。

今天，当我们感受新疆之大，并享用其东送的天然气、石油、罗布泊钾肥等不尽资源时，除了感谢今古伟人以及无名英雄的伟大壮举，更应该牢记地层深处的玉液琼浆。尽管它们还很少为世人所认识，尽管人们还没有像对待石油天然气那样潜心研究它、下大功夫开采和利用它，它却依然在古志古诗的破碎记录中若隐若现，等待着后人续写新篇。

10

第三个故事：清涧传奇。

百度百科："清涧县古名宽州，位于黄河晋陕峡谷西岸。"又曰："清涧，地名。宋延州东北200里，有故宽州城，种世衡就故地筑城，掘地过石数层，成井，其水既清且甘，诏名其城为青涧，故地在今陕西清涧县。"

这里所说的延州即今之延安。宽州即清涧城的古名，位于黄河晋陕峡谷西岸，榆林与延安交界处，是扼守延安、关中之要地。

宽州城是怎样变成清涧城的？司马光《涑水记闻》记载了这个传奇故事。

宋代北方边患一直难除，虽动用武力却效果不佳。宋之参知政事（相当于副宰相）范仲淹提出"修固边城，精练士卒，招抚羌人"的方策。

宋仁宗于庆历元年即公元1041年采纳了范仲淹的建言，放弃了军事上的进攻而改为守策，主张在夏与宋交界的前沿阵地修筑要塞和城堡，以巩固宋朝边境的安全。

根据这一"总体设计"，大臣种世衡提议：将宽州故城利用起来，以此作为抗击夏兵进攻的重要据点。

"诏从之，命世衡帅兵董其役，且城之。"

种世衡到达宽州之后，常遇夏兵犯边。世衡率部一边作战，一边抢修古城。

"城中无井，凿地百五十尺始遇石，而不及泉，工人告不可凿。众以为城无井则不可守，世衡曰：'安有地中无水者邪？'即命工凿石而出之，得石屑一器酬百钱，凡过石数重，水乃大发，既清且甘，城中牛马皆足。自是边城之无井者效之，皆得水。诏名其城曰青涧，以世衡为内殿承制、知城事。"

这段记载的核心是，种世衡重赏凿井，竟然凿至十五丈以下，又穿过"数重石板"，终于凿出水来。这就在战略上扭转了边城"无井不可守"的被动局面，并为整个宋朝边境城镇树立了榜样，使"边城无井者效之，皆得水"。

由此可见，宽州城地下深处的石板下有可供饮用的充足的地下水。这些地下水不可能是本地区的降水入渗，而是远道而来的深循环水。

再从“边城无井者效之，皆得水”的记载，说明宋代的深循环水对守卫疆土起到了无与伦比的作用。

这个故事所涉及的地下数层石板，与现存的地层状况相吻合。

清涧县的地层中布满了厚厚的石板，是公认的“石板之乡”，故而在陕北地区出现了这样的民谚：“米脂的婆姨绥德的汉，清涧的石板瓦窑堡的炭。”

随着红军队伍的进入和革命根据地的建立，陕北的这句民谚传遍了天南海北。

如今，以石板为特色的石板城、石板街、石板路、石板巷、石故院、石床、石桌、石凳等遍布全县，这就把“宽州凿石，涌泉卫边”的故事映衬得更为神奇。因此，有人将清涧县誉为“传奇县”。原总参谋长傅全有上将于2004年特地为清涧县立碑题字曰：“传奇县”。

第四部

明白了！西藏地下水怎样救中国

惊回首，她在灯火阑珊处！

——本书综述简语

第二十五章

贵在补缺 千亿吨地下水北国济旱

老天爷厚此薄彼，中国北方尤其缺水。源自西藏的千亿吨深循环水北国济旱，发挥了巨大作用。总结其济旱形式，大致分为3种。

一是补给黄河、泾河、渭河、汾河、桑干河、无定河、窟野河、都斯图河、西拉木伦河、松花江、鸭绿江、图们江等补液，为这些河流的生态维护和滋润流域地区，起着重要的补缺作用。

二是维系从巴丹吉林大沙漠到长白山天池之间的沙漠海子，内蒙古高原的乌梁素海、岱海、黄旗海、达里诺尔等大小上百个湖泊以及东北上千个水泡子暗中补给，使之成为稳定沙漠、阻滞沙化、维持北国生态的生力军。

三是补给除新疆以外的西北、华北及东北地区的地下深层，以维持地下水循环和对地面干旱的援救。

1

世人都说，中国是龙的故乡，而龙的故乡偏偏是个贫水国。

年平均降水量为61889亿立方米，加上地下水补给，年均水资源总量约2.8万亿立方米，虽居世界第6位，但我国是拥有14亿人口的世界第一人口大国，人均水资源量仅有2250立方米，只有世界平均水平的1/4，世界排名第121位，是全球13个人均水资源最贫乏的国家之一。到2025年，人均水资源将下降到1760立方米，接近水资源紧张国家人均少于1700立方米数值，水危机的形势将愈加严重。因为水资源短缺，导致3.2亿农村人口饮水不安全、7000万人饮水困难、669座城市中有400多座供水不足、110座城市严重缺水。由此影响年工业产值2000多亿元。

由于老天爷的厚此薄彼，中国成了区域水资源分布极不平衡的国家。

我国南方降水在800～1500毫米/年，水多地少，水资源量占中国的81%，耕地只占中国的36%。北方降水在200～800毫米/年，水少地多，水资源量仅占中国14.4%，人均水资源仅为世界人均水资源的1/8，耕地却占中国的58.2%。

我国西部缺水更为严重，就拿占我国疆土面积1/6的新疆来说，新疆东部水资源仅占全疆水资源总量的7%。根据水资源专家王世江等人的研究，如果从昌吉回族自治州的奇台县经巴州的焉耆县到和田地区的策勒县画一斜线，可将新疆分为面积大致相当的西部、东部两部分。西部水资源占全疆水资源总量的93%，而东部仅占7%，属于极端干旱区。由于新疆东部缺水，造成了世界罕见的地理奇观：吐鲁番地区成了举世闻名的火焰山，吐鲁番盆地里的艾丁湖是世界第二低地。它低于海平面以下153米，比上海还低156米，本是积水成湖的天然地利，但因无水入湖，艾丁湖成了名存实亡的干湖，少得可怜的那点底部积水，几乎被火焰盆地烤干了。东疆地区的罗布泊早已干涸，相当于两个江苏省的若羌及且末、民丰等地，也因极度缺水成了人烟稀少的不毛之地。

半个世纪以来，中国已经实施了“南水北调”的中线和东线工程，还有引黄入晋、引滦入津、引黄济青等工程，这些工程对解决华北和中东部地区的缺水问题起了一些作用，但对解决我国水战略安全问题相去甚远。依然不能改变我国工程性缺水的这一严峻现实。

如果我国创建了一系列切合实际的调水工程，可以使老天爷的“厚此薄彼”变为“以富济贫”、汲洪济旱，有效避免水多水少所造成的灾害性损失。

然而，要使这样的想法变成现实，何等艰难！何其遥远！

2

深循环水的首要贡献：以千亿吨的水量北国济旱。使缺水的半个中国得到一定程度上的缓解。其济旱方式大致分为以下 3 种。

第一种方式：明明暗暗地为北国大小河流补液。

先说黄河。黄河平均径流量 500 多亿立方米，其中的 1/4 亦即 100 多亿立方米来自青藏高原的深循环水。这些深循环水是通过断裂带上的大小泉眼给黄河补液的。现已探明，黄河源头就是两条源头上的 6 眼泉涌。

黄河源于 6 眼泉涌 蒋淑玲绘图

南源：即巴颜喀拉山支脉各姿各雅山北麓的卡日曲。该曲源头有 5 个泉眼，冒出的泉水汩汩而下。这是黄河源头之一。

西源：即青海玛多县星宿海西的约古宗列曲东坡有一满月形泉眼，面积 3 ～ 4 平方米，清澈的泉水不断翻涌，汩汩有声，是为玛曲曲果（曲果，藏语，小河源头）。这就是黄河源头第一泉。

以上 6 眼泉涌的共同特点：一是四季水量基本均衡；二是冬天照样涌

泉，不结冰，不因高原剧寒而受影响；三是水质四季清冽。由此判断，这6眼泉水均属深循环水。因此说，黄河从源头开始，就得到了深循环水的补给。

黄河的支流也有类似情况。

黄河的第一支流渭河源于清源河之始豁豁山，该山沟豁区有片山林，据史料记载，山林坡上的“品字泉”水量大，成了渭河的源头。

汾河，又称“汾水”，是黄河第二大支流，山西境内第一大河。汾者，大也，汾河因此而得名。汾河源头位于宁武县东寨镇西北1000米处的大水塘，水塘石壁上有一个龙头，龙头中喷出一股清泉，终年流淌不绝，这就是汾河源头泉。

汾河不仅源头是泉，因山西为泉水之乡，境内泉水很多，许多有名的大泉水，如兰村泉、晋祠泉、洪山泉、郭庄泉、广胜寺泉、龙子祠泉、古堆泉等，通过汾河支流潇河、文峪河、浍河等汇入汾河，流经山西省的忻州、太原、吕梁、晋中、临汾、运城6市的29县(区)，全长713千米，流域面积达39721平方千米，在万荣县荣河镇庙前村汇入黄河。这些地下水对汾水的补给量是多少，目前还没有准确数据。

根据地下水深循环理论的初步分析，来自西藏的深循环水以明明暗暗的泉流方式对黄河及其支流的补给量达100多亿立方米，约占黄河流量的1/4。

再说桑干河。桑干河源区属于干旱区，孕育桑干河的是洪涛山下的神头泉。该泉系金龙池、玉龙泉、黄道泉、莲花池等10余处泉群汇成，这股滔滔活水，很早之前就使莽莽塞外的桑干河，变成了鱼翔浅底、百草丰茂的风水宝地。黄帝和炎帝在此大战，最终转为握手言欢，炎、黄二帝以实际行动写就了华夏一统的不朽华章。这就是华夏一统共御外侮的传统基因始萌地。

最后说松花江。松花江源头为长白山天池瀑布。天池的年降水和地面受水量为0.43亿立方米，每年从瀑布溢出的水量为1.23亿立方米，也就是说，在瀑布溢出的1.23亿立方米中，有0.8亿立方米来自西藏的深循环水，这是松花江源流的重要组成部分。

以上仅为江河源头源于泉流的部分例证。

关于深循环水对于北方河流的总体补给情况，前边一些章节已经有所涉及。

中国北方属于干旱、半干旱地区，虽然严重缺水，却仍然有许许多多的泉水成了地上河的稳定补给源。比如，从鄂尔多斯到内蒙古高原，降水量不大，却发育着渭河、泾河、无定河、窟野河、都斯图河、西拉木伦河、锡林河等众多河流，仅渭河流量达 100 亿立方米，渭河流域雨量不大，大气降水大都集中在 7—9 月，平时的径流竟也滔滔不绝。这么多水量大都是地下水的补给。

再如，太行山南部一带，岩溶泉呈散珠状排列着。其中天然流量达 1 立方米 / 秒的大型喷泉 60 多个，总流量超过了每秒 200 立方米。仅就山西阳泉而言，年降水量仅 400 毫米，但娘子关泉群多年的平均流量为 10.93 立方米 / 秒，年流量达 3.45 亿立方米。这些泉水，除当地消耗，其余成了汾河的源流。

还有，东北的鸭绿江、图们江等，地下水对其形成和维系起了重大作用。这些补给河流的地下水，少说在 400 亿立方米以上。

这 400 亿立方米的补给水对于覆盖半个中国的北方河流维护生态、滋润北国，起了重要的补缺作用。

3

第二种方式：维系海子和湖泊、水泡子的生态景观。

中国北方的内蒙古高原、鄂尔多斯、太行山、大兴安岭、松辽盆地以及长白山地区，都属于干旱或半干旱地区，降水量仅在 150 ～ 650 毫米之间，且 70% 的降水集中在 7—9 月，但出人意料的是，这些地区的地下水非常丰富。地下水溢出地面，形成了湖泊与河流。从内蒙古高原到东北的松嫩平原，成千上万个大小水泡子呈串珠状排列。这里先说内蒙古高原，乌梁素海、岱海、黄旗海、达里海等，年降水量仅 300 毫米，却出现了面积大于 1 平方千米的湖泊上百个。尤其是巴丹吉林和腾格里沙漠中竟有数百个海子，这些大小湖泊在蒸发量远大于降水量的气候条件下长年不干涸，得有多少地下水补给？内蒙古向东，大片洼地，原是湖泊湿地。风尘降落，加上野草丛生，湖底填高，形成了密如繁星的水泡子等，水量平衡关系研究确定，地下水每年补给呼伦湖与查干湖的水量分别为3.9亿立方米与1.7亿立方米。通过蒸发量粗略计算一下，从巴丹吉林大沙漠到东北水泡子，维系这些地区的湖泊、水泡子与沙山景观，估计年耗水量超过百亿立方米。

4

第三种方式：储存于地下深层，维系地下水循环，并救援地面干旱。

因为这是深循环水，必须有大量的水储存于地下深层，以保持循环状态。

比如，鄂尔多斯地区，经多年科学钻探得知，该地区深层地下水为105亿立方米。再比如华北地区，权威部门公布的数据是：地下水开采量为230亿立方米，由此可见，华北平原在正常情况下接受深循环地下水的补给量达200亿立方米。其他地区没有钻探，谁也拿不出准确的数据，但就总体而论，整个北方旱区待开采的深循环水少说也得400亿立方米以上。

2003年8月，陈亮（左1）、苏治国（左2）、陈建生（右1）在黑河上游采样

5

以上粗略计算，地下水总量超过了 1 千多亿吨，这是保守的数据。

如果没有这 1 千多亿吨的深循环水北国济旱，整个北方江河的灌溉和滋润大地的能力将大为减弱，其流域范围的辽阔土地将会出现什么样的窘态！

北方沙海和内蒙古高原的湖泊倘若得不到地下水的补给，就会失去对沙漠、荒漠的阻滞，整个北国又将会变成什么模样？

显而易见，我国北方如果没有丰富的深层地下水，北京不可能成为古之名都、今之首都。北方的大中城市也不可能出现和存在。倘若没有深层地下水的巨量储存，整个西北、华北及东北地区，早在大旱、久旱的恶劣气候下荒芜了。

以上 3 点，就是西藏地下水救中国的第一支撑。

第二十六章

应对污染 巨量清泉诚可贵

长江污染、黄河污染，流入大江大河大湖泊的支流和小河也污染。

污染已使中国成为世界上最为严重的水质性缺水国家。

许多专家发出警告："中国水质性缺水问题严重程度还可能大于资源性缺水，特别是中国东南沿海的经济发达地区，水污染应该引起全国人民的高度重视和关切。"

云贵高原地处西藏高原东南坡，是西藏高原的东延。其地质构造与西藏高原系同一构造。云贵和西藏仅是区域划分之别，二者的地质断裂带是连通的。

西藏高原渗漏水不仅仅局限于西藏内流区那61万平方千米，其外流区59万平方千米同样存在渗漏，这些渗漏水中的一部分，连同云贵高原渗漏水，通过错综复杂的断裂带，流向我国中东部地区。

从西藏高原流向我国北方干旱半干旱地区的1000多亿吨地下水，加上云贵高原存在巨量的渗漏，这些清洁的地下巨泉，正在或将会成为拯救水质性缺水的中国的生命之源！

1

关于我国水资源安全问题，笔者在2015年第21期《国防参考》上发表过一篇文章：《我国水资源安全的五大短板和两大优势》。五大短板：一是人均水量少，仅为世界人均水量的1/4；二是南方多北方少，区域降水不平衡；三是夏季多，其他季节少，降水时段不平衡，容易造成水涝灾害；四是水利工程建设不理想，尚不能大范围地利用天然降水而以涝济旱、以丰补歉。以上四大短板的主要内容已在一些章节中时有涉及，这里不再重复。

这里讲述的是第五大短板：最为严重的水质性缺水。

随着我国经济的发展和人民生活水平的提高，中国成了世界上最为严重的水质性缺水的国家。

2

水质性缺水的原因有两条。

第一个原因是水源的自然禀赋不太好。2012年6月27日，国家发改委副主任杜鹰说："水利部对661个建制市和1746个县级城镇的4555个城镇集中式饮用水水源地的调查显示，约35.7亿立方米水源不达标，占总供水量的11.4%。目前水源地功能不达标率达35.6%，全国1073个重点城市地表水饮用水源有25%水质不达标。自来水原料的原水受到污染已成饮水安全的头号敌人。"

水质性缺水的第二个原因是水资源污染。

中国的水质污染，得从中国第一大河长江谈起。

长江水资源总量约1万亿立方米，是我国最重要的水资源，它不仅是本流域可持续发展的保障，同时担负着通过南水北调缓解北方缺水问题的重任。

长江流域地处我国中南部。其干流经青海、西藏、四川、云南、重庆、湖北、湖南、江西、安徽、江苏和上海十一省（市、自治区），注入东海，全长6300余千米。其支流伸展到甘肃、贵州、陕西、河南、广西、广东，福建、浙江八省区。流域面积约占全国总面积的1/5。流域经济总量占全国经济总量的比例超过50%。长江水量巨大，约占全国径流总量的35%。

就其水质而言，长江的天然水质良好，是工农业生产和人民生活用水的良好水源，也是水生生物生长繁殖的理想生境。

近年来，我国工农业生产和城镇建设迅速发展，但我们的治理措施没有紧紧跟上，致使流域区被污染了，特别是中下游地区的水污染，已成为长江水环境的严重问题。

资料显示，长江流域人均水量2460立方米。流域内城市有186个，人口超过200万的特大城市有4个。整个长江流域年污水排放总量达250多亿吨，占全国的40%以上，其中80%以上的污水未经有效处理，就直接排入长江。虽然近年来国家在长江的污染治理上进行了大量投入，但长江水污染形势仍然比较严峻。目前，长江干流60%的水体都已受到不同程度的污染，其中工业和人口比较密集的长江中下游上千千米河段沿岸水质基本都在三类和四类之间。地处长江入海口的上海市，也只有在江中心长兴岛一带才能取到三类水作为上海市的饮用水源。

此外，长江部分支流的污染和流域区内湖泊的富营养化问题也很突出。

据生态环境部提供的数据，长江38条主要支流上的72个监测断面，能达到三类以上水质的断面只有46个。与此同时，长江流域面积大于0.5平方千米的4000多个湖泊中，半数以上也已处于不同程度的富营养化状态。

以上情况说明，作为中国最大河流，长江原本是解决我国水资源匮乏的大动脉，但由于人为因素，这条大动脉被污染了，致使好几亿人的饮水安全受到了威胁。因此，长江水质污染成了全国人民饮用水安全的第一忧患。

3

中国水质性污染的第二大忧患就是祖国的母亲河黄河。

黄河全长5464千米，流域面积752443平方千米，发源于青海省巴颜喀拉山，流经青海、四川、甘肃、宁夏、内蒙古、陕西、山西、河南及山东九个省，是中国境内仅次于长江的第二长河、世界第五长河，是世界上含沙量最大的河流。其沙源来自黄土高原。黄河水虽呈现黄色，但经沉淀就能饮用，这与当今的水污染属于两个概念。应该说，黄河水质原本也是不错的。

遗憾的是，当今黄河水也被污染了。据黄河流域水环境监测管理中心最新发布的《黄河流域近十年水质状况及变化趋势》表明，近十年来，黄河流域水质污染日益加重，水污染形势更为严峻。2003 年，黄河流域地表水超三类水质标准(以下简称超标)河段长达 78.6%，与 1994 年的 68.8% 相比有所上升。目前，黄河干流是污染最为严重的河段，主要集中在石嘴山至乌达桥、三湖河口至喇嘛湾及潼关至三门峡等河段。主要超标项目为氨氮、化学需氧量、高锰酸盐指数等。

从支流来看，历年来水质均很差，超标河长所占比例一直都在 70%～85%。目前，污染严重的支流主要有湟水、汾河、涑水河、渭河、伊洛河、沁河等，其入黄河段水质几乎常年为劣五类(劣五类水已基本失去水体功能)。与干流相比，支流污染项目明显增多，主要超标项目除在干流上常见的外，还有溶解氧、氟化物、挥发酚、砷化物、重金属等。

由此可以看出，黄河的污染已经到了极其严重的程度。

4

中国的一些不太知名的小河，污染状况更为严重。这些小河将大量的污水排向大河或湖泊，给大河或湖泊带来很大的治理难度。

笔者在撰写这段文字时，各路媒体传来了一则令人心痛的污染消息：洪泽湖水质污染，胜利村万亩螃蟹绝收！

在洪泽湖西岸，有一块半岛似的陆地伸向湖中，半岛上有个村子——江苏省泗洪县临淮镇胜利村，村中有 260 户村民，其中 160 户是螃蟹养殖户，螃蟹产值成了全村的主要收入来源。因此，胜利村被誉为“螃蟹之乡”。

2018 年 8 月 24 日傍晚，胜利村村民刘培喜面对他家湖塘中争食的蟹群而暗自欣喜。忽然，滚滚的黑色洪流从溧河洼上冲下来，流进了洪泽湖，并将上万亩蟹塘染成了黑色水域。刘培喜见势不妙，连忙转告村人。全村人见了，无不为之着急，却无力阻止黑水漫流。

第二天清晨，村民们发现，门前的湖水变成了黑色，许多死鱼直挺挺地在漂浮水面的白色泡沫中晃荡着。再看水中，全村 12600 亩蟹塘的鱼和螃蟹几近绝收。其后，死螃蟹逐渐浮上水面。

无奈的胜利村人只好含着泪，摇着小船打捞死蟹，然后一筐筐地装上拖拉机，一趟又一趟地拉到指定地点进行无害化处理。

整个村子都笼罩于哭泣和悲哀之中。

有位渔妇哭得分外悲切，她在电视里说："今年头一次养蟹，银行贷款 20 多万元，又朝亲友借了 10 来万，总共 30 多万元，都用在螃蟹上了，眼看就要上市了，没想到上游放黑水，螃蟹都死了，欠的债还不上，家里没收入，我家日子怎么过呀？"

笔者也是江苏人，早就知道，那里的螃蟹一向以"白肚青背毛金爪"而远近闻名。这种蟹味道特别鲜美，一直是市场的抢手货，但对水质的清洁度要求也高，哪里经得住这股滚滚而来的污水袭击！

2018 年 8 月 30 日，江苏省生态环境厅在其官方微博"江苏环保"通报称，苏皖双方一致认为："本次江苏省泗洪县洪泽湖溧河洼片区水质异常、临淮镇胜利村等地鱼蟹大量死亡事件，初步判断原因是由于上游泄洪夹带污水造成。"

谁是"上游泄洪"的责任者？

溧河洼是由西部的新汴河和西北部的新濉河汇合而成，分别为安徽宿州市和江苏泗洪县辖区，新汴河上游是河南省沱河。因此，胜利村水域污染，涉及三省区，究竟谁该对该事故负责，沿河责任部门各有说辞，一时难以确认肇事者。

为了让百姓少流泪，下游的江苏省政府向胜利村受灾户预付了赔偿款。

5

胜利村螃蟹的“灭顶之灾”，仅是全国污染事件中的一个不大不小的案例。据世界银行统计，“中国江河湖泊普遍遭受污染。全国 75%的湖泊出现了不同程度的富营养化；90%的城市水域污染严重，南方城市总水量的 60%～ 70%是由于水污染造成的”。

有专家称：“长江黄河都面临着生存危机。特别是北方的黄河、淮河、海河流域，缺水致严重污染最严重。中国每年单是治理黄河污染就花费 13.9 亿～ 18.9 亿美元，还不包括治疗饮用不洁水的治病开支 3.3 亿美元。中国约 3.6 亿农村居民缺乏清洁饮用水。”

地下水污染更为严重。

据《全国地下水污染防治规划》介绍，“我国有 90%地下水受到不同程度污染”。我国水文资源专家、中国工程院院士王浩透露：“我国地下水资源量占全国水资源总量的 1/3，维持着全国 70%的人口饮用、40%的农田灌溉以及 38%的工业生产。由于工业废水和生活污水的排放，超量化肥和农药的使用，垃圾场的淋滤和地下油罐的渗漏等原因，地下水正遭受着越来越严重的污染。”

中国地质调查局专家指出：“中国 90%地下水遭不同程度污染，64%污染严重。”我国 2015 年水质报告显示：“华北平原一半的地下水都已受较重污染，污染物包括无机盐、有机难降解物及重金属，可直接饮用的一类水只占 22%。”(笔者注：以上所言之“地下水”皆传统思维中的浅循环水，深循环水没有污染。)

中国成为世界上最为严重的水质性缺水国家，其根源包括污染物流失、管理不善、普遍性干旱以及过快的经济扩张。许多专家发出警告：“中国水质性缺水问题严重程度还可能大于资源性缺水，特别是中国东南沿海的经济发达地区，水污染应该引起全国人民的高度重视和关切。”

6

尽可能地饮用深循环水，这是弥补水质性缺水的有效出路。府谷县的饮用水之路值得推广。

20世纪90年代，陕西省最北边的府谷县在黄河边的山岩上打出了自流井，日涌量5万立方米，水质优，无污染，解决了全县人民的饮用水问题。其孔口的地表高程比相邻的黄河水面高出好几十米，位于黄河岸边。黄河在沟壑中，由此可见，自流井水与黄河无关，不可能是黄河滩及本地山区降水渗漏所致。根据力学原理，其补给源区应该是海拔很高的高原地区。

联想到中国一句古话：“山多高水多高。”这句话是有科学道理的。因为中国的山脉，大都低于西藏高原，而诸山四季长流的泉水，大都来自青藏高原高压力的深循环水。它与各地本地降水所形成的“空山水”有明显区别：“空山水”多寡与当地降水情况密切相关，而深循环水的溢流量与本地降水无关，且在一年四季中基本上是均衡的。府谷县的自流泉高高在上而四季长流，正是这个道理。

7

本书前几个章节讲的都是北部缺水情况。实际上，中国的水质性缺水范围远远超出了北方旱区。比如，长江以南、淮河流域，降水量大都在1000毫米以上，应该说，这些地区不缺水。但地面污染了，江河湖海污染了，降水量再大，不能饮用，那也是水资源的一种浪费。

近些年来，随着污染形势日益严重，我国华南、华中、华东包括苏北平原地区，同北方一样，都在盼望着洁净的饮用水。问题在于，我国南部以及中东部地区也像北方旱区那样，有上亿吨深循环水吗?

陈建生教授说：“有。”

或许有人怀疑：云贵高原怎么有这么多的渗漏水?

陈教授说：“云贵高原接受印度洋季风降水，年降水量大于西藏高原。云贵高原也是受到印度洋板块与欧亚大陆板块碰撞后隆起的，它在印度洋板块挤压下出现了东西走向的断裂带，属于深大基底断裂带，这就形成了云贵高贵的深部导水构造。云贵高原海拔高度在 400 ～ 3500 米，大体地势是南低北高，整个高原约 50 万平方千米，这么大范围的降水，通过高原下的深大断裂带，进入导水通道中，向东部及东南地区排泄。”

陈建生考察云贵高原湖泊与河流

8

人们不禁要问：云贵高原的深循环水是通过哪些输水通道输向我国东部及东南地区的？

前边文章多次提及，深循环水的输水通道是由地质断裂带决定的。

地质科学早已对中国的地质断裂带有了比较清楚的认识。由于几个全球型的地质断层从中国境内通过，如环太平洋构造带、地中海—喜马拉雅构造带、中亚造山带，这些全球型构造带与中国的日喀则—狼山断裂带、云南断裂带、龙岩断裂带、龙门山断裂带、鲜水河断裂带、龙泉山断裂带、郯庐断裂带、冈底斯—喜马拉雅大断裂带、赤峰—开原断裂带、沂沭深大断裂带等，纵横交错地将中国大陆及大陆架和海岛等切割成了破碎地块，比如华北地块、扬子地块等。这些地块的边界都由断裂带组成。正是这些地质断裂带，形成了更为稠密的中国地震带网，我国许多地震，比如唐山地震、汶川地震、邢台地震等都是这些断裂带造成的。

地质断裂带虽然带来了地震灾害，但也为深层地下水提供了运行渠道。无论是西藏内流区渗漏水，还是云贵高原的降水渗漏，都是通过这些纵横交错的断裂带进行长途输运的。

正是因为断裂带之功，我国不仅沙漠及北方干旱地区得到了深循环水补给，而且，南方广大地区，以及华北地块、扬子地块等人口稠密地区，深循环水也是丰富的。

9

在水利部门的官方文件中，将华北平原出现的地裂缝归结为大量抽取地下水，是由水位下降产生的沉降所引起的。事实上，在《太平衔接》《资治通鉴》《后汉书·本记》《旧唐书》《山西通志》《天灾表》及一些地方志及历史文献中均有关于地裂缝的记载，石家庄、保定、沧州、廊坊、邯郸等河北平原地区的市志、县志等，都有关于地裂缝的历史记载和描述。自 1966 年邢台地震以来，华北平原地区发生了大面积的地裂现象（中国地质调查局水文环境地质调查中心，2008），在河北 70 个多个乡村出现了 300 余条地裂缝（田级生，2003）。1966 年以前，华北平原的地下水位仅在 1 米左右，很多地区的地下水溢出地表形成湿地与沼泽。所以，历史上出现的地裂缝与开采地下水没有任何关系，而与地质构造的关系密切，因为华北平原属于冲洪积平原，基地断裂带为活动断层，活动断裂带是地裂缝产生的根本原因。

华北的这些裂缝确实与地下水有关，是深循环地下水向承压层排泄的导水通道，正是由于存在这些纵横交错的裂缝，沉积含水层下部岩溶地下水才能快速地进入含水层。我们发现，华北减少了地下水抽水量后，地下水位出现了快速恢复，前边说过，降水不是华北优质地下水的补给源，华北深层地下水来自西藏羌塘盆地的渗漏水。西藏与华北之间存在连续的熔岩隧道。西藏河流与湖泊的渗漏进入熔岩隧道后，在华北隐伏火山地区排泄到石灰岩断裂带中，岩溶水通过沉积层中的这些裂缝，快速传输到不同的含水层中，这是实现地下水位快速恢复的主要原因。

10

大自然赋予我们宝贵资源，这是很好的基础条件，但是我们能不能科学地将这些资源变为宝贵的财富，就看我们的智慧和能力了。华北平原与苏北平原的地下水都接受外源深循环水的补给。

在1970年之前，华北平原大部分地区都是盐碱地，盐随水来，又随水去。研究证实，华北平原盐碱地区的盐分主要来自地下水，地下水涌出地表后，水分被蒸发，而盐碱留在了地表，于是形成了盐碱地。几千年以来，先民们创立了开渠灌水洗盐碱的方法改造盐碱地，将沉积在地表的盐碱用水稀释并带走，从而达到降低土壤中盐碱的含量。如果华北平原地下水来自降水入渗补给，那么土壤中的盐碱将随着入渗降水带到地下水中，浅层地下水中的TDS将大幅度提高，参见下图。

比如华北和苏北沿海地区，白花花的盐碱地几乎到处可见。近些年来，许多盐碱地消失了，变成了庄稼地，这一可喜局面，有人总结为“改造自然的伟大功绩”。

其实，这些盐碱地的消失并非完全是治理的结果，而是大量抽取地下水后，这些地区地下水下降了，土壤表面的盐分随着降水与灌溉水入渗到了非饱和的土壤中，上层土壤盐分越来越少，最终变成了良田。这正是：有意栽花花不发，无心插柳柳成荫。

值得指出的是，地下水位降低后，地表的盐分与污染物进入土壤甚至浅层地下水中，土壤剖面中积累了大量的盐分，这些盐分和污染物一旦进入地下水，将污染浅层地下水，这是我们将面临的严峻问题。但是，迄今为止，水利部门的某些官员仍然认为，地下水是来自当地降水入渗补给，他们还没有认识到降水若真的入渗地下水后所带来的严重后果。有些地区还通过地表的渗水坑或河道向地下水进行补给，实际上这是很危险的，因为非饱和土壤中累积的大量盐分和污染物将被带入地下水中。例如，衡水一些低洼地区接受地表水的入渗补给后，浅层地下水的TDS已经达9克/升，水中硝酸盐严重超标。

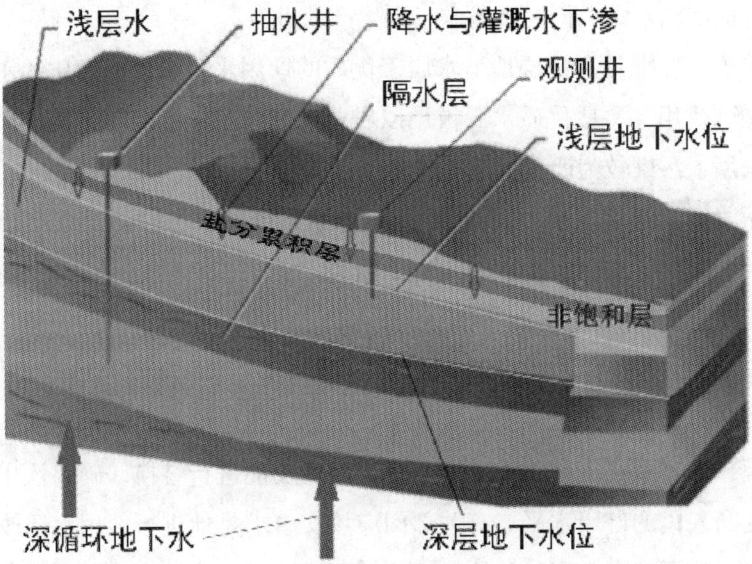

华北平原降水入渗污染地下水示意图

再如苏北平原，地表水普遍受到污染和土壤盐分侵蚀，水味苦咸，人们都愿意喝深井中的地下水。为使“好水好用”，陈建生教授做了专题考察，并写了一份考察报告。该报告在展示数据、讲明科学道理后提出7条建议，现摘录于下。

第一，淮安、连云港、宿迁、徐州等苏北地区的深层承压水接受新生代玄武岩地下水的补给，新生代火山玄武岩地下水通过郯庐、海泗、响水口—淮安等断裂带补给到苏北地区，深层地下水最终通过断裂带向海洋排泄。

第二，盱眙新生代火山玄武岩地下水的补给源区位于青藏高原东南、云贵高原一带，深循环地下水来自冰川融水、河流及湖泊的渗漏，具有稳定的补给源，渗漏水经过深循环从孔洞型玄武岩含水层溢出。

第三，深层地下水中含多种对身体有益的微量元素，锶与偏硅酸的浓度超过了矿泉水标准，属于优质的饮用水源。

第四， 高沟镇以北的深层地下水为优质饮用水，其中锶、偏硅酸等指标都超过了矿泉水标准，属于稀有矿泉水资源，不但可以为“今世缘”提供更好的酿酒水源，同时具备矿泉水生产的潜力。

第五，苏北地区深层地下水属于优质的饮用水资源，但优质的水资源并未做到优用，一些优质水源被用以农业灌溉与工业生产等，而居民的饮用水采用了污染较为严重的地表水。

第六，通过地下水中氚测定发现，苏北地区地下水的年龄约为40年，利用碳14定年方法受到了深部碳源的干扰，前人持有的地下水为“古水”的观点是错误的。

第七，淮安等苏北地区实施的饮用水改造工程是基于深层地下水为“古水”的观点而做出的，不符合实际情况。建议政府将优质的地下水作为饮用水源，通过水利工程将地下水与地上水的功能进行替换，确保饮用水安全，提高人民的健康水平。有关部门应该实事求是地进行饮用水源改造工程，对于地下水存在现代补给的地区，不要盲目地将饮用水源由地下水改为地表水。

以上引文说明，要想喝到洁净水，离不开科学的支撑。

11

文章写到这里，笔者生怕“跑题”，问陈建生：“这本书名是《西藏之水救中国——地下水篇》，而本章内容涉及了云贵高原渗漏水，‘跑题’没有？”

陈建生说：“没有跑题。云贵高原地处西藏高原东南坡，是西藏高原的东延，其地质构造与西藏高原系同一构造。云贵和西藏仅是区域划分之别，二者的地质断裂带是连通的。西藏高原渗漏水不仅仅局限于西藏内流区那 61 万平方千米，其外流区 59 万平方千米同样存在渗漏，这些渗漏水中的一部分连同云贵高原渗漏水，通过错综复杂的断裂带，流向我国中东部地区。西藏高原与云贵高原上的这些地下巨泉，正在或将成为拯救水质性缺水的中国的生命之源！仅此而言，西藏地下水救中国，表述是正确的。”

第二十七章

造化神功　矿泉水惠及亿万众

矿泉水，水中贵族，深循环水中的精品，西藏之水救中国的伟大功臣之一！

矿泉水，两种地下水循环理论对其产生的机理有着重大分歧。

第13个“中国矿泉水之乡”花落涟水，爆出两大亮点：一是证实了深循环理论的指导作用和奠基性贡献；二是当地政府的积极努力。

国庆假日，陈建生教授海边考察，收获如此多多，说明我国矿泉水储量何等丰富！

我国人均矿泉水消费量仍是世界上最低的国家之一，城镇居民人均消费量还不到10升。我国矿泉水的消费市场前景光明灿烂。

矿泉水已经成为日常生活中常见的一种饮品，超市、商场、小卖部、便利店，矿泉水的身影无处不在。

让我们记住矿泉水的来历吧！它从青藏高原的“地下水塔”走来，千万里的历练使它成了“水中贵族”。天地造化使之成了生命之源中的精品。

如何认识和开采这些水中精品，如何保护和利用上苍赐给我们的这座“地下水塔”，这将长期考验中华儿女的才智和能力。

1

西藏地下水救中国的第三功勋是通过矿泉水体现出来的。

目前，矿泉水与深循环水的密切关系还没有被业内人士广泛认知，故有必要以具体事实对其科学内涵予以解释。

先说说矿泉水的定义，大学教科书上说："矿泉水是从地下深处自然涌出的或者是经人工揭露的、未受污染的地下矿水；含有一定量的矿物盐、微量元素或二氧化碳气体；通常情况下，其化学成分、流量、水温等动态在天然波动范围内相对稳定。矿泉水是在地层深部循环形成的，含有国家标准规定的矿物质及限定指标。"毫无疑问，这个定义是正确的。

关于矿泉水的标准，国家有十分明确的标准。锂、锶、锌、硒、碘化物、偏硅酸、游离二氧化碳和溶解性总固体，必须有一项或一项以上达到国家规定的标准，才能称为矿泉水。具体含量(毫克/升)标准：锂、锶、锌、碘化物均≥0.2，硒≥0.01，偏硅酸≥25，游离二氧化碳≥250和溶解性总固体≥1000。

2

谈及天然矿泉水的形成过程以及存储年代，两种地下水理论各有其说。

传统的地下水理论认为：流域区内的降水入渗，形成地下水后，长期与围岩接触，经溶滤作用、阴阳离子交替吸附作用、生物地球化学等一系列物理化学作用，使岩石中的矿物质、微量元素或气体组合进入地下水中，富集到一定的浓度，地下水在高温、高压和水蒸气膨胀作用下，沿地壳裂隙运移上升，涌出地表形成各种类型的矿泉水。水的年龄是指雨滴、融化的雪水或地表水，渗入地下后，在地下滞留和循环的时间。水的年龄越长，它在地下滞留和循环的时间越长，流经岩石上溶液的矿物质就越多。矿泉水在地下深处滞留和循环的时间，少则十几年，多则几百年，甚至上万年。

根据这种传统说法，好多名牌矿泉水为标榜"水质优良，口感纯正"，竟在广告词里说是"历经万年流淌"，也有说成"万年储藏"，故而"令人神清气爽”。

地下水深循环理论认为：在地球上一些特殊地区，比如青藏高原、云贵高原一带，存在一座高高在上的“欧亚水塔”。“水塔”的渗漏水在地球重力的作用下，渗漏至深部岩石圈中的玄武岩熔岩隧道中，快速向低海拔地区流动，然后，地下水沿着熔岩隧道及深大断裂带流向河西走廊、塔里木盆地、内蒙古高原、鄂尔多斯、阿拉善、华北平原、大兴安岭、长白山、东北平原、贝加尔湖、长江三角洲、苏北盆地、东海、南海及海沟等地区。经过深循环的地下水，最终通过断裂带、缝合带、火山口向地表或海沟中排泄。这些地下水在深循环和排泄过程中，在二氧化碳的参与作用下，与沿途围岩中的矿物发生水岩反应。硅酸盐与碳酸盐中的硅、锶、锂、锌等对人体有益的元素，从矿物中析出，以离子形式溶解在水中。当这些离子的浓度达到了国家标准，就成为天然矿泉水。矿泉水的年龄与深循环水外泄时的年龄是一致的。其年龄的大致规律是：从我国的西部向东呈增加趋势，一般在 20 ～ 40 年。

因此说，矿泉水是深循环地下水的精华。它的形成得益于所经通道造化之功。它干净、无污染，且提供对人体有益的重要成分，加上其便于携带和储存，故而成了亿万大众的上选饮品，并被戴上了“水中贵族”之桂冠。

3

为加深对矿泉水形成过程以及它与深循环水渊源关系的理解，并对我国矿泉水有个总体上的了解，现将笔者与陈建生教授的一段对话公布于下。

笔　者：前文提到偏硅酸型矿泉水，很多人弄不明白，这种偏硅酸型矿泉水是怎样形成的？

陈建生：深循环地下水由于经过了以硅酸盐为主成分的熔岩隧道，大量的来自地幔的二氧化碳进入熔岩隧道中，这些二氧化碳与硅酸盐发生水岩反应后，生成了偏硅酸等。所以，深循环地下水中的偏硅酸含量较高，有些达到了矿泉水标准，形成了偏硅酸型矿泉水。其标准是：每升水中偏硅酸的含量大于 25 毫克。

笔　者：根据您研究深循环水的知识和经验的积累，我国哪些地区地下水中的偏硅酸达到了矿泉水标准？

陈建生：长白山地区的泉水都是深循环地下水，经过了玄武岩中的熔岩隧道，地下水中的偏硅酸都能达到矿泉水标准，偏硅酸的含量在25～80毫克/升。当地政府和开发部门已经在靖宇、抚松与安图建立了三个大型的矿泉水基地，年产矿泉水超过300万立方米。

笔　者：华北平原的地下水符合矿泉水标准吗？

陈建生：华北平原地下水中的偏硅酸也较高，很多地区的地下水的偏硅酸都能达到矿泉水标准。

笔　者：长白山泉水含量达到矿泉水标准吗？

陈建生：长白山泉水中的偏硅酸达到了矿泉水标准，但锶普遍偏低，没有达到矿泉水标准。

笔　者：为什么长白山矿泉水中锶含量偏低？

陈建生：这与水岩反应的条件有关，锶离子来自二氧化碳与碳酸盐的水岩反应，但在玄武岩中碳酸盐的含量极低，而长白山的泉水基本上都是从玄武岩熔岩隧道与孔洞中流出的，几乎没有与碳酸盐发生水岩反应，所以，长白山地区泉水中的锶、钙、镁、钠等离子的浓度很低，锶浓度远远低于矿泉水标准。

笔　者：苏北平原的地下水中偏硅酸与锶值高吗？

陈建生：苏北承压水是深循环地下水，补给源区在西藏高原东南到云贵高原一带，地下水循环的周期大约40年。深循环地下水的导水通道也是玄武岩熔岩隧道，所以，地下水中的偏硅酸浓度达到了矿泉水标准，在40～80毫克/升。由于苏北盆地的新生代火山岩属于隐伏火山，火山口上部覆盖着几百米至上千米厚的含有碳酸盐的沉积层，从火山口涌出的深循环地下水，经过碳酸盐层后通过越流补给方式向地表运动，地下水在流动的过程中与碳酸盐发生水岩反应，碳酸盐中的锶、钙、镁等离子溶解到水中，矿泉水标准是每升水中锶含量达到0.4～0.8毫克，锶与偏硅酸都达到矿泉水标准，这是极其稀有的天然矿泉水。

笔　者：能具体说说原因吗？

陈建生：涟水与汤沟都位于隐伏火山区，它们属于同一个火山群落，分别对应着两个火山口。从火山口涌出的地下水中含有从玄武岩中溶解出的偏硅酸等矿物质，偏硅酸每升水含量为60毫克，锶每升水含量为0.5毫克，两项指标都达到了矿泉水标准，符合一类饮用水标准，属于矿泉水中的佳品。

笔　者：涟水、汤沟地下水中锶为什么这么高？

陈建生：这与隐伏火山的地质构造有关。在500万年和300万年前，苏北地区发生了两次大规模的火山喷发，当时的苏北还是海洋，所以火山喷发实际上是出现在海底。火山喷发停息后，火山口被海相碳酸盐沉积及河流带来的泥沙所覆盖，直到几千年前，才形成陆地。从隐伏火山口涌出的地下水富含偏硅酸，地下水、二氧化碳再与沉积层中的碳酸盐发生水岩反应，碳酸盐中的钙、锶、镁等离子溶解到承压水中，于是偏硅酸与锶同时达到矿泉水标准，而且水中富含各种对人体有益的矿物质与微量元素。

笔　者：当地的降水或河水入渗的地下水能形成矿泉水吗？

陈建生：苏北平原属于冲积平原，地层中存在碳酸盐、硅酸盐等矿物，入渗地表水中含有二氧化碳，水岩反应可以将碳酸盐中的钙、锶等溶出，当作用时间达到一定数值后，锶的含量是可以达到矿泉水标准的，但偏硅酸含量很低，因为碳酸盐的水岩反应速率是硅酸盐的100万倍，水中的二氧化碳基本上都与碳酸盐反应了。另外，由于地表水与非饱和层中累积有大量的盐分与农药化肥等污染物，地表水入渗水的水质很差，属于不能饮用的5类水，所以，降水入渗是不能形成矿泉水的，即使锶达到了0.2毫克/升以上。

笔　者：您是说，偏硅酸矿泉水的形成与深循环水的介质密切相关？

陈建生：是这意思，严格地说，偏硅酸来自二氧化碳与硅酸盐之间的水岩反应，而且还与作用的时间有关，从西藏到长白山历经4000千米，经过了40年，每升水中的偏硅酸含量在25～80毫克。鄂尔多斯盆地地下水也是来自于深循环，但西藏到鄂尔多斯的距离约1600千米，地下水的循环周期只有20年，所以每升水中的偏硅酸含量在10～38毫克。巴丹吉林沙漠火山口距离补给源区鄂陵湖、扎陵湖的距离约600千米，每升水中的偏硅酸含量在 12 ～ 14 毫克。仅从以上数据可以看出：偏硅酸浓度与地下水循环的距离与传输的时间有关，距离越远时间越长，水中的偏硅酸浓度也就越高。

笔　者：锶矿泉水的出现有无规律可循？

陈建生：锶主要来自碳酸盐，由于碳酸盐分布广泛，而且水岩反应的时间远比硅酸盐短，所以富锶矿泉水的分布没有地域限制，在碳酸盐地区，河水与地下水中锶浓度都比较高。

笔　者：矿泉水中锶的浓度越高越好吗？最高能达到多少毫克？

陈建生：是的，在矿泉水标准中，锶浓度没有上限，越高越好。目前国内发现的天然矿泉水中锶的浓度最高达到每升水中 21 毫克，大部分矿泉水中锶的浓度都在 0.2 ～ 1 毫克。每升水中锶的浓度在 5 毫克以上属于高锶水，具有医疗作用，对高血压病人有特殊疗效。

笔　者：有无锶与偏硅酸浓度都很高的矿泉水？

陈建生：没有发现。

笔　者：为什么？

陈建生：无论是偏硅酸还是锶，都是水岩反应的结果，二氧化碳是水岩反应不可缺少的物质，由于不同矿物的水岩反应速率差异很大，碳酸盐的溶解速率远远大于硅酸盐，所以，只要含水层中有碳酸盐，二氧化碳与硅酸盐的反应就很弱。而且水中的各种离子会相互抑制，偏硅酸浓度升高后，钙、锶、镁离子浓度会受到抑制。

笔　者：能举一个根据地下水深循环理论寻找矿泉水的实例吗？

陈建生：好的。松原位于吉林省西北部，年平均降水量小于 500 毫米，蒸发量大于 1300 毫米。松原位于长白山的西部，如果西藏的河流渗漏水通过深循环流到了长白山，成为富偏硅酸矿泉水，那么松原应该是地下水的必经之路。由于在松原沉积地层中存在火山玄武岩，表明曾经发生过玄武岩喷发，于是深循环地下水可以通过隐伏火山口向沉积层中排泄。从西藏高原到松原将近 4000 千米，深循环地下水中的偏硅酸应该与长白山泉水接近。由于松原地区沉积层中存在碳酸盐矿物，深循环地下水在越流向上层流动的过程中，与碳酸盐发生了水岩反应溶解出钙、镁、锶等离子。于是地下水中的偏硅酸与锶都可能达到矿泉水标准。

笔　者：这应该是理论分析？后来呢？

陈建生：我们向松原市市长进行了汇报，市长听了汇报后立刻拍板在全市进行矿泉水普查，要求普查在2个月内完成。

笔　者：结果如何？

陈建生：我们共采集了380个水样进行了水化学分析，其中96.5%的地下水中的锶含量达到了矿泉水标准。地下水中偏硅酸的均值达到每升28毫克，最高的接近60毫克。

笔　者：其他指标怎样？

陈建生：我们选择了4个区域进行详勘，所选区域地下水都达到了Ⅰ类饮用水标准，其中3个区域的锶与偏硅酸双双达到矿泉水标准，另一个区域每升水中的锶浓度超过4.6毫克，属于富锶型矿泉水。矿泉水的综合指标优于长白山靖宇、抚松与安图的三个品牌的矿泉水，属于极为稀有的矿泉水资源。

笔　者：广东、海南、福建的矿泉水也属于深循环地下水？

陈建生：是的。我国大部分矿泉水都是来自深循环地下水，包括东北、华北、内蒙古、苏北、山东、广东、福建、广西、云南、海南等地。

4

看了上述对话，有人也许会问：这位陈教授对我国矿泉水情况怎么了解得这么透彻？

答曰：根本原因在于既有实践认知，又有独特的理论指导。这样的回答似乎太原则，那就以实际事例作答吧！

先讲一个深循环理论指导寻找矿泉水的完整故事。

2018年11月16日，涟水县广播电视网上爆出一条消息：《重磅！“中国矿泉水之乡”花落涟水，全省第一》。

消息说：“11月15日，中国矿业联合会天然矿泉水专业委员会在北京组织召开专家评审会，就我县申报‘中国矿泉水之乡’工作开展评审。

与会专家一致认为我县水域面积广，水资源丰富、分布广泛，矿泉水水质之优良，储量之丰富，在华东地区十分罕见，命名为锶、偏硅酸复合型饮用天然矿泉水。并一致同意授予我县‘中国矿泉水之乡’荣誉称号。”

消息还说：“调查显示全县19个乡镇地下均蕴藏着优质的矿泉水资源，弹性存储量约1.73亿吨，锶含量为0.406～0.726毫克/升、偏硅酸含量为38.55～76.15毫克/升。目前全县已通过矿泉水界限指标鉴定的矿泉水井有47口，其中高沟酒厂井、高沟镇井、今世缘酒业井及黄营潘闸井共4井矿泉水通过国家及省级天然矿泉水评审委员会的认证，命名为锶、偏硅酸饮用天然矿泉水。”

涟水县政协主席蒋东明参加了评审会，将这一喜讯发给陈建生：“感谢教授的奠基性的功劳！没有教授的创造性汗水，就没有涟水今天的圣水。”

蒋东明主席的短短数语，浓缩着深循环理论指导下寻找矿泉水的一则完整的故事。

2017年第4期《江苏政协》刊登了陈建生教授的一篇署名文章：《涟水找水记》。文章披露，2016年9月，江苏省政协科技委召开“科技扶贫讨论会”。会上，江苏省政协教文委副主任陈建生教授汇报了他对矿泉水研究的部分成果，提出“涟水地区有矿泉水”的看法。

陈建生敢于在这样的会议上大胆提出自己的看法，依据有两条。

一是从好酒与好水的密切关系上得到启发。他说：“我曾对国内一些名酒如茅台、五粮液、汾酒等酒厂进行过同位素及微量元素分析，发现好酒都是用好水酿造的，而好水突出的特点是富含锶和偏硅酸等多种人体必需的矿物质与微量元素。‘今世缘’酿酒所用的水中富含锶等微量元素，可能与酿酒用的水来源有关。”

陈建生提出“涟水有矿泉水”的第二条依据是深循环理论的支撑。他在文章中说：“高沟酒厂所用的深井水，补给源区是距高沟镇2000千米以外的云贵高原一带，地下水补给过程中经历了玄武岩与碳酸盐，玄武岩与碳酸盐中的硅、锶、碘等对人体健康有益的矿物质与微量元素被溶出，形成了矿泉水。”

文章还说：“深循环地下水属于一种新发现的水循环形式，其形成过程颇具传奇色彩：6000万年以来，印度洋板块与欧亚大陆板块相撞，造成青藏高原隆升，引起了大范围的玄武岩喷发。火山活动结束后，曾经输送岩浆的通道，冷却后形成的熔岩隧道，被西藏高原河流的渗漏水侵占。入侵岩溶隧道的地下水被加热成了超临界态。这种变态的水是一种无坚不摧的超强腐蚀剂，它对玄武岩中的熔岩隧道与孔洞进行萃取，在隧道周围溶蚀出蜂窝状的导水孔洞。来自西藏高原东南及云贵高原一带的地下水，通过这些熔岩隧道及孔洞、裂隙，向苏北地区流动，并通过火山口及断裂带向地表排泄。由于盱眙地区的火山岩与一些大型的断裂带相连通，如郯庐断裂带、海泗断裂带及响水口—淮安断裂带等，这些断裂带如地下水的管网系统，将优质的地下水输送到苏北地区，并在断裂带发育地区涌出地表。曾经为高温的熔岩隧道被深循环地下水冷却，成为低温导水通道。深循环地下水在低温通道中通过水岩反应，溶解了硅酸盐中的硅、硒等矿物质，从隐伏火山口进入沉积层后，又通过水岩反应溶解了碳酸盐中的锶等矿物质，形成了偏硅酸与富锶型优质矿泉水。”

河海大学为涟水县出具了“中国矿泉水之乡”申请的推荐信

2018年12月25日，中国矿业联合会天然矿泉水专业委员会正式授予涟水县“中国矿泉水之乡”荣誉称号。涟水县成为全国第13家、江苏省首家“中国矿泉水之乡”。

以上就是涟水县实现“中国矿泉水之乡”的简要过程。这一事实说明了两个问题。

第一，证实了陈建生的深循环理论对涟水寻找矿泉水的指导作用和奠基性贡献。

第二，江苏省政协、涟水县政府及上下有关部门在深循环理论指导下积极努力，实现了让“中国矿泉水之乡”落户涟水的伟大梦想。

以上两点缺一不可。

简言之，尊重知识，勇于实践，这就是涟水奇迹的最大亮点。

5

江苏省政协对涟水经验大加赞扬，并在省政协会议上宣扬了涟水寻找矿泉水的大致过程，与会者从中得到了很大的启发和触动。感受最深的是连云港市政协主席张同生，他在会上说：“连云港地处海边，地表水污染，不能饮用；多年的老井水质也变坏了，多杂质，味不好，希望省政协帮助连云港解决饮用水问题。”

又一副重担落到省政协科技委肩上。分组讨论时，陈建生教授对张主席说：“解决连云港饮用水问题，办法还是有的。定个日子，我跟你们一块去海边找水源。”

陈建生如此爽快地回答，心中是有底数的。

年前，有位学生在拉家常中透露了一条水源信息。他家原住黄海之滨一座小山坡下。山坡上有个自流泉，一年到头流个不停。附近两三个生产队人畜饮用和灌溉用水全靠它。那水特别好，人喝了长劲，牲口喝了长膘，庄稼收成也高出邻近生产队一大截。后来开矿，费力不讨好，矿无收益，泉水没了，近2000名村民只好搬迁了。该同学就是这样离开那个小山坡的。

说者无心，闻者有意。陈建生打开地图，认真分析了那个小山坡流泉的原因。那里虽处海边，却是断裂带发育地区，符合深循环水排泄规律。只要那里的地下输水通道没有根本改变，让泉水复流应该是有希望的。

利用教学的闲暇，陈建生开着自家车，带上考察工具和水样瓶，独自来到黄海边。这里早就荒无人烟，连引路的老乡也未遇见，更没找到山坡上那只泉眼，却在不远处矿渣堆里找到了一股隐隐溪流。他欣喜地取了水样，经河海大学试验室检测，基本上可以断定，那股溪流是矿泉水。

因为心中存储着那股海滨溪流，所以，当连云港市政协主席张同生提出帮助寻找水源时，陈建生便胸有成竹地答应了他的请求。

6

2016 年 10 月 2 日下午，我在北京接到了陈建生的电话。电话中说，他和连云港市政协副主席方韬、黄咏梅等人已经来到那座海滨山坡，除了废矿石堆里那股溪流，又在附近发现了一个泉眼，也是矿泉水。根据这两股泉流判断，这里稍加钻探，解决连云港饮用水应该不成问题。

陈建生的这一发现，使我想起黄海滩涂中的那眼甜水泉。

20 世纪 60 年代初，我海防军民活捉了窜犯大陆的台湾九股登陆特务。我应《新华日报》约稿，到苏北赣榆县下口边防哨所（兼下口边防派出所）去采访，因为这里并非登陆特务的涉足之地，所以“抓特务”无立功可能，却在军民联手保海防中涌现了许多动人事迹。令我难忘的便是下口哨所那眼甜水泉的故事。

下口甜水泉，那是方圆 20 里海滩唯一的一眼甜水泉，中华人民共和国成立前被渔霸占有，渔民们必须以鱼换水。中华人民共和国成立后打倒了渔霸，甜水泉归全村共享，但因水量有限，村里几个渔民小组曾发生过争水械斗的悲剧。打从这里设立我军边防哨所后，下口村民一致公决：将分水权交给哨所官兵，因为解放军办事公正。

哨所官兵认真分析了“争水械斗”的根本原因。

这眼泉有个特点：泉水成池，泉池恒位。几天不取，泉池不见增量，但在取水之后，即使将水淘干，泉池依然恢复如初，但需间隔一两小时。因为要出海捕鱼，渔民们取水大都集中在清晨。十多担之后，泉池几乎干涸，后边的打不到水，矛盾就产生了……

针对这一特点，哨所官兵让渔民们将空桶置于泉边，每隔一两个小时，哨所官兵则将泉池里的水舀进空桶，然后一桶一桶地提至路边的空地上，等待渔民们抽空来取。即便是夜晚换岗，官兵们依照尽到“舀泉入桶”的义务。待渔民们赶来挑早班水时，有这十多桶“垫底”，加上泉池里的储量，再加上取水时段落实到班组，“争水械斗”的现象再也没有发生过。

为挖掘夜泉潜力，哨所还动员参加夜间巡逻的基干民兵下哨后尽量带担水回家，以减少泉池白天的繁忙。

那时海边的民兵令人敬佩，白天忙于自家生活，逢五(初五、初十、十五……每月六天)夜晚还和部队一起巡逻，不但没有报酬，就连充饥的夜班饭也没有，他们和官兵们一样，饿着肚子，巡逻在那段海防线上，谁也没有怨言。

哨所官兵更为可敬！甜水泉距下口村有二里许，风雨无阻，官兵们都给村里的五保户、烈军属送水，做到缸满院子净。

有位姑娘看上了“兵哥”，来泉边挑水，谎称崴了脚，“兵哥”连忙相助，帮姑娘担水，送姑娘回家，就此谈上了恋爱。

这可犯了部队纪律，从延安时期开始，我军就明文规定：不够“358团”（35岁、8年军龄、团级干部），不准与驻地姑娘成婚。

时光过去20多个年头，仅从海边渔村来看，这条规定依然十分重要：渔村姑娘有限，若被军人带走了，渔村小伙子找不到对象，渔民们还会欢迎部队进驻吗？基干民兵还会跟部队一块栉风沐雨保海防吗？

根据这个道理，那位“兵哥”认了错、被调走了。姑娘眼睛哭得像桃子，好几天没来打水。心细的哨所指导员让本村的一位大龄民兵天天给她家送水，结果，半年之后，这对青年好上了、结婚了，特地给哨所官兵送来了喜糖。

陈建生在电话中听到了上述故事，饶有兴致地对我说：“这些故事很感人。”建议我写进书里去，以便后人永远记住老辈们的功绩。他还说，“下口海滩那眼甜水泉，应该是深循环水，它给我们研究地下水入海通道，提供了一份参照，谢谢提供！”

7

陈建生一行离开海滨山坡之后，乘坐考察车继续向北飞驰。他要利用国庆假日扩大“寻水”范围。

当晚十点多钟，他在颠簸的考察车上给我打来电话，说刚才经过了一条河，河里流的全是矿泉水，可惜河水被污染了，河面漂满了水果套袋，两岸盖了一座又一座的宾馆和高楼，生活污水全都流进河里，将这条河道变成了臭气烘烘的排污河。据当地农民说，河里的水，不但不能饮用，连浇地都不合格，田里的麦苗大片大片地被毒死了。看到这样的惨状，回顾习近平总书记关于“绿水青山”的讲话，感受更为深刻，的的确确，“绿水青山就是金山银山”。如果不建这么多楼堂馆舍，也不种那么多劣质果树，这条河就不会被污染。那满河的矿泉水，就是流不完的金、花不完的银。山清水秀碧空净，两岸人民就会过上天仙般的好日子。可惜，这一切，如今成了奢望。

第二天，他们来到一座“龙泉山”，初听此名，以为这里出产好酒，细一打听，方知原名叫“九泉山”，因为在此山上有九眼泉水。江苏地质队来此调查后，认为“九泉”隐喻阴间世界，表示不吉利，故将“九泉山”改成了“龙泉山”。不管叫什么名，改变不了山上有九眼泉的事实。其实，这九眼泉也是矿泉水，加以开采，这个小山村同样会有流不尽的金、花不完的银的。

“九泉山”下有个谢湖村，有村民 2000 人，年过百岁的有 2 人，80 ~ 90 岁的人很多。这里是丘陵地区，农业生产较为落后，没有工业，属于贫困地区，陈毅元帅曾经在这里的大吴山、二龙山一带打过游击。这里的人均寿命名列全省前茅，究其原因，应该与居民长期饮用“九泉山”的矿泉水有关。

以上仅是陈建生教授国庆假日考察中的几个片断。从中可以看出，我国沿海地区矿泉水储量是十分丰富的。如不开采利用，这些矿泉水无疑会白白流入大海。

8

东北三省矿泉水储量更为丰富。仅以吉林为例，省内的长白山地区，就是世界三大黄金水源地之一。这里的安图、靖宇、抚松三地，年产矿泉水 310 万吨。占国内市场的 12.5%。吉林还有许多矿泉水至今没有开采，比如前边曾经提及的查干湖和长白山天池，满湖满池，流的都是矿泉水。

陈建生（右）与松原龙坑管委会王工程师在吉林某地取溪流水样

关于内蒙古和黑龙江省的矿泉水，中国权威学者的好几篇地矿论文中说，内蒙古东部的阿尔山矿泉水和黑龙江北部的矿泉水，经检测，与俄罗斯远东地区矿泉水成分相差不大，从中可以断定，远东地区的矿泉水是从我国北部地区的地层断裂带中流过去的，流量相当大。对此，中国人该干什么？聪明人也许早就想到了，既然这样，后边的话，笔者就不必多言了。

文章写到这里，笔者想到一个问题：如果对我国边海防地区，以及各县各乡进行全面普查，然后有选择地重点开采，仅税收而言，那是多少座“金山”？多少条“金河”？多少个“金湖”？但如果依然囿于传统思维，将会是多大的损失！

9

总之，我国饮用矿泉水源十分丰富，类型齐全，凡世界上的矿泉水类型，我国均有。但我国开采矿泉水起步较晚，除青岛崂山、内蒙古维纳、广东龙川、辽宁皮口和汤岗子等生产少量的矿泉水产品，其余品牌产品开采，大都始于1985年之后。

到目前为止，我国人均矿泉水消费量仍是世界上最低的国家之一，城镇居民人均消费量还不到10升。所以，我国矿泉水的消费市场前景光明灿烂。

随着人们生活水平的日益提高，对饮用水的要求也越来越高。大多数消费者对饮用水的要求不仅是解渴，而是更加关注品质和健康。

矿泉水已经成为日常生活中常见的一种饮品，超市、商场、小卖部、便利店，矿泉水的身影无处不在。

让我们记住矿泉水的来历吧！它从青藏高原的“地下水塔”走来，千万里历练使它成了“水中贵族”，天地造化使之成了生命之源中的精品。

如何认识和开采这些水中精品，如何保护和利用上苍赐给我们的这座“地下水塔”，这将长期考验中华儿女的才智和能力！

第二十八章

巧用暗河 我国传统的调水思路有望改变

我国传统的调水思路源于水资源领域的五大短板，其调水工程离不开筑坝、挖洞、开河、占地、移民、修水库等，费劲费钱，难以抵御地震和污染等灾害，还会带来诸多环境问题。

深循环理论创导者陈建生提出了改变传统调水思路的大胆设想：变地面调水为利用天然暗河的地下输水。

如果梦想成真，可以说，这是中国，乃至世界治水史上的重大革命。请看支撑这一大胆设想的主要科学依据。

1

现行传统的调水思路，源于我国水资源五大短板。

世人都说，中国是龙的故乡，而龙的故乡偏偏是个贫水国，水资源不保，水危机已经成了中华民族的心腹大患。这种龙困浅滩之困境与中国水资源安全存有五大短板密切相关。

短板之一：人均水量太少。

我国水资源安全的五大短板和两大优势

作者李伶于2015年11发表在《国防参考》第21期上的《我国水资源安全的五大短板和两大优势》，全文1万多字，本图为文章首页

中国年平均降水量为61889亿立方米，地表水与地下水的年均水资源总量约2.8万亿立方米，虽居世界第6位，但我国是14亿人口的世界第一人口大国，人均水资源量仅2250立方米，只有世界平均水平的1/4，世界排名第121位，是全球13个人均水资源贫乏的国家之一。到2025年，人均水资源将下降到1760立方米，接近水资源紧张国家人均少于1700立方米数值，水危机的形势将愈加严重。因为水资源短缺，导致3.2亿农村人口饮水不安全、7000万人饮水困难、669座城市中有400多座供水不足，110座城市严重缺水。由此影响年工业产值2000多亿元。

短板之二：区域降水量不平衡。

由于老天爷的厚此薄彼，中国成了区域水资源分布极不平衡的国家。

我国南方降水在800～1500毫米，水多地少，水资源量占中国的81%，耕地只占中国的36%。北方降水在100～800毫米，水少地多，水资源量仅占14.4%，人均水资源仅为世界人均水资源的1/8，耕地却占国土面积的58.2%。

我国西部缺水更为严重，就拿新疆来说，新疆占我国国土面积1/6，新疆东部水资源仅占全疆水资源总量的7%。根据水资源专家王世江等人的研究，如果从昌吉回族自治州的奇台县经巴州的焉耆县到和田地区的策勒县画一斜线，可将新疆分为面积大致相当的西部、东部两部分。西部水资源占全疆水资源总量的93%，而东部仅占7%，属于极端干旱区。由于新疆东部缺水，造成了世界罕见的地理奇观：吐鲁番地区成了举世闻名的“火焰山”；吐鲁番盆地里的艾丁湖，是世界第二低地。它低于海平面以下153米，比上海低156米，应该是积水成湖的天然条件，但因无水入湖，艾丁湖成了名存实亡的干湖。少得可怜的那点底部积水，几乎被火焰盆地烤干了。疆东地区的罗布泊亦早已干涸。

联合国粮农组织业已明确指出，中国北方、印度南方和墨西哥等地区是世界上严重缺水地区。

短板之三：降水时段不均衡，极易造成洪旱灾害。

中国的降水时段，大都集中在夏秋季节。每年7、8、9三个月，降水占全年降水量的70%～80%。由于密集性降水，容易形成洪涝灾害。为了防止洪水成灾，大都河湖开闸、水库放水。洪水到来便泄洪、放洪，造成了水资源的浪费。据历年统计，洪水灾害造成的经济损失是巨大的，仅1998年长江洪灾，直接经济损失2642亿元。

由于我国降水时段不均，造成了南涝北旱、秋涝春旱的自然格局。中国是世界第一灌溉大国，灌溉面积达到5333万公顷，占中国耕地面积的40%，是个受干旱严重影响的农业大国。据水利部统计，“十五”期间，中国农田年受旱面积达2600万公顷，平均每年因干旱减产350亿千克，每年造成经济损失超过2300亿元。

由此想到欧洲的几个国家，它们的降水量都在400～800毫米，与我国北方平均降水量大致相同。但他们每月的降水量比较均衡，一般情况下是不会出现洪旱灾害的。但在中国，洪旱灾害则成了水资源安全、粮食安全、乃至国家安全的一大忧患。

短板之四：最为严重的水质性缺水。随着经济发展和人民生活水平的提高，中国成了世界上最为严重的水质性缺水国家。

水质性缺水的原因有两条：一是水源的自然禀赋不太好。2012年6月27日国家发改委副主任杜鹰说：“水利部对661个建制市和1746个县级城镇的4555个城镇集中式饮用水水源地的调查显示，约35.7亿立方米水源不达标，占总供水量的11.4%。目前水源地功能不达标率达35.6%，全国 1073 个重点城市地表水饮用水源有 25%水质不达标。自来水原料的原水受到污染已成饮水安全的头号敌人。”

水质性缺水的第二个原因是水资源污染。据世界银行连续统计，“中国江河湖泊普遍遭受污染。全国 75%的湖泊出现了不同程度的富营养化；90%的城市水域污染严重，南方城市总水量的 60%～70%是由于水污染造成的。”有专家称：“长江黄河都面临着生存危机。特别是北方的黄河、淮河、海河流域，缺水致严重污染最严重。中国每年单是治理黄河污染就花费 13.9 亿～18.9 亿美元，还不包括治疗饮用不洁水的治病开支 3.3 亿美元。中国约 3.6 亿农村居民缺乏清洁饮用水。”

地下水污染(这里不包括深循环水，深循环水一般是不会被污染的)更为严重。据《全国地下水污染防治规划》介绍，“我国有 90%的地下水受到不同程度污染”。全国 70%的人口饮用地下水，40%的农田灌溉以及 38%的工业生产也依赖地下水。地下水的污染主要来自工业废水和生活污水的排放，超量使用的化肥和农药等。中国地质调查局专家指出：“中国 90%地下水遭不同程度污染，64%污染严重。”我国 2015 年水质报告显示：“华北平原一半的地下水都已受较重污染，污染物包括无机盐、有机难降解物及重金属，可直接饮用的一类水只占 22%。”

中国成为世界上最为严重的水质性缺水国家，其根源包括污染物流失、管理不善、普遍性干旱以及过快的经济扩张。许多专家发出警告：“中国水质性缺水问题的严重程度还可能大于资源性缺水，特别是中国东南沿海的经济发达地区，水污染应该引起全国人民的高度重视和关切。”

短板之五：工程性缺水。这是最为要害、最为关键的一大短板，也是短板中的短板，忧患中的忧患。

缺水国家的水利工程，可以反映出这个国家治水思路、治理能力以及治理智慧。

足够的蓄水工程，可以将洪水均匀地变成宝贵的资源，使有限水资源得到充分利用。

切合实际的调水工程，可以使老天爷的“厚此薄彼”变为“以富济贫”、汲洪济旱，有效避免水多水少所造成的灾害性损失。

有效治污工程，可以大大降解水资源污染的概率。

半个世纪以来，中国已经实施了“南水北调”的中线和东线工程，还有引黄入晋、引滦入津、引黄济青等工程，这些工程对解决华北和中东部地区的缺水问题起了一些作用，但对解决我国水战略安全问题相去甚远。依然不能改变我国工程性缺水这一严峻现实。

2

根据以上五大短板，专家们提出了多种调水方案。分析既往完成的和正在热议中的各种调水方案，有着这样的共同特点：离不开筑坝、挖河、打隧洞、架桥、移民、修水库等传统方法，这些举措必然带来一系列弊端：占地、费工、费钱、难以避免污染和地震灾害，还会造成诸多环境问题。

如何达到既调水又避弊端的目的？陈建生说过这样一段话：“西藏水多，这是事实，设法将这些水调往我国西部、北部等干旱地区，此乃救国之举。但耗资过多，费力过大，皆为国力所不允。怎样才能省劲省资地实现这一伟大目标？以我之见，首要问题就是改变我国传统的调水思路：把我们的思路从地上河移向地下世界。具体做法就是巧用地下暗河。好多人还不知道地下暗河是怎么回事，故在这里谈谈有关情况。我认为，地下暗河是老天爷赐给我们天然的地下输水通道，这种输水通道应该是岩浆流冷却后形成的贯通的收缩缝——熔岩隧道。它内壁光滑，类似于一条条输水管道，也像地上河那样有一定的流向。这些导水通道远长、深邃，网络似的纵横交错埋藏于地下深层。它不怕地面污染，无需人工维护，就连现代化战火也奈何不得其神威。人们动用这些地下管道式暗河，不必像引地表水那样筑坝、掏洞、修水库、占地、移民等，更不需要动用万亿巨资，修几千千米河道。只要科学界和政府足够重视，搞一个精干的研究和试验的班子，拨给专项经费，像毛主席当年抓“两弹一星”那样，专门攻克这个问题，用不了多少年，就可以把青藏高原和云贵高原渗漏的地表水的渗漏区域与漏水量查清，再通过遥感、地球物理、地球化学、同位素等检测手段，查清楚这些渗漏水的排泄区。然后，按需所需地将渗漏水输运到西北、华北、东北、华东、华南等地，且将流向东海海沟、南海海沟等地的地下水适当截流，这就从根本上解决我国缺水问题。”（参见下图，红色的是新生代火山玄武岩，箭头表示玄武岩地下水的溢出地带，箭头的末端表示可能的渗漏源区。）

看了陈建生的这段话及相关的示意图，有人会问，这种超常思维有无科学支撑？

以下讲述的便是陈建生和他的地下水深循环理论对于改变传统调水思路的主要科学依据。

3

改变传统调水思路的第一个科学依据：浮力定律揭开了青藏高原隆升之谜，并从科学角度阐明了地下空洞的存在以及暗河输水的足够高程。

我们都知道，青藏高原，又称“地球巨人”“亚洲水塔”“世界屋脊”。关于它的隆升之谜，目前有以下几种说法：

一是“垫高说”。有专家认为印度洋板块向北移动，不断地插到青藏高原下，使青藏高原地壳厚度双倍于正常情况下的地壳厚度。因此说，青藏高原是印度洋板块垫起来的。

二是“挤压说”。认为印度洋板块向北推挤，导致青藏高原岩石圈大规模缩短而上拱，好比两股作用力挤压大屋脊，把青藏高原挤成了世界屋脊。

三是“堆积说”。认为随着青藏高原地壳增厚，低黏度的下地壳在重力驱动下向低海拔区域流动，并在高原周边受阻聚集，导致地表隆升和高原扩张，因此说，青藏高原是堆起来的。

四是“上浮说”。1981年，澳大利亚地球物理学家霍斯曼和英国地球物理学家麦肯齐等人提出，青藏高原第一次增厚后，下方增厚的岩石圈被更热和更轻的地幔软流圈物质对流剥离并取代，导致岩石圈总体量减小，在软流层浮力作用下，地壳隆起抬升，这个过程就好像一块下方绑着铁的木块放入水中，铁块解除后，木板就会在浮力作用下上浮。简言之，青藏高原上浮的原因是其下部的岩石圈物质变轻了。

本书主人公陈建生也持“上浮说”，但对浮力产生的原因有其独特见解。他认为，青藏高原地壳与地幔岩石圈中存在大量熔岩隧道与孔洞，好比岩石中凿出许多孔洞，熔岩隧道与孔洞的存在使宏观岩石圈质量变轻了，变轻了的西藏岩石圈浮在软流圈上，形成了世界屋脊。

为了便于多个层面的读者对青藏高原“上浮说”有个起码的了解，我们的故事还得从浮力定律谈起。

公元前 245 年，古希腊国王耶隆二世打造了一顶金质王冠，他怀疑金匠掺假窃金，就请来著名的数学家、物理学家阿基米德，让他做鉴定。条件是不许弄坏王冠。当时，人们并不懂得不同物质的不同比重。所以，阿基米德束手无策。

有一天，他去洗澡，身入浴盆，水便溢出，继而觉得身子在微微上浮。于是，他受到了启发：相同重量的物体，由于体积不同，排出的水量也不同……

他把这一体验移到了试验室，先把王冠放进盛满水的盆中，测量出溢出水的重量。再把与溢出水重量相同的纯金放到盛满水的盆中，从中发现，纯金溢出的水比王冠溢出的水少，于是，他得出结论：金匠在王冠中掺了银子。

根据阿基米德的鉴定结论，耶隆二世杀了金匠。

这个故事引出了阿基米德的浮力定律，并在其名著《论浮力》中记载了这个定律，也称浮力定理。

若干年后，有位老妇人拿出一个金圆球，请求阿基米德帮助鉴定一下，看看帮她打造金球的金匠是否从中掺假而窃取黄金！

阿基米德仍以排水法测试了金球体内的奥秘，结果发现，该金球内掺进了其他成分！

就在阿基米德当众公布鉴定结果时，老妇人气愤地将金球一剖为二。出乎意料，金球是空的！

这位老妇人就是被国王砍头的金匠的母亲。她以高度的智慧为儿子申诉了冤情。

阿基米德终于认识到，他疏忽了王冠上好些金饰件是空心的。

血的教训促使他再度验证和完善了自己的“浮力定律”。

直到 2000 多年后的今天，世界各国的物理教科书依然这样写着：“浮力定律，浸入静止流体中的物体受到的浮力大小等于该物体所排开的液体重量。”

陈建生根据这一流体静力学的重要原理，尤其是金匠因王冠孔洞而丧命的冤案，使他对青藏高原的孔洞有了新的认识。他认为，地壳的板块运动造成青藏高原隆升，这是普遍的共识。但青藏高原隆升到平均 5000 米高程以上的高度，仅仅是两个板块之间的碰撞是不可能实现的。无论印度洋板块与欧亚大陆板块的碰撞过程与方式如何，造成青藏高原隆升成为世界高程第三极的根本原因还应该归结为青藏高原下部岩石圈所提供的浮力：漂浮在液态软流圈之上的固体岩石圈的体积越大、高度越高，所需要的浮力就越大。所以，根据浮力定律可知，青藏高原下部的地幔岩石圈应该是由体积庞大的“低密度物质”所组成的一种岩石。但是，从火山口喷出的地幔岩浆是玄武岩等高密度的岩石，可见，地幔中并不存在“低密度”的物质。但我们在火山玄武岩中可以看到一些孔洞，经科学测定，玄武岩的孔隙可以占到体积的 25% ～ 40%。

根据这一客观存在，陈建生推测：在青藏高原下部的地幔岩石圈，可能是由带有孔洞的玄武岩等岩浆岩组成，青藏高原下部的“低密度物质”应该就是由这些孔洞玄武岩所组成的。这些孔洞，不但提供了巨大的浮力造成青藏高原隆升成为世界第三极，而且大量的熔岩隧道与孔洞还是导水通道与储水构造，正是这些孔洞玄武岩造成了全国乃至洲际范围内的地下水深循环系统。所以，陈建生提出了地下水深循环学说，简称“深循环学说”，亦称“深循环理论”。

简言之，青藏高原的起因是：上浮。上浮原因是：深循环水的凿空。凿空这些玄武岩的则是具有极腐蚀力的超临界水。而超临界水的超强度腐蚀力是在高温下进行的，超临界态水将岩浆岩中的铁、镁、钙、锰等物质萃取成离子，这些离子随着水流运动被带到了青藏高原周边及东部地区，深循环热液在上涌到地表的过程中发生沉淀，沉淀矿物包括白云岩、铁锰胶膜、碳酸盐、石膏、石英矿、热液矿物等，而西藏下部地幔岩石圈中由于物质流失而产生了大量的孔洞，造成比重降低了，在浮力作用下隆升成高原，成为世界屋脊；而大量物质沉积在东部造成中国东部下沉。这就是刘光鼎院士提出的中国大陆新生代以来出现的，西边隆升东边下沉的“跷跷板”产生的原因。

4

改变传统调水思路的第二个科学依据：青藏高原存在空洞的推论早已得到了多方面证实，这就为地下水储存和循环提供了足够的空间和储量。

这里摘录的仅是见证青藏高原“孔洞说”的几个例子。

2004 年，为找石油，国家地调局成都矿产研究所在南羌塘与北羌塘各打了一个钻孔。当北羌塘钻孔打到 200 多米的时候就遇到了灰岩中的大溶洞，钻孔无法继续打下去，只好移动孔位，在 100 米外又重新布钻。结果发现，显示油气特征的膏岩层是良好封盖层，但膏岩层下部出现了井漏。出乎意料的收获是：他们还在岩石裂隙中发现了沥青脉，并在沥青包裹体里发现了油气。这说明，北羌塘地区曾经是一个含油气很高的盆地，而且石油经历了成熟的过程，只是后来遭到地下水渗漏的侵入，这些油气便随着地下水流走了。

地调局这次调查，共在灰岩地层钻孔揭露了六层溶洞，加起来的厚度是 25 米，最后一个溶洞高度是 18.75 米，这个巨大的空洞使钻孔没法继续打下去，他们只好改变了钻孔计划：本来计划打钻孔 1000 米，只打了 364 米。钻孔在 277.6 米处发生渗漏，钻孔中出现的六层溶洞出现在 282.64 ~ 363.2 米，显然渗漏水进入到溶洞中，溶洞与外泄的导水通道相联通。

据一些科学家根据地球物理探测结果推测，“喜马拉雅山下存有 15 万平方千米巨大的神秘空洞”，相当于一个半江苏省那么大。

还有电磁学证据：1995 年，一支由加拿大、爱尔兰、中国、法国等国学者组成的国际联合小组运用电磁学方法，在青藏高原布置了 4 条超宽频带大地电磁深探测剖面，以了解不同深度的地层结构。这 4 条超宽频带大地电磁深探测剖面由西向东，分布于雅鲁藏布江地区，代表了青藏高原南部由西向东整个势态。结果发现，最西边一条电阻率高，导电性差；东边三条电阻率低，导电性好。根据这一探测结果，科学界对藏南地区的地质地层情况有了大致的了解。中国地质大学（北京）魏文博教授说："青藏高原 100 千米深度范围内，地壳的电导高过 0.3 万～2 万西门子，是典型的稳定大陆地壳的 10～100 倍。而更为显著的特征是，青藏高原南部，自西向东，其导电性越来越好，说明其地下有一种电阻小的神秘物质，且越往东这一物质的规模越大。通常，固体岩石导电性差，高导体物质一般为金属、石墨、水等，科学界排除了石墨和金属，高导体显然是含盐成分的液态物质。"据此推断，青藏高原下有"广阔的空间和地下海洋"。

还有一些地质论文中说："青藏高原的地下海洋是沿着高原东侧的地壳弧形构造分布的。位于青海的阿尼玛卿山下有广阔的地下空间，达 10 万～15 万平方千米。柴达木盆地原来是高原，其地下也有空洞，后来塌成了柴达木盆地。"

综上所述，青藏高原的空洞说已在大部分专家中达成了共识。这些地下空洞为地下水的储量和运行提供了足够的空间，也为改变传统调水思路的设想奠定了上源基础。

5

改变传统调水思路的第三依据：西藏裂谷群为暗河增液提供了渗漏通道。

何谓裂谷？用大众容易接受的语言来表达：火山玄武岩从断裂带中喷发的岩浆流，将断裂带分别向两侧挤压，岩浆的涌入增加了断裂带裂缝的宽度。岩浆喷发停息后，断裂带裂缝中的岩浆逐渐冷却收缩，当凝固的岩浆体积减小后，在断裂带裂缝中就形成了贯通的冷却收缩缝，进而演变成裂谷。裂谷的宽度一般在几十千米，谷内存在很多条收缩缝，每条收缩缝一般为 0.5～2 米，宽度可达几十米，类似于管道，地表水在流经裂谷的过程中，渗漏到收缩缝中，经过贯通的收缩缝循环并通过下游的火山口或导水断裂带排泄，地下水在收缩缝中的循环方式类似于管道流，所以其传输速度远远大于多孔介质。

简单地说，裂谷，是自然形成的地下水输运管道的入口。

中国地质科学院岩石圈研究中心的贺日政、高锐在他们的论文《西藏高原南北向裂谷研究意义》中说，裂谷在青藏高原是普遍存在的，其基本特点和规律是：一、南北向的裂谷主要集中分布于高喜马拉雅北坡与班公错—怒江缝合带之间。二、北东向型裂谷，主要发育在羌塘地区，它们的分布比较零散，为中更新世以来的冰期、间冰期沉积。三、近东西向裂谷主要分布在几条近东西向断裂带内 。四、 最受关注的是发育在西藏高原内部的近南北向的裂谷，因为它位于拉萨地体的内部，发育好，规模大，规律性亦强。这些南北向裂谷大都分布在藏南地区，且裂谷大都出露于地表。

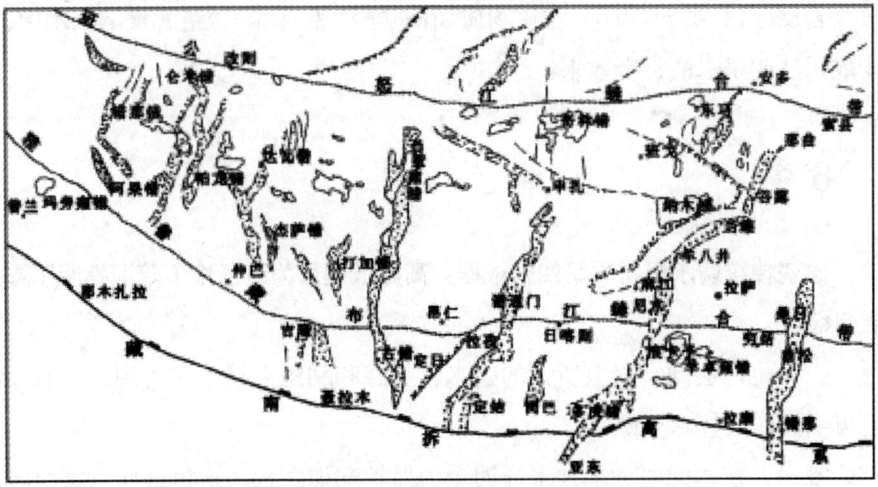

1984 年，西藏高原裂谷分布图（据韩同林等）

据遥感卫星的科学探测，现已发现，藏南地区南北走向的裂谷共有6条。自西向东如下排列： 一是桑日—错那裂谷带；二是谷露—当雄—羊八井—亚东裂谷带；三是申礼—谢通门—定结裂谷带；四是当惹雍错—古错裂谷带；五是夏冈江—杰萨错裂谷带；六是仓木错—帕龙错和阿鲁错—错那错—阿果错裂谷带。

在这些裂谷带中，尤以谷露—亚东裂谷带规模最大，长达600千米，并且穿越了雅鲁藏布江缝合带和藏南拆离系。

以上六大裂谷带皆出露于南部的低谷盆地，这种地理优势，便于将地表水汇入裂谷之中。如果我们改变了传统的调水思路，只要将原本输入海沟的河流改道输入到需要调水的裂谷带中，比如，输入到北京、天津、华北所对应的裂谷带，原来入海的河水就会通过地下暗河循环系统源源不断地补充北京与天津的地下水。由于大部分导水通道都是密封的熔岩隧道，类似于连通器，裂谷输入的水量增加后，通过压力迅速传递到北京、天津与华北，管道中的压力波的传递速度基本上是瞬时的，地下水位将随之上升。

如果引水成功，这就等于完成了中国水利史上一次重大革命：将地上调水与地下输水有机结合起来，既省力省钱，又不需搬迁移民，更为有利的是，不怕污染，不但保持了“质本洁来还洁去”的本色，而且地下水经过水岩反应，一些对身体有益矿物质如偏硅酸、锶、硒等微量元素溶于水中，变成天然矿泉水的神奇效果。

6

改变传统调水思路的第四条依据：高导低速层为疏通地下暗河指明了重点目标。

有人也许会问，以上所说的引水入裂谷和利用天然暗河的想法，有没有可供操作的技术层面？

答曰：技术层面是多种多样的。为保护知识产权，这里仅向大家泄露一大奥秘：利用高导低速层。

何谓高导低速层？简单地说，高导：导电性能高，电阻小。低速：地震波传播速度慢。因为地下水中一般都有一定量的盐分，其导电性能远远高于除金属、石墨等矿物以外的岩石层。而地震波在水中的传播速度则比岩石层慢得多。所以，岩石圈地层中同时符合这两个条件的可能是水流层，也就是含水的“暗河河床”。

根据这个科学原理，地下水深循环理论认为，找到了这样的高导低速层，也就找到了地下暗河。现有实践表明，只要掌握了这种检测技术，寻找地下的高导低速层已经不是难事。近十多年来，科技界不但测出地下的单层高导层，而且还能则出多层高导层。

比如说，在班公湖—怒江缝合带南部的拉萨地体内，就测出两个北倾的高导层， 深度分别在 10 千米和 43 ～ 50 千米，其中位于深部的第二高导层顺着班公湖—怒江缝合带插入羌塘地体内。

再比如：在羊八井—洛扎南北方向 10 ～ 20 千米的深处、雅鲁藏布江江北 10 千米内的 17 ～ 41 千米深处、亚东—格尔木之间的 15 ～ 25 千米的地壳内，普遍存在着高导层。且在雅鲁藏布江两侧的深度为 40 ～ 70 千米地壳内也有高导层。

地质界还在亚东—雪古拉、达孜—巴木错和雪古拉—当雄之间，进行了大地电磁测深，结果表明：在西藏中南部地壳中，分布着广泛的壳内高导层，且在整个拉萨地体下深约 40 千米的地壳内，都分布着向北倾斜的高导层。

上述情况说明，一旦将西藏地区的地表水引入高导层内，水就会沿着高导层向我国的西北、内蒙古、东北以及西藏以东地区排泄。这样排出的水无疑就是人为增量的深循环水。

祖国母亲为我们创造了这么好的地理条件，就看我们的大脑是否开窍了。

能否巧妙地利用裂谷出露点和地下暗河，关键要解决两个问题。

一是“渗漏点”。在业已探测出的藏南裂谷带中，有好几条裂谷带的高导层是中断的，不连通的。也就是说，同一条裂谷中不同的“渗漏点”之间可能并不连通，每个渗漏点有可能对应着不同的导水通道，地下暗河之间并不是相互连通的。因此，搞清楚“渗漏点”的位置，这是利用暗河输水的关键性难点之一。

二是“排泄点”。虽然新生代玄武岩地区基本上都是渗漏水的排泄区，但是要确定每个“排泄点”与“渗漏点”的对应关系，还需要进行一些地球化学、同位素、水量平衡等方面的深入研究。因为只有搞清楚补给源源区与排泄区之间的对应关系，才能利用这些地下暗河进行输水。这是利用暗河输水的关键性难点之二。

我国科学家在东海和南海海沟等处发现大量的冷泉。

比如冲绳海沟，在2000米深的海沟内曾经发生过新生代火山玄武岩喷发，通过地球物理研究发现，在海沟玄武岩地区存在大规模的冷泉，冷泉的直径达21千米，一条大河从海沟中涌出直接入海了；冷泉南部靠近大陆一侧的大地热流偏低，最低的热流值每平方米只有8毫瓦；而在冲绳海沟北侧的热流值可高达每平方米2000毫瓦。显然，大地热流值的变化与冷泉有关，根据大地热流值的差异可知，冷泉的补给源区应该位于冲绳海沟南部的大陆，也就是中国大陆高原地区。

在中国南海的莺歌海峡也发现了冷泉，石油部门曾在在南海钻了两排孔，每排7眼，钻位成南北向分布。通过钻孔中的地热分析得知这样的规律：冷泉北部靠近我国大陆的大地热流偏低，而在冷泉南部钻孔的大地热流偏高。冷泉分别从3个钙华群中溢出，钙华群的总面积达430平方千米，

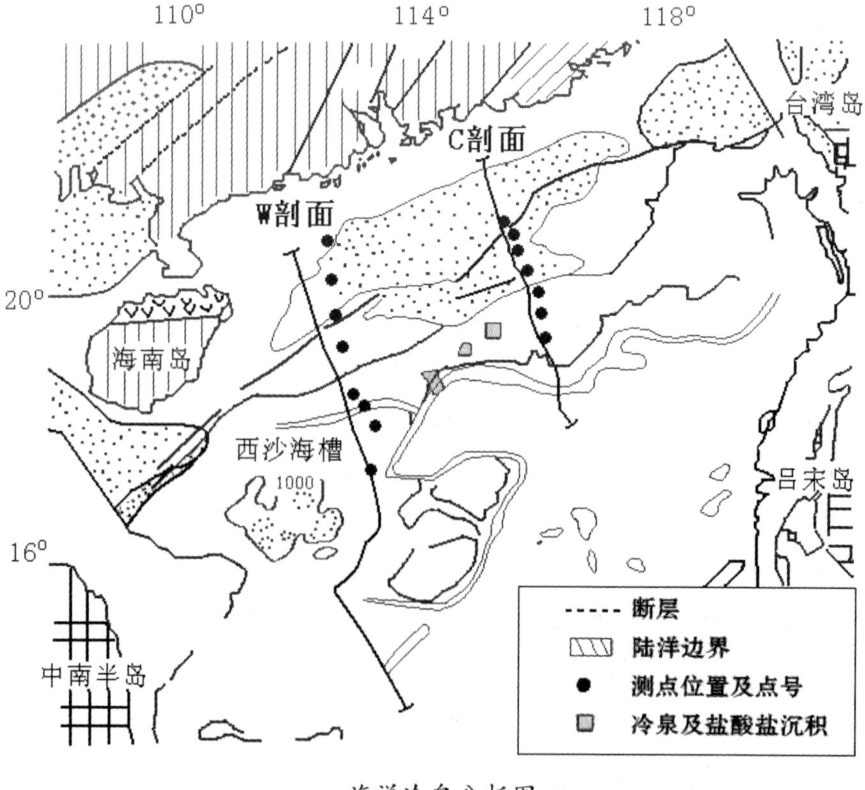

海洋冷泉分析图

钙华的形成显然与冷泉有关，形成钙华的碳酸钙等都来自深循环地下水。在钙华群中三条大河直接涌入大海。

在中国东部沿海存在大量的上升泉，这些上升泉基本上都是深循环地下水的排泄口。大量优质的淡水资源通过深循环方式直接排入大海中，并没有被人类所利用，实在可惜。以前由于不清楚深部循环地下水的活动，而在沿海地区普遍限制开采深层地下水。实际上，深层地下水上涌后储存在基岩裂隙中，适量开采并不会造成地面沉降等地质灾害，如果不开采利用，最终都排泄到海洋中，并不能留给子孙后代。限制开采是因为学者们的认知水平所限而造成的误判。

如果我们能够找到冷泉水的渗漏点，并且了解它的入海路径及在陆地的排泄情况，就可以在它们的补给源区选择恰当地段，将这些渗漏的河水截留，输送到需要地下水的大陆地区，到那时，西藏之水的救国威力就更大了。

7

改变传统的调水思路，还有一条有利条件：崭露头角的地下水深循环理论必将起着指导作用，并在实践中使这一理论得到充实、补充和完善。

本书用大量篇幅对西藏水渗漏、地幔管道的形成、断裂带的输运、古火山口的泄出规律等做了大量阐述，这里不再重复。只想强调一点：改变传统调水思路的设想，因该理论启发而生，宛如树上的一朵花、一只果，只要这是扎根大地之树，何愁花果无芳！又如喷气式飞机，喷气原理掌握了，飞机远航、航天员上天还会难吗？

后 记

读完此书，有读者也许会问：陈建生是河海大学教授，在南京。你是军队退休干部，在北京，你们是怎么认识的？这本书是怎样写成的？

1

2005年，我出版了《西藏之水救中国》，引起了国内许多学者的关注，包括长期从事同位素水文学和岩体裂隙渗流等交叉学科研究的河海大学教授陈建生，也包括长期研究解决水资源促进新疆经济发展的新疆财经大学教授任群罗。

我与陈建生教授相识相知，就是任群罗教授牵的“线”搭的“桥”。

2010年7月，我那新版《西藏之水救中国》刚由华文出版社出版。这时，任群罗到北京开会，他从出版社得知我的电话，与我取得了联系。会后，他冒着高温炎暑到我家探望我，并将其在博士论文基础上出版的论著送给我。交谈之中，他还介绍了陈建生教授关于地下水的研究成果。这使我眼前为之一亮：我那《西藏之水救中国》虽然已出了三个版本，但哪个版本里都没有提到地下水。

为弥补这一缺憾。我当即表示：要将陈建生的新理论、新发现写进《西藏之水救中国》的续篇里。

任教授非常支持，当即给陈建生教授通了电话，就此沟通了我和陈教授的联系。

2014年秋，任群罗又来北京开会，我去招待所看望他。这时，他发起建立了“西部调水”微信群，也将我拉进群里。这个微信群成员大都是关心我国水利事业与经济发展关系的专家学者。陈建生研究地下水，成绩斐然，在国内反响很大，自然也在这个群里。有了这个群，我与陈建生教授就有了更多的联系。

2

陈建生发表于英国《自然》杂志那篇论文，以及沙漠与地下水密切关系的理论和实践，立刻引起了我们“二炮”科研部门的关注。他们通过多种渠道沟通，终于与陈建生取得了联系。就这样，我和陈建生于2015年2月9日在“二炮”某科研所见了面，并参加了他的“地下水深循环理论报告会”。

2015年2月9日，陈建生（左）与李伶（右）合影

报告会共两小时，全新的内容，既丰富又吸引人。百人会场座无虚席，与会者几乎都是屏住呼吸听讲的。一个半小时后转入听众提问。

重点问题有两个：一是沙漠找水有何易行办法？二是黄土高原怎样找水？

陈建生配以事先准备好的电子示意图当场讲解，将要诀和盘托出。

3

听了陈教授的讲解，我恍然大悟，就水资源而言，“救中国”者，不光地表水，还有地下水，二者大都源自西藏。而我那《西藏之水救中国》没提及地下水，只写了源自西藏的地表水，这是认知的缺陷。细想起来，大有偏颇之感。因此，我要利用自己的优势，补上这一课，以加深和扩大世人对地下水的认知。具体做法是：写篇文章，将陈建生独创的“地下水深循环理论”报道出去，以引起社会的广泛关注。

当天晚上，我和陈建生同住招待所里，借此机会，我采访他到次日凌晨 2 点。

第二天上午，我代表邀请单位将陈教授送上了返程的列车。

2015 年 3 月，《国防参考》刊登了我对陈建生的第一篇专访：《大发现：北方沙漠下有超过两条黄河流量的优质水》。这篇文章在部队引起了哄动，当即上了解放军网，这就在许多读者中产生了较深刻的印象。因为这篇文章成了本书的最初框架，故有必要将要点简介于下。

文章开头首先介绍了陈建生这次学术报告会的简况。然后点出了这一学术的重大意义：“笔者认为，陈建生的地下水深循环理论，这一具有颠覆性的创新理论，将为我国制定基本国策提供参考，并给我国水战略带来新的转机。”

接着，文章以五层意思概括了“地下水深循环理论”的主要内容。

其下大量篇幅是介绍该理论的诞生经过以及沙漠取水的成功范例等。全文约 6000 字，内容新颖，观念奇特，给人耳目一新之感。国内外许多读者就是从这篇文章开始认识和了解陈建生和他的“深循环理论”的。

其后几个月，我从“深循环理论”中逐步认识到我国地下水的资源优势。故在 2015 年 11 月《国防参考》上发表了《我国水资源安全的五大短板和两大优势》，文章 1 万多字，核心内容是：在介绍了我国水资源五大短板之后，重点指出，我国水资源安全的两大优势皆集中在青藏高原，“青藏高原有两座中华水塔：一是地表水水塔，二是地下水水塔”。

中华地表水水塔已经广为人知，而中国地下水水塔鲜为人知。陈建生的“地下水深循环理论”以科学手段，逐步揭示了这座地下水水塔与全国许多地区，尤其是北方干旱、半干旱地区的地下水之水力联系。

随着其检验理论的实证不断增加，这就使我下定决心：为“西藏之水救中国”续写地下水篇。

屈指算来，我从2015年初的初次采访，到2019年夏完成书稿，共4年半的时间和精力，终于完成了这部30万字的长篇报告文学《西藏之水救中国——地下水篇》。

4

我这一生，写过多部长篇著作，要数这一部写得最为艰苦。因为“深循环理论”涉及诸多学科，其中的一些深奥知识，我不懂，就得看科普、读论文、查资料、请教专家，这就花费了很大精力。

最大的难题是，所持的“金刚钻”和所揽的“瓷器活”难以“匹配”：这部书的核心是科学理论问题，而报告文学是注重形象的，难以表达抽象的理论。

宛若绘画，无论哪个画种，何种色彩、线条和构图等媒介，诉诸人们的视察效果，可用“一目了然”来表述，其魅力胜过千言万语，这就是绘画的优势。但也有其缺限，正如明代江南才子陈继儒所言：“绘雪者，不能绘其清；绘月者，不能绘其明；绘花者，不能绘其馨；绘风者，不能绘其声；绘人者，不能绘其情。”

正因为如此缺限，历代画家大都扬长避短而鲜见突破。

宋代皇帝宋徽宗赵佶擅长作画，便从难处着手而激活画坛。某年天下画家京城会考：画题便是“踏花归去马蹄香”。结果，绝大部分考生，皆跳不出常规思路，而在“踏花”二字上枉费了笔墨。偏有一画家脑洞大开，他以“落日”隐喻“归去”，以几只蝴蝶随马蹄飞舞，别具一格地体现了因“踏花”而“马蹄留香”的意境。

这一经典画作，成了绘画史上独创精神的典范。

此类独创性风格，被画界誉为“马蹄香艺术”。